BASTEI
LÜBBE

Billie Letts

Wo dein Herz schlägt

Der Roman zum Film

Aus dem Englischen
von Hartmut Huff

BASTEI LÜBBE TASCHENBÜCHER
Band 14344

1. Auflage: November 2000

Bastei Lübbe Taschenbücher ist ein
Imprint der Verlagsgruppe Lübbe

Titel der amerikanischen Originalausgabe:
Where the Heart Is

Weitere Quellennachweise siehe Seite 367

This Edition published by arrangement with
Warner Books, Inc., New York
Einbandgestaltung: QuadroGrafik, Bensberg

Satz: hanseatenSatz-bremen, Bremen
Druck und Bindung: Elsnerdruck, Berlin
Printed in Germany
ISBN 3-404-14344-2

Sie finden uns im Internet unter
http://www.luebbe.de

Der Preis dieses Bandes versteht sich einschließlich
der gesetzlichen Mehrwertsteuer.

Für Dennis,
der daran glaubt, daß es Wunder und Magie gibt

Dankbare Anerkennung geht an

meine Autorenclique: Marion und Elbert Hill, Glenda Zumwalt, Betty und Bob Swearengin – eine tolle Bande von Lesern, die mich nicht gehen lassen wollten;
meine guten Freunde: Howard Starks, Katy Morris, Doris Andrews und Brad Cushman, die an den richtigen Stellen lachten und weinten, und an Vicky Ellis, deren Computervirtuosität Tag und Nacht zur Verfügung stand;
meine Familie: Tracy, Shawn und Shariffah, Dana und Deborah, weil sie finden, mein Buch sei ebensogut wie mein Hähnchenschnitzel mit Soße. Und andere, die ›wie Familie sind‹: Holly Wantuch und Amy und John McLean;
meinen Verleger: Jamie Raab, der mich behutsam und mit Humor führte;
meine Agentin: Elaine Markson, die mich in New Orleans zum Abendessen ausführte, so daß ich mich wie eine richtige Autorin fühlte;
meine Schüler, die sagten »Erzählen Sie, was weiter passiert«, was ich tat;
und an alle in Oklahoma und Tennessee, die mich empfingen, mir ihre Zeit schenkten und versuchten, meine Fragen zu beantworten.

TEIL I

1

Novalee Nation, siebzehn Jahre alt, im siebten Monat schwanger, siebenunddreißig Pfund Übergewicht – und abergläubisch, was die Sieben anbelangte –, rutschte unbehaglich auf den Sitz des alten Plymouth und fuhr sich mit der Hand über ihren gewölbten Bauch.

Für die meisten Menschen war die Sieben eine Glückszahl, aber nicht für sie. Für sie verband sich damit eine ausgesprochen üble Vergangenheit. Das hatte an ihrem siebten Geburtstag begonnen, dem Tag, an dem Momma Nell mit einem Baseball-Schiedsrichter namens Fred durchbrannte. Dann, Novalee war gerade in der siebten Klasse, stahl Rhonda Talley, ihre einzige Freundin, einen Eiscremelieferwagen für ihren Freund und wurde prompt auf die Staatliche Besserungsanstalt für Mädchen in Tullahoma in Tennessee geschickt.

Novalee wußte inzwischen, daß mit der Sieben etwas faul war und versuchte deshalb, sie zu meiden. Zuweilen aber, so dachte sie, sieht man einfach nicht, was auf einen zukommt.

Eben dies war der Grund, warum sie niedergestochen wurde. Sie hatte das einfach nicht kommen sehen.

Es passierte, kurz nachdem sie die Schule verlassen hatte. Sie hatte angefangen, bei Red's als Bedienung zu arbeiten, ein Job, der absolut nichts mit der Sieben zu tun hatte. Eine Stammkundin namens Gladys flippte eines Abends aus – warf ihre Bierflasche durch die Fensterscheibe, kreischte verrückte Dinge, von wegen sie habe Jesus gesehen, und nannte Red die ganze Zeit den Heiligen Geist. Novalee versuchte sie zu beruhigen, aber Gladys war einfach zu verwirrt. Sie ging mit einem Steakmesser auf Novalee los, schlitzte ihr den Arm vom Handgelenk bis zum Ellenbogen auf, und der Notarzt brauchte zum Nähen siebenundsiebzig Stiche. Nein, Novalee traute der Sieben absolut nicht.

Aber an die Sieben dachte sie auch nicht, als sie sich drehte und wand und versuchte, mit dem widerlichen Schmerz fertig zu werden, der auf ihr Becken drückte. Es wäre nötig gewesen, wieder anzuhalten, aber es war zu früh, darum zu bitten. Seit Fort Smith hatten sie einmal Halt gemacht, doch Novalees Blase fühlte sich an wie ein mit Wasser gefüllter Ballon.

Sie waren irgendwo im Osten Oklahomas auf einer Nebenstraße, die nicht einmal in ihrer Amoco-Karte eingezeichnet war, doch ein verblichenes Plakat, das für ein Feuerwerk zum Vierten Juli warb, besagte, daß Muldrow zwölf Meilen entfernt war.

Die Straße war schmal, schlecht asphaltiert, wenig benutzt und sehr vernachlässigt. Der alte Oberflächenbelag, geplatzt und gerissen wie bröckelnder schwarzer Schorf, hatte Stechapfel und Fels ausgespuckt. Aber der große Plymouth walzte ihn mit gleichmäßigen fünfundsiebzig Meilen fest, und Willy Jack Pickens fuhr ihn, als hätte er einen tausend Pfund schweren wilden Hengst zwischen seinen Beinen.

Willy Jack war ein Jahr älter, fünfundzwanzig Pfund leichter und zehn Zentimeter kleiner als Novalee. Er trug Cowboystiefel, die er mit Zeitungspapier ausgestopft hatte, um größer zu wirken. Novalee fand, daß er wie John Cougar Mellencamp aussah, aber er meinte, er sähe mehr Bruce

Springsteen ähnlich, der nur einsfünfundfünfzig groß sei, wie Willy Jack sagte.

Willy Jack war ganz vernarrt in kleine Musiker, vor allem in die, die kleiner als er waren. Egal wie betrunken er war, er erinnerte sich, daß Prince einszweiundfünfzigeinviertel und Mick Jagger einsfünfundfünfzigeinhalb maß. Willy Jack hatte ein tolles Gedächtnis.

Verkehrszeichen warnten vor scharfen Kurven, aber Willy Jack hielt die Tachonadel bei fünfundsiebzig. Novalee wollte ihn bitten, langsamer zu fahren, doch statt dessen betete sie stumm, daß kein Gegenverkehr käme.

Sie hätten von Fort Smith aus die Autobahn nehmen können, aber Willy Jack wollte die fünfzig Cent Gebühr nicht zahlen. Er sagte, er würde keinen Pfennig dafür zahlen, auf einer Straße zu fahren, die mit Steuergeldern gebaut worden war. Obwohl er selbst nie Steuerzahler gewesen war, hatte er sehr entschiedene Ansichten über solche Dinge. Außerdem, sagte er, führten eine Menge Straßen nach Kalifornien, Straßen, die keinen Penny kosteten.

Er schätzte die erste Kurve falsch ein und kam mit dem rechten Vorderreifen so auf den Randstreifen, daß der Wagen zu flattern begann und Novalees Blase vibrierte. Sie löste ihren Sicherheitsgurt und schob ihre Hüften auf dem Sitz vor, versuchte ihr Gewicht zu verlagern, damit der Druck nachließ, aber es half nichts. Sie mußte einfach.

»Hon, ich muß noch mal anhalten.«

»Verflucht, Novalee.« Willy Jack schlug mit beiden Händen auf das Lenkrad. »Du warst doch gerade erst.«

»Ja, aber ...«

»Ist noch keine fünfzig Meilen her.«

»Gut, ich kann noch etwas warten.«

»Weißt du eigentlich, wie lange wir brauchen, um da hinzukommen, wenn du alle fünfzig Meilen pinkeln mußt?«

»Ich meine ja nicht jetzt gleich. Ich kann warten ...«

Willy Jack war wegen der Kamera in schlechter Stimmung. Novalee hatte eine Polaroid gekauft, bevor sie losfuhren, weil sie wollte, daß er von ihr an jeder Staatengrenze, die sie überquerten, ein Foto machte, auf dem sie neben Schildern stand wie *Willkommen in Arkansas* und *Oklahoma, der schönere Staat.* Sie wollte diese Bilder rahmen, um eines Tages ihrem Baby zeigen zu können, wie sie den Planwagen gleich nach Westen, nach Kalifornien gereist waren.

Willy Jack hatte ihr gesagt, daß es eine dumme Idee sei, aber er hatte das Foto von ihr gemacht, als sie Arkansas erreichten, weil er auf der anderen Seite des Highway eine Bar namens Razorback gesehen hatte und ein Bier wollte. Sie waren bereits zwanzig Meilen gefahren, als Novalee die Kamera vermißte und feststellte, daß Willy Jack sie in der Bar liegengelassen hatte. Sie bat ihn, deshalb zurückzufahren, was er auch tat, aber nur, weil er noch ein Bier wollte. Als sie dann nach Oklahoma hineinfuhren, hatte Willy Jack sich geweigert anzuhalten und ein Foto von ihr zu machen, und so hatten sie sich gestritten.

Novalee fühlte sich warm und klebrig. Sie kurbelte ihr Fenster herunter und ließ sich den heißen Fahrtwind ins Gesicht pusten. Die Klimaanlage des Plymouth hatte ihren Geist schon lange aufgegeben, bevor Willy Jack ihn mit ihren fünfzig Dollar kaufte. Tatsache war, daß fast alles in dem Wagen seinen Geist aufgegeben hatte, und deshalb war er auf einem Schrottplatz unmittelbar vor Knoxville gelandet, wo Willy Jack ihn gefunden hatte. Er hatte ein Kardangelenk, den Vergaser, den Verteiler, eine Bremstrommel und den Auspufftopf ersetzt, allerdings nicht das Bodenblech repariert, aus dem ein tellergroßes Stück herausgerostet war. Er hatte das Loch mit dem Blech eines Fernsehers abgedeckt, aber Novalee fürchtete, das Blech würde wegrutschen, und ihre Füße würden durch das Loch gleiten und auf der Straße abgerissen werden. Als sie sich vorbeugte, um die Lage des Bleches zu prüfen, konnte sie an dessen Rändern nur Zentimeter unter ihren Füßen den Asphalt vorbeihuschen sehen, und dieser Eindruck verstärkte noch ihr Bedürfnis, sich erleichtern zu können.

Sie versuchte, nicht an ihre Blase zu denken, indem sie erst Zaunpfosten zählte und dann versuchte, sich an den Text von »Love Me Tender« zu erinnern, aber das klappte nicht. Schließlich zog sie ihr Buch mit den Bildern aus der Plastikstrandtasche, die neben ihr auf dem Sitz lag.

Sie hatte Bilder aus Magazinen gesammelt, seit sie klein war – Bilder von Schlafzimmern mit alten Tagesdecken und Himmelbetten, von Küchen mit Kupfertöpfen und blauem Porzellan, von Wohnzimmern, in denen Lassies zusammengerollt auf hellen Teppichen dösten und an deren Wänden Familienbilder in Goldrahmen hingen. Bisher hatten diese Räume nur auf den Seiten der Magazine existiert, die sie auf Flohmärkten in Tellico Plains, Tennessee gekauft hatte. jetzt aber war sie auf dem Weg nach Kalifornien ... auf dem Weg, um in solchen Räumen zu leben.

»Schau mal, Schatz.« Sie hielt Willy Jack ein Bild hin. »Das ist diese Mickey Mouse-Lampe, von der ich dir erzählte. Die möchte ich ins Kinderzimmer stellen.«

Willy Jack schaltete das Radio ein und begann den Knopf zu drehen. Doch das einzige, was er zu hören bekam, war statisches Rauschen.

»Ich hoffe, wir bekommen ein zweigeschossiges Haus mit einem Balkon, von dem aus man auf den Ozean schauen kann.«

»Teufel, Novalee. Von Bakersfield aus kann man den Ozean nicht sehen.«

»Na schön, aber dann vielleicht einen Teich. Ich möchte einen von diesen Terrassentischen mit Sonnenschirm haben. Da können wir dann mit dem Baby sitzen und Schokoladenmilch trinken und dem Sonnenuntergang zuschauen.«

Novalee träumte von allen möglichen Häusern – von zweigeschossigen, von Blockhütten, von Apartmenthäusern, Ranchhäusern, von allem, was fest im Boden verankert war. Sie hatte nie in einer Wohnung gelebt, die keine Räder hatte. Sie hatte in sieben Wohnanhängern gewohnt: in einem extrabreiten, einem Campinghänger, zwei Mobilheimen, einem fünfrädrigen, einem ausgebrannten Winnebago und in einem Eisenbahnwaggon – der gehörte zu einem Motel namens Chattanooga Choo Choo.

Sie hielt ein weiteres Bild hoch. »Schau dir doch mal die Enten an dieser Wand an. Sind die nicht süß?«

Willy Jack schlug das Lenkrad scharf ein und versuchte, über eine Schildkröte am Straßenrand zu fahren.

»Ich hasse es einfach, wenn du das tust«, sagte Novalee. »Warum willst du Schildkröten töten? Die stören doch nicht.«

Willy Jack drehte wieder am Knopf des Radios und bekam »Graceland« herein, diesen Song von Paul Simon, der acht Zentimeter kleiner war als er, wie Willy Jack sagte.

Als sie am Wasserturm von Muldrow vorbeikamen, packte Novalee ihr Bilderalbum wieder ein. Der Gedanke an soviel Wasser war fast mehr als sie ertragen konnte.

»Ich wette, daß es in dieser Stadt eine Bedürfnisanstalt gibt.«

»Oh, das würde mich nicht überraschen«, sagte Willy Jack. »Fast jede Stadt hat eine. Du meinst, da gäb's auch etwas heißes Wasser? Vielleicht möchtest du ja in einer heißen Wanne liegen. Na? Gefällt dir das?«

»Verdammt, Willy Jack, ich muß auf eine Toilette.«

Willy Jack drehte das Radio lauter und schlug zum Takt des Songs aufs Armaturenbrett. Während sie durch Muldrow röhrten, spannte Novalee die Muskeln zwischen ihren Beinen an und versuchte, nicht an Swimmingpools oder Eistee zu denken.

Sie holte wieder die Landkarte heraus und schätzte, daß die nächste Gelegenheit für einen Halt, sofern es vorher keinen Frontalzusammenstoß gab, zwanzig Meilen entfernt in einer Stadt namens Sequoyah war. Sie warf einen Blick auf die Benzinuhr, sah aber zu ihrer Enttäuschung, daß der Tank noch halbvoll war.

Eine Weile spielte sie ein stummes Spiel, indem sie das Alphabet durchging und einen Namen für das Baby suchte. Bei A fielen ihr Angel und Abbie ein. Bei B gefielen ihr Bordon und Babbette am besten, aber sie fühlte sich einfach zu elend, um sich konzentrieren zu können, und so hörte sie auf, bevor sie bei C war.

Ihr Körper schmerzte vom Kopf bis zu den Füßen. Kopfweh hatte sie den ganzen Morgen gehabt, aber sie hatte kein Aspirin dabei. Und ihre Füße brachten sie um. Sie waren so geschwollen, daß die Riemen ihrer roten Sandalen in ihre Knöchel bissen und ihre Zehen so einschnürten, daß sie pochten. Sie konnte die Schnallen nicht öffnen, doch gelang es ihr endlich, aus den Sandalen zu schlüpfen, indem sie eine an der anderen rieb, und dafür war sie dankbar.

»Wünschte, ich hätte einen Kaugummi«, sagte sie.

Ihr Mund war trocken, und sie hatte ein kratziges Gefühl in der Kehle. Auf dem Rücksitz lag eine halbe Flasche warme Cola, aber sie wußte, daß ihre Blase noch voller sein würde, wenn sie die trank.

»Reds Frau sagt, sie hätte Probleme mit der Blase gehabt, als sie schwanger war. Sie glaubt, daß sie deshalb eine K-Sektion bekam.«

»Was, zum Teufel, ist eine K-Sektion?«

»Ein Kaiserschnitt. Das ist, wenn einem der Bauch aufgeschnitten wird, um das Baby rauszuholen.«

»Komm bloß nicht auf die Idee, das zu planen, Novalee. Das kostet ja ein Vermögen.«

»Das kann man nicht planen, Willy Jack. Nicht so, wie man eine Geburtstagsparty *plant*. Es ist einfach etwas, was passiert. Und ich weiß nicht, wie teuer so was ist. Außerdem wirst du eine Menge Geld verdienen.«

»Ja, aber ich will das nicht ausgeben, bevor ich's in der Tasche habe.«

Willy Jack war nach Kalifornien unterwegs, um bei der Eisenbahn zu arbeiten. Er hatte dort einen Cousin namens J. Paul, der es durch seine Arbeit für die Union Pacific weit gebracht hatte. Und als Willy Jack vor gerade mal zwei Wochen von J. Paul gehört hatte, wurde er ganz aufgeregt und wollte sofort aufbrechen.

Novalee fand es schon komisch, daß Willy Jack wegen Arbeit so aufgeregt war, sagte sich aber, daß man einem geschenkten Gaul nicht ins Maul schauen solle, und so verließen sie Tellico Plains, kaum daß sie ihren Scheck von Reds in Empfang genommen hatte, und sie schaute nicht zurück.

Was sie indes nicht wußte, war, daß Willy Jack nach Bakersfield fuhr, um sich einen seiner Finger abzuhacken. Er hatte ihr nicht die ganze Geschichte erzählt.

Er hatte ihr nicht erzählt, daß J. Paul einen Monat nach Arbeitsbeginn seinen Daumen in einer Kupplungszwinge verloren hatte, eine Verletzung, für die er eine Barzahlung von 65.000 Dollar erhielt und zusätzlich 800 Dollar monatlich für den Rest seines Lebens. J. Paul kaufte für das Geld eine Stehkneipe und zog in ein Reihenhaus am Rande eines Minigolfplatzes.

Als Willy Jack das gehört hatte, entwickelte er ein intensives Interesse an seinen eigenen Fingern. Er nahm sie, nahm sie wirklich zum ersten Mal in seinem Leben wahr. Er begann, jeden einzeln zu untersuchen und stellte fest, daß Daumen und Zeigefinger die meiste Arbeit taten, Mittelfinger zur Kommunikation dienten, Ringfinger für Ringe da waren und kleine Finger reichlich überflüssig waren. Für Willy Jack, einen Linkshänder, war der kleine Finger seiner rechten Hand absolut unnütz. Und dies war derjenige, den er opfern würde, den er gegen Windhund- und Pferderennen einzutauschen gedachte. Dies war der Finger, der ihn nach Santa Anita und Hollywood Park bringen würde, wo er Schlehengin-Fizzes trinken und Seidenhemden tragen und seine Wetten auf Silbertabletts zu den Schaltern bringen lassen würde.

Aber Novalee wußte dies alles nicht. Sie wußte nur, daß er nach Bakersfield ging, um dort bei der Eisenbahn zu arbeiten. Er fand, daß sie mehr nicht wissen müsse. Und wenn Willy Jack Experte für irgend etwas war, dann für das, was Novalee wissen mußte.

»Möchtest du das Baby fühlen?« fragte sie ihn.

Er tat, als habe er sie nicht gehört.

»Hier.« Sie streckte eine Hand nach seiner aus, aber er ließ sie einfach über dem Lenker baumeln.

»Gib mir deine Hand.« Sie hob seine Hand vom Lenkrad hoch und führte sie auf ihren Bauch, legte sie dann flach darauf, auf den Hügel ihres Nabels.

»Spürst du's?«

»Nein.«

»Kannst du dieses schwache, feine Poch ... Poch ... Poch nicht spüren?«

»Ich spüre nichts.«

Willy Jack versuchte, seine Hand zurückzuziehen, aber sie hielt sie fest und führte sie tiefer, preßte seine Finger in die harte Wölbung unmittelbar über ihrem Becken.

»Fühl mal hier.« Ihre Stimme war weich, nicht mehr als ein Flüstern. »Das ist, wo das Herz ist.« Sie hielt seine Hand dort einen Augenblick fest, dann riß er sie weg.

»Könnte ich bei mir nicht feststellen«, sagte er, während er nach einer Zigarette langte.

Da war Novalee zum Weinen zumute, aber sie wußte nicht genau warum. So fühlte sie sich manchmal nachts, wenn sie in der Ferne einen Zug pfeifen hörte ... ein Gefühl, das sie nicht erklären konnte, nicht einmal sich selbst.

Sie lehnte ihren Kopf an den Sitz zurück, schloß die Augen und versuchte einen Weg zu finden, damit die Zeit schneller verging. In Gedanken begann sie das Kinderzimmer einzurichten. Sie stellte die Eichenholzwiege neben das Fenster und einen Schaukelstuhl in die Ecke neben den Wickeltisch. Sie faltete die kleine Tagesdecke mit den Kühen, die über den Mond hüpften, zusammen und legte sie neben die Plüschtiere ...

Während sie langsam in Schlaf versank, hatte sie sich wieder schlank vor Augen. Sie trug ihr dünnes Baumwollkleid und hielt ein Baby, ihr Baby, dessen Gesicht mit einer weichen weißen Decke verhüllt war. Mit Freude und erwartungsvoll schlug sie behutsam die Decke beiseite, entdeckte aber eine andere Decke darunter. Sie zog auch diese beiseite, doch nur um zu sehen, daß darunter eine weitere war ... und eine weitere.

Dann hörte sie einen Zug pfeifen, leise zwar, aber lauter werdend. Sie schaute auf und sah, daß eine Lokomotive auf sie und ihr Baby zuraste. Sie stand wie erstarrt zwischen den Schienen, als der Zug herandröhnte.

Sie versuchte beiseite zu springen, wegzurennen, doch ihr Körper war schwer, bleischwer, und der Boden unter ihr, matschig und klebrig, saugte an ihren Füßen. Dann stürzte sie, und auf den Knien liegend und mit all ihrer Kraft hob sie das Baby über das Gleis und stieß es von den Schienen fort, weg aus dem Gefahrenbereich.

Dann durchdrang das Signal der Pfeife die Luft. Sie versuchte, sich über das Gleis zu ziehen, bewegte sich aber so langsam wie eine riesige Schnecke, gelangte nur zentimeterweise über die heiße Rundung des Metalls. Ein Zischen von Dampf und das Rauschen sengender Luft fegte um ihre Beine, und dann kam sie mit einem verzweifelten Satz drüber. Sie war frei.

Sie versuchte aufzustehen, doch ihre Beine waren Knochensplitter, zerfetzte Sehnen, Stränge von Blut, zermalmtes Fleisch. Der Zug hatte ihre Füße abgetrennt.

Der Schrei begann tief in ihrem Bauch, drang dann brüllend durch ihre Lunge.

»Was ist los mit dir, verflucht, Novalee?« schrie Willy Jack.

Novalee riß sich aus dem Schlaf und spürte voller Entsetzen, daß heiße Luft durch den Boden fegte. Ohne hinzusehen wußte sie, daß das Blech des Fernsehers weg war.

Sie drehte sich um, um aus dem Heckfenster zu schauen, hatte schreckliche Angst vor dem, was sie sehen würde: ihre Füße, zerfetzt, zerrissen und blutig mitten auf der Straße.

Aber statt dessen sah sie ihre roten Sandalen ohne Füße, die die Straße hinunterrutschten und hüpften.

»Worüber lächelst du?« fragte Willy Jack.

»Nur über den Traum, den ich gerade hatte.«

Sie wollte ihm nichts von den Schuhen erzählen. Es war das einzige Paar, das sie besaß, und sie wußte, daß er wegen des Geldes meckern würde, das ein neues Paar kostete. Außerdem erreichten sie eine Stadt, und Novalee wollte nicht, daß er wieder sauer war, denn dann würde sie nie auf eine Toilette kommen.

»Schau mal. Da ist ein Wal-Mart. Laß uns da halten.«

»Ich dachte, du müßtest pinkeln.«

»Du weißt doch, daß es im Wal-Mart Toiletten gibt.«

Willy Jack schwenkte über zwei Fahrspuren ab und bog dann auf die Zufahrtsstraße, während Novalee überlegte, wie sie einem Problem aus dem Wege gehen könnte. Sie hatte nicht mehr als einen Dollar in ihrer Strandtasche. Willy Jack hatte das ganze Bargeld.

»Schatz, ich brauche etwas Geld.«

»Mußt du etwa fürs Pinkeln zahlen?«

Er fuhr in einem Tempo auf den Parkplatz, als mache er einen Boxenstop beim Autorennen, und parkte den großen Plymouth auf dem Behindertenparkplatz, der dem Eingang am nächsten war.

»Fünf Dollar müßten reichen.«

»Wofür?«

»Ich muß Hausschuhe kaufen.«

»Hausschuhe? Warum? Wir sind in einem Auto.«

»Meine Füße sind geschwollen. Ich bekomme meine Sandalen nicht mehr an.«

»Himmelherrgott, Novalee. Wir fahren hier quer durchs Land, und du willst Hausschuhe tragen?«

»Wer soll das denn sehen?«

»Heißt das, daß du bei jedem Halt in Hausschuhen rumlatschen willst?«

»Wir halten doch nicht sehr oft an, oder?«

»Okay. Kauf dir Hausschuhe. Kauf dir Hausschuhe mit Punkten. Am besten grüngepunktete Hausschuhe, damit dich auch niemand übersieht.«

»Ich will aber keine Hausschuhe mit Punkten.«

»Dann kauf dir welche mit Elefanten drauf. Ja, das ist es! Ein Elefant in Elefantenhausschuhen.«

»Das ist gemein, Willy Jack. Das ist wirklich gemein.«

»Verflucht noch mal, Novalee.«

»Ich muß mir aber *irgendwelche* Schuhe kaufen.«

Sie hoffte, daß das als Erklärung genügen würde, wußte aber, daß es nicht reichte. Und obwohl er nicht direkt »Warum?« fragte, sagte sein Gesicht alles.

»Meine Sandalen sind durch den Boden gefallen.«

Sie lächelte ihn an. Es war ein vorsichtiges Lächeln ... eine

Aufforderung zu begreifen, wie komisch doch war, was geschehen war, aber er ging darauf nicht ein. Er starrte sie lange genug an, um ihr Lächeln schmelzen zu lassen, wandte sich dann ab, spuckte aus dem Fenster und schüttelte angewidert seinen Kopf. Schließlich kramte er in den Taschen seiner Jeans und holte eine Handvoll zerknüllter Scheine heraus. Mit seinen ärgerlichen, schnellen Bewegungen zeigte er ihr ganz bewußt, wie gereizt er war. Er hielt ihr einen Zehner hin und stopfte den Rest wieder in seine Tasche.

»Es wird nicht lange dauern«, sagte sie zu ihm, während sie aus dem Wagen stieg.

»Ja.«

Willst du nicht mit reinkommen? Deine Beine mal strekken?«

»Nee. Will ich nicht.«

»Soll ich Popcorn mitbringen?«

»Geh einfach, Novalee.«

Sie spürte seine Blicke auf sich, als sie fortging. Sie versuchte ihren Körper so zu bewegen wie damals, als sie sich zum ersten Mal begegnet waren ... als er seine Finger nicht von ihr lassen konnte, als ihre Brüste und Schenkel fest und glatt waren. Aber sie wußte, was er jetzt sah. Sie wußte, wie sie aussah.

Das einzige Klo in der Toilette war besetzt. Novalee preßte ihre Beine zusammen und versuchte, den Atem anzuhalten. Als sie die Toilettenspülung hörte, war sie sicher, daß sie es schaffen würde. Als sich die Tür dann aber nicht öffnete, war sie sicher, daß dem nicht so sein würde.

»Entschuldigen Sie«, sagte sie, als sie an die Tür klopfte, »aber ich muß wirklich mal ganz dringend.«

Ein kleines Mädchen, das noch mit seinen Knöpfen kämpfte, öffnete die Tür und sprang beiseite, als Novalee an ihr vorbeieilte.

Drinnen nahm Novalee sich nicht einmal die Zeit, die Tür zu verschließen oder Papier auf die Brille zu legen. Sie scherte sich nicht einmal darum, ob überhaupt Papier auf der Rolle war. Sie pinkelte und pinkelte einfach, lachte dann laut, und ihre Augen wurden durch die Tränen über die Freude der Erleichterung feucht. Novalee konnte auch kleinen Siegen etwas abgewinnen.

Während sie sich am Waschbecken die Hände wusch, betrachtete sie sich im Spiegel, wünschte sich aber fast augenblicklich, sie hätte das nicht getan. Ihre Augen waren dick geschwollen, ihr Haar war verklebt und zerzaust. Ihre Haut war teigig und trocken. Sie spritzte sich kaltes Wasser ins Gesicht, glättete ihr Haar mit feuchten Händen und suchte in ihrer Strandtasche nach einem Lippenstift. Aber sie fand keinen. Sie zwickte sich in die Wangen, damit Farbe hineinkam, und beschloß, erst dann wieder in irgendeinen Spiegel zu schauen, wenn sie ein besseres Bild erwarten konnte.

Sie ging direkt in die Schuhabteilung, obwohl sie wußte, daß sie sich bereits zuviel Zeit gelassen hatte. Die billigsten Hausschuhe, die sie finden konnte, hatten kleine Punkte, und deshalb entschied sie sich für ein Paar Riemensandalen, die im Sonderangebot waren und nur 1 Dollar 99 kosteten.

An der Kasse wartete sie ungeduldig, während der Mann vor ihr seinen Scheck ausstellte. Inzwischen zog die Kassiererin die Riemensandalen über den Scanner. Novalee war in die Schlagzeilen des *National Examiner* vertieft. Sie reichte der Kassiererin die Zehn-Dollar-Note, während sie auf das Bild eines Neugeborenen starrte, das zweitausend Jahre alt war.

»Ma'am. Ihr Wechselgeld.«

»Oh, Entschuldigung.« Novalee streckte ihre Hand aus.

»Sieben Dollar und siebenundsiebzig Cent.«

Novalee versuchte ihre Hand zurückzuziehen, doch bevor sie das konnte, fielen die Münzen auf ihre geöffnete Handfläche.

»Nein«, schrie sie, während sie das Geld auf den Boden fallen ließ. »Nein.« Benommen wankte sie, als sie sich umdrehte und dann zu rennen begann.

Sie wußte, daß er fort war, wußte das, noch bevor sie die Tür erreicht hatte. Sie konnte alles sehen, so klar und deutlich sehen wie in einem Film. Sie konnte sich selbst rennen sehen, sehen, wie sie seinen Namen rief ... und dann den leeren Parkplatz, auf dem kein Plymouth mehr stand.

Er fuhr nach Kalifornien und hatte sie zurückgelassen – mit ihren Bildern von alten Tagesdecken und blauem Porzellan und Familienfotos in goldenen Rahmen.

2

Sie wollte sich nicht an alles erinnern, nicht einmal später. Sie wollte sich nicht an den Mann erinnern, der ihre Kamera auf dem Behindertenparkplatz fand. Wollte sich weder an die Angestellte erinnern, die ihr das Geld in die Hand drückte, noch an den Geschäftsführer, der sie zu der Bank unmittelbar neben der Tür führte.

Aber sie erinnerte sich daran, daß jemand einen Krankenwagen rufen wollte und sie erinnerte sich daran, gesagt zu haben, daß alles in Ordnung mit ihr sei, ihnen erzählte, ihr Freund sei weggefahren, um den Wagen reparieren zu lassen, und daß er sie später abholen würde.

Und nach und nach, während sie zum Mittagessen gingen ... eine Zigarettenpause machten ... weitere Regale auffüllten, während Angestellte und Lageristen und Geschäftsführer vorbeizogen, vergaßen sie das schwangere

Mädchen auf der Bank neben der Tür, das unter einem rot-weiß-blauen Banner mit der Aufschrift »Made in America« saß.

Gegen zwei Uhr bekam sie Hunger. Sie aß Popcorn und trank aus großen Plastikbechern Cola. Sie aß zwei Paydays und ging zweimal auf die Toilette. Sie versuchte darüber nachzudenken, was sie tun sollte, doch das Nachdenken machte sie müde und verursachte ihr Kopfschmerzen, und so aß sie noch einen Payday und ging wieder zur Toilette.

Kurz vor drei kam eine knochendürre kleine Frau mit blauem Haar und ohne Augenbrauen herbeigeeilt und lächelte Novalee ins Gesicht.

»Ruth Ann? Ruth Ann Mott! Also, ich muß schon sagen! Die kleine Ruth Ann. Schätzchen, ich habe dich ja seit dem Tod deiner Mama nicht mehr gesehen. Wie lange ist das her? Zwölf oder schon vierzehn Jahre?«

»Nein, Ma'am, ich bin nicht Ruth Ann.«

»Aber erinnerst du dich denn nicht an mich, Schätzchen? Ich bin Sister Husband. Bestimmt erinnerst du dich an mich. Thelma Husband. Natürlich hast du mich damals nicht so genannt. Du hast ›Telma‹ zu mir gesagt, weil du ›Thelma‹ nicht aussprechen konntest. Aber heute sagen alle Sister Husband zu mir.«

»Aber mein Name ist nicht ...«

»Als ich dich das letzte Mal sah, warst du ja fast noch ein Baby. Und jetzt bist du hier und bekommst bald *selbst* ein Baby. Das ist ja toll! Wo lebst du denn jetzt, Ruth Ann?«

»Ich habe in Tennessee gelebt, aber ...«

»Tennessee! Ich hatte eine Kusine, die in Tennessee lebte. Eine Lehrerin. Aber in der Mitte ihres Lebens mußte sie sich dann operieren lassen.«

Sister Husband senkte ihre Stimme und beugte sich näher zu Novalee.

»Hysterektomie war das, weißt du. Und danach konnte

sie nicht mehr buchstabieren. Sie konnte nicht mehr ›Katze‹ buchstabieren, wurde gesagt. Natürlich mußte sie den Schulunterricht daraufhin aufgeben. Aber das war doch traurig, nicht wahr?«

»Ja, Ma'am. Das war's.«

»Tennessee. So. Und jetzt ziehst du wieder hierher, Schätzchen? Kommst zurück nach Hause?«

»Nicht direkt. Aber es sieht so aus, als würde ich wohl eine Weile hierbleiben.«

»Oh, das ist schön, Ruthie. Ich finde das gut. Denn Heimat gibt einem etwas, was einem kein anderer Ort geben kann. Und weißt du, was das ist?«

»Nein, Ma'am.«

»Deine Geschichte, Ruthie. Heimat ist, wo deine Geschichte beginnt.«

»Ja, Ma'am.«

»Der verstorbene Brother Husband sagte, ›Heimat ist der Ort, der dich auffängt, wenn du fällst. Und *wir alle* fallen.‹ Das pflegte der verstorbene Brother Husband zu sagen.«

»War er Ihr Ehemann?«

»Nein. Er war mein Bruder. Ein wirklicher Mann Gottes. Gehst du in die Kirche, Ruthie? Gehst du regelmäßig in die Kirche?«

»Nicht regelmäßig.«

»Nun, das ist gut. Ich glaube, das ist gut. Sonntagsschule ... Bibelstudium ... Gebetskreise. Nein, das ist einfach zuviel Kirche. Es gibt niemand, der so voller Sünde ist, daß er soviel Kirche braucht.«

»Ja, Ma'am.«

»Gibt doch keinen Grund, so hart daran zu arbeiten. Ich? Ich habe jetzt nur eine Aufgabe. Nur eine einzige. Und weißt du, was das ist?«

»Ich nehme an, Seelen retten.«

»O nein, Ruth Ann. Der Herr rettet Seelen. Nein, meine

einzige Aufgabe ist es, Bibeln zu verschenken. Das ist das, was der Herr mir aufgetragen hat. Liest du die Bibel, Ruth Ann?«

»Na ja, nicht viel.«

»Das ist gut. Ich glaube, das ist gut. Wenn die Leute zuviel darin lesen, werden sie verwirrt. Lies ein bißchen, und du bist nur ein bißchen verwirrt. Lies viel, und du bist sehr erwirrt. Und darum verschenke ich auch immer nur jeweils ein Kapitel. Auf diese Weise werden die Leute mit ihrer Verwirrung fertig, wenn sie dann kommt. Verstehst du, was ich damit sage, Ruth Ann?«

»Ja, Ma'am, ich denke schon.« Novalee berührte die Narbe an ihrem Arm, wobei sie sich an Gladys erinnerte.

»Ich wünschte, ich hätte ein Bibelkapitel, das ich dir schenken könnte, Schätzchen, aber ich kam am Busbahnhof vorbei, und da habe ich mein letztes Fünftes Buch Moses und zwei Klagelieder verschenkt. Ich hab' eine Frau getroffen, die nach New Orleans fährt. Jede Frau, die nach New Orleans fährt, kann gar nicht genug Klagelieder haben. Aber jetzt habe ich kein Kapitel mehr übrig. Das tut mir wirklich sehr, sehr leid.«

»Ach, das ist schon in Ordnung.«

»Morgen werde ich einfach mehr mitnehmen. Ich werde dir einen Obadja kopieren. Obadja wird dich nicht zu sehr verwirren. Aber ich werde dich jetzt nicht mit leeren Händen gehen lassen, Schätzchen. Komm mit.«

Sister Husband machte auf dem Absatz kehrt und ging zur Tür, drehte sich dann um und winkte Novalee.

»Komm nur, Ruth Ann.«

Novalee war sich nicht ganz sicher, warum sie der blauhaarigen Frau aus der Tür und über den Parkplatz folgte, aber sie dachte, daß ihr das nicht viel mehr Ärger bescheren könnte, als sie ohnehin bereits hatte. Sister Husband marschierte zu einem verbeulten Toyota Pickup, der so mit einer Plane über der Ladefläche ausstaffiert war, daß er einem Conestoga-Wagen ähnelte. Aber die Plane war zerrissen, und die Drahtbügel, die sie hielten, waren durchgebogen, so daß sie in der Mitte durchhing. An der Seite des Lieferwagens stand in weißer Schrift geschrieben »The Welcome Wagon«.

Sister Husband öffnete die Tür ihres Begrüßungswagens und nahm einen Strohkorb heraus, an dessen Griff eine rote Schleife gebunden war. Sie hielt den Korb vor sich und richtete sich wie ein Soldat in Habachtstellung zu voller Größe und kerzengerade auf.

»Laß mich zu den ersten gehören, die dich daheim willkommen heißen«, sagte sie im Tonfall und mit der Modulation eines schlechten Redners. »Und im Namen der Stadt möchte ich dir mit diesem Korb Geschenke der Kaufleute und Bankiers überreichen, damit deine Heimkehr so angenehm wie nur möglich ist.«

»Vielen Dank.« Novalee nahm den Korb.

»Schau her, Ruth Ann. Darin sind Streichhölzer, ein Telefonbuch und Sandblattnagelfeilen. Hier sind ein paar Wertcoupons und ein Stadtplan. Allerdings ist da noch etwas. Siehst du diesen Terminkalender?«

Novalee nickte.

»Die sind mir letzte Woche ausgegangen. Es war der einzige, den ich für mich noch auftreiben konnte, deshalb schrieb ich zwei oder drei von meinen Terminen hinein. Meine AA-Treffen. Aber wenn du keine Alkoholikerin bist, wirst du ja wissen, daß es nicht deine Termine sind.«

»Nein, Ma'am. Das bin ich nicht.«

»Gut. Ich finde, das ist gut. Aber denk daran, wir alle fallen. Das ist das, was der verstorbene Bruder Husband zu sagen pflegte.«

»Sister Husband. Kann ich ein Foto von Ihnen machen?«

Falls die Frage sie überraschte, zeigte Sister Husband das

nicht. »Aber ja, Ruth Ann. Wie süß«, sagte sie. Sie nahm ihre Brille ab und zog den Bauch ein, bis Novalee den Auslöser gedrückt hatte. Gemeinsam schauten sie zu, wie das Bild sich entwickelte.

»Oh, das sieht ja aus, als ob ich schielte. Fotos von mir sind einfach immer schrecklich.«

»Nein, es ist schön.«

»Findest du das wirklich?«

»Ja, ehrlich.«

»Du bist süß, Ruth Ann. Wirklich süß.«

Sister Husband umarmte Novalee schnell, stieg dann in den Toyota und ließ den Motor an.

»Ich wohne an der Evergreen, Ruthie. Du findest das auf deinem Stadtplan. Das letzte Haus auf der linken Seite. Du kannst jederzeit dorthin kommen, wenn du magst. Und bring das Baby mit! Ihr zwei seid immer willkommen.«

»Vielen Dank, Sister Husband. Und ich werde dieses Foto einrahmen und für mein Baby aufbewahren.«

Sister Husband fuhr davon, aber Novalee stand auf dem Parkplatz und winkte dem kleinen beplanten Wagen, der Richtung Westen fuhr, nach, bis er außer Sicht war.

Wieder im Laden blieb Novalee bei einer hölzernen Hollywoodschaukel stehen, die nahe der Tür ausgestellt war. Sie fuhr mit einer Hand über das dunkle Holz und dachte an kühle gelbe Veranden und Winden, die sich um weiße Spaliere rankten.

»Der alte Mann draußen am Sticker Creek baut Verandaschaukeln aus Hickory.«

Sie wandte sich der Stimme und dem großen schwarzen Mann zu, der auf ihrer Bank saß.

»Die werden nicht lange halten«, sagte er. »Die Drähte schneiden in das weiche Holz. Wenn Sie eine Schaukel wollen, die hält, dann müssen Sie raus zum Sticker Creek fahren.«

»Wo ist das?« fragte sie.

»Sie sind neu in der Stadt?«

»Ja. Nein. Also, ich bin nicht sehr lange hier gewesen.«

»Also ein Neuankömmling.«

Er lächelte und rutschte auf der Bank beiseite, eine Einladung an sie, sich zu ihm zu gesellen.

Er war der schwärzeste Mann, den Novalee je gesehen hatte, so schwarz, daß seine Haut das Licht reflektierte. Sie dachte, daß sie sich wohl in seinem Gesicht sehen könne, wenn sie sich nur weit genug vorbeugte. Er trug einen Anzug, und neben ihm, auf dem Boden, stand ein Aktenkoffer. Novalee hatte noch nie zuvor einen schwarzen Mann mit einem Aktenkoffer gesehen.

Sie stellte ihre Plastikstrandtasche und den Begrüßungskorb zwischen sie, so daß sie am anderen Ende der Bank wenig Platz hatte.

»Ich heiße Whitecotton. Moses Whitecotton.«

»Oh.« Sie wollte ihm ihren Namen sagen, überlegte es sich dann aber anders.

»Einige aus meiner Familie haben ihren Namen auf White abgekürzt. Aber das ist nicht ihr Name. Der Name ist Whitecotton.«

»Warum haben die ihn denn geändert?«

»Sie fanden, daß man sich seiner schämen müsse. Sagten, es sei ein Sklavenname. Aber es ist ihr Name. Und es ist meiner.«

Moses Whitecotton schwieg einen Augenblick und starrte auf etwas, das Novalee nicht sehen konnte.

»Ein Name ist wichtig«, sagte er. »Erinnert einen daran, wer man ist.«

»Das finde ich auch.«

»Ja, so ist das. Ein Name ist 'ne wichtige Sache. Haben Sie schon einen Namen für Ihr Baby?«

»Nein, aber ich denke über ein paar nach.«

»Gut, lassen Sie sich damit Zeit. So 'ne Sache sollte man nicht überstürzen. 'n Name ist zu wichtig, um so was schnell zu entscheiden.«

Novalee griff in ihre Strandtasche und nahm ein Päckchen Lifesavers heraus. Dann stellte sie die Tasche auf den Boden, unter die Bank. Der oberste Lifesaver war grün, ihre Lieblingssorte, aber sie bot ihn Moses Whitecotton an.

»Danke, aber ich bin Diabetiker. Ich vertrage keinen Zucker.«

»Wissen Sie«, sagte sie, während sie sich den Lifesaver in den Mund steckte, »ich habe an Wendi gedacht, mit einem I, oder vielleicht Candy, wenn's ein Mädchen wird.«

»Geben Sie Ihrem Baby einen Namen, der etwas bedeutet. Einen kräftigen Namen. Einen starken Namen. Einen Namen, der viele schlechte Zeiten durchstehen wird. Viel Schmerz.«

»Darüber habe ich noch nie nachgedacht.«

»Ich war mal Graveur ... Pokale, Plaketten. Ich hab' auch Grabsteine gemeißelt. Wenn man so was macht, dann denkt man über Namen nach.«

»Ja, ich glaube, das tut man schon.«

»Wissen Sie, der Name, den Sie aussuchen, der wird bei Ihrem Baby sein, wenn sonst nichts anderes ist. Wenn niemand da ist. Denn Sie werden ja nicht immer da sein.«

»Oh, ich werde sie nie verlassen, so wie manche Menschen einfach gehen, einfach aus dem Leben verschwinden. Das werde ich niemals tun.«

»Aber Sie leben nicht ewig. Sie werden sterben. Wir alle werden einmal sterben. Ich. Sie. Und sie.«

Novalee schluckte ihren Lifesaver hinunter.

»Sie sterben gerade jetzt. Genau in dieser Minute.« Er schaute aufseine Armbanduhr, sagte: »In dieser Sekunde.« Dann tippte er mit einem Finger darauf. »Sehen Sie? Diese Sekunde ist vorbei. Einfach weg. Kommt nicht wieder. Und während ich mit Ihnen rede, jede Sekunde, die ich rede, vergeht eine Sekunde. Weg. Zählen Sie sie, egal wie. Sie sind weg. Jede einzelne bringt Sie dem Augenblick Ihres Todes näher.«

»Daran möchte ich aber nicht denken.«

»Haben Sie schon mal darüber nachgedacht, daß Sie in jedem Jahr, das Sie leben, den Jahrestag Ihres Todes durchlaufen? Natürlich wissen Sie nicht, welcher Tag das ist. Aber können Sie dem folgen, was ich sage?«

Novalee nickte, allerdings nur schwach, als ob zuviel Bewegung ihre Konzentration stören könnte.

»Schauen Sie, mal angenommen, Sie werden am achten Dezember sterben. Natürlich *kennen* Sie das Datum nicht, weil Sie ja noch leben. Aber jedes Jahr, das Sie leben, durchlaufen Sie den achten Dezember, ohne zu wissen, daß dies der Jahrestag Ihres Todes ist. Verstehen Sie, was ich meine?«

»Ja.« Novalee machte große Augen, wie betäubt von diesem verblüffenden neuen Gedanken. »Darüber habe ich noch nie nachgedacht.«

»Nein, das tun ja auch nicht viele Leute. Doch hören Sie. Sie werden sterben. Aber Ihr Name nicht. Nein. Der wird in die Bibel von irgend jemand geschrieben sein, in einer Zeitung gedruckt werden. In Ihren Grabstein gemeißelt. Sehen Sie, dieser Name hat eine Geschichte.«

»Und Heimat ist der Ort, wo die eigene Geschichte beginnt«, sagte sie leise.

»Und diese Geschichte wird auch dann da sein, wenn Sie nicht da sind.«

Er hob seine Hände, zeigte seine Handflächen ... sie waren leer. Er hatte ihr alles gegeben, was er geben konnte ... und sie hatte es genommen.

»Hier«, sagte er. Er nahm seinen Aktenkoffer auf, und während er ihn auf seinem Schoß zurechtrückte, stellte

Novalee den Korb vom Begrüßungswagen auf die andere Seite und rutschte zu Moses Whitecotton hinüber. Der Aktenkoffer war voller Bilder.

»Warum haben Sie die alle?«

»Ich bin jetzt Fotograf. Ich besuche Geschäfte und mache Fotos von Babys.«

»Kann ich welche sehen?«

Er blätterte ein Dutzend Fotos durch. Babys, die lächelten, die Stirn runzelten, weinten. Braune Babys, schwarze Babys, weiße Babys. Mit Lockenhaar, blauäugig, rothaarig und kahl.

»Wenn Sie heute in ein paar Monaten mit Ihrem Baby herkommen, mache ich von ihm ein Foto kostenlos.«

»Das wollen Sie wirklich?«

»Sicher. Danach suchte ich.«

Moses Whitecotton reichte Novalee ein in Seide gebundenes Babyalbum. »Die verschenken wir bei einer Bestellung im Wert von hundert Dollar.« Er schlug die erste Seite auf. »Da schreiben Sie den Namen Ihres Babys hin. Aber vergewissern Sie sich, daß es der richtige ist.«

»Das werde ich.«

Er steckte die Fotos wieder in seinen Aktenkoffer und schloß ihn.

»Mr. Whitecotton, darf ich ein Foto von Ihnen machen?«

»Von mir?«

Sie nickte.

»Sicher.«

Novalee nahm die Kamera aus der Strandtasche, stellte sich vor ihn und machte das Foto.

Genau in diesem Augenblick trat ein junger Mann, blond und geschniegelt, zwischen sie.

»Hi, ich bin Reggie Lewis. Mein Mädchen sagt, Sie wollten mich sprechen. Sind Sie Mose?«

»Nein. Ich heiße Moses Whitecotton.«

»Oh. Okay. Begleiten Sie mich in mein Büro?« Reggie machte kehrt und ging voran.

Moses Whitecotton hielt Novalee eine Hand hin. »Viel Glück.«

Seine Hand war fest und stark, und Novalee mochte es, wie sich ihre Hand in seiner anfühlte.

»Danke für das Babyalbum.«

»War mir ein Vergnügen«, sagte er und ging dann fort.

Novalee schaute ihm nach, blickte dann auf das Foto in ihrer Hand, das Foto von Moses Whitecotton ... und für einen Augenblick, nur für einen ganz winzigen Augenblick glaubte sie, sich selbst in seinem Gesicht zu sehen.

Kurz nach sieben aß Novalee eine Chili-Wurst und trank dazu ein Rootbier. Dann kaufte sie ein Exemplar des *American Baby Magazine* in der Hoffnung, darin eine Liste mit Namen zu finden, aus denen sie einen wählen könnte. Aber so was war nicht drin. Statt dessen las sie einen Artikel, der »Fit bleiben während der Schwangerschaft« überschrieben war. Das veranlaßte sie, ein Paket Rindfleischchips für zusätzliche Proteine zu essen und dann einen flotten Spaziergang zu machen. Sie umrundete dreimal den Parkplatz, wobei sie tief aus ihrem Zwerchfell atmete, wie es der Artikel empfohlen hatte, aber die Hitze Oklahomas ermüdete sie rasch, und sie schleppte sich durch die letzte Runde.

Sie schaute auf, als ein Pickup heranfuhr und in nächster Nähe hielt. Die Ladefläche war mit kleinen Bäumen gefüllt, deren Wurzeln mit Sackleinen umwickelt waren. Auf einem handgemalten Schild an der Seite des Lieferwagens stand BEN GOODLUCK NURSER ... EARTH CARE GROWERS.

Der Fahrer, ein großer schlanker Indianer, stieg aus und ging in den Laden. Sein Fahrgast, ein kleiner Junge, wartete im Wagen.

Novalee ging zu dem Wagen der Baumschule hinüber, betrachtete für ein paar Sekunden das Schild, das auf natürlichen Anbau verwies, und strich dann mit einem Finger über das Wort »Goodluck«. Der Junge, eine zehnjährige Kopie des Mannes, lehnte sich aus seinem Fenster und beobachtete sie.

»Ist dein Name Goodluck?« fragte sie.

Der Junge nickte.

»Ich wünschte, das wäre mein Name.«

»Warum?«

»Weil das ein starker Name ist. Ein Name, der einer Menge schlechter Zeiten standhalten wird.«

»Das denk' ich schon«, sagte er. »Was ist mit Ihrem Arm passiert?« Er berührte die Narbe ganz leicht.

»Ich hatte etwas Pech.« Novalee deutete auf die Ladefläche des Lieferwagens. »Was sind das für Bäume?«

»Roßkastanien.«

»Davon hab' ich noch nie gehört.«

Der Junge stieg aus, fischte in seiner Hosentasche und zog eine harte braune Nuß heraus ... sie war poliert und glänzte.

»Hier.« Er hielt sie ihr hin.

»Was ist das?«

»Eine Roßkastanie.«

Novalee nahm sie und rollte sie auf ihrer Handfläche.

»Sie bringt Glück«, sagte er.

»Woher weißt du das?«

»Hat mir mein Opa erzählt. Die hat erst seinem Opa gehört, dann ihm. Und jetzt gehört sie mir.«

»Und hatten sie Glück?«

Er nickte. »Sie waren gute Jäger. Das bin ich auch.«

»Bringt die nur beim Jagen Glück?«

»Nein. Die ist für 'ne Menge gut. Die hilft einem Sachen zu finden, die man braucht. Oder hilft einem, zurück nach

Hause zu finden, wenn man sich verirrt hat. Für 'ne ganze Menge.«

Novalee hielt ihm die Roßkastanie hin.

»Wünschen Sie sich zuerst was«, sagte er.

»Was wünschen?«

»Ja. Halten Sie sie fest in Ihrer Hand und wünschen Sie sich was.«

»Aber sie ist doch nicht mein Glückstalisman. Sie ist deiner.«

»Ja, aber es klappt trotzdem. Versuchen Sie's.«

»Okay.« Novalee umklammerte die Roßkastanie mit ihren Fingern und schloß die Augen fest zusammen wie ein Kind, das darauf wartet, überrascht zu werden. Als sie fertig war, gab sie sie dem Jungen zurück.

»Was haben Sie sich gewünscht?« fragte er.

»Wenn ich dir das erzähle, wird's nicht erfüllt.«

»Nee. Das ist nur, wenn man sich bei 'ner Sternschnuppe was wünscht.«

»Kann ich von dir ein Foto machen?«

»Von mir aus.«

»Stell dich direkt neben die Tür von deinem Wagen, damit dein Name auch draufkommt. Dorthin. Noch ein bißchen nach links. Gut.«

Novalee machte das Foto genau in dem Augenblick, als der Vater des Jungen zum Lieferwagen zurückkehrte.

»Bist du fertig, Benny?«

»Okay.« Er öffnete die Tür, stieg ein und lächelte dann Novalee an. »Also dann, wiederseh'n.«

»Wiederseh'n, Benny Goodluck.«

Der Junge winkte, als der Lieferwagen anfuhr. Novalee überquerte den Parkplatz, um zum Laden zurückzugehen.

»Ma'am. Ma'am.«

Sie drehte sich um und beschirmte ihre Augen gegen die Sonne.

»Warten Sie«, rief Benny Goodluck. Er kam mit einem

der kleinen Roßkastanienbäume auf sie zugelaufen. »Hier. Ist für Sie.«

»Für mich? Warum?«

»Als Glücksbringer.« Er setzte den Baum auf dem Behindertenparkplatz ab.

»Oh, Benny. Du wußtest, was ich mir gewünscht habe.«

»Ja, Ma'am. Das wußte ich.«

Dann machte er kehrt und rannte zu seinem Vater zurück.

Novalee schaute sich Babykleidung an, als es im Lautsprecher klickte. Die Stimme daraus klang blechern und fern, wie bei einer schlechten Telefonverbindung.

»Achtung, Achtung, liebe Wal-Mart Kunden. Es ist jetzt neun Uhr, und Ihre Wal-Mart Discount City schließt jetzt.

Novalee hielt den Atem an und fühlte sich schwindlig.

Kommen Sie bitte mit Ihren Einkäufen zur ...

Etwas wallte in ihrer Brust, etwas Heißes und Schmerzhaftes.

Wir möchten Ihnen nochmals unsere Öffnungszeiten ...

Ihr Herz raste. Der Schlag war unregelmäßig, schwer.

Wir haben geöffnet von neun ...

Sie mußte aufstoßen und hatte den Geschmack von kaltem Chili im Mund.

Und wie immer möchten wir uns für Ihren Einkauf bei Wal-Mart bedanken.«

Sie würgte den säuerlichen Geschmack hinunter, der in ihrer Kehle brannte, wirbelte herum und rannte zu der Toilette im hinteren Teil des Geschäfts.

Sie war leer, der Raum finster, aber sie hatte keine Zeit, nach dem Lichtschalter zu suchen. Sie erbrach sich wieder und wieder, bis sie sich völlig leer fühlte. Dann setzte sie sich im Dunkeln hin und versuchte, nicht an den Schlamassel zu denken, in dem sie sich befand. Sie hatte den ganzen Tag über jeden Gedanken daran verdrängt, aber jetzt überkam es sie mit Macht.

Es muß etwas geben, dachte sie, was ich tun kann. Sie könnte versuchen, Momma Nell zu finden, aber sie kannte Freds Nachnamen nicht. Sie nahm an, daß es einen Schiedsrichterverband gab, eine Stelle, wo sie anrufen könnte, aber wahrscheinlich gab es eine Menge Schiedsrichter, die Fred hießen.

Sie könnte die Staatliche Besserungsanstalt für Mädchen anrufen, um herauszufinden, ob Rhonda Talley noch dort war. Aber der Diebstahl des Eiscremelieferwagens war Rhondas erstes Vergehen gewesen, so daß sie wahrscheinlich frei war.

Sie könnte Red anrufen, glaubte aber nicht, daß er ihr Geld schicken würde, damit sie nach Tellico Plains zurückkommen konnte. Er hatte schon eine andere Kellnerin eingestellt.

Dann dachte Novalee an Willy Jack. Sie könnte per Anhalter fahren, versuchen, allein nach Bakersfield zu kommen. Aber sie wußte nicht, ob J. Pauls Nachname Pickens oder Paul war.

Sie fragte sich, ob Willy Jack sie wirklich verlassen hatte. Was nun, wenn er nur weggefahren war, um den Wagen reparieren zu lassen? Oder wenn er ihr ganz einfach nur einen Streich spielte? So was machte er gerne. Vielleicht war er weggefahren, um ihr Angst zu machen, und hatte einen Unfall gehabt, bevor er ...

Was, wenn er gekidnapped worden war? Jemand mit einer Pistole hatte ihn vielleicht gezwungen ... Solche Dinge sah sie im Fernsehen ...

Was, wenn ...

Vielleicht, daß ...

Nur einmal angenommen ...

Aber Novalee wußte, daß nichts von all dem geschehen war. Und sie wußte, daß es Momma Nell egal sein würde, wo sie war, daß Rhonda Talley sich wahrscheinlich nicht einmal mehr an sie erinnerte ... und daß Willy Jack tatsächlich ohne sie gefahren war.

Sie schmeckte, daß wieder Galle in ihrer Kehle hochstieg, spürte den stechenden Schmerz in ihrem Magen. Sie hätte sonst dagegen angekämpft, aber sie war einfach zu müde. Sie ließ sich in die Schwärze gleiten und im Raum verschwinden.

Sie wußte nicht, wie lange sie auf der Toilette gewesen war. Sie war zu schwach gewesen, um sich bewegen zu können, zu krank, als daß es sie interessiert hätte.

Ihre Kleidung war feucht und klebrig, ihre Haut klamm. Sie hatte das Gefühl, als sei ihr Kopf von ihrem Körper getrennt. Als sie schließlich stehen konnte, war ihr, als würde sie alles aus sehr großer Höhe sehen.

Sie ging an das Waschbecken und hielt sich fest, während sie ihr Gesicht bespritzte und den Mund ausspülte. In ihrem Kopf hämmerte es, und alles tat ihr weh, aber sie wusch sich so gut sie konnte, nahm dann ihre Strandtasche und ging vorsichtig hinaus.

Das Gebäude war dunkel und still. Ein schwaches Licht kam von der Stirnseite, aber sie wußte, daß das Haus leer war ... wußte, daß sie allein war.

Sie bewegte sich geräuschlos durch den Laden, auf das Licht zu, und fand ihre Habseligkeiten neben der Bank, wo sie sie zurückgelassen hatte – den Korb vom Begrüßungswagen, ihr Babyalbum, den Roßkastanienbaum. Sie nahm alles an sich, als ob sie sich zum Gehen vorbereiten wolle, als ob sie nach Hause ginge.

Dann begann sie zu wandern, so wie Menschen es tun, die von nirgendwo herkommen und keinen Platz haben, zu dem sie gehen können – wie Crazy Man Dan in Tellico Plains, der nachts durch die Straßen wanderte und den Müll aus dem Leben anderer Menschen schleppte.

Sie bewegte sich ziellos von einer Seite des Ladens zur anderen, vorbei an Reihen mit Fernsehern ohne Bilder, an Regalen mit Spielzeug ohne Kinder. Sie schlurfte an Stapeln von Laken, an Dosen voller Süßwaren und Regalen mit Geschirr vorbei. Durch einige Gänge ging sie viele Male, durch einige überhaupt nicht, aber das war unwichtig.

Und dann sah sie einen Tisch, einen runden Tisch mit einer Glasplatte unter einem rotweiß-gestreiften Sonnenschirm ... einen Platz, an dem sie mit dem Baby sitzen und Schokoladenmilch trinken und dem Sonnenuntergang zuschauen konnte. Sie fuhr mit einer Hand über die glatte Glasplatte, wischte Staub beiseite, reinigte eine Stelle für das Album und den Korb. In der Nähe entdeckte sie einige dünne weiße Spaliere, von denen sie zwei seitlich neben den Tisch schob, um den Baum dazwischenzustellen.

Sie ließ sich in einen der Sessel sinken, öffnete ihre Strandtasche und nahm die Fotos von Sister Husband, Moses Whitecotton und Benny Goodluck heraus und stellte sie, an den Korb gelehnt auf. Sie rückte das Album näher zur Tischmitte, schob es dann aber dahin zurück, wo es gelegen hatte. Schließlich saß sie für lange Zeit still da, so lange, daß es schien, als würde sie sich nie wieder bewegen.

Sehr viel später, nachdem sie aufgestanden war, spazierte sie zum Vorderfenster und blickte hinaus. Ein leichter Regen begann zu fallen und ein kräftiger Wind schleuderte Tropfen gegen das Glas. Verschwommene Töne in Neongelb und Neonrot, winzige Pfeile von Farbe, waren in den Rinnsalen gefangen, die an der Scheibe herabrannen. Und plötzlich überkam sie eine lang vergrabene Erinnerung.

Sie war sehr klein, und sie konnte sich nicht erinnern, warum oder wie, aber sie war in einer Rollschuhbahn zurückgelassen worden, eingesperrt, allein. Zuerst hatte sie schreckliche Angst ... sie schrie, klopfte an verschlossene Türen, reckte sich hohen Fenstern zu.

Dann streckte sie sich zu einem Schalter an der Wand hoch, drehte ihn um, und eine riesige Silberkugel in der Mitte der Bahn begann sich zu drehen und sandte einen Regen von Silber und Blau über den Boden, auf die Wände, auf die Decke ... und drehte sich um und um.

Darauf schwand ihre Furcht, zersprang wie zersplittertes Glas, und die fünfjährige Novalee Nation trat in den Schauer von Licht und ließ die hellen Diamanten von Farbe um ihren Körper tanzen. Dann begann sie sich zu drehen. Unter der magischen Silberkugel glitten ihre bestrumpften Füße, rutschten auf dem polierten Holz, und sie drehte sich ... schneller und schneller ... ihre Arme schwebten frei im Raum ... kreisend ... wirbelnd ... frei.

Novalee lächelte über ihr fünfjähriges Ich, das nur aus Ellenbogen und Knien bestand, und versuchte es zu halten, doch das Kind wirbelte davon ... fort in die Schatten.

Und dann streifte Novalee Nation, siebzehn, im siebten Monat schwanger, mit siebenunddreißig Pfund Übergewicht ihre Riemensandalen ab, mitten im Wal-Mart, und begann sich zu drehen ... schneller und schneller ... kreisend und wirbelnd ... frei ... und wartete darauf, daß ihre Geschichte begann.

3

In Tucumcari ging Willy Jack das Geld aus. Achtzig Meilen weiter ging dem Plymouth das Benzin aus. Als die Nadel der Benzinuhr über die rote Marke schlich, griff er in seine Taschen, um sein Kleingeld zu zählen ... vierundneunzig Cent. Er bedauerte, Novalee den Zehner gegeben zu haben, der ihn näher an Kalifornien herangebracht hätte, tat das dann aber rasch mit einem Achselzucken ab. Willy Jack war kein Mensch, der sich lange damit aufhielt, etwas zu bedauern.

Es gelang ihm, den Wagen in einem Kiefernhain zu parken, genügend weit von der Standspur der Straße entfernt. Er schloß seinen Pappkoffer in den Kofferraum ein und zog dann die Sitze vorn und hinten heraus, um nach heruntergefallenen Münzen zu suchen. Er fand zwei Vierteldollarstükke, ein Zehncentstück, drei Pennies und seinen Jointhalter.

Er war noch nicht weit gekommen, als er merkte, daß er seine Sonnenbrille auf dem Armaturenbrett liegengelassen hatte. Mehr als die Hitze störte ihn die grelle Sonne, deren Schein wie ein Finger schmerzend in seine Augen stach.

Er versuchte, per Anhalter weiterzukommen, aber die Trucker, die von der Pecos Mesa herunterkamen, hatten beschleunigt, dröhnten vorbei, erzeugten kleine Wirbelwinde aus Staub und Kies, und er stand da und hatte knirschenden Sand zwischen den Zähnen.

Nur wenige andere Fahrzeuge waren auf der Straße. Offene Lieferwagen, in deren Fahrerhäusern ganze Familien zusammengepfercht waren, RVs, die Fenster zugepflastert mit Stickern, auf denen ERWACHSENE BÜRGER AN BORD stand – nicht die Art Fahrer, die für einen Tramp anhielten.

Einmal fuhr ein zerbeulter kleiner VW, vollbesetzt mit Teenagern, langsamer und rollte auf einer Höhe neben Willy Jack. Ein Rotschopf mit schiefen Zähnen beugte sich aus dem Fenster und lächelte.

»Entschuldigen Sie, Sir«, sagte er, »aber haben Sie vielleicht zufällig einen Grauen Popo?«

»Was? Einen grauen was?«

Aber der Wagen fuhr bereits mit hoher Geschwindigkeit an und ließ schallendes Gelächter zurück.

»Schwanzlutscher!« brüllte Willy Jack.

Der Rothaarige beugte sich aus dem Fenster und blies Willy Jack einen Kuß zu; Willy Jack hielt ihm den Mittelfinger hin.

»Schwanzlutscher!« schrie er wieder, aber sie waren inzwischen schon weit den Highway hinuntergefahren.

Die Hitze begann ihn zu ärgern. Sein Mund war trocken, sein Kopf brummte. Von einer Anhöhe aus entdeckte er einen Teich, aber der war mindestens eine Meile vom Highway entfernt.

Er hatte keine Ahnung, wie er an Benzin oder Geld kommen sollte, doch als er ein Schild sah, auf dem SANTA ROSA – 3 MEILEN stand, schien ihm das eine bessere Alternative zu sein als nach Bakersfield zu laufen.

Kurz vor der Ausfahrt verkündete ein weiteres Schild BENZIN, ESSEN UND ÜBERNACHTUNG GERADEAUS, aber Willy Jack schaffte es bis zu keinem der drei. Nicht, nachdem er an einer Bar namens Tom Pony's vorbeikam, einem geduckten Betonbau, der in der Farbe dünnen Kaffees gestrichen war.

Willy Jack fürchtete, daß die Bar geschlossen sein könnte. Dem alten Lieferwagen, der davor geparkt stand, fehlten die beiden Hinterräder. Er mußte schon eine Weile dort stehen. Die Neonreklame an dem Gebäude war nicht eingeschaltet, und hinter den Fenstern sah es dunkel aus, aber er konnte hören, daß drinnen Musik gespielt wurde, eine Stahlgitarre, die das Thema eines Songs intonierte. Er drückte auf die Klinke, aber die Tür war verschlossen. Dann ging er ans Fenster, rieb einen Kreis von Schmutz beiseite, legte seine Hände um die Augen und spähte hinein.

Nach wenigen Sekunden hatten seine Augen sich so angepaßt, daß er merkte, daß er in ein anderes Augenpaar auf der anderen Seite der Scheibe starrte.

»Jesus«, schrie er, während er zurücksprang.

Er hörte drinnen jemand lachen. Einen Moment später klickte ein Schloß, und die Tür öffnete sich, aber nur um Zentimeter. Er bewegte sich zögernd darauf zu, beugte sich dann ein wenig weiter vor. In diesem Moment flog die Tür weit auf, und eine Hand schoß heraus, faßte Willy Jack und zog ihn hinein.

»Was, zum Teufel, fällt dir eigentlich ein, einfach in mein Fenster zu gaffen?«

Ein Mädchen, das zwölf oder dreizehn sein mochte, hielt ihn fest. Sie hatte kurzgeschorenes Haar, einen Zinken von Nase und ein schmales, scharfes Gesicht, das mit Pickeln übersät war. Sie erinnerte ihn an Bilder, die er im Fernsehen gesehen hatte, an Bilder von hungernden Menschen in Afrika, nur daß dieses Mädchen weiß war. Und stark.

»Du weißt, daß du für so was erschossen werden kannst, oder?«

»Nun hör mal«, sagte er, während er ihre Hand von seinem Arm streifte. »Es ist nicht so, als ob ich in dein Schlafzimmer oder sonstwohin geschaut hätte. Das ist kein Haus.«

»Woher weißt du das denn, Mr. Klugscheißer?«

»Und, ist es eins?«

»Wie sieht's denn aus?«

Willy Jack schaute sich in dem Raum um, allerdings ohne Interesse. Er hatte Tausende von Nächten in solchen Kneipen verbracht, sah aber nie mehr darin als er in dieser sah: Musikbox, Billardtisch, Bar, Mädchen. Die gesprungenen Kunststoffmöbel oder die bespritzten Wände oder die vergilbten Bilder von abgehärmten und geschlagenen Indianern sah er nie. Er konnte den Schimmer und Glanz von Dingen nicht sehen, die noch neu waren, aber doch bereits stumpf und entstellt ... wie dieses Mädchen.

»Ist diese Kneipe nun geöffnet oder nicht?«

»Wäre geschlossen, wärst du ja wohl nicht drin, oder?«

»Ich will nur eins: ganz einfach ein kaltes Bier.«

»Das verkaufen wir.«

Sie ging hinter die Bar, zapfte ein Bier und schob es ihm über den Tresen zu. Er trank es fast in einem Zug aus.

»So, und woher bist du?« fragte sie.

»Nashville.«

»Tennessee?«

»Ich kenne nur ein Nashville. Und das liegt in Tennessee.«

»Du bist 'n Klugscheißer, was?«

Willy Jack grinste.

Irgendwo im hinteren Teil, in einem Raum hinter der Bar, hörte Willy Jack das Rauschen einer Toilette.

»Weißt du, wie du aussiehst, wenn du lächelst?« sagte sie. »Wie John Cougar Mellencamp. Hat dir das schon mal jemand gesagt?«

»Sicher, 'ne Menge Leute. Und weißt du, warum? Weil er mein Bruder ist.«

»Blödsinn. Er ist nicht dein Bruder.«

»Wirklich? Meine Mutter glaubt das aber.«

»Ist er nicht.«

Willy Jack trank das Bier aus und hielt ihr das leere Glas hin.

»Zeig mir deinen Führerschein.«

»Warum? Bist du 'n Bulle?«

Darauf lachte sie, und Willy Jack sah, daß ihre beiden Vorderzähne fehlten. Ihr Zahnfleisch war an der Stelle, wo die Zähne hätten sein sollen, tiefrot, so, als ob sie dort Lippenstift draufgemalt hätte. Willy Jack war überrascht, daß er den Beginn einer Erektion spürte.

Sie füllte sein Glas und reichte es ihm zurück.

»Nun mach. Beweise, daß du bist, wer du zu sein behauptest.«

»Wünschte, das könnte ich.«

»Ich wußte, daß es Blödsinn war.«

»Irgendein Mistkerl hat mir letzte Nacht meine Brieftasche geklaut. Einfach aus meinem Hotelzimmer ... Geld, Kreditkarten. Alles.«

»Heißt das, du hast kein Geld? Und wie willst du mir die beiden Bier bezahlen?«

»Oh, 'n bißchen Kleingeld habe ich.« Willy Jack tat, als wolle er in seine Tasche greifen.

»Schon okay. Die gehen aufs Haus.«

»Jolene?« Die Stimme aus dem Hinterzimmer, die einer Frau, war heiser und klanglos.

Das Mädchen verdrehte ihre Augen und schnitt ein Gesicht, als hätte sie ein rohes Ei im Mund.

»Ja, Ma'am?«

»Hast du die Salzstreuer gefüllt?«

»Ja, hab' ich.«

Das Mädchen nahm einen Sack Morton Salt aus einem Regal hinter sich und drehte darauf die Kappen von einigen klobigen Plastikbechern ab, die auf der Bar standen. Sie hielt den Sack mit der Öffnung nach unten und schwenkte ihn über den Bechern hin und her.

»Jolene«, rief die Frau wieder.

Das Mädchen grinste Willy Jack an, während das Salz sich über die Becher und auf den Tresen ergoß. Sie hielt den Sack, bis er leer war und die Becher unter einem Pfund Salz begraben waren.

»Jolene.« Die Stimme war jetzt drängender.

»Was?«

»Stell die restlichen Coors and Millers ins Kühlfach«, schrie die Frau.

»Okay.«

Das Mädchen ging zu einem durch einen Vorhang abgeteilten Bereich am anderen Ende der Bar und kam mit zwei Kisten Bier wieder, die sie aufeinandergestapelt hatte. Sie trug die Kästen mühelos, ohne sich anzustrengen. Willy

Jack schaute zu, wie sie das Kühlfach hinter der Bar öffnete und damit begann, das heiße Bier hineinzulegen. Ihre Jeans schnitten jedesmal, wenn sie sich vorbeugte, straff in ihren Schritt, aber das war es nicht, was ihn erregte. Es war dieser Raum in ihrem Mund, wo sie ihre Vorderzähne verloren hatte.

»Bist du auch Musiker?« fragte sie.

»Ja. Hab' 'nen Auftritt in Las Vegas, wenn ich's bis morgen abend dahin schaffe.«

»Aber das sind doch nur acht Stunden Fahrzeit. Und auch nur, wenn man sich an die Geschwindigkeitsbegrenzung hält.«

»Teufel noch mal, Geschwindigkeitsbegrenzungen interessieren mich nicht, aber ich ...«

»Jolene?«

Das Mädchen hielt einen Finger vor die Lippen, um Willy Jack zu signalisieren, daß er schweigen solle. Aber er brauchte dazu keine Aufforderung, er konnte die Ungeduld in der Frauenstimme hören.

»Sprichst du da draußen mit jemand?«

»Nein.« Jolene verdrehte angewidert die Augen. »Ich singe nur.«

»Das schaffst du locker in acht Stunden«, flüsterte das Mädchen Willy Jack zu.

»Aber mein Wagen steht draußen auf dem Highway ... kein Benzin mehr. Und ich habe kein Bargeld, keine Kreditkarten.«

»Warum rufst du deinen Bruder nicht an?«

»Das ist das Problem. Er ist in London. Auf Tournee.«

»Dann ruf deine Frau an.«

»Ich hab' keine.«

»Freundin?«

»Nee, das ist vorbei. Ich hab' sie abgeschoben.«

»Du könntest trampen ... es sei denn, du hältst dich zu fein dafür.«

»Hab' ich schon gemacht. Aber ich kann meinen Wagen nicht einfach stehenlassen.«

»Vielleicht kann ich dir ja aushelfen.«

»Wie das?«

»Ich hab' etwas Geld.«

»Ich würde bestimmt ...«

»Was geht hier vor, zum Teufel?« Die Stimme aus dem Hinterzimmer gehörte der stämmigen Frau, die in der Tür stand. Sie trug ein Männerunterhemd, eine schwarze Spitzenunterhose und rosa Reeboks.

»Hast du aufgemacht, Jolene?«

»Nein, Ma'am, aber er ...«

»Du entscheidest also, wann wir öffnen? Wie? Du bestimmst die Öffnungszeiten?«

Die Frau durchquerte die Bar, stellte sich direkt vor das Mädchen.

»Führst du jetzt das Lokal?«

»Dieser Mann ...«

Darauf drehte sich die Frau zu Willy Jack um. »Wir haben geschlossen.«

»Stimmt das?« sagte er.

Sie langte über die Bar und nahm ihm das Bier weg, das vor ihm stand.

»Haben Sie das bezahlt?«

»Das wollte ich, aber ...«

»Ich hab's ihm gegeben«, sagte das Mädchen.

»Ach! Du öffnest und du verschenkst Bier. Gute Güte. Ich weiß gar nicht, wie ich dieses Lokal je ohne dich führen konnte. O ja, der Tag, an dem du ...«

Das Mädchen flitzte um die Frau herum und dann hinüber zur Vordertür.

»Er will gerade gehen.« Jolene deutete auf Willy Jack. »Los schon. Gehen Sie raus.«

Willy Jack stieß sich von der Bar ab, glitt dann von dem

Hocker und ging zur Tür, aber er rannte nicht, beeilte sich nicht.

»Du hast verdammt recht damit, daß er geht. Und du gehst auch, wenn du nicht spurst.«

Als er durch die Tür getreten war, schlug das Mädchen sie hinter ihm zu. Er konnte die Stimme der Frau noch hören, auch dann noch, als er die Straße erreicht hatte. Sie schrie etwas von Salz.

Auf dem Weg in die Stadt kam er an mehreren Wohnmobilen vorbei, die aufbaumlosen Grundstücken standen, an einem verlassenen Obstverkaufsstand an der Straße und an einer abgebrannten Scheune in einem dicht bewachsenen Salbeifeld. Er überquerte Eisenbahngleise, die neben einer mit Brettern vernagelten Tankstelle verliefen – das war die Stelle, an der das Mädchen wartete. Sie stand auf der Betoninsel neben den Zapfsäulen.

»Du hast das Salz aber wirklich schnell weggeräumt, Jolene.« Er versuchte so ›Jolene‹ zu sagen, wie die Frau es gesagt hatte.

»Ich hab's nicht weggeräumt.«

»Ich mache jede Wette, daß dir dann der Arsch versohlt wird.«

»Sie ist nicht mein Boß.«

»Nee. Das konnte ich ganz klar sehen.«

Sie spazierte zur Straße und lief neben ihm her. »Hör mal. Ich hab' über zweihundert Dollar, die ich dir leihen kann, wenn du interessiert bist.«

Darauf blieb er stehen. »Ich bin interessiert.«

»Aber du mußt mich mitnehmen. Bring mich nach Las Vegas.«

»Den Teufel werde ich. Ich würde wegen Kindesentführung eingebuchtet werden.«

»Ich bin kein Kind. Ich bin neunzehn.«

»Und ich bin Elvis.«

»Na, jedenfalls bin ich älter, als ich aussehe.«

»Was meinst du denn mit ... mitnehmen?«

»Daß ich mit dir kommen kann, dir in Las Vegas helfen kann.«

»Wobei helfen?«

»Bei deinem Equipment. Instrumente und all das Zeug. Ich bin stark. Ich kann was tragen. Lautsprecher und so. Himmel, ich kann ganz allein ein Klavier verschieben.«

Sie zupfte an ihrem Hemd, während sie sprach. Willy Jack hatte das Gefühl, sie würde ihre Ärmel hochschieben und ihm ihre Muskeln zeigen. Er wußte, daß er lachen würde, wenn sie das tat, und daß er damit alles verpatzte.

»Worüber lächelst du?« fragte sie.

»Darüber, wie nett es sein würde, jemand bei mir zu haben. Jemand, der sich um meine Kostüme kümmert ... Pailletten draufnäht, Knöpfe und so.«

»Ja, und ich kann Botengänge machen, deine Anrufe entgegennehmen ... alles.«

»Okay. Also machen wir's.«

Darauf lächelte sie ein Lächeln, das sich bis zu ihren Augen hochzog und ihre Lippen fest gegen ihre Zähne zurückpreßte ... und er sah wieder den leeren Raum in der Mitte ihres Mundes.

»Gehen wir«, sagte er.

»Ja, aber ich kann jetzt nicht sofort gehen.«

»Warum nicht?«

»Ich muß mein Geld holen. Ein paar Kleidungsstücke. Muß mich um ein paar Dinge kümmern.«

»Schön, und wann kannst du los?«

»Heute abend.«

»Heute abend? Und was, zum Teufel, soll ich den ganzen Tag machen? Hier draußen in der Sonne rumstehen und wichsen?«

»Ich weiß nicht. Geh in den Park. Schau dich um. Geh

einfach irgendwohin. Wir treffen uns dann an der High School.«

»Wo ist denn die High School, zum Teufel?«

»Genau in der Stadtmitte. Du wirst sie schon sehen. Soviel Stadt gibt's hier nicht.«

Sie wartete auf ein Zeichen der Zustimmung von ihm, aber Willy Jack schob seine Hände in die Taschen und starrte an ihr vorbei.

»Okay?« fragte sie.

»Ich schein' wohl keine große Wahl zu haben, oder?«

»Wo steht dein Wagen?«

»Auf dem Highway. Etwa drei Meilen östlich von hier.«

»Was fährst du?«

»Einen zweiundsiebziger Plymouth. Warum?«

»Gib mir die Schlüssel.« Sie streckte ihre Hand aus, schien sich selbst zu versichern, daß sie das durchziehen konnte.

»Den Teufel werde ich.«

»Hör mal. Ich kann mich da rausfahren lassen ... einen Kanister Benzin mitnehmen. Dann fahre ich ihn rein, tank' ihn auf ... Öl, all der Kram. Ich hol' dich um acht ab, dann sind wir weg.«

»Nee.« Er schüttelte den Kopf. »Ich werde meine Schlüssel keinem geben, der ...«

»Glaubst du, ich würde einen zweiundsiebziger Plymouth klauen? Scheiße. Vergessen wir's.« Sie machte auf dem Absatz kehrt und begann die Straße hinunterzugehen. »Vergessen wir die ganze Sache einfach.«

»Okay«, schrie Willy Jack. »Machen wir's.«

Aber das Mädchen entfernte sich weiter von ihm. Er beeilte sich, um sie einzuholen, ließ dann die Schlüssel vor ihrer Nase baumeln.

»Ich sagte, machen wir's.« Seine Stimme klang jetzt etwas gereizter.

Sie zupfte ihm die Schlüssel aus der Hand, ohne stehenzubleiben.

»Acht«, sagte sie ... und dann war sie weg.

Willy Jack war um sieben bei der Schule, hoffte, daß das Mädchen vielleicht früher da wäre. Inzwischen hatte er alles von Santa Rosa, Neu Mexiko, gehabt, was er haben konnte. Eine Stunde hatte er in einer Billardhalle damit verbracht, zwei fetten Männern zuzuschauen, die Pool so spielten, als ob sie Fische stechen würden. Als er schließlich ins Spiel kam, ließ er sie sein Kleingeld gewinnen, damit er ihnen ein paar Dollar abnehmen konnte, aber sie gaben anschließend auf und gingen mit seinem Geld.

Im Drugstore knackte er einen Kaugummiautomaten, so daß er genug Nickel hatte, um sich eine Pepsi und einen Slow Poke zu kaufen. Danach war er in ein Café namens Peaches gegangen, wo er Wasser trank und sich auf einem Zwölf-Zoll-Schwarzweißfernseher mit einem Vertikalzeilenproblem Trickfilme ansah.

Schließlich war er zu der High School gegangen, wo er gewartet und auf Moskitos geschlagen hatte, was Striemen auf seinem Gesicht und dem Hals hinterließ.

Aber Jolene kam nicht früher, sie war nicht einmal pünktlich. Sie fuhr um viertel nach neun vor, fuhr viel zu schnell und ohne Licht. Sie verfehlte die Auffahrt zur Schule um einen halben Meter, kam auf den Bordstein und rammte die vordere Stoßstange gegen ein eisernes Geländer, das den Bürgersteig säumte.

»Wo hast du gesteckt, verflucht?« brüllte er.

»Ich wurde aufgehalten.«

Willy Jack ging zur Fahrerseite des Wagens.

»Andere Seite«, sagte sie. »Ich fahre.«

»Den Teufel wirst du.« Er riß die Tür auf, und sie rutschte hinüber.

»Hast du das Geld?«

»Sicher.«

»Wieviel?«

»Zweihundertachtzehn«, sagte sie.

Darauf beugte sich Willy Jack zu ihr hinüber, als wolle er ihr etwas zuflüstern, so daß sie sich zu ihm beugte. Aber seine Hand schoß vor, packte ihren Hinterkopf und drehte einen dicken Strang Haar zwischen seinen Fingern. Er riß ihren Kopf an seinen, quetschte sein Gesicht gegen ihres und preßte seine Nase flach in ihre Wange.

Dann, in ihre Augen starrend, drückte er seine Lippen auf ihre und zwang sie mit seinen Zähnen und seiner Zunge, ihren Mund zu öffnen. Er schob seine Zunge zwischen ihre Lippen, steckte sie tief in ihren Mund, drückte, suchte mit ihr, bis er fand, was er wollte. Und darauf begann seine Zunge sie dort, in diesem leeren Raum, wo sie keine Zähne hatte, zu liebkosen, strich über den Rand ihres Zahnfleisches, glitt darüber, rutschte in diese Stelle hinein und wieder zurück ... bewegte sich rein und raus, vor und zurück, und dabei wiegte er ihren Kopf vor und zurück – sein Mund war heiß auf ihrem, erfüllte sie mit seiner Hitze –, und dann gab er ein Geräusch von sich, ein dumpfes Geräusch tief in seiner Kehle, und sein Mund wurde schlaff, als seine Zunge herausglitt, sich befreite.

Augenblicke später wandte er sich von ihr ab, stieß sie weg, zurück gegen den Sitz.

»Gib's mir«, sagte er.

»Was?«

»Das Geld.« Das Mädchen erstarrte durch etwas, das sie in seiner Stimme hörte, etwas Rauhes und Scharfes, wie Worte, die von der Klinge eines Messers zerfetzt waren.

Sie zog das Geld aus ihrer Brieftasche und drückte es ihm in die Hand. Er schaute nicht auf die Scheine, zählte sie nicht, sondern stopfte sie einfach in seine Tasche, ließ dann den Motor an und fuhr los.

Er schwieg, bis sie den Stadtrand erreichten und er die Neonreklame über der Bar sah, in der er das Mädchen getroffen hatte.

»Wer ist Tom Pony?« fragte Willy Jack.

»Mein Daddy.«

Er lachte. »Sag bloß nicht, du möchtest anhalten, um dich zu verabschieden.«

Sie antwortete darauf nicht, sondern sackte nur ein wenig zusammen, als sie vorbeifuhren.

Draußen auf dem Highway gab Willy Jack Gas und brachte den großen Plymouth auf fünfundsiebzig, streckte sich und legte einen Arm so auf die Sitzlehne, daß seine Hand knapp über der Schulter des Mädchens ruhte. Sie rückte näher zur Tür.

»Was ist los mit dir?« fragte er. »Meinst du, ich würde dir wehtun?«

Sie schaute ihn nicht an, sondern hielt den Blick auf die Straße gerichtet.

»Verrat mir was. Bist du noch Jungfrau?«

»Teufel, nein«, sagte sie zu schnell.

»Du bist noch eine!« Er grinste. »Ich will verflucht sein.« Dann ließ er seine Hand an der Lehne heruntergleiten, über ihre Schulter und auf ihre Brust, wo er mit seinen Fingern über ihren Busen und um ihre Brustwarzen fuhr.

»Ich will wirklich verdammt sein. Hab' mir 'ne Jungfrau eingehandelt. Na, dagegen müssen wir wohl was unternehmen, nicht wahr?«

Dies war der Augenblick, in dem er die zuckenden Lichter in seinem Rückspiegel sah. Er fuhr langsamer, hoffte, das Fahrzeug würde an ihm vorbeifahren, hoffte, es würde hinter jemand anderem her sein, aber er wußte es besser. Dann hörten sie die Sirene.

»Oh, Scheiße«, sagte das Mädchen.

Willy Jack fuhr an den Straßenrand und hielt an, wartete dann, während der Sheriff aus seinem Wagen stieg und zu dem Plymouth spazierte.

»Ich möchte gern Ihren Führerschein sehen, Sir.«

Willy Jack griff in seine Hüfttasche und zog seine Brieftasche heraus.

»Ich dachte, die sei dir gestohlen worden«, flüsterte das Mädchen.

Willy Jack blickte sie finster an, als er seinen Führerschein durch das Fenster reichte und wartete, während der Sheriff ihn im Licht seiner Taschenlampe studierte.

»Was hab' ich getan?« fragte Willy Jack, aber der Sheriff war zum Heck des Wagens gegangen, wo er das Kennzeichen auf einen Verwarnungszettel schrieb.

»Du hast mich mit der Brieftasche angelogen, nicht?« fragte das Mädchen.

»Ich hab' heute drauf geachtet.«

»Wie? Wie hast du drauf geachtet?«

»Schau mal. Arbeiten wir bei der Geschichte zusammen, okay? Wir wollen doch beide das gleiche, oder? Wir wollen nach Las Vegas. Zusammen.« Er griff über den Sitz nach ihrer Hand. »Stimmt's?«

Die Lichter des Streifenwagens tauchten sein Gesicht in einen Neonfarbton.

»Oder stimmt das nicht?« fragte er, während er den Griff um ihre Hand verstärkte.

Willy Jack drehte sich um, als er das Rascheln von Gabardine am Fenster hörte.

»Sie sind nur auf der Durchreise, Mr. Pickens?«

»Er ist bei mir, Frank«, sagte das Mädchen.

Der Sheriff bückte sich und richtete seine Taschenlampe auf den Vordersitz.

»Hallo, Jolene, ich wußte nicht, daß du da drin bist.«

»Wir fahren nach Albuquerque ins Kino«, sagte sie. »Das ist mein Freund.«

»Verstehe.«

Dann richtete er den Lampenstrahl auf den Rücksitz. Jolene hatte ihn mit Kartons und Koffern vollgepackt. Kleidung hing an einem Haken über der Hintertür. Der Boden war ein Durcheinander von Schuhen.

»Du nimmst aber 'ne Menge Zeug mit, nur um ins Kino zu gehen.«

»Wir wollten am Waschsalon vorbeifahren. Wäsche waschen.«

»Würdet ihr mir den Gefallen tun und beide aussteigen?«

Willy Jack ließ sich Zeit, aber das Mädchen krabbelte heraus, zu schnell, eifrig um Kooperation bemüht. Als die Lichter eines vorbeifahrenden Autos über sie glitten, zog sie ihren Kopf ein.

»Wie lange waren Sie in der Stadt, Mr. Pickens?«

»Nicht lange«, erwiderte Willy Jack.

»Nur ein paar Tage«, sagte Jolene. »Drei oder vier.«

»Sir, würden Sie für mich bitte den Kofferraum öffnen?«

Willy Jack beugte sich durch das Fenster, zog die Schlüssel ab, ging dann um den Wagen herum ans Heck und schloß den Kofferraum auf. Er war mehr oder weniger so, wie er ihn hinterlassen hatte, nur daß sein Koffer geöffnet war und daneben ein Plastikmüllsack lag. Der Sheriff schob ein paar Sachen in dem Koffer herum, knotete dann den Sack auf und kramte mehrere Sekunden darin.

»Sie rauchen, Mr. Pickens?«

»Ja.«

»Welche Marke?«

Willy Jack zog eine Schachtel Marlboro aus seiner Hemdtasche und hielt sie dem Sheriff so hin, daß der sie sehen konnte.

»Ich frag' mich, was Sie dann mit vierzehn Stangen Winston machen.«

»Was?« Willy Jacks Stimme klang gepreßt. »Die gehören mir nicht.«

Dann schaute der Sheriff Jolene an.

»Ich rauche nicht«, sagte sie.

»Mr. Pickens, Sie sind verhaftet. Sie haben das Recht zu schweigen ...«

Willy Jack hatte in Tellico Plains *Hill Street Blues* gesehen, deshalb kannte er die Worte, kannte sie auswendig. Er fand sogar, daß die Stimme des Sheriffs hinter ihm ein bißchen der Renkos ähnelte.

Ein Hilfssheriff stand neben der Tür. Frank, der Mann, der Willy Jack verhaftet hatte, saß hinter einem Schreibtisch und sah ihn an. Das Mädchen saß neben ihm auf einem Stuhl, aber er schenkte ihr keinen Blick. Nicht ein einziges Mal. Das Geld, das sie ihm gegeben hatte, lag ausgebreitet auf dem Schreibtisch.

»Nun hören Sie«, sagte Willy Jack. »Mir war das Geld ausgegangen. Ich kam nur her, um zu sehen, was ich zusammenbetteln könnte.«

»Und Sie haben sich zweihundertachtzehn Dollar und vierzehn Stangen Winston zusammengebettelt ... Winston Light einhundert. Und das ist ein höchst eigenartiger Zufall, weil das nämlich genau das ist, was jemand am Mittwochmorgen aus dem Seven-Eleven in Puerto De Luna gestohlen hatte.«

»Am Mittwochmorgen war ich ja nicht mal hier. Ich war in Oklahoma.«

»Kann das jemand beweisen?«

»Ja. Meine Freundin, Novalee. Sie war bei mir.«

Jolene rutschte auf ihrem Stuhl. Eine der Holzleisten in der Rückenlehne machte ein scharfes knackendes Geräusch.

»Wo ist sie jetzt?« fragte der Sheriff. »Diese Freundin.«

»Ich hab' sie in Oklahoma zurückgelassen. In einer Stadt, die mit einem S anfängt.«

Der Sheriff zog einen Atlas aus einer Schublade seines Schreibtischs, blätterte ein paar Sekunden darin und drehte ihn dann Willy Jack zu.

»Da ist Oklahoma. Finden Sie die Stadt.«

Willy Jack fuhr mit seinem Finger ein Stück über die Landkarte, dann tippte er zweimal darauf.

»Sequoyah, genau hier.«

»So, Sie haben diese Freundin also in Sequoyah, Oklahoma, zurückgelassen. Bei einem Verwandten?«

»Nein.«

»Freund?«

»Nein. Ich hab' sie in einem Wal-Mart Laden zurückgelassen.«

»Arbeitet sie da? In dem Wal-Mart?«

Willy Jack schüttelte den Kopf, während er begann, an einem Riß am Knie seiner Jeans zu zupfen.

»War sie da mit jemand verabredet?«

»Nein.« Willy Jack zog an den losen Fäden und widmete dem Loch in seiner Hose seine ganze Aufmerksamkeit. »Ich hab' sie einfach dort gelassen.«

»Was meinen Sie mit gelassen? Sie haben sie aussteigen lassen?«

Willy Jack nickte, hakte dann seinen Finger in seine zerrissenen Jeans.

»Sie haben sie sitzenlassen?«

»Ja.« Darauf riß er an dem verschossenen Stoff und riß die Jeans vom Knie bis zum Saum auf. »Ich hab' sie sitzenlassen.«

»Das wolltest du mit mir auch machen, nicht?« kreischte das Mädchen. »Mich einfach abschieben wie einen streunenden Hund.« Ihre Stimme glitt in ein höheres Register. »Du Hurensohn.«

»Aber, Jolene, sei nicht so streng«, sagte der Sheriff. »Geben wir Mr. Pickens Gelegenheit, angehört zu werden.« Der Hilfssheriff an der Tür lachte. »Um welche Zeit am Mittwoch haben Sie dieses Mädchen denn sitzenlassen?«

»Ich weiß nicht. Gegen zehn. Vielleicht elf.«

»Das ist eine Lüge«, sagte Jolene. »Er war am Dienstagabend hier bei mir. Fragte mich, ob ich mit ihm nach Las Vegas fahren wollte. Das war ziemlich spät am Dienstagabend. Sagte, er würde schon einen Weg finden, um das Geld zu bekommen, wenn ich nur mit ihm fahren würde.«

»Nein«, schrie Willy Jack. »Ich sagte ...«

»Das ist richtig, Mr. Pickens. Sie *sagten*. Aber können Sie es auch beweisen?«

Der Sheriff starrte Willy Jack einen Moment an, richtete dann den Blick auf den anderen Mann neben der Tür. Als er wieder Willy Jack anschaute, schüttelte er den Kopf.

»Sie machen einem ganz schön Arbeit.«

»Lassen Sie mich telefonieren. Sehen, ob ich sie finden kann.«

»Anrufen? Wo anrufen?«

»In dem Wal-Mart Laden.«

Darauf lachte der Sheriff als ob er einen Witz gehört hätte, der nicht komisch war. »Sie glauben, sie ist noch da? Wartet auf Sie?«

»Nun ... nein, aber ...«

»Außerdem sind die Wal-Marts jetzt geschlossen.«

»Aber vielleicht ist doch jemand da. Jemand, der sie gesehen hat oder weiß, wohin sie gegangen ist. Ein Nachtwächter vielleicht. Oder ein Hausmeister. Habe ich denn nicht das Recht anzurufen?«

»Doch, das haben Sie. Einen Anruf dürfen Sie machen. Aber nur diesen einen Anruf.«

Der Sheriff ließ sich die Nummer von der Auskunft geben und wählte dann. Als es zu klingeln begann, schob er das Telefon über den Schreibtisch, lächelte wieder und sagte: »Einen.«

Willy Jack räusperte sich, legte dann den Hörer ans Ohr. Beim dritten Klingeln rutschte er zur Kante seines Stuhles vor. Beim achten biß er sich auf die Lippe und drehte die Telefonschnur in seiner Faust. Beim zehnten Mal begann er zu flüstern »Zehn Mississippi ... elf Mississippi ... zwölf ...«

Der Hörer war glitschig, und das Geräusch, das obwohl verzerrt durch ihn kam, klang wie ein Alarm, der in einem Tunnel hallte.

Der Sheriff hob seinen Zeigefinger und artikulierte das Wort »Einen«.

»Einundzwanzig Mississippi ... zweiundzwanzig ...«

Plötzlich schoß Willy Jack wie eine am Faden gezogene Marionette von seinem Stuhl hoch und schmetterte den Hörer so auf die Schreibtischkante, daß Plastiksplitter durch den Raum flogen. Und dann brüllte Willy Jack, und die Worte, die aus seinem Mund drangen, waren wie das Heulen eines tobenden Sturms.

»Gott verflucht!« kreischte er. »Geh ans Telefon. Geh an dieses gottverdammte Telefon.«

Einer von ihnen traf ihn kurz unterhalb des einen Ohres, der andere warf ihn zu Boden, aber trotzdem gelang es Willy Jack, sich an ein Stück des Hörers zu klammern. Er hörte jemand sprechen, wußte aber nicht, wer das war. Irgendwo im Dunkeln jammerte ein Kind.

»Einunddreißig Mississippi ... zweiunddreißig ...«

4

Novalee bewegte sich kaum, als der erste Wecker läutete, doch als der zweite schrillte, drehte und streckte sie sich in dem Schlafsack so langsam und träge wie eine Raupe, die in ihren Kokon eingebettet ist. Der Wecker, der aufreizend schrillte, brachte sie in Bewegung. Sie schälte sich aus dem Schlafsack und trottete dann den Gang hinunter zum Uhrenstand. Sie stellte immer drei Wecker aus Angst, daß der erste Angestellte, der kommen würde, sie entdeckte, während sie schlief.

Anfangs, als sie jeweils kaum mehr als ein paar Minuten schlief, hatte sie keine Wecker gebraucht. Seltsame Geräusche rissen sie aus Träumen, und sie war starr vor Angst. Ihre Augen schufen Monster in den Schatten von Kaffeekannen und Jagdwesten. Nachdem sie sich aber erst einmal an das Gebäude gewöhnt hatte, wußte, wie es im Dunkeln aussah, und ein Gefühl für die scharfen und metallischen Geräusche bekam, begann sie in einen Schlaf zu sinken, der zu tief war, als daß Geräusche ihn durchdringen konnten.

Sie rollte ihren Schlafsack zusammen und verstaute ihn dann hinter den anderen am Boden eines Regals. Ein scharfer Schmerz durchschoß ihr Kreuz, als sie sich aufrichtete, aber sie rieb ihn fort, während sie zu der Toilette im hinteren Teil des Ladens schlurfte.

Sie bespritzte ihr Gesicht mit kaltem Wasser, putzte sich dann die Zähne. Nachdem sie das Nachthemd ausgezogen hatte, stellte sie sich auf die Zehenspitzen, um ihren Bauch im Spiegel zu betrachten. Ihre Haut war so straff gespannt, daß sie eine Farbe wie dünne Milch hatte. Sie fuhr mit den Fingern über ihren Nabel, dachte an das Baby, das an der anderen Seite hing, und stellte sich dabei vor, es könnte ihre Berührung spüren und vielleicht sogar seine Hand nach ihr ausstrecken.

Das Geräusch des Müllwagens hinter dem Laden riß sie aus ihrem Tagtraum. Sie wusch sich und trocknete sich mit Papierhandtüchern ab, zog dann rasch den blauen Hosenanzug an, den sie aus dem Umstandsmodenregal in der Damenabteilung genommen hatte. Sie trug ihn abwechselnd mit dem Campingkleid, das sie am Tag ihrer Ankunft getragen hatte. Sonntagabends, wenn das Geschäft früh schloß, wusch sie beide Kleidungsstücke, weil sie dann länger trocknen konnten.

Sie kämmte gerade ihr Haar, als die Hintertür zuschlug. Ihr Herz raste, während sie ihre Habe in die Strandtasche stopfte und dann das Licht ausschaltete.

»Dumm, dumm, dumm«, flüsterte sie zu sich selbst, ärgerlich darüber, daß jemand so früh gekommen war. Sie wartete, bis die Schritte auf den Plastikfliesen vorne verhallten, trat dann lautlos aus der Toilette, huschte um die Ecke und zwängte sich in ihr Versteck, in die Kammer, in der der Heißwassertank untergebracht war. Sie hielt den Atem an, als sie die Tür leise hinter sich zuzog.

Dies waren die Zeiten, die sie am meisten haßte: dieses Verstecken, bevor der Laden öffnete und nachdem er schloß. Die stickige kleine Kammer war zu eng für einen Stuhl oder auch nur einen Hocker, und so mußte Novalee stehen, zwischen der Tür und den Tank geklemmt. Und je umfangreicher sie wurde, desto weniger Platz hatte sie.

Sie hatte andere Verstecke ausprobiert, aber darin fühlte sie sich nicht so sicher. Die ersten Wochen, die sie dort war, war sie über eine wacklige Leiter zu einem Schlupfloch hochgestiegen, das zum Dachboden führte, aber die Höhe machte sie schwindlig. Dann hatte sie sich Platz im Lagerraum geschaffen, indem sie große Pappkartons mit Kissen ausgepolstert hatte. Doch ein paar Tage später kam ein Lagerarbeiter, der Inventur machte, bis auf wenige Zentimeter an sie heran, bevor er nach vorn gerufen wurde. Das war, als sie die Kammer mit dem Heißwassertank fand.

Gewöhnlich blieb sie morgens etwa eine Stunde in ihrem Versteck, ein wenig kürzer, wenn alle pünktlich waren. Sie zählte sie, wenn sie hereinkamen, alle achtzehn der Frühschicht. Aber gelegentlich narrten sie sie, wenn zwei oder drei zusammen hereinkamen. An einem Morgen war sie über zwei Stunden versteckt geblieben, hatte darauf gewartet, daß ein Nachzügler kam.

Novalees Magen knurrte damals so laut, daß sie fürchtete, wer immer da draußen stand, könnte es hören. Sie wünschte sich Biskuits mit Soße, mußte sich aber mit den Keksen und der Erdnußbutter in ihrer Tasche begnügen. Nach den ersten paar Tagen im Wal-Mart hatte sie auf Paydays und Pepsi verzichtet. Dennoch machte sie sich Sorgen, daß sie sich nicht richtig für das Baby ernährte.

Als sie sicher war, daß die Frühschicht eingetroffen war, öffnete sie die Kammertür einen Spalt, überprüfte den Lagerraum, huschte hinaus und ging rasch zu dem Gerätespind hinüber. Sie hob den Roßkastanienbaum heraus, eilte dann zum Personaleingang und trat hinaus.

Der Tag war schon heiß. Als sie den halben Block zu der Ampel gelaufen war, klebte ihr Haar an ihrem Hals, und ihre Bluse war an den Schultern naß, aber sie hatte noch einen langen Weg vor sich.

Die Bücherei war auf der Main Street, keine Meile vom Wal-Mart entfernt, doch Novalee würde einen Umweg von vier Blocks machen, um nicht an der Baumschule vorbeigehen zu müssen. Sie wollte nicht riskieren, daß Benny Goodluck oder sein Vater vielleicht sahen, wie sie den Baum herumtrug, dessen Wurzeln noch immer mit Sackleinen umwickelt waren. Doch mehr als das wollte sie nicht, daß sie sahen, daß sie ihn hatte krank werden lassen.

Sie hatte versucht, die Roßkastanie gut zu pflegen, hatte

sie jeden Abend gegossen, sie zwei- oder dreimal die Woche nach draußen gestellt. Manchmal brachte sie sie in den Stadtpark und stellte sie zwischen die großen Eichen, die zu beiden Seiten des Brunnens nahe dem Eingang in geraden Reihen wuchsen. Zuweilen brachte sie sie auf ein bewaldetes Feld hinter dem King's Daughters and Sons Nursing Home, wo sie sie in einem Hain junger Kiefern versteckt ließ.

Aber an manchen Tagen ließ sie sie in dem Gerätespind. Sie wußte, daß der Baum Sonnenlicht brauchte, doch an Tagen, an denen sie sich nicht so wohl fühlte, schien ihr der Baum zu schwer, zu klobig und einfach zuviel zu sein, um ihn bewegen zu können. Außerdem wußte sie, daß ein schwangeres Mädchen, das jeden Morgen mit einem Roßkastanienbaum aus der Tür des Wal-Mart kam, die Aufmerksamkeit von irgend jemand erregen mußte.

Dann wurde die Roßkastanie krank. Einige Blätter hatten die Farbe von Hafermehl angenommen, und ihre Unterseiten waren mit leberfleckähnlichen Tupfern besetzt. Der dünne, gedrehte Stamm war so trocken, daß er einen Puderfilm auf ihren Händen hinterließ, wenn sie ihn berührte. Und er war überhaupt nicht gewachsen, seit Benny Goodluck ihn ihr vor vier Wochen geschenkt hatte. Sie wollte sich einreden, daß ihm nichts Ernstes fehlte, aber die Wahrheit war, daß Novalee schreckliche Angst hatte. Wenn Roßkastanien wirklich Glück brachten, mochte sie sich gar nicht ausmalen, welche Schwierigkeiten ihr bevorstanden, wenn sie den Baum sterben ließ.

Also mußte sie in die Bücherei gelangen, um ein Buch über Roßkastanienbäume zu finden, um feststellen zu können, was sie tun mußte, um ihn zu retten.

Sie hätte gern jemand um Rat gefragt, jemand gefunden, der sich mit Bäumen auskannte und ihr sagen könnte, was sie zu tun hatte, aber sie wußte nicht, wen sie fragen sollte.

Sie konnte die Goodlucks nicht fragen und sie so wissen lassen, daß sie den Baum noch nicht eingepflanzt hatte. Sie hatte im Telefonbuch nach anderen Baumschulen gesucht, doch Goodluck war die einzige in der Stadt.

Im Wal-Mart hatte sie ein Buch über Pflanzen und Bäume gelesen und hatte gelernt, wann man Zinnien pflanzt, wo man Stiefmütterchen pflanzt und wie man Margeriten pflanzt, aber sie lernte nicht, was ihrem Roßkastanienbaum fehlte.

Und dann fiel ihr die Bücherei ein, ein zweistöckiges Ziegelgebäude mit einem schwarzen gußeisernen Zaun, dessen Rasen mit Josephsmantel, Ringelblumen und Fingerhut bepflanzt war, Namen, die sie aus dem Gartenbuch gelernt hatte. Sie war auf ihrem Weg zum Park viele Male an der Bücherei vorbeigegangen, hatte aber nie daran gedacht, hineinzugehen.

Novalee war noch nicht weit gekommen, als sie einen dumpfen Schmerz spürte, der sich zwischen ihren Schulterblättern ausbreitete. Die Roßkastanie, so leicht sie auch war, fühlte sich an, als sei sie hundert Pfund schwer. Sie wechselte den Baum von einer Hand in die andere und wartete an jeder Ecke mehrere Grünphasen ab, um anhalten und den Baum neben sich auf den Bürgersteig stellen zu können.

Sie ging in ein kleines Café namens Granny's Oven und bat um ein Glas Wasser. Die Kellnerin, die nach White Shoulders und gerösteten Zwiebeln roch, schien nicht darüber erfreut zu sein, daß Novalee kein zahlender Gast war. Da sie aber mit dem Frühstücksgeschäft zu beschäftigt war, verdrehte sie nur ihre Augen.

Während Novalee an ihrem Wasser nippte, studierte sie die Speisekarte, um zu zeigen, daß sie zumindest zu essen beabsichtigte. Seit sie im Wal-Mart lebte, hatte sie so viele Del Monte-Karotten und Green Giant-Erbsen, ungewürzt und kalt aus den Dosen gegessen, daß ihr Mund bei dem bloßen Gedanken an einen Cheeseburger und Pommes frites schmerzte.

Novalee zuckte zusammen, als das Geräusch einer Polizeisirene die Frontscheibe des Cafés zum Klirren brachte. Sie schaute hinaus und sah, daß der Bürgersteig sich mit Menschen füllte, während ein Polizeiwagen mit zuckenden Lichtern vorbeirollte.

»He, Dooley«, rief die Kellnerin in die Küche. »Die Parade fängt an.«

Sie schenkte einer Frau, die am Ende der Theke saß, Kaffee ein. »Unser Koch«, sagte sie, wobei sie nach hinten deutete. »Sein Junge ist Trommler in der Kapelle.«

Novalee leerte ihr Glas und ging dann hinaus, wo sie sich zwischen zwei kleine Mädchen an den Bordstein schob. Ein Tieflader, der mit rotem, weißem und blauem Krepppapier dekoriert war, kam auf der Straßenmitte herangefahren. Auf Plakaten, die an den Türen befestigt waren, stand WESTERN DAYS gedruckt, und auf der Ladefläche spielte ein alter, weißgekleideter Mann auf der Fiedel.

Dann hörte Novalee die Musik einer Marschkapelle, die auf die Main Street einschwenkte. Jungen und Mädchen in blauen Uniformen marschierten in schiefen Reihen und gebrochenen Linien, wobei sie acht Tambourmajorinnen folgten, deren Stäbe im Sonnenlicht glitzerten. Novalee beobachtete sie. Sie warfen ihre Beine mit den Stiefeln hoch und ließen ihre Stöcke durch die Luft segeln, während sie sich in Pose warfen, die Bäuche flach, die Brüste hoch. Es waren Mädchen mit glänzendem Haar und Sommersprossen, Mädchen mit Grübchen und breitem Lächeln ... und zu roten Lippen, zu strahlenden Augen, zu jungen Gesichtern. Es waren Mädchen, die Schokoladenkuchen mit Nüssen daheim im Elektroherd backten, die für Valentinstagsbälle Herzen aus rotem Papier schnitten ... Mädchen, die ihre Bilder in Jahrbüchern hatten, die bei der Heimkehr gekrönt wurden ... Mädchen, die zum Frühstück Hafergrütze mit ihren kleinen Schwestern aßen, die sich ihre Lippenstifte und Pullover ausborgten. Es waren Mädchen in Novalees Alter ... Mädchen, die nie so alt sein würden wie sie war.

5

Die einzige Bibliothek, die Novalee je zuvor von innen gesehen hatte, war das Büchermobil, das zu der Grundschule in Tellico Plains kam, und so war sie voller Erwartung, als sie die Sequoyah County Library betrat. Diese Bibliothek hatte keine Räder.

Noch bevor sie die Tür lautlos hinter sich geschlossen hatte, wußte Novalee, daß sie an einem besonderen Ort war. Sie atmete kaum, als sie sich in dem Raum umschaute, einem Raum, der in dunklem Holz gehalten war, mit kunstvoll geschnitzten Ornamenten verziert, mit großen Fenstern mit dicken Milchglasscheiben und roten Samtvorhängen, die mit silbernen Schnüren zurückgebunden waren, mit Kronleuchtern, deren Kristalltropfen Spuren von Licht einfingen und es in üppige Blau- und tiefe Grüntöne verwandelten. Da gab es Gemälde in goldenen Rahmen von nackten Frauen mit schwellenden Bäuchen und kräftigen Schenkeln. Und Bücher. Regale voller Bücher, Stapel von Büchern, Wände voller Bücher. Mehr Bücher, als Novalee je gesehen hatte.

Dann wußte Novalee plötzlich, daß etwas an diesem Ort anders war. Nicht das Licht, das silbern gefiltert durch die Milchglasscheiben fiel. Nicht die Ruhe. Nicht die Gerüche – Firnis und Öl und duftendes Öl –, aber irgend etwas.

»Was wollen Sie?«

Novalee schaute sich um, um zu sehen, wer gesprochen hatte, aber sie hatte Mühe, die dunkle Gestalt zu erkennen, die am anderen Ende des Raumes saß. Er saß zusammengefaltet in einem Sessel, der viel zu klein für ihn war, an einem langen, schmalen Tisch über ein aufgeschlagenes Buch gebeugt. Er hatte einen Bart und trug eine braune Strickmütze, die er tief in die Stirn gezogen hatte.

»Ich suche nach einem Buch«, sagte sie.

»Die Bibliothekarin ist nicht da.«

»Oh.«

Novalee wartete darauf, daß er mehr sagte, aber er wandte sich wieder dem Buch zu, in dem er las, ohne nochmals zu ihr zu schauen. Sie wußte nicht, ob sie auf die Bibliothekarin warten oder versuchen sollte, das Buch allein zu finden. In dem Büchermobil hatten die Kinder einfach nach dem gegriffen, was am buntesten und größten war, aber sie wußte, daß sie ein Buch über Roßkastanien auf diese Art nicht finden würde. Sie beschloß, auf die Bibliothekarin zu warten.

Sie wanderte zu zwei Glasvitrinen in der Mitte des Raumes. Eine enthielt eine Sammlung von glänzenden Gold- und Silbermünzen aus fremden Ländern. In der anderen war eine Sammlung von Brieföffnern, deren Griffe mit Juwelen oder kunstvollen Schnitzereien in Elfenbein oder Jade verziert waren.

Sie ging daran vorbei zu den Gemälden an der Wand und schaute in Augen, die sie anzustarren schienen. Novalee blieb vor dem Bild eines Mädchens stehen, das versuchte, ihre Strümpfe anzuziehen. Das Mädchen war nackt und sehr korpulent. Ihr Bauch war so rund, so voll, daß Novalee sich fragte, ob sie vielleicht schwanger sei. Sie trat näher an das Gemälde heran.

»Renoir.«

Es war die Stimme des Mannes, des Mannes mit der braunen Mütze, aber er war nicht an dem Tisch, an dem er gesessen hatte, Novalee konnte ihn nirgendwo sehen.

»Was haben Sie gesagt?« fragte sie, aber er antwortete nicht. Daraufhin begann sie sich ein bißchen komisch zu fühlen und überlegte, ob sie und der Mann die beiden einzigen Menschen in dem Gebäude sein mochten. Sie dachte daran zu gehen, doch die Roßkastanie, die unmittelbar draußen bei der Eingangstür versteckt stand, würde sterben, wenn sie nicht etwas tat.

Sie bewegte sich näher zum Eingangsbereich hin, um schneller fliehen zu können, falls das erforderlich sein sollte, und begann einen Gang hinunterzulaufen, der zu beiden Seiten von Buchregalen gesäumt war. Sie las Titel und zog dann *The Dream House Encyclopedia* heraus. Sie blätterte die Seiten durch, doch die Abbildungen waren nicht farbig. Als sie es zurückstellen wollte sah sie, daß sich auf der anderen Seite des Regals eine braune Mütze hin und her bewegte. So schob sie das Buch einfach zurück, eilte dann zum Ende des Ganges und trat um eine Ecke. Sie konnte ihn hören, als er um das andere Ende des Ganges bog und sich in ihre Richtung bewegte.

»Sie haben es an den falschen Platz zurückgestellt«, knurrte er.

Novalee preßte sich dicht an die Wand.

»Es gehört zwischen *The Dream Garden Encyclopedia* und *The Dream Kitchen Encyclopedia*«, sagte er. »Wenn Sie sich nicht die Zeit nehmen, Bücher dahin zurückzustellen, wo sie hingehören, dann ...«

Plötzlich stand er unmittelbar vor ihr.

»... ziehen Sie sie nicht heraus.«

»Es tut mir leid«, sagte sie, wobei sie begann, zur Eingangstür zurückzuweichen.

»Sie brauchen nicht zu gehen.« Er klang ein bißchen weniger ärgerlich. »Seien Sie einfach sorgfältiger.«

»Nein, ich denke, ich werde zurückkommen, wenn die Bibliothekarin hier ist, um mir zu helfen.«

»Wobei zu helfen?«

»Ein Buch zu finden.« Sie erreichte die Eingangstür. »Ein Buch über Bäume.«

»Ich höre mein Echo im hallenden Wald ... Ein Gebieter der Natur trauernd um einen Baum.«

»Was meinen Sie?« fragte sie. »Was bedeutet das?«

Der Mann musterte kurz ihr Gesicht, drehte sich dann um und machte einen Satz auf einen Karteischrank mit kleinen Schubladen zu, der an der Wand stand.

»Bäume!« schrie er, während er über den Gang lief. »Bäume! Forstwirtschaft? Umwelt ... Landwirtschaft? Botanik. Was wollen Sie über Bäume wissen?«

»Ich möchte etwas über Roßkastanienbäume wissen«, sagte sie ihm folgend.

»Roßkastanie! Die Roßkastanie! Gehört zur Gattung Aesculus der Familie Hippocastanaceae.«

»Was? Ich verstehe nicht, was Sie sagen.«

Er öffnete eine der Schubladen des Karteischranks und begann Karten zu durchblättern.

Er hatte glühende schwarze Augen und buschige graue Augenbrauen, deren Haar so verschlungen und wild war wie sein Bart. Sie konnte nicht feststellen, welche Farbe sein Haar hatte oder ob er überhaupt Haar hatte, weil unter seiner Mütze davon nichts zu sehen war. Falten furchten sich auf seiner Stirn, während er auf die Karten schaute, die unter seinen Fingern flogen.

»Taylor's Encyclopedia of Gardening«, schrie er, wobei er die Schublade zuschob und zu einem Bücherregal rannte, wo er hin und her sauste und schwankte und seine Finger über Titel gleiten ließ. Plötzlich wetzte er den Gang

hinunter wie ein Kind, das nach einem geliebten Spielzeug sucht. Novalee mußte rennen, um mit ihm Schritt zu halten.

Dann bückte er sich und zog ein Buch aus einem Regal. »So. Was wollen Sie über Roßkastanien wissen?«

»Meine ist krank. Ich glaube, sie stirbt.«

Er schoß zum nächsten Tisch, rückte einen Stuhl vor und bedeutete ihr, sich zu setzen. Dann knallte er das Buch vor sie hin und schlug das Inhaltsverzeichnis auf.

Sie fuhr mit dem Finger die Seite hinunter, wobei ihre Lippen das Wort »Roßkastanie« formten.

»Ist nicht dabei.«

Er trat neben sie, überflog einen Augenblick die Seite und zeigte dann auf ein Wort.

»Was? Das kann ich nicht aussprechen.«

»Doch, das können Sie. Hip-po-cas-ta-na-cea-e.«

Novalee zog das Buch näher heran und begann zu lesen.

Sie hatte nicht bemerkt, daß er ihr weitere Bücher brachte, doch als sie aufblickte, stellte sie erstaunt fest, daß der Tisch mit ihnen übersät war ... Enzyklopädien, Nachschlagewerke, Almanache, landwirtschaftliche Traktate, Regierungsbroschüren. Und sie las in allem, was er ihr hingelegt hatte.

Sie lehnte sich zurück. Er saß ihr gegenüber und beobachtete ihr Gesicht.

»Nun?« fragte er.

»Mein Baum hat Blattfäule durch zuviel Gießen.«

Er nickte. »Weiter.«

»Möglicherweise sind auch seine Wurzeln beschädigt.«

»Nur zu«, sagte er, wobei er begann, sich auf seinem Stuhl vor und zurück zu wiegen. »Nur zu!«

»Er hat Nematoden-Symptome.«

Er schaukelte schneller und schneller.

»Spuren von Mehltaubefall.«

»Ja.«

»Möglicherweise Stickstoffmangel.«

»Ja!« Er klatschte auf den Tisch. »Ja!« schrie er, schoß dann von seinem Stuhl hoch, so daß der rücklings umkippte und über den Boden schlitterte. »Die Worte!«

»Also, ich weiß, was ihm fehlt ...«

»Sie haben die Worte gefunden!«

»... aber ich weiß nicht, ob er es schaffen wird.«

Er schüttelte den Kopf, beugte sich dann über den Tisch Novalee zu und senkte seine Stimme zu einem Flüstern. *»Der Baum hat keine Blätter und wird sie vielleicht nie wieder haben. Wir müssen einige Monate warten, bis zum Frühling, um das zu wissen. Aber wenn es ihm bestimmt ist, nie wieder zu wachsen, kann man Schuld dafür im Herzen der Menschen suchen.«*

Novalee sah, wie seine Lippen die Worte formten ... die Klänge schwebten wie geflüsterte Geheimnisse in der Luft.

6

Novalee hoffte, daß er sie nicht durch das Bibliotheksfenster beobachtete, als sie die Roßkastanie hinter einigen immergrünen Sträuchern hochhob, aber sie spürte, daß er es tat. Sie trug den Baum bis ans Ende des Blocks und blieb dann stehen, um den Stadtplan aus ihrer Strandtasche zu graben. Sie war auf dem Weg zum letzten Haus an der Evergreen Street, dem Haus, in dem Sister Husband lebte.

Während sie die ersten Blocks hinunterging, war sie in Gedanken bei dem seltsamen Mann, dem sie in der Bibliothek begegnet war. Immer wieder dachte sie über das nach, was er gesagt hatte und versuchte, einen Sinn darin zu erkennen, aber sie war sich nicht einmal sicher, daß sie wußte, wovon er gesprochen hatte. Sie hoffte, daß das Buch in ihrer Tasche, das eine, das er für sie ausgesucht hatte, ihr helfen würde zu verstehen.

Der Ausflug zu Sister Husband führte sie in einen Teil der Stadt, den sie zuvor noch nicht gesehen hatte. Wenn sie sonst den Wal-Mart verließ, blieb sie ziemlich in seiner Nähe oder spazierte in den nördlichen Teil, wo breite Straßen von Ulmen und Platanen gesäumt und weite Rasenflächen mit Geranien, Löwenmäulchen und Moosröschen eingefaßt waren. Sie hatte in hübschen Parks verweilt, wo Kinder in blauen Schwimmbecken wateten, während ihre Mütter im Schatten breiter blühender Mimosen warteten.

Doch dieser Stadtteil, Sister Husbands Stadtteil, sah aus wie die Viertel, in denen Novalee in Tellico Plains gelebt hatte, eine Gegend von der Farbe kalten Bratensafts. Längs der Straßen zogen sich seichte Gräben, die mit Brackwasser gefüllt waren, und die Parkanlagen, in denen Schaukeln an gebrochenen Ketten baumelten und Karussells betrunken auf ihren Seiten lehnten, waren bis auf dürre Hunde und alte Männer leer.

Die Häuser, deren Dächer wie blecherne Tagesdecken geflickt waren, standen schief auf Höfen, in denen verrostete Autos auf Betonklötzen verstreut standen. Und am Ende von all dem, am Ende der Straße, war Sister Husbands Heim: ein Haus auf Rädern.

Eine Veranda aus rohem Holz schloß sich an die Vorderseite des Wohnwagens, und Kaffeedosen mit blühendem Kohl und Hahnenkamm säumten die Stufen. Das vor kurzem gemähte Gras war um eine Vogeltränke aus Granit und zwei Reifen, die kleine Stockrosenbüsche schützten, getrimmt. Ein mit Plastiktüten behängter Pekannußbaum bot für einen kahlen Fleck im Hof Schatten, der als Einfahrt für den Toyota Begrüßungswagen diente.

Novalee nahm die Roßkastanie zur Tür mit, überlegte es sich dann aber anders und ließ sie neben den Stufen stehen. Sie strich ihr Haar aus dem Gesicht zurück und probte noch einmal in Gedanken ihren Text. Dann klopfte sie – lauter, als sie beabsichtigt hatte.

Von drinnen hörte sie das Klatschen nackter Füße auf dem Boden, Türenschlagen und Wasserlaufen. Nach wenigen Minuten begann sie sich unwohl zu fühlen. Sie wußte nicht, ob sie nochmals klopfen oder einfach gehen sollte, doch bevor sie sich entscheiden konnte, wurde plötzlich die Tür geöffnet.

Sister Husband, das Haar in einem zarten Blauton, lächelte Novalee durch das Fliegenfenster an.

»Sister Husband, ich weiß nicht, ob Sie sich an mich erinnern. Na ja, wahrscheinlich nicht, aber wir sind uns mal am Wal-Mart begegnet, und Sie haben mir einen Begrüßungswagen-Korb geschenkt, und ich habe ein Foto von Ihnen gemacht, das ich hier in dieser Tasche habe, und Sie haben mich Ruth Ann genannt, aber die bin ich nicht. Mein Name ist Novalee Nation und ich ...«

»Wie schrecklich von mir, einen solchen Fehler zu machen. Natürlich, jetzt, wo ich dich in einem anderen Licht sehe, besteht nicht die geringste Ähnlichkeit zwischen dir und Ruth Ann. Aber dennoch ist es wundervoll, dich wiederzusehen, Schätzchen. Willst du nicht hereinkommen?«

»Danke.«

Novalee trat in einen Raum von Gelb – gelbe Lampenschirme und Blumen, gelbe Vorhänge und Brücken und das gelbe Hemd eines kleinen, kahlen Mannes, der unmittelbar hinter der Tür stand.

»Schätzchen, ich möchte dir meinen Gentleman vorstellen, Mr. Sprock. Jack Sprock.«

Jack Sprock duftete nach Babypuder und Zimt, und als er lächelte, glänzten seine Zähne, als seien sie mit weißer Emaillefarbe gestrichen worden.

»Wir wollten gerade kalte Buttermilch und Maisbrot zu uns nehmen. Natürlich leistest du uns Gesellschaft.«

»Oh, nein. Ich kam nur vorbei, um zu fragen ...«

»Du bist gekommen, weil ich dich darum gebeten hatte. Ich habe dich eingeladen, in mein Haus zu kommen und mein Gast zu sein. Und jetzt bist du hier, und ich wüßte nicht, was mich glücklicher machen könnte, als dich und dein Kind und meinen wunderbaren Mr. Sprock hierzuhaben, an diesem herrlichen Nachmittag.«

»Herrlicher Nachmittag«, fügte Mr. Sprock hinzu.

Dann lächelte Sister Husband und führte Novalee zu einem Stuhl am Küchentisch. Mr. Sprock setzte sich neben sie, während Sister Husband große gelbe Gläser auf den Tisch brachte und sie mit Buttermilch aus einem gelben Krug füllte. Sie stellte einen Teller mit Maisbrot, das wie Kuchen in Scheiben geschnitten war, auf einem gelben Tablett in die Mitte des Tisches, setzte sich dann und ergriff mit einer Hand die linke Hand von Mr. Sprock und mit der anderen die rechte von Novalee. Mr. Sprock ergriff Novalees andere Hand, und so waren sie drei vereint, als Sister Husband ihren Kopf senkte und zu beten begann.

»Lieber Gott, wir sind dankbar für diese Gemeinschaft von Seelen hier und heute. Wir beten, Gott, für eine sichere Geburt und ein gesundes Kind für dieses süße Schätzchen, das heute unseren Tisch ziert. Und wir bitten um Vergebung, Herr, für die Sünde, die Mr. Sprock und ich wieder begangen haben. Nun beten wir, daß Du diese Speise zur Nahrung für unsere Körper segnen wirst. Amen.«

Mr. Sprock sagte Amen und lächelte dann Novalee an, während er ihr den Teller mit dem Maisbrot reichte.

»Nun, wie findest du unsere Stadt, Schätzchen? Hast du schon Bekanntschaften gemacht?«

»Ja«, sagte Novalee, wobei sie sich Buttermilch aus ihren Mundwinkeln wischte.

»Oh, gut. Ich glaube, das ist gut.«

»Ich habe gerade heute wieder jemand kennengelernt. In der Bibliothek.«

»Das muß Forney Hull sein«, sagte Sister Husband.

»Jau, Forney Hull«, sekundierte Mr. Sprock.

»Oh, er ist ein brillanter Mann. Einfach brillant. Wenn er die Chance gehabt hätte, seine Ausbildung zu beenden ... gar nicht auszudenken, was er heute wäre.«

»Nee. Nicht auszudenken, was er heute wäre«, sagte Mr. Sprock.

»Weißt du, Schätzchen, Forneys Schwester ist die Bibliothekarin, aber sie ist nie in der Bibliothek. Sie ist Alkoholikerin. Bleibt immer oben. Verläßt nie ihr Zimmer. Deshalb hat Forney ihre Stelle unten in der Bibliothek übernommen.«

»Davon hat er nichts gesagt.«

»Nein, das würde er nicht. Er würde nicht wollen, daß man schlecht von seiner Sister denkt, Gott schütze sie. Noch Maisbrot?«

Novalee trank zwei Gläser Buttermilch und aß vier Scheiben Maisbrot, und Sister Husband lächelte bei jedem Bissen. Schließlich fand Novalee, daß es an der Zeit sei.

»Sister Husband, ich möchte Sie um einen Gefallen bitten. Aber es ist okay, wenn Sie Nein sagen. Das kann ich verstehen.«

»Worum geht es denn? Mach nur zu und frage.«

»Mach nur zu und frage«, sagte Mr. Sprock.

»Also, es wird ein bißchen sehr sonderbar klingen, aber ich habe einen Baum, den ich einpflanzen muß.«

»Dann werden wir dir helfen.«

»Nein, das ist es nicht. Wissen Sie, da, wo ich jetzt wohne ... also da darf ich keinen Baum pflanzen.«

»Das ist aber gemein.«

»Gemein.« Mr. Sprock schüttelte den Kopf über diese Ungerechtigkeit.

»Und deshalb habe ich überlegt ... könnte ich ihn vielleicht hier einpflanzen? Nur so lange, bis ich einen festen Wohnsitz habe, dann werde ich kommen und ihn wieder holen.«

»Willst du ihn in meinen Hof pflanzen?«

»Ja, Ma'am, aber nur vorübergehend.«

»Ich kann mir nichts ...«

»Und ich kümmere mich auch um ihn. Solange er hier ist. Im Augenblick ist er nicht allzu hübsch, aber ich werde ihn behandeln und vielleicht wird er wieder.«

Wir müssen einige Monate warten, bis zum Frühling, um das zu wissen.

»Schätzchen, ich kann mir nichts Schöneres vorstellen, als daß du deinen Baum vor mein Haus pflanzt.«

Und damit war Mr. Sprock vom Tisch aufgestanden und aus der Tür.

Novalee und Sister Husband eilten ihm nach, während Mr. Sprock eine Schaufel aus Sister Husbands Schuppen holte. Dann mußte Novalee entscheiden, wo die Roßkastanie gepflanzt werden sollte. Aus den Büchern in der Bibliothek hatte sie gelernt, daß sie den Baum wegen der Drainage auf eine leichte Erhöhung pflanzen sollte, deshalb wählte sie den höchsten Punkt in Sister Husbands Garten aus, eine Stelle fast in der Mitte.

»Genau hier«, sagte sie. »Das ist es.«

Mr. Sprock nickte und begann dann zu graben, aber Novalee hielt ihn zurück.

»Nein, danke, Mr. Sprock. Aber das mache ich.«

»Aber Schätzchen«, sagte Sister Husband, »das ist schwere Arbeit. Glaubst du wirklich, das ist gut für dich?«

»Ja, Ma'am. Es wird gut für mich sein.«

Als Novalee das Loch tief genug gegraben hatte, hatte sie Blasen an den Händen und einen Schmerz im Kreuz, den sie nicht wegreiben können würde.

Sie löste das Sackleinen und senkte dann sehr behutsam den Baum in das Loch, wobei sie darauf achtete, daß sie die Wurzeln nicht beschädigte. Sie hatte richtig geschätzt. Das Loch war zweimal so breit wie der Wurzelballen des Baumes und mehr als tief genug.

Sie war so müde, bevor sie mit dem Auffüllen des Lochs fertig war, daß Sister Husband und Mr. Sprock die Erde mit ihren Schuhen über die Wurzeln schoben, wenn sie glaubten, daß Novalee nicht hinschaute.

Als sie fertig war, ergriffen Sister Husband und Mr. Sprock wieder ihre Hände und sie standen im Kreis um den Baum, wobei Sister Husband sang: »Ein Feigenbaum in Galiläa«, ein Lied, das Novalee noch nie gehört hatte.

Dann sagte Sister Husband: »Jetzt zitiere ich aus dem Guten Buch Markus 8, 23. *Und er nahm den Blinden bei der Hand und führte ihn hinaus vor das Dorf und tat Speichel auf seine Augen und legte seine Hände auf ihn und fragte ihn: Siehst du etwas? Und er sah auf und sprach: Ich sehe die Menschen umhergehen, als sähe ich Bäume.*«

Als Novalee verschwitzt und schmutzig den Parkplatz überquerte, war es fast dunkel. Auf ihrer Bluse waren Flecken von getrockneter Buttermilch und Grasflecken an den Knien ihrer Hose. Ihre Fingernägel waren mit Schmutz verklebt, und sie hatte einen dunklen Schmutzfleck auf ihrer Wange, aber sie war so erschöpft, daß es ihr egal war.

Sie war zu müde, um sich an der Schönheit der Sonne zu erfreuen, die hinter den Hügeln westlich der Stadt unterging, zu müde, um sich über die kühle Abendbrise zu freuen, welche die Augusthitze erträglicher machte. Und sie war viel zu müde, um den Mann mit der braunen Strickmütze zu bemerken, der auf der anderen Straßenseite stand ... den Mann, der sie beobachtete, als sie durch die Hintertür des Wal-Mart schlüpfte.

7

Forney sagte Novalee, er würde ihr Heuschreckeneintopf servieren, wenn sie zu ihrem eigenen Geburtstagsessen zu spät käme. Sie sorgte dafür, daß sie sich nicht verspätete. Tatsächlich war sie sogar zwanzig Minuten zu früh bei der Bibliothek. Aber Forney hatte einen solchen Wirbel darum gemacht, daß sie pünktlich da sein solle, daß sie dachte, er könne vielleicht ebenso erbost sein, wenn sie zu früh käme, wie wenn sie sich verspätete. Statt also hineinzugehen, wartete sie auf einer Bank nahe dem eisernen Tor, während sie versuchte, etwas von der Krause aus ihrem noch feuchten Haar zu bürsten.

Sie war direkt von der Truckstation an der East Main gekommen, wohin sie zum Duschen und Haarewaschen ging, wann immer sie konnte. Vor ein paar Wochen hatte sie entdeckt, daß es einen Zugang von außen zu den Duschkabinen an der Rückseite der Station gab. Alles, was sie zu tun hatte, war hinein- und schnell hinauszukommen, bevor der Stationsleiter oder einer der Fernfahrer sie erwischten. Bisher hatte sie Glück gehabt.

Nach ihrer Dusche hatte sie ein neues Kleid aus dem Umstandsmodenregal des Wal-Mart angezogen. Sie haßte es, einen weiteren Kredit in ihr Kontobuch einzutragen, aber dies war ein besonderer Anlaß, etwas, das Forney seit Wochen geplant hatte.

Kurz nachdem sie sich kennengelernt hatten, bei ihrem

dritten oder vierten Besuch in der Bibliothek, begann Forney sich eigenartig zu benehmen, weil er ihren Geburtstag erfahren hatte. Sie hatte ihn in Eile Notizen kritzeln sehen, wobei er stets mit irgendeiner Ausrede vor ihr verbarg, was er schrieb. Einmal, als sie ihn etwas auf eine Dollarnote schreiben sah, sagte er, er wolle das Schatzamt über eine Fälschung informieren. Dann hielt er mit dem Sachverstand eines Spezialagenten die Banknote gegen das Licht, zupfte daran, um ihre Festigkeit zu prüfen, und nickte scharfsinnig, bevor er sie tief in seine Tasche stopfte.

Ungefähr zur gleichen Zeit begann er Novalee seltsame Fragen über Nahrungsmittel zu stellen – was sie von Kalbfleisch hielt, ob sie Curry möge, ob sie orangefarbene Lebensmittel lieber hätte als rote. Als er sie fragte, ob sie den Duft von Estragon liebe, sagte sie, sie möge Fisch überhaupt nicht, eine Bemerkung, die Forney so herrlich fand, daß seine Augen tränten.

Was sie ihm hatte sagen wollen war, daß sie Beefhack, in Quellwasser verpackten Thunfisch und Wiener Würstchen über hatte, daß sie nie wieder gefüllten Schinken oder Cornedbeef essen würde, daß Shurfine-Erbsen und – Karotten wie die Dosen schmeckten, in denen sie abgepackt waren ... und daß ihr, nachdem sie sich jetzt seit fast zwei Monaten von Wal-Mart-Lebensmitteln ernährte, eine frisch zubereitete Mahlzeit mit Kalbfleisch, Curry und sogar Estragon, orange oder rot, gerade recht wäre.

Der Gedanke ans Essen ließ ihren Magen rumpeln. Sie schaute auf ihre Armbanduhr, und obwohl sie noch ein paar Minuten zu früh war, stand sie auf und strich die Falten aus ihrem Kleid. Die Straßenlaternen waren gerade angegangen und warfen Schatten, die sich von den dichten, immergrünen Büschen am Rande des Bürgersteigs bis zu den Buchstaben streckten, die in die steinernen Pfeiler an der Front der Bibliothek eingemeißelt waren.

Forney beobachtete sie aus dem Fenster direkt hinter der Handbibliothek. Er hatte sie beobachtet, seit sie sich auf die Bank gesetzt hatte.

Als sie auf der Mitte des Bürgersteigs war, trat er vom Fenster zurück und machte sich auf den Weg in die Eingangshalle. Er versuchte, seine Schritte zu verlangsamen, sich ihrem Schritt anzupassen, aber er hatte die Tür geöffnet, bevor sie die oberste Stufe erreicht hatte.

Er wußte, daß sie ihr Haar zurückgekämmt und mit einem silbernen Kamm festgesteckt hatte. Und er wußte, daß sie ein Kleid trug, das nur eine Spur dunkler als Glyzinien war, aber er wußte erst, daß ihr Haar wie Geißblatt duftete oder daß die grünen Flecken in ihren Augen durch das schwindende Licht die Farbe von Weiden bei Frühlingsanfang haben würden, nachdem er die Tür geöffnet hatte.

»Guten Abend«, sagte er in einem Tonfall, den er geübt hatte.

Novalee mochte kaum glauben, daß der Mann, der vor ihr stand, Forney Hull war. Er trug seine Strickmütze nicht. Sie sah ihn das erste Mal ohne. Sein Haar, so braun, daß es fast schwarz wirkte, fiel lose über seine Stirn. Er hatte sich rasiert, und seine Haut, die sie für rauh, vielleicht sogar vernarbt unter seinem Bart gehalten hatte, sah zu glatt aus, zu zart, um diesem Riesen von Mann zu gehören.

Er trug einen seltsamen Anzug, eine lange Jacke mit Samtkragen. Novalee hatte solche Anzüge in Filmen und auf alten Fotos gesehen ... Anzüge, die reiche Männer trugen, die dazu glänzende Zylinder hatten und Tee aus Porzellantassen tranken.

»Hi, Forney. Du siehst wirklich gut aus.«

»Oh. Ich ... äh ... ja.« Dies war ein Satz, den er nicht geprobt hatte.

»Möchtest du, daß ich hineinkomme?«

»Bitte, komm herein«, sagte er ein bißchen lauter, als er beabsichtigt hatte.

»Bekommst du eine Erkältung?«

Forney schüttelte den Kopf. »Ich glaube nicht.«

»Deine Stimme klingt belegt.«

Er schloß die Tür hinter ihr. »Du auch«, sagte er.

»Meine Stimme klingt belegt?«

»Nein. Ich meine gut aussehen. Du ... siehst auch ... gut aus.«

»Danke.«

»Tja«, sagte Forney, der versuchte, sein Konzept wiederzufinden. »Tja.« Plötzlich machte er mit beiden Armen eine große schwungvolle Geste in Richtung auf den Lesesaal, eine Geste, die er vor dem Spiegel verfeinert hatte. »Hier entlang, bitte.«

Er ging ein Stück hinter ihr, als sie sich durch die Halle bewegte, war jetzt sicher, daß das ganze ein Fehler gewesen war. Gewiß würde sie ihn für verrückt halten ... er fürchtete, daß sie lachen würde, wenn sie es sah.

Doch als sie durch die Tür des Lesesaales trat, als sie sah, was Forney getan hatte, atmete sie vernehmlich ein und schlug die Hände vor Staunen über dieses Wunderbare zusammen.

Der ganze Raum funkelte im Kerzenschein – goldenes, schimmerndes Licht flackerte in jeder Ecke, auf jeder Fläche. Kerzen brannten auf Tischen, Regalen, Schränken und Wagen. Und überall da, wo Kerzen waren, waren Rosen – zierliche Teerosen in Zartrosa und Blaßgelb, Rosenknospen, volle Blüten, Sträuße von Rosen in Vasen und Schalen ... Kerzen und Rosen drängten sich auf Pflanzgefäßen und Ständern, in Trauben auf Schreibtischen, arrangiert auf Fensterbrettern. Kerzen glühten auf schwerem Marmor und poliertem Holz, sandten kleine Wellen durch Schatten, die an Decke und Boden tanzten.

Und in der Mitte all dessen hatte Forney einen Tisch für Novalees Geburtstagsessen vorbereitet ... einen runden Tisch, bedeckt mit elfenbeinfarbenem Damast, gedeckt mit Kristallpokalen, weißem Porzellan und rosa Teerosen in einer rubinroten Vase.

»Oh, Forney. Es ist wundervoll«, flüsterte Novalee. Dann begann sie umherzugehen, bestaunte alles, was sie berührte ... eine zerbrechliche Vase, die wie ein chinesischer Fächer geformt war, zwei silberne Kerzenleuchter, die mit Bandschleifen graviert waren, eine grüne, mit Muscheln bemalte Keramikschale und einen aus dunklem, geschnitzten Holz gefertigten Kerzenhalter.

Forney schaute zu, wie sie langsam durch den Raum ging. Kerzenlicht erhellte ihr Gesicht, als sie die Form eines Kerzenleuchters betastete. Dann hielt sie ihre Handfläche über die Flamme und spürte ihre Hitze. Als sie eine herabgefallene gelbe Rosenknospe entdeckte, steckte sie sie in ihr Haar. Forney konnte es von da, wo er stand, nicht sehen, aber er wußte, daß die winzige Narbe an ihrem Mundwinkel im Kerzenschein silberweiß schimmerte.

»Ich komme mir vor wie in einem Film, Forney. Als ob wir Stars wären. Die Samtvorhänge öffnen sich, und da sind wir, oben auf der Leinwand ... rauchen Zigaretten in Silberspitzen und ...«

»Ich habe keine Zigaretten, aber ich könnte welche holen.«

»Nein, wir brauchen keine Zigaretten. So wie es ist, ist es einfach perfekt.«

Novalee hob eine Vase hoch, die mit blauen Drachen bemalt war. »Wo hast du das alles her, Forney? All diese Vasen?«

»Sie gehörten meiner Mutter. Sie hatte in jedem Raum Blumen stehen.«

»Es fällt mir schwer, mir diesen Ort als Haus vorzustellen. Ich meine, es ist so riesig.«

»Oh, inzwischen hat sich eine Menge verändert. Wände wurden herausgenommen. Türen zugemauert. Weißt du, ursprünglich waren, wo dieser Raum ist, drei Räume: ein Salon, ein Eßzimmer und das Arbeitszimmer meines Vaters. Die Küche ist dahinten, und die Schlafzimmer liegen oben.«

»Du warst ein reiches Kind.«

»Nun ja, mein Großvater war reich. Und mein Vater beerbte ihn. Ja, ich glaube, wir waren reich. Vor langer Zeit.«

»Es muß nett sein, in einer Bibliothek zu leben ... all diese Bücher zum Lesen zu haben und ...«

Ein kratzendes Geräusch von oben veranlaßte Novalee aufzuschauen, einen Blick zur Decke zu werfen, aber Forney bewegte sich nicht. Sie glaubte schon, er habe es nicht gehört, sah aber, daß seine Kiefermuskeln sich ein wenig spannten.

Plötzlich durchquerte er den Raum zum Tisch und zog einen Stuhl vor. »Setzen wir uns.«

Novalee folgte ihm an den Tisch und nahm auf dem Stuhl Platz, den er ihr zurechtgerückt hatte. Sie fühlte sich unbeholfen, als er ihn an den Tisch schob.

»Magst du Wein?« fragte er.

»Meinst du Mogen David?«

»Ja, so was wie das.«

»Sicher.«

Forney brachte eine gefüllte Karaffe an den Tisch und füllte ihre Gläser. Dann hob er sein Glas und hielt es ihr über den Tisch entgegen.

Novalee lächelte und sagte: »Sag mir nicht, daß das kein Film sei.« Darauf nahm sie ihr Glas und berührte Forneys damit.

»Alles Gute zum Geburtstag, Novalee. Zum achtzehnten

Geburtstag«, sagte Forney genau so, wie er es geprobt hatte.

Als Novalee einen Schluck Wein genommen hatte, versuchte sie, das Gesicht nicht zu verziehen, erschauerte aber vor Anstrengung dabei.

»Er ist dir zu trocken, ja?« fragte Forney.

»Was meinst du?«

»Er ist ... nicht süß.«

»Heißt das, trockener Wein ist sauer?«

»Ich hole dir was anderes zu trinken.«

»Nein! Er ist wundervoll. Ich mag trockenen Wein ... ich hab' ihn schon immer gemocht.« Sie tat, als würde sie noch einen Schluck aus dem eleganten Glas nehmen, das sich so gut in ihrer Hand anfühlte.

Dann griff Forney unter den Tisch, zog ein in gelbes Papier gewickeltes Päckchen hervor und reichte es Novalee.

»Oh, Forney ...«

»Mach's auf, Novalee.«

Sie begann das Päckchen auszupacken und achtete sorgfältig darauf, weder das Papier zu zerreißen noch das Band zu zerknüllen. Drinnen fand sie ein in dunkles Leder gebundenes Buch, auf dessen Vorderseite in goldenen Buchstaben stand: *Garten-Zauber und andere Überlieferungen alter Frauen*.

»Es ist wunderschön«, sagte sie, während sie mit den Fingern über den Titel streifte. »Und du weißt gar nicht, wie sehr ich ein bißchen Zauber brauche.«

»Vielleicht findest du einen Weg, um deine Roßkastanie zu retten.«

»Das ist mein erstes Buch, Forney. Und weißt du noch etwas? Das ist meine erste Geburtstagsfeier. Meine erste überhaupt.«

Forney räusperte sich, um die Rede zu halten, die er

vorbereitet hatte, aber durch zwei schwere Schläge auf der Decke über ihnen vergaß er seinen Text.

»Forney, ist da ...«

»Ich finde, wir sollten dann essen.« Er stand auf und machte sich auf den Weg in die Küche.

»Kann ich dir helfen?«

»Nein. Du bist der Ehrengast. Du darfst die Küche nicht betreten«, sagte er, während er durch die Tür trat und sie hinter sich schloß.

Novalee hörte Geräusche aus der Küche ... einen Löffel, der auf Metall kratzte, das Klingen von Glas an Glas, aber sie konnte sich nicht vorstellen, daß Forney an Öfen und Brennern hantierte oder mit Bratpfannen und Deckeln umgehen konnte. Sie konnte ihn sich zwischen historischen Büchern und Romanen bewegen sehen, nicht aber zwischen einem Herd und einer Küchenspüle.

Als er mit einem Tablett zurückkam, sagte er: »Das Dinner ist angerichtet«, wobei er versuchte, mit einem französischen Akzent zu sprechen, so wie er es geübt hatte.

Er stellte das Tablett auf einen Wagen neben dem Tisch, stellte dann eine Schale vor Novalee und eine auf seinen Platz. »Ihre Suppe, Madam.«

»Ich habe noch nie eine orangefarbene Suppe gesehen.«

»Das ist eine Orangen-Mandel-Bisque«, sagte er und setzte sich.

Novalee kostete davon. Es war ein wundervoll nussiger Geschmack ... würzig, samtig weich – aber kalt.

»Forney, es ist einfach toll.«

Sie wußte, als er davon kostete, daß er verlegen sein würde, weil es kalt geworden war, aber sie konnte sich nicht vorstellen, daß es heiß besser schmecken würde.

Sie versuchte, nicht zu schnell zu essen, zumindest nicht schneller als Forney, aber er aß nicht viel. Er beobachtete sie fast nur.

»Hast du das selbst gemacht?«

Forney nickte.

»Wie hast du Kochen gelernt?«

»Ich habe nur darüber gelesen.«

»Du lernst alles aus Büchern, nicht wahr?«

Forney fuhr mit einem Finger unter den steifen weißen Kragen seines Hemdes.

»Ich möchte dieses Rezept gern haben.«

»Kochst du gerne?«

»Na ja, wo ich jetzt wohne, bin ich wirklich nicht für Kochen eingerichtet, aber wenn mein Baby kommt …« Sie beendete nicht, was sie hatte zu sagen begonnen, weil sie wirklich nicht wußte, wie.

Plötzlich sprang Forney auf und schoß durch den Raum. Er eilte um eine Ecke, bückte sich, kam dann wieder hoch, ein Buch in seiner Hand.

»Die Physiologie des Geschmacks oder Meditationen über Transzendentale Gastronomie«, sagte er, während er durch den Raum zurücksegelte. Er reichte es Novalee.

»Ist das ein Kochbuch?«

»Nun, Rezepte sind darin, aber es ist Geschichte und Philosophie und …« Forney schaute auf seine Uhr. »O-ha, es ist Zeit.« Er nahm die Suppenschalen und rannte zur Küche.

Novalee schaute ebenfalls auf ihre Uhr. Sie mußte vor neun zurück sein, andernfalls würde sie die Nacht im Park verbringen müssen. Sie fühlte sich wie Aschenputtel.

Sie schaute noch immer auf das Buch, als Forney mit einem anderen vollbeladenen Tablett zurückkam. Es duftete so gut, daß Novalee glaubte, ohnmächtig werden zu müssen.

»Das ist ein Spargelmousse«, sagte er, während er einen großen Servierlöffel in den bebenden Hügel von etwas senkte, das für Novalee ein bißchen wie grüner Vanillepudding aussah.

»Was ist das hier?«

»Tournedos Wellington.«

»Sie sehen wie kunstvolle Biscuits aus.«

»Eine Pastete, mit Rindfleisch darin.«

»Rindfleisch!« Sie mußte sich beherrschen, um das Essen nicht vom Tablett zu raffen, es mit den Händen zu zerreißen. Zum Teufel mit Messer und Gabel.

»Und dies ...« Forney nahm einen kleinen Silberkrug auf, der mit einer dunkelbraunen Flüssigkeit gefüllt war. »Dies ist Madeirasoße.« Er legte ein Tournedo auf Novalees Teller und goß ein wenig Soße darüber. »Und schließlich grüne Erbsen mit Rahm.«

»Das einzige, das ich erkennen kann.«

Nachdem Forney ihre Teller gefüllt hatte, nahm er wieder Novalee gegenüber Platz.

»Forney, ich habe Bilder von solchem Essen in Zeitschriften gesehen, aber ich hätte nie gedacht, daß das jemand für mich zubereiten würde.«

Er wußte nicht, was er darauf sagen sollte.

»Das ist der perfekteste Abend meines Lebens.«

Nichts von dem, was er geübt hatte, würde jetzt passend klingen. Er hatte nicht erwartet, daß sie sagen würde, »der perfekteste Abend«.

Sie hatte gerade das Fleisch eingeschnitten und gesehen, wie die Soße in die Pastete sickerte, als ein entsetzlicher Schlag oben den Kronleuchter erschütterte und eine Staubwolke auslöste. Forney war erstarrt. Er sah fürchterlich aus. Unglauben war in seinem Blick. Dann sprang er von seinem Stuhl auf und prallte dabei gegen den Tisch. Gläser kippten um, Wein spritzte durch die Luft, und ein Teller zerbarst auf dem Boden.

»Forney!«

»Bleib hier, Novalee«, schrie er, hastete dann durch den Raum und durch die Küchentür.

Novalee rannte durch die lange, schmale Küche, Forneys schweren Schritten weit vor ihr folgend. Sie fand die Treppe zur ersten Etage am Ende eines schwach erleuchteten Korridors, nahm dann zwei Stufen auf einmal zu dem breiten Treppenabsatz oben. Sie eilte auf ein Licht zu, das sich aus einer geöffneten Tür ergoß, blieb dann stehen, als sie die erreicht hatte.

Forney hatte sich über den zusammengesunkenen Körper einer Frau gebeugt ... einer Frau, deren knochige Arme und Beine Novalee an die Strichmännchen erinnerte, die sie als Kind gemalt hatte. Die Frau hatte lichtes graues Haar und Haut wie angelaufenes Silber. Novalee glaubte erst sie sei tot, bis sie sah, daß sie ihre Finger wie Klauen um Forneys Handgelenk krallte.

Der Boden war naß und mit Glassplittern übersät. Als Novalee in das Zimmer trat, war der Geruch von Whiskey so stark, daß ihre Augen brannten. Aber da war etwas anderes, etwas, das sie ...

Forney wirbelte so plötzlich herum, daß Novalee zurücksprang.

»Nein, Novalee. Komm nicht herein.«

»Laß mich helfen, Forney«, sagte sie, während sie sich langsam näher zu ihm schob. Und dann wußte sie, was es war ... ein so durchdringender Gestank, daß sie versuchte, den Atem anzuhalten. Die Frau hatte sich selbst beschmutzt.

»Novalee«, sagte Forney in einem Tonfall, den er nicht geübt hatte, »ich möchte dir meine Schwester vorstellen, Mary Elizabeth Hull ... die Bibliothekarin.«

8

In den Wochen nach ihrem Geburtstag spürte Novalee, wie sie jeden Tag schwerer und langsamer wurde.

Eines Morgens Anfang Mai, als Forney ihr anbot, sie von der Bibliothek nach Hause zu fahren, war sie versucht ›okay‹ zu sagen, ihn herausfinden zu lassen, daß ihr »Zuhause« der Wal-Mart war ... aber sie tat es nicht.

Und dann, in dieser Nacht, kaum daß sie in ihren Schlafsack gekrochen war, durchschoß ein heftiger Krampf ihren Unterleib. Zuerst glaubte sie, ihre Zeit sei gekommen, doch der Schmerz währte nicht lange und war nicht viel heftiger als starke Bauchschmerzen. Aber wenn sie ihre Wehen bekam ... wenn dies die schlimmsten Schmerzen waren, dann würde das bei weitem nicht so furchtbar sein, wie sie befürchtet hatte.

Sie hatte Dutzende von Horrorgeschichten über Geburten gehört, als sie bei Red's arbeitete. Es schien, als ob jede betrunkene Frau eine Entbindungsgeschichte zu erzählen hätte. Man hatte ihr erzählt, vier Tage in den Wehen gelegen zu haben, darum gebettelt zu haben, sterben zu können. Man hatte von so schrecklichen Schmerzen erzählt, daß man sich die Zunge durchgebissen oder ganze Haarbüschel aus dem Kopf gerissen hatte. Sie hatten geschildert, wie ihr Fleisch zerriß, als die Babys kamen.

Aber vielleicht war das nur Säufergeschwätz, vielleicht erzählten sie diese Geschichten nur, um Mädchen Angst zu machen, die nie Babys gehabt hatten. Vielleicht würde es nicht so schlimm werden.

Sie hatte in einem der Bücher, das Forney ihr zu lesen empfohlen hatte, über eine Chinesin gelesen, die in einem Reisfeld entbunden hatte und ein paar Stunden später wieder an die Arbeit gegangen war ... sich beugte, bückte, bis zu den Knien im Wasser watete. Novalee fand, daß eine

Geburt nicht allzu schrecklich sein könne, wenn eine Frau das schaffte.

Außerdem war sie nicht völlig unvorbereitet. Sie hatte über Entbindung gelesen. Sie wußte, was sie zu tun haben würde. Und sie hatte alle Hilfsmittel beisammen, die sie benötigen würde ... Schere, Alkohol zum Einreiben, Wattebäusche, Decken. Sie hatte dies alles in eine Reisetasche gepackt, genau so, wie manche Frauen gepackt hatten, um ins Krankenhaus zu gehen, wenn ihre Zeit gekommen war. Aber Novalee wußte, daß sie nicht ins Krankenhaus gehen würde.

Doch die Tasche war im Lagerraum, und als sie daran dachte, dorthin zu gehen, um sie zu holen, nur um Sicherheit zu haben, war sie zum Aufstehen zu müde. Sie gähnte und rollte sich auf die Seite. Sie war sich nicht sicher, ob sie schlafen sollte, für den Fall, daß die Wehen einsetzten. Sie fürchtete, sie könnte sie einfach verschlafen, dann aufwachen und sehen, daß ihr Baby schon geboren war, aber es fiel ihr schwer, die Augen offenzuhalten.

Früh am Morgen war sie zu Sister Husband gegangen, um einige Feuerdorn-Stecklinge zu pflanzen, die sie von einem Strauch vor der City Hall abgeschnitten hatte. Die Woche zuvor hatte sie damit begonnen, in einer Ecke von Sisters Hof ein Blumenbeet anzulegen, in das sie Ableger von Hortensien und Falschem Jasmin pflanzte. Ein paar Tage später hatte sie noch Winden gesät und Myrten gesteckt.

Das Blumenbeet würde von dem Roßkastanienbaum beschattet werden, falls er Blätter bekam. Das letzte war drei Wochen, nachdem der Baum gepflanzt worden war, abgefallen. Aber Novalee glaubte, daß er es vielleicht doch schaffen würde. Sie wußte nicht, warum sie das dachte. Er war ein bißchen weniger kräftig als ein Charlie Brown Weihnachtsbaum, aber sie hatte Hoffnung.

Sister Husband war nicht zu Hause gewesen, doch Novalee war eine Weile auf der Veranda geblieben und dann zur Bibliothek gegangen, wo Forney auf sie wartete. Er hatte ihr Karottenschnitze, zwei Kleiemuffins und eine Thermosflasche mit kalter Milch geholt. Er hatte jeden Tag etwas für sie, etwas Gesundes. Essen mit Bohnenkeimen, Weizenkörnern und Soja. Und Milch. Unmengen von Milch. Milch in Gläsern ... und Tassen. In Krügen, Eimern ...

Sie schlief darauf, kam von Zeit zu Zeit ruckartig fast zum Bewußtsein durch die Krämpfe in ihrem Bauch, die mit ihren Träumen verbunden schienen. Träume von Babys, die sich an dunklen Orten verirrt hatten, Babys, die in tiefen Brunnen steckten, Babys, die ihren Namen riefen.

Dann durchfuhr sie ein Schmerz, der anders als die anderen war. Er riß in ihrem Becken, schoß durch ihre Hüften und in ihr Rückgrat. Sie hielt den Atem an, bis er nachließ, und wand sich dann aus dem Schlafsack.

Ihr Wasser kam, kaum daß sie auf den Beinen war. Sie schaute zu, wie die warme Flüssigkeit an ihren Beinen hinunterrann und zwischen ihren Füßen eine Pfütze bildete. Obwohl sie wußte, was es war, fühlte sie sich ein wenig albern, so wie ein Kind, das sich naßgemacht hat.

Sie wischte sich mit einem Schwamm ab und zog ein frisches Nachthemd an. Dann reinigte sie den Boden und trocknete ihre Spur zur Toilette, indem sie auf Papierhandtüchern dorthin rutschte.

Der zweite Schmerz, stärker als der vorherige, veranlaßte sie, den Atem einzusaugen und die Zähne zusammenzubeißen. Das war kein Bauchschmerz. Ihr Baby kam ... aber sie war nicht vorbereitet.

Sie fragte sich, warum sie bis zur letzten Minute gewartet hatte. Wo war die Zeit geblieben? Zwei Monate waren vergangen, seit Willy Jack sie sitzengelassen hatte – und sie hatte nichts getan. Sie hatte sich nicht um eine Wohnung gekümmert, hatte nicht überlegt, wovon sie leben sollte. Sie hatte nicht einmal einen Namen für ihr Baby gefunden.

Dann fiel ihr eine Liste von Namen ein, mit der sie an dem Tag angefangen hatte, als sie und Willy Jack Tellico Plains verließen. Sie zog das Spiralnotizbuch aus ihrer Strandtasche und schlug es hinten auf. Die Liste war noch da – eine Seite für Jungen, eine für Mädchen. *Felicia, Brook, Ashley.* Novalee verzog das Gesicht, als sie sie las. *Rafe, Thorne, Hutch, Sloan* ... Namen, die sie aus Fernsehserien hatte. *Blain, Asa, Dimitri.* Moses Whitecotton hatte ihr gesagt, sie solle einen starken Namen wählen, aber die Namen in ihrer Liste waren nicht stark. Sie klangen einfach albern.

Nach dem dritten heftigen und durchdringenden Schmerz war ihr schrecklich schlecht. Sie schloß für ein paar Minuten die Augen, bis die Übelkeit vorbei war, doch ein starker, dumpfer Schmerz in ihrem Kreuz wollte nicht weichen. Schließlich beschloß sie aufzustehen und umherzugehen, um zu sehen, ob ihr das Linderung bringen würde.

Es dauerte eine Weile, bis sie auf den Beinen war, doch als sie schließlich stand, hatte sich die Mühe gelohnt. Ihr Rücken schmerzte nicht mehr so sehr. Und sie fand, daß alles besser war, als nichts zu tun und nur zu warten. Während sie durch den Gang schlurfte, suchte sie nach Namen, die sie dem Baby geben könnte. *Coleman. Prescott. Dixie. Hanes.* Sie grinste bei dem Gedanken, ihrem Baby den Namen einer Unterwäschemarke zu geben.

Sie war kurz vor dem Eingang des Ladens, als der nächste Schmerz sie zu Boden warf. Sie streckte haltsuchend die Hände aus und riß im Fallen ein Cassettenregal um. Während die Cassetten über den Boden klapperten, sagte Novalee »Schhhh.« Es tat ihr leid, was sie mit dem Regal gemacht hatte.

Sie wußte nicht, wie lange sie ohnmächtig war, und sie wußte nicht, ob das, was sie sah, wirklich war oder nicht. Sie glaubte, eine Maus sehr nah bei ihren Füßen über den Gang huschen zu sehen. Und sie meinte, eine braune Strickmütze vor der Schaufensterscheibe vorne am Ladeneingang hüpfen zu sehen. *Dann winkten ihr Momma Nell und der Schiedsrichter namens Fred aus dem Fernseher zu, doch der Schleier war so dick und neblig, daß sie die Augen zusammenkneifen mußte, um klar zu sehen.*

Sie sackte weg und kam wieder zu sich ... ließ sich vom Schlaf einlullen zwischen den Schmerzen, die sie wie eine Umarmung umschlossen ... Schmerz, der unterhalb ihrer Rippen begann, in ihr Becken drang, sich um ihren Rücken schloß ... Schmerz, der sie an den Rand zog ... *an den Rand des Highway, als der Plymouth davonraste, Willy Jack über das Lenkrad gebeugt ... das Bild schwand ...*

Dann sah sie Forney Hulls Gesicht, aber es war verschwommen und dunkel. *Sie korrigierte Kontrast und Schärfe, bekam ein besseres Bild als er, beide Arme hoch über dem Kopf, winkte. Sie winkte zurück, obwohl ihre Hände eingeschlafen waren, zu schwer waren, um sie mehr als ein paar Zentimeter heben zu können.*

Forneys Mund bewegte sich, aber sie konnte ihn nicht hören. *Dann lachte sie, als sie merkte, daß die Lautstärke zurückgedreht war. Sie konnte jemand stöhnen hören, doch das kam aus einem anderen Kanal. Störung. Als sie die Lautstärke aufdrehte, kam Forneys Stimme zu schnell, und er klang wie Willy Jack.*

»Ich habe eine Wohnung für uns gefunden, Novalee.«

Willy Jacks Stimme war mit Forneys Lippen nicht synchron ... der Ton kam um ein paar Sekunden zu spät aus seinem Mund.

»Ich habe eine Wohnung gefunden.«

Das statische Rauschen war so stark, daß sie ihn kaum hören konnte.

»Willy Jack? Ich dachte, du bist nach Kalifornien gefahren.«

»... ein Haus mit Balkon ...«

Das Bild begann schneller und schneller zu rollen, bis sie zum Vertikalzeilenschalter griff.

»... ein Balkon, auf dem wir mit dem Baby sitzen können.«

»Ich bekomme das Baby heute nacht, Willy Jack.«

»Wir können mit dem Baby sitzen ...«

»Ich las dieses Buch, Willy Jack, dieses Buch von einer Frau namens Pearl Buck, die in einem Wal-Mart-Laden arbeitet.«

»... mit dem Baby sitzen und ...«

»Und in dem dritten Kapitel ... oder vielleicht im sechsten ... hast du diese Chinesin in einem Reisfeld sitzenlassen, bevor sie ihr Baby bekam ...«

»... mit dem Baby sitzen und ...«

»Erinnerst du dich an die kleine struppige Hündin? Ich hatte sie Frosted Mocha genannt, weil sie die gleiche Farbe wie mein Lippenstift hatte. Erinnerst du dich an sie?«

»... wir können da mit dem Baby sitzen und ...«

»Du hast sie zu dem Reisfeld gefahren und sie rausgeworfen. Frosted Mocha. Du hast den Wagen angehalten und sie auf die Straße geworfen. Du sagtest, sie soll den Boden deines Wagens nicht beschmutzen ...«

»Wir können da mit dem Baby sitzen und den Sonnenuntergang betrachten.«

»Hast mich rausgeschmissen, und du sagtest ...«

»Novalee, ich habe eine Wohnung für uns gefunden ...«

»... bekomme ein Baby auf dem Boden ...«

»... eine Wohnung für uns gefunden.«

Plötzlich löste sich ihre Stimme von ihr. »Ich bekomme

mein Baby auf dem Boden eines Wal-Mart-Ladens.« Die Geräusche schienen nicht aus ihrem Mund zu kommen, sondern aus einem Loch in der Luft über ihrem Kopf. »Verdammt!« Die Worte, ein heulender Wind, der hinter ihnen peitschte, wurden herausgedrängt und füllten den Raum um sie. »Sei verdammt, Willy Jack! SEI VERFLUCHT!«

Und dann klopfte Forney Hull, der das Gesicht gegen den *Fernsehschirm* gepreßt hatte und seine Augen gegen das Gleißen beschirmte, gegen das Glas.

»Du zerbrichst den Fernseher, und ich muß dafür zahlen.«

Aber Forney Hull hörte nicht auf sie. Er schlug wieder und wieder gegen das Glas, zuerst mit seinen Fäusten, dann mit einem Stück Rohr, und jeder Schlag war stärker, heftiger als der vorangegangene ... schneller und schneller, und dann explodierte es, zersplitterte und flog in alle Richtungen, und es klang wie Töne, die auf einem schlecht gestimmten Klavier angeschlagen wurden. Dann kroch Forney herein, kroch durch die zerbrochene Scheibe in den Wal-Mart-Laden.

»Novalee!«

»Das hättest du nicht tun sollen. Das muß ich bezahlen, und Farbfernseher sind nicht billig.«

Forney hockte sich neben sie auf den Boden und legte ihren Kopf in seinen Schoß.

»Große Fernseher sind nicht ...«

Plötzlich krümmte sich Novalees Leib, fand die Beuge von Forneys Arm und preßte sich in sie, während sie erstarrte ... zu einem Knoten von Knorpel erhärtete, um den Schmerz zu ertragen. Sie biß die Zähne zusammen, um den Schrei zu unterdrücken, der tief aus ihrem Innern kam, von der Stelle, an der sie sich zerreißen spürte. Sie ertrug es, starr, unnachgiebig, und als es vorbei war, brach sie zusammen wie eine Marionette, deren Fäden zerschnitten worden sind.

»Großer Bildschirm.« Ihre Stimme klang dünn, unsicher. »Das wird mehr kosten als du denkst, Willy Jack.«

»Nein. Das bin ich nicht. Ich bin nicht Willy Jack.«

»Gut«, sagte sie. Sie spähte in Forneys Gesicht, kniff die Augen zusammen, als versuche sie, ihn deutlich zu sehen. »Willy Jack ist weg.«

»Das nehme ich an.«

»Ich bekomme ein Baby, Forney.«

»Ich weiß.«

»Kannst du mir helfen?«

»Novalee, ich weiß nicht wie.«

»Doch, das weißt du. Du liest die Bücher.«

»Nicht alle.«

»Aber fast.«

»Dann habe ich nicht die richtigen gelesen.«

»Gibt es auch falsche, Forney? Gibt es falsche Bücher?«

»Na ja, ich weiß nicht. Ich vermute ...«

Aber Novalee konnte ihn dann nicht mehr hören. Sie umschloß ihren Unterleib mit ihren Armen, als ob sie sich so vor dem schützen könne, was sie kommen spürte, aber es kam trotzdem.

Ihr Schmerz hatte jetzt eine eigene Hitze ... Muskeln, Knochen und Fleisch brannten zu einem einzigen Ding tief unten in ihrem Unterleib, an ihrem Rückgrat. Er loderte tief drinnen, weiße Hitze ... leichtentzündlich ... stieg dann hoch, versengte ihre Lungen, verbrannte ihre Kehle. Als es verging, fühlte sie sich ausgedorrt, so brüchig wie altes Papier.

»Hol mir etwas Wasser, Forney.«

»Ist das auch richtig? Darfst du das?«

»Ja, ich denke schon. Geh und schau ins Handbuch.«

»Welches Handbuch?«

Sie ließ ihren Kopf gegen seine Brust fallen. Ihr Haar war naß, ihr Gesicht schweißgebadet.

»Die Roßkastanie hat all ihre Blätter verloren, Forney.«

»Welches Handbuch?« Er wischte ihr Gesicht mit seinem Handrücken ab. »In welches Handbuch soll ich schauen?«

»Der komplette Obstbaumführer.«

»Novalee, ich werde einen Krankenwagen rufen. Du mußt ins Krankenhaus.«

»In ein Bett mit weißen Laken.«

»Ja, in ein Krankenhaus. Du brauchst einen Arzt.«

»Forney!« Ihre Stimme klang drängend. »Hol ein Messer.«

»Was?«

»Ein Messer.«

»Wozu?«

»Erinnerst du dich nicht? Rose of Sharon!«

»Aber ich ...«

»Sie hielten ein Messer unter Rose of Sharon ... als sie in den Wehen lag. Ein Messer ... um den Schmerz zu zerschneiden.«

»Novalee, ich glaube nicht, daß ...«

Der Schmerz zerriß sie so schnell, daß sie keine Zeit hatte, ihren Körper dagegenzustemmen.

»Novalee?«

Sie hörte ein Tier klagen ... sein schriller Schrei schmerzte in ihrer Kehle.

»Novalee!«

Der Schmerz wühlte in ihr, zerrte an ihrer Mitte, brachte sie an den Rand dessen, was sie ertragen konnte.

»Oh, mein Gott!« sagte Forney.

Und dann wehrte sie sich nicht mehr dagegen ... hielt nichts mehr zurück.

»Was soll ich tun, Novalee?«

»Forney ...«

Dann riß der Schmerz sie mit, wickelte sich mit solcher Stärke, solcher Kraft um sie, daß es ihr den Atem verschlug.

»Was soll ich tun?«

Dann begann er sich zu bewegen, der Schmerz in ihr, zog etwas aus ihr, während er sich selbst tiefer und tiefer schob.

»Es kommt, Novalee.«

Dann spürte sie einen Teil von sich zerreißen, als er tiefer rutschte.

»Ich sehe es. Ich kann es jetzt sehen.«

Und dann war Leben in dem Schmerz, der sich drehte und streckte, sich gegen sie stemmte, ihren Widerstand nutzte, um seinen Weg zu finden.

»Ja!«

Und dann war es frei.

»Ich hab' es«, sagte Forney. »Ich habe es.« Und er lachte wie ein Kind, das auf dem Jahrmarkt gewonnen hat. »Schau doch, Novalee. Öffne deine Augen.«

Die Erleichterung war zu plötzlich ... die Trennung zu endgültig.

»Öffne deine Augen und schau dir deine Tochter an.«

Novalee kniff vor dem Licht die Augen zusammen, blinzelte, um klar sehen zu können, und schaute zu, wie Forney das Baby hochhob und behutsam auf ihren Bauch legte. Der winzige Leib, eingefallen und dunkel, pulsierte mit jedem Herzschlag.

Als Benny Goodluck ihr den Roßkastanienbaum in die Arme legte, war sie überrascht, wie leicht er war, und sie fragte sich, ob ein so zerbrechliches Ding je würde Halt finden können.

Und sie streckte die Hände aus und streichelte die Wange ihrer Tochter, und sie lächelte bei der Berührung ... darüber, wie sie sich dabei fühlte ... so, wie sie sich gefühlt hatte, als Sister Husband sie umarmt hatte, als Moses Whitecotton ihre Hand genommen hatte, als Benny Goodluck ihre Narbe berührt hatte ... als Forney Hull sie in seinen Armen gehalten hatte.

Und dann wußte sie ...

ein Name, der etwas bedeutet

Es kam so plötzlich, daß kein Raum zwischen Wissen und Nichtwissen blieb ...

ein starker Name

als seien die Enden der Zeit aneinandergestoßen, und was immer dazwischen gewesen sein mochte, war nichts ...

ein kräftiger Name

Er trieb von irgendwo tief in ihr hoch, wie ein Musikstück, das sich befreit hat. Er berührte bei seinem Aufsteigen leere Plätze, streifte ihr Herz ...

ein Name, der vielen schlechten Zeiten standhalten wird ...

schwebte hoch zu dem Licht hinter ihren Augen. Dann spürte sie seine Form auf ihrer Zunge, sein Rutschen und Gleiten über ihre Lippen ...

einer Menge Schmerz

und seinen Geschmack, als sie flüsterte: »Americus.«

»Forney«, sagte sie mit verhaltener Stimme. »Ich weiß ihren Namen.« Sie lächelte ihn an. »Americus. Sie heißt Americus.«

Und während sie die Hand ihres Babys in ihre eine Hand und Forneys in die andere nahm, flüsterte das Mädchen auf dem Boden eines Wal-Mart in den Frühstunden eines neuen Tages »Americus ... Americus.«

9

Wer war der Bursche, der die Scheibe eingeschlagen hat?«

»Haben Sie schon einen Namen für das Baby?«

»Wie lange haben Sie im Wal-Mart gelebt?«

Der erste Reporter tauchte auf, als Novalee noch in der

Notaufnahme war. Der zweite kam, als sie zu einem Zimmer gefahren wurde, und bevor die Stationsschwester ihr eine intravenöse Injektion geben konnte, hatten sich zwei weitere hineingeschlichen und drängten sich um das Bett.

Ihre Fragen kamen so schnell, daß Novalee sie selbst dann nicht hätte beantworten können, wenn sie es gewollt hätte – aber sie wollte es nicht.

Ein Fernsehteam kam, kurz nachdem man sie auf ein Einzelzimmer gebracht und ein Schild, auf dem KEINE BESUCHER stand, aufgehängt hatte. Selbst dann noch schlich sich ein energischer junger Mann, der sich als Krankenpfleger verkleidet hatte, in ihr Zimmer und begann zu filmen, bevor eine der Schwestern ihn hinauswarf.

»Sie verursachen hier eine Menge Wirbel«, sagte die Krankenschwester, während sie die Blutdruckmanschette um Novalees Arm legte. »Schätze, wir haben uns eine Berühmtheit eingehandelt.« Bei dem Wort ›Berühmtheit‹ verzog sie die Lippen, als hätte sie gerade auf einen Mund voll Bitternuß gebissen.

»Ich weiß nicht, was die wollen«, sagte Novalee.

»Man könnte glauben, wir hätten Madonna hier. Die ganze Bande schnüffelt hier rum. Versucht rauszufinden, wieviel Sie wiegen, wieviel Blut Sie verloren haben. Einer von ihnen bot mir zwanzig Dollar an, wenn ich ihn ein Bild von Ihrem Baby machen lassen würde.«

»Mein Baby ...«

»Oh, Sie brauchen sich keine Sorgen zu machen. Die Kinderstation ist besser gesichert als Fort Knox. Wenn jemand ...«

Die Tür schwang auf, und Forney stürzte wie ein gehetzter Mann herein. Der Lärm aus dem Korridor folgte ihm.

»He!« bellte die Nonne. »Machen Sie, daß Sie sofort wieder rauskommen.«

»Er ist keiner von denen. Er ist mein Freund.«

»Gut! Scheint so, als könnten Sie einen brauchen.« Dann richtete sie ihren Blick streng auf Forney. »Dieses Mädchen hat ein Baby. Sie braucht etwas Ruhe.«

»Ich bleibe nicht lange.«

»Das weiß ich«, sagte sie, während sie die Tür öffnete und sich langsam ihren Weg durch das Gedränge auf dem Korridor bahnte. Als die Tür zufiel, konnten sie sie nach Sicherheitskräften rufen hören.

»Was ist passiert, Forney? Warum sind die hier?«

»Es ist verrückt, Novalee. Es ist einfach ... verrückt. Rundfunk ... Fernsehkameras. Einige Frauen haben mir Mikrofone vors Gesicht gehalten ...«

»Aber das alles macht doch keinen Sinn. Frauen bekommen Babys in Taxis und Fahrstühlen. Red's Kusine bekam ihr Baby in seinem Café in Tellico Plains. Was ist denn am Wal-Mart so Besonderes?«

»Ich weiß nicht. Ich habe keine Ahnung.«

»Und wie haben die überhaupt davon erfahren? Ich meine, wie haben die das rausgefunden?«

»Es war meine Schuld«, sagte er und senkte die Augen. »Als ich das Fenster einschlug, habe ich auf der Polizeiwache einen Alarm ausgelöst. Dann kam der Krankenwagen und ...«

»Du hast es getan, um mir zu helfen, Forney.«

Novalee lächelte ihn an, und als sie das tat, bemerkte er wieder die winzige Narbe, die nicht größer als eine Wimper war, direkt unter ihrer Unterlippe.

»... und der Arzt sagte, wenn du nicht dagewesen wärst, wäre ich vielleicht ...«

Als sie ihr Kinn neigte, fiel ein Lichtschimmer auf die Narbe, und für einen kurzen Augenblick glitzerte sie wie Silber.

»... ich das Baby nicht in steriler Umgebung bekommen habe, und deshalb bekomme ich Antibiotika ...«

Dann hielt sie inne und fuhr sich mit der Zunge über die Lippen. Die Spitze küßte den Rand der Narbe kaum, und Forney hatte für einen Herzschlag das Gefühl, er würde ohnmächtig werden.

»... in den Brutkasten, bis ihre Temperatur sich stabilisiert hat, aber er glaubt ... Forney, hörst du mir eigentlich zu?«

In diesem Moment kam die Krankenschwester wieder, vor Mißfallen brüllend. Forney wußte, daß er aufstehen mußte, aus der Tür gehen mußte, aber er wußte nicht, wie er das machen sollte. Später erinnerte er sich nicht mehr daran, wann er gegangen war oder warum. Er erinnerte sich nur an Novalees Lächeln, an ihre Lippen und an diese unauslöschliche Narbe.

»Das ist ein eigenartiger Bursche«, sagte die Schwester, während sie Novalee auf die Seite rollte und ihr das Nachthemd über die Hüfte zog. »Atmen Sie tief ein. Das wird piken.«

Aber Novalee spürte kaum, wie die Nadel in ihre Haut drang. Sie war viel zu müde, um darauf zu achten, und sank in einen unruhigen Schlaf, glitt an Träumen entlang, an die sie sich nicht mehr erinnern sollte bis auf die eine Szene, die ihr jetzt langsam vertraut wurde ... so vertraut, daß sie sich fast zum Erwachen zwang, als sie den Zug hörte, ihn auf sich und ihr Baby zurasen sah. Doch dann trieb sie fort an einen Ort, der für Träume zu dunkel war.

Novalee erwachte durch den Duft von Speck und blickte in bernsteingelbe Augen, die in einem Gesicht saßen, das so rund und flach wie ein Eßteller war.

»Guten Morgen«, sagte das Mädchen. Als sie lächelte, verschwanden ihre Augen hinter einem glatten Hügel von Fleisch, der sich von ihren Wangen bis zu ihrem Nasenrükken wölbte, und ihr Kinn schmolz zu einer weichen Schicht

Haut, die sich bis zu ihrem Halsansatz streckte. Aber sie hatte den perfektesten Mund, den Novalee je gesehen hatte. Ihre Lippen, so voll und üppig wie reife, wilde Pflaumen, waren unbemalt, sahen aber doch feucht und seidig glänzend aus, und für einen kurzen Augenblick hatte Novalee nur den Drang, mit ihren Fingerspitzen über den Mund des Mädchens zu streifen.

»Ich hoffe, Sie sind nicht hungrig«, flüsterte das Mädchen, »weil heute Dienstag ist.«

Novalee schaute sich nach Forney um, doch der war gegangen.

»Das beste Frühstück gibt's am Freitag und am Sonntag, aber am Dienstag ist es am schlimmsten«, sagte sie, während sie an dem Frühstückstablett hantierte, Gefäße umstellte und Pappschachteln öffnete. Sie fühlte, ob die Kaffeetasse warm war, berührte den Milchkarton, um sich zu vergewissern, daß er kalt war. Sie schnupperte an der Schale mit Hafergrütze, rührte in einem Glas Orangensaft und schaute sich einen Fruchtsalat genau an. Dann zog sie die Deckel von Behältern mit Erdbeerkonfitüre und Grapefruitmarmelade ab. Novalee hatte noch nie jemand gesehen, der dem Essen soviel Aufmerksamkeit widmete.

Als das Mädchen auf die andere Seite des Tabletts nach einer Serviette griff, schwangen ihre Brüste über Novalees Gesicht wie gigantische bebende Wasserballons vor und zurück. Sie drängten aus dem Ausschnitt ihres Kittels und blähten sich unter ihren Armen. Ihre Uniform spannte sich unter der unglaublichen Weite ihrer Brust.

»Ich bin Lexie Coop«, sagte sie, während sie den Warmhaltedeckel von einem Teller mit Rührei und weichem Toast entfernte.

»Falls Sie beabsichtigen, diese Eier zu essen, sollten Sie einen Schuß hiervon draufgeben.« Sie zog eine kleine Flasche mit scharfer Soße aus ihrer Tasche und hielt sie Novalee hin.

»Nein, ich glaube nicht.«

»Wie ist's mit dem Toast?«

Novalee schüttelte den Kopf. »Mir war, als hätte ich Speck gerochen.«

»Das ist mein Parfüm. Speckmoschus.« Dann lachte sie ... ein Lachen, das tief in ihrer Brust begann, dann über ihre Zunge rollte und aus ihrem perfekten Mund drang.

»War nur ein Scherz«, sagte Lexie, deren Brust wogte, als sie wieder zu Atem gekommen war. »Ich habe heute morgen für meine Kinder Speck gebraten. Ich nehme an, ich habe den Geruch mit zur Arbeit gebracht. Und Sie wollen das bestimmt nicht?« fragte sie auf das Essen zeigend.

Als Novalee das Gesicht verzog, spritzte Lexie scharfe Soße auf die Eier und nahm dann einen kleinen Happen.

»Scharfe Soße«, sagte sie. »Wissen Sie, ich habe folgende Theorie: Scharfe Soße vertreibt die Kalorien. Man kann alles essen, was man will, wenn man es mit scharfer Soße ißt.«

»Funktioniert das?« fragte Novalee.

»Ich habe in achtzehn Tagen sechs Pfund verloren, aber ich habe noch eine Menge vor mir. Bei meinem letzten Baby habe ich stark zugenommen.«

»Wie viele Kinder haben Sie?« fragte Novalee.

»Vier.«

»Vier? So alt sehen Sie aber nicht aus.«

»Tja, ich habe angefangen, als ich fünfzehn war, und dann konnte ich einfach nicht aufhören. Wissen Sie, als ich das erste hatte, begann ich nach einem Vater dafür zu suchen. Dachte auch, ich hätte ihn gefunden. Aber alles, was ich bekam, war noch ein Baby. Also wollte ich dann einen guten Vater für die beiden finden. Ich versuchte es, aber was bekam ich? Zwillinge.«

»Haben Sie denn jetzt einen Vater für sie gerunden?«

»*Nein,* und ich suche auch nicht mehr. Ich denke, das würde mir nur noch ein Baby einbringen. Nummer fünf. Ich weiß nicht«, sagte Lexie kopfschüttelnd. »Ich glaube, ich gehe das falsch an. Aber ich scheine einfach nicht nein sagen zu können.«

Lexie aß den Rest der Eier auf und stülpte dann den Deckel über den leeren Teller. »Wissen Sie, Sie sollten etwas essen. Das hilft Ihnen, wieder zu Kräften zu kommen.«

»Was ich wirklich gern möchte, wäre duschen. Kann ich das?«

»Sicher können Sie das.«

»Und was ist damit?« Novalee deutete auf den Ständer, an dem die Infusion hing.

»Kein Problem. Den rollen wir einfach mit Ihnen ins Bad.«

Lexie stellte das Frühstückstablett beiseite, schlug dann die Decke zurück und half Novalee aus dem Bett und auf die Beine.

»Lassen Sie sich ruhig Zeit. Wenn Sie sich zu wackelig fühlen, legen wir Sie wieder für ein paar Minuten hin.«

»Nein, es geht schon. Aber ...«

»Ja, ich weiß. Die Stiche ziehen, nicht wahr?«

Novalee hielt sich an Lexies Arm fest, während sie über den Boden schlurfte.

»Haben Sie von mir gehört?« fragte Novalee.

»Von dem Wal-Mart, meinen Sie? Ja. Ich vermute, daß das jeder hier weiß. Das Krankenhaus ist voll von Reportern. Es heißt, daß Sie heute mittag im Fernsehen sein werden.«

»Oh, Gott«, stöhnte Novalee, doch mehr wegen dieser Neuigkeit, die ihr Lexie berichtet hatte, als wegen des Schmerzes, den ihr das Laufen verursachte.

Die Telefonanrufe begannen kurz nach Mittag. Der erste war ein Mann mit weicher Stimme und einem ausländischen Akzent. Er sagte, er wolle die Rechte an Novalees Geschichte kaufen, um einen Film zu drehen, brauche aber ein Foto von ihr beim Stillen des Babys, um das Projekt durchbringen zu können.

Eine alte Frau, die erklärte, sie sei Puppenmacherin, rief danach an. Sie sagte Novalee, sie solle das Baby Walmartha nennen. Dann würde sie eine Puppe machen, die unter diesem Namen vermarktet werden würde. Sie sagte, sie könnten Millionen verdienen, wenn sie die Idee an Wal-Mart verkaufen könnte. Und sie sagte Novalee, falls sie wieder ein Baby bekäme, einen Jungen, sollte sie ihn Walmark nennen. Die Puppen würden sie dann als Bruder und Schwester verkaufen.

Der siebte oder achte Anruf, inzwischen hatte Novalee nicht mehr mitgezählt, kam von einem Mann, der glaubte, vielleicht der Vater des Kindes zu sein. Er wollte wissen, ob Novalee die Frau sei, die er vor neun Monaten in einem Apartment an der Cedar Street vergewaltigt hatte. Kaum hatte Novalee aufgelegt, zog sie den Telefonstecker heraus.

Später kam die Stationsschwester mit einer Brustpumpe, damit Americus mit Novalees Milch gefüttert werden konnte. Die Krankenschwester war grob, als sie Novalees Brüste anfaßte, und preßte die Pumpe kalt und hart auf ihre empfindlichen Brustwarzen. Als nicht viel Milch herauskam, schien die Krankenschwester verärgert zu sein.

Schließlich ging sie und ließ Novalee die Pumpe selbst bedienen, aber sie hatte kein Glück. Als Lexie Coop mit einem Krug voll frischem Eiswasser kam, übernahm sie die Pumpe. Ihre Hände, die noch immer nach Speck dufteten, lagen warm auf Novalees Fleisch, und ihre Stimme war sanft und beruhigend. Novalees Milch füllte den Krug.

In der Mitte des Tages trafen die Blumen ein. Die Karten

waren an das Wal-Mart-Baby adressiert. Sie kamen von Banken, Kirchen, Politikern, Schulkindern ... von Menschen, von denen Novalee noch nie gehört hatte. Sie hatte Blumen in Körben und Keramikvasen, in die Plastikstörche und Gummiclowns gesteckt waren.

Novalee las gerade eine Karte, die an einer einzelnen weißen Rose befestigt war, als an ihre Tür geklopft wurde. Eine Sekunde später steckte ein großer, grauhaariger Mann seinen Kopf, auf dem eine Baseballkappe saß, herein.

»Darf ich hineinkommen?« fragte er.

»Sind Sie Reporter?«

»Nein.« Er trat in das Zimmer. »Ich bin Sam Walton.«

»Wer?«

»Sam Walton. Mir gehört Wal-Mart.«

»Welcher?«

»Nun ja, es ist so ...« Er zog darauf den Kopf ein, als sei es ihm peinlich. »Sie gehören mir alle.«

»Oh.« Novalee duckte sich, sie wußte, warum er gekommen war.

»Ich kenne Ihren Nachnamen nicht.«

Das »Ihr Nachname« klang wie eine Frage, aber Novalee sagte darauf nichts.

»Ist es Ihnen recht, wenn ich Sie Novalee nenne? So hat man Sie auch im Fernsehen genannt.«

Sie nickte.

»Sie haben hübsche Blumen.«

»Ich kenne aber keinen der Menschen, die sie mir geschickt haben.«

»Nun, ich denke, sie haben gehört, daß Sie das Baby in dem Laden ...«

Er beendete nicht, was er zu sagen begonnen hatte, sondern ließ ›Laden‹ ein paar Sekunden im Raum stehen, während er ein paar Efeublätter, die wie ein Babyschuh geformt waren, in einem Keramiktopf betrachtete.

»Ein kleines Mädchen, heißt es. Wie geht es ihr?«

»Sie ist im Brutkasten, aber das ist nur eine Vorsichtsmaßnahme.«

»Americus. Ich hörte, Sie haben sie Americus genannt.«

»Das habe ich.«

»Das ist ein hübscher Name.«

»Ein starker Name«, sagte sie.

Sam Walton nickte und schaute Novalee dann so an, als erwarte er, daß sie etwas sage, als wolle er eine Erklärung von ihr, aber sie wußte nicht, was sie sagen sollte. Sie schwiegen beide eine lange Zeit, so lange, daß Novalee schließlich hustete, aber es war kein richtiges Husten.

»Der Grund, warum ich gekommen bin ...«

»Mr. Walton, ich habe über alles Buch geführt. Über die Lebensmittel. Die Kleidungsstücke ... und den Schlafsack. Auch über die anderen Sachen.«

»Aber ich ...«

»Ich habe alles aufgeschrieben, alle Preise. Und es ist eine Menge Geld. Über dreihundert Dollar.«

»Nun, das ist genau einer der Punkte, über die ich mit Ihnen reden wollte.«

»Ich werde es Ihnen zurückzahlen. Jeden Cent. Auch die Scheibe, die Forney zerschlagen hat.«

»Sehen Sie, die Sache ist die, ich möchte auf die Begleichung der Schulden verzichten.«

»Was heißt das?«

»Ich möchte sie Ihnen erlassen.«

»O nein. Das geht nicht. Ich schulde Ihnen das.«

»Nein, ich bin Ihnen etwas schuldig.«

»Warum?«

»Weil Sie mir eine Menge Geld gebracht haben.«

Novalee richtete sich im Bett auf und kniff konzentriert die Augen zusammen. »Ich verstehe nicht.«

»Schauen Sie. Wahrscheinlich hat das ganze Land von

dem Baby gehört, das im Wal-Mart geboren wurde. Und das ist eine gute Werbung. Die Leute lesen über Wal-Mart, sehen es im Fernsehen. Das ist kostenlose Werbung und das ist gut fürs Geschäft.«

»Aber ...«

»Und darum möchte ich, daß Sie die Schaufensterscheibe vergessen und auch Ihre Rechnung vergessen. Vergessen Sie all das. Und ich möchte Ihnen eine Stelle in meinem Geschäft anbieten. In diesem Geschäft, genau hier in der Stadt, wo Sie Ihr Baby bekommen haben.«

»Nun, das ist schrecklich nett von Ihnen, und ich weiß das wirklich zu schätzen. Ich brauche eine Stelle, das steht fest. Aber ... ich weiß nicht.«

»Warum? Was stört Sie daran?«

»Da werden Leute hereinkommen und mich anschauen, mir Fragen stellen, und ich möchte nicht ...«

»Oh, nicht lange. Die ganze Aufregung wird sich in ein paar Tagen gelegt haben. Die Leute werden das vergessen haben, wenn Sie zu arbeiten anfangen können.«

»Glauben Sie das?«

»Das glaube ich. Also, abgemacht?«

»Okay, abgemacht.«

Sam Walton streckte seine Hand aus, schüttelte die Novalees, zog dann einen Umschlag aus seiner Tasche und legte ihn auf den Nachttisch.

»Passen Sie gut auf sich auf. Und wenn Sie soweit sind, gehen Sie einfach zur Personalabteilung, im hinteren Teil des Geschäfts. Da weiß man über Sie Bescheid.« Dann machte er kehrt und hatte mit drei langen Schritten das Zimmer durchquert.

»Auf Wiedersehen«, sagte Novalee, glaubte aber nicht, daß er sie gehört hatte. Als er die Tür öffnete, zuckten Blitzlichter auf dem Korridor, und Filmlampen gleißten. Ein Dutzend Stimmen wetteiferten um seine Aufmerksamkeit.

»Mr. Walton, was haben Sie zu ihr gesagt?«

»Sam, haben Sie das Baby gesehen?«

»Mr. Walton, darf ich fragen, ob ...«

Novalee nahm den Umschlag, auf dem ihr Name geschrieben stand und nahm fünf Einhundertdollarscheine heraus, soviel Geld, wie sie noch nie zuvor auf einmal in der Hand gehabt hatte.

Sehr viel später, als die Stationsschwester hereinkam, hielt Novalee das Geld noch immer in der Hand. Die Augen der Frau wurden schmal, und sie funkelte Novalee an.

»Es ist dumm, wenn Sie Bargeld in Ihrem Zimmer aufbewahren«, sagte sie.

Novalee hatte diesen Blick schon früher gesehen. In den Gesichtern von Verkäuferinnen, die zuschauten, wie Mütter, die von der Wohlfahrt lebten, ihre Lebensmittelmarken zählten. In den Augen mancher Lehrer, wenn Kinder sich für die kostenlose Schulspeisung aufstellten. Hinter dem knappen Lächeln von Sekretärinnen, die geduldig erklärten, daß das Wasser erst wieder eingeschaltet werden könne, wenn die Rechnung bezahlt sei.

Die Krankenschwester schob Novalee auf die Seite, um ihr wieder eine Spritze zu geben. Aber diese war nicht wie die letzte. Dieses Mal stach sie zweimal zu, und ihre Bewegungen waren hart und strafend.

Forney glitt lautlos durch die Tür und trat auf Zehenspitzen neben ihr Bett. Novalee war eingeschlafen. Ein Arm lag zum Schutz gegen das gleißende Licht der Leuchtstoffröhre über ihren Augen. Der andere hing in dem verdrehten Infusionsschlauch, der sich unter ihrer Schulter verfangen hatte.

Er schaltete das Deckenlicht aus und nahm dann behutsam ihren Arm vom Gesicht, und während er das tat, verzog sie ihren Mund und rutschte auf die Seite.

Forney zog den Schlauch unter ihr weg und rückte ihn auf ihrem Handrücken zurecht, dessen Haut blau aussah, so dünn wie Seidenpapier. Langsam schloß er seine Finger um ihr Handgelenk und war wie benommen von dem Puls, der da im Gleichtakt mit seinem pochte.

Seine Lungen füllten sich mit ihrem Duft ... Seife und Milch und Rosen. Er sah ihre Unterlippe zittern, als sie plötzlich den Atem ausstieß, und hörte die feinen wimmernden Geräusche, die sie machte, als sie mit ihren Fingern über ihre Brust streifte. Und als ihre Augenlider wie die Herzschläge winziger junger Vögel flatterten, spannte sich etwas in seiner Brust, ließ ihn den Atem kurz unter seinem Kehlkopf anhalten ... und ein Ton, der zu leise war, um gehört zu werden, schwang tief in ihm.

10

Am nächsten Morgen stellte Novalee fest, daß das Mittwochsfrühstück nicht viel schmackhafter als das Dienstagsfrühstück war. Sie versuchte, die kalte Hafergrütze hinunterzuwürgen, als eine weißhaarige Frau, die eine rosa Schürze trug, ihr eine Handvoll Post brachte.

Zuerst dachte sie, es sei ein Fehler, doch als sie die Umschläge durchschaute, sah sie, daß sie adressiert waren an das Wal-Mart-BABY, an DIE FRAU AUF DER TITELSEITE DER TULSA TRIBUNE, an BABY AMERICUS und an DIE Wal-Mart-MUTTER. Sie kamen aus Texas und Arkansas, aus Louisiana und Kansas, einer aus Tennessee und der Rest aus Oklahoma.

Novalee öffnete zuerst den aus Tennessee, weil sie fürchtete, er sei von jemand aus Tellico Plains, der sie im Fernsehen gesehen hatte, jemand, der wußte, wer sie war. Darin lag ein Zettel, auf dem stand: »Ich habe ein Baby in dem VW-Bus geboren, in dem ich fast ein Jahr gelebt habe. Mein Baby hat's nicht geschafft. Ich hoffe, Ihres wird's schaffen.« An den Zettel war eine Zehndollarnote geheftet.

Dann öffnete sie einen Umschlag aus Texas. Darin war eine Dollarnote und ein Brief, mit Kreide auf gelbes Zeichenpapier geschrieben. Darauf stand: »Liebe Americus. Ich habe in der Zeitung über Dich gelesen. Ich finde, Du bist ein sehr mutiges Baby, und ich mag Deinen Namen. Mein Name ist Debbie, und ich bin sieben Jahre alt.«

In einem Brief, der auf steifem weißem Papier getippt war, steckte eine Zwanzigdollarnote. »Americus. Ein wundervoller Name. Ich habe im Zweiten Weltkrieg und in Korea gekämpft. Mein Bruder starb dort. Wir brauchen mehr Amerikaner wie Sie, die stolz auf unser Land sind und sich nicht scheuen, das zu zeigen. Viele stehen ja nicht einmal bei der Nationalhymne auf. Gott segne Sie.«

Eine Frau schrieb: »Ich wünschte, ich könnte Ihnen Geld schicken, aber ich habe keins.« In dem Umschlag war ein Coupon, für den man ein Paket Huggies einen Dollar billiger bekam. Ein kleiner Junge fragte, ob er im Wal-Mart einen kleinen Bruder bekommen könnte. Es gab Adoptionsangebote, Angebote für Kinderpflege. Ein Paar wollte Americus kaufen. Jemand schickte eine abgelaufene Kreditkarte, ein anderer einen Angelschein. In einem Umschlag war ein Scheck über tausend Dollar, doch er war unterzeichnet mit »Die gute Zahnfee«. Eine Anzeige kam von einem Windelservice, eine andere von einer Fotoagentur. Ein Mann machte einen Heiratsantrag, ein Brief warnte vorm Stillen. In zwei Umschlägen waren keine Briefe, sondern nur Geld. Und in einem stand: »Ich wünschte, Sie wären auf dem Boden des Wal-Mart verblutet. Ich wünschte, Ihr Baby wäre durch seine

Nabelschnur erdrosselt worden. Sie sind nichts als weißer Müll, und das ist Ihr Baby auch und es wird nie etwas anderes sein.«

Novalee las den Haßbrief wieder und wieder und versuchte sich vorzustellen, warum jemand ihr solche Dinge sagen wollte. Sie überlegte, wer ihn geschrieben haben könnte und versuchte sich sogar bildhaft vorzustellen, wie der Schreiber aussehen mochte. Doch jedesmal, wenn sie das tat, hatte sie das Gesicht des Filmstars vor Augen, der in *Die Hand an der Wiege* den Mörder spielte.

Als einer der Ärzte hereinkam, schob Novalee die Briefe unter ihr Kopfkissen. Sie beschloß, den Brief zu zerreißen und in der Toilette wegzuspülen, wenn sie wieder alleine war.

Der Arzt war nicht derjenige, der sie am Tag zuvor in der Notaufnahme genäht hatte, aber Novalee hatte ihn dort in einer der Kabinen gesehen. Er sagte Novalee, daß er sie und das Baby am nächsten Morgen entlassen würde, falls Novalees Temperatur normal blieb und bei Americus keine Probleme auftauchten. Er sagte, daß das Baby stabil sei und keine Anzeichen einer Infektion aufweise, er sie aber noch für vierundzwanzig Stunden im Inkubator behalten wolle.

Novalee wollte ihm einige Fragen stellen, aber er schien es mit dem Gehen so eilig zu haben, daß er rückwärts zur Tür ging, während er sprach. Er erreichte den Korridor in dem Moment, als er sagte »vierundzwanzig Stunden«, und dann war er fort.

Novalee merkte erst, daß sie lächelte, als sie in das Badezimmer gegangen war und sich im Spiegel sah. »Mit Americus ist alles in Ordnung«, sagte sie zu ihrem Spiegelbild. »Mein Baby ist gesund.«

Dann war auf dem Korridor Tumult zu hören. Wütende Stimmen knisterten wie elektrische Funken. Augenblicke später schob Momma Nell sich durch die Tür und in das Zimmer.

»Wer ist dieser Kotzbrocken, der sich so wichtig nimmt?« schnappte sie, während sie eine rote Schultertasche aus Plastik über einen Stuhl neben dem Bett hängte.

Novalee hatte sie als rund und weich in Erinnerung ... voll, fleischige Hüften, einen gewölbten Bauch, üppige Brüste. Aber das war zehn Jahre her. Jetzt war an ihr nichts mehr weich. Sie war knochig, scharf, ihre Formen waren eckig, ihre Gesichtszüge falkengleich.

Feine Äderchen durchzogen wie Spinnweben ihre Haut, und ihre schieferfarbenen Augen waren so leer und hart wie ein billiges Motelbett. Sie hatte gebleichtes Haar, gelblich und spröde, das aussah wie Stechäpfel im Spätsommer. Ihre Augenbrauen, mit einem schwarzen Schminkstift aufgetragen, waren zu hoch und zu dünn. Sie erinnerte Novalee an die zerquetschten, knochigen Opfer in blutrünstigen Horrorfilmen.

Momma Nell blieb ein paar Schritte vom Bett entfernt stehen und ließ dann ein Lächeln blitzen, das so voller Glück war wie eine Tracht Prügel. Sie roch nach gemieteten Zimmern und billigem Parfüm und ihre Stimme, mitgenommen von zu vielen Camel und zuviel Jim Beam, klang kratzend und rauh.

»Ich hoffe, du erwartest nicht, daß dieses Kind mich Oma nennen kann oder so was«, sagte sie, während sie in einer Tasche nach Zigaretten und einem Feuerzeug kramte.

»Was tust du hier?«

»Dachte, du wärst überrascht.«

»Woher wußtest du, wo ich bin?«

»Himmel, ich hab' dich im Fernsehen gesehen. Ich wechselte gerade den Sender, und ganz plötzlich ist da dein Gesicht. Sie rollten dich über den Korridor. Sah aus, als seist du tot, aber dann sah ich, wie du deine Augen öffnetest. Dann höre ich die Geschichte über dich, daß du ein Kind in einem Wal-Mart bekommen hast. So notierte ich den Namen dieser Stadt, holte mir eine Landkarte, und hier bin ich. Bin fast zehn Stunden gefahren.«

»Von wo?«

»Na ja, ich war auf dem Weg nach New Orleans.«

»Eine Frau, die auf dem Weg nach Orleans ist, kann gar nicht genug Klagelieder haben«, sagte Novalee, obwohl sie das nicht beabsichtigt hatte.

»Was? Was zum Teufel ist ein Klagelied?«

»Lebst du jetzt in New Orleans?«

»Nein. Aber ich bin ein paar Jahre in Louisiana gewesen.«

»Was macht Fred?«

»Wer?«

»Fred. Der Baseball-Schiedsrichter.«

Momma Nell verzog das Gesicht, um sich zu konzentrieren, während sie ihre Zigarette in einer Seifenschale ausdrückte, die auf dem Nachttisch stand. Sie schüttelte ein paarmal den Kopf, während sie versuchte, darauf zu kommen, was sich mit dem Namen »Fred« verband.

Plötzlich drehte sie sich um. »Dieser Scheißkerl«, keifte sie. »Erzählte mir, er sei Schiedsrichter in der Oberliga. Sagte, er reise von Küste zu Küste, wohne in den feinsten Hotels von Los Angeles, New York, Chicago. Sagte, ich würde die berühmtesten Spieler kennenlernen. Dieser verlogene kleine Hurensohn! Er war Softball-Schiedsrichter für einen Verein in Little Rock.«

Momma Nell steckte sich die nächste Zigarette an. »Fred. Dieser kleine Bastard.« Sie blies den Rauch durch die Nase und ließ die Zigarette im Mundwinkel hängen. »Wie, in Gottes Namen, bist du denn auf den gekommen?«

»Weil er der Grund dafür war, daß du gegangen bist.«

»Gegangen? Von wo?«

»Von mir.«

»Ach, das ist doch Schnee von gestern«, sagte Momma Nell, während sie eine Hand schwenkte und damit die Vergangenheit ausradierte. »Ich bin nicht hergekommen, um über alte Zeiten zu reden.«

»Warum bist du gekommen?«

»Um die Wahrheit zu sagen, ich dachte, du könntest vielleicht ein bißchen Hilfe brauchen. Klang nicht so, als ob's dir gut ginge. Im Wal-Mart zu wohnen ist nicht gerade das, was ich unter Erfolg verstehe.«

Novalee grub ihre Finger in das Laken, preßte es zu Falten und bemühte sich angestrengt, den Blick nicht von ihrer Mutter abzuwenden.

»So, und wie willst du mir helfen?«

»Oh, ich weiß nicht. Hast du irgendwelche Pläne? Jemand, der dir helfen kann? Hast du einen Mann?«

Novalee schüttelte den Kopf.

»Wo ist der Pisser, der dich in diesen Schlamassel gebracht hat?«

»Nach Kalifornien gegangen.«

»Das paßt. Hast du eine Wohnung? Oder wolltest du wieder in den Wal-Mart einziehen?«

»Nein«, sagte Novalee. Sie versuchte, nicht weinerlich zu klingen, nicht wieder wie eine Siebenjährige.

»Schön, aber du brauchst ja irgendeinen Platz, wohin du mit dem Baby gehen kannst. Mal darüber nachgedacht, zu Sears zu ziehen? Oder wie wär's mit Kmart? Das wäre vielleicht ...«

»Wenn du nur gekommen bist, um dich über mich lustig zu machen ...«

»Ich sagte dir doch, daß ich gekommen bin, um zu sehen, ob ich dir irgendwie helfen kann. Sieh mal, Novalee, ich habe für so ein Arschloch in einer Bar in Baton Rouge gearbeitet, aber das war ein Dreckloch, und ich hab' nicht genug verdient. Hörte, daß es leicht sei, in New Orleans Arbeit zu finden, und daß das mit dem Geld auch besser sei. Und dann sah ich dich im Femsehen und ich dachte, okay, ich besuche Novalee und ihr Kind. Und hier bin ich.«

»Sie ist auf der Kinderstation.«

»Ach ja?«

»Ich habe sie Americus genannt. Sie ist so schön. Sie hat braunes Haar, ganz dicht und lockig.«

»So wie deins war, als du ein Baby warst.«

»Ich habe sie nur ein paar Minuten gesehen, weil man sie in einen Inkubator gelegt hat, nachdem wir hier waren. Ich kann's gar nicht abwarten, rauszukommen und mich selbst um sie zu kümmern.«

»Und wann, denkst du, wird das sein?«

»Morgen. Einer der Ärzte sagte morgen.«

»Irgendeine Idee, wohin du dann gehst?«

»Nicht direkt.«

»Na schön. Da ich's ja nicht so eilig habe mit dem Weiterkommen, könnte ich vielleicht eine Wohnung finden. Etwas für dich und das Baby und für mich.«

»Du meinst, du würdest hierbleiben und ...«

»Sicher. Dir und dem Kind helfen, bis du auf den Beinen bist. Ich miete für uns ein Apartment, vielleicht eins mit zwei Zimmern. Ich hab' ein bißchen Geld.«

»Oh, ich habe Geld.«

Novalee griff unter das Kopfkissen und zog den Umschlag von Sam Walton hervor und die Briefe und Schecks, die mit der Post gekommen waren. Sie reichte das ihrer Mutter.

»Ich habe fast sechshundert Dollar«, sagte sie.

»Wo hast du das her?«

»Leute, die ich nicht mal kenne, haben mir Geld geschickt. Und der Mann, dem die Wal-Marts gehören, gab mir fünfhundert Dollar und bot mir auch eine Stelle an.«

»Warum?«

»Ich bin mir nicht sicher. Aber mit meinem Geld und mit deinem Geld können wir wahrscheinlich eine nette Wohnung bekommen.«

»Worauf du wetten kannst.«

»Und wir werden einige Dinge für das Baby brauchen. Ein Bett, vielleicht eine Wiege. Und Windeln und Decken.«

»Sicher. Sie braucht Wäsche und Schühchen und ...«

»Einen Schaukelstuhl. Ich möchte einen schönen Schaukelstuhl haben. Und ihr kaufe ich auch einen Teddybär. Einen weißen.«

Momma Nell zog das Geld aus den Umschlägen und zählte es.

»Glaubst du, wir werden genug haben, um all das zu kaufen?« fragte Novalee.

»Reichlich. Wir haben reichlich Geld.«

Momma Nell nahm ihre Brieftasche und stopfte das Geld hinein. »Gut, du brauchst dir um nichts Sorgen zu machen. Ich kümmere mich darum.«

»Willst du hinunter auf die Kinderstation gehen und Americus sehen? Ich weiß, daß man sie dir zeigen wird, wenn du ihnen sagst ...«

»Ich gehe jetzt besser. Ich muß mich heute noch um eine Menge Dinge kümmern, aber ich werde sie morgen sehen.«

»Gut. Aber sei früh hier. Sagen wir um neun Uhr.«

»Ja. Neun Uhr.« Und so plötzlich wie sie hereingestürzt gekommen war, stürzte sie wieder hinaus.

Und später an diesem Abend, nachdem Novalee ein bißchen geschlafen hatte, als die Räume dunkel und die Korridore ruhig waren, versuchte sie sich vorzustellen, was für eine Wohnung Momma Nell für sie bekommen würde. Sie hoffte auf sonnige Zimmer und Wendeltreppen, auf hohe Fenster und breite, gelbe Veranden. Aber sie hatte Schwierigkeiten, sich solche Wohnungen vorzustellen. Die Räume in ihrem Kopf waren dunkel, das Licht darin dunstig und düster.

Sie versuchte angestrengt, sich an ihre Magazinbilder zu erinnern ... an Zimmer, die mit Frühlingsblumenmustern tapeziert waren, an Glastüren, die zu leuchtenden Gärten führten, doch die Bilder sahen verschwommen aus, die Farben verblichen.

Sie bedeckte ihren Kopf mit dem Kissen, hoffte, daß der Schlaf ihr Träume bringen würde von weißen Wiegen, Korbtruhen und gläsernen Spieldosen, die sich drehend das Licht einfingen.

Früh am nächsten Morgen, nach einem Wirbel von Entlassungsformalitäten und Verabschiedungen, wurden Novalee und das Baby von einer jungen Schwesternhelferin nach unten gefahren. Sie wartete fast eine Stunde mit ihnen, bevor sie sagte, daß der Rollstuhl gebraucht werde. Dann ging sie davon.

Novalee und Americus warteten in der Eingangshalle bis kurz vor Mittag und wären vielleicht auch länger dort geblieben, aber Novalee dachte, daß die Leute über sie reden würden, und so ging sie mit dem Baby nach draußen, um auf dem Bürgersteig zu warten.

Jetzt wußte sie, daß Momma Nell nicht kommen würde. Sie und das Geld waren weg. Aber Novalee hatte keinen Ort, wo sie hingehen konnte ... und so wartete sie.

Punkt zwei Uhr waren sie noch immer dort, als Sister Husbands Toyota gegen den Bordstein der Auffahrt prallte und quietschend zum Stehen kam. Wie ein Schafhirte, der zu seinen verirrten Schafen kommt, sammelte Sister Husband Novalee und Americus ein, trieb sie in ihren beplanten Wagen und raste dann davon, steuerte auf Sicherheit zu ... steuerte nach Hause.

11

Sam Walton hatte recht. Als Americus einen Monat alt war, begannen die Menschen das Interesse an dem Baby zu verlieren, das im Wal-Mart geboren war. Novalee bekam weiterhin Post, die aus dem Krankenhaus an Sister Husband weitergeleitet wurde. Eine Witwe in Dallas schickte eine Einladung zur Hochzeit ihrer Tochter, und ein Junge namens Moe Dandy sandte ein Lesezeichen, das aus einer Schlange gefertigt war. Eine Sonntagsschulklasse in Topeka schickte zwanzig Dollar und eine vietnamesische Familie in Fayetteville schickte zehn. Ein neunzigjähriger Quapaw-Indianer namens Johnson Bearpaw schickte einen Sack mit zerfetzten Comics und eine Fünfdollarnote. Vor allem jedoch bekam Novalee ermutigende Briefe und Gebete für Americus, aber auch dies hörte rasch auf.

Dann und wann rief ein Reporter aus Tulsa oder Oklahoma City an, und zuweilen kam ein Anruf aus einem anderen Staat, wenn jemand etwas über das Kind Americus Nation wissen wollte. Einmal kamen ein Mann und seine Frau an die Tür und erzählten Sister Husband, sie seien den ganzen Weg von Midnight, Mississippi, hergefahren, um Novalee das Wort Gottes zu bringen, aber Sister erzählte ihnen, daß sie es bereits hätte, gab ihnen dann ein E-Xemplar der Schriften des Predigers Salomo und schickte sie ihres Weges.

Die Einheimischen waren neugierig und starrten sie an, wenn sie die Main Street hinunter zur Bibliothek lief. Diejenigen, die wußten, wer sie war, machten die, die es nicht wußten, auf sie aufmerksam. Wer Verwandte außerhalb hatte, fuhr sie an Sisters Wohnwagen vorbei, damit sie Fotos machen konnten. Die Angestellten in der IGA, wo sie Babytalkum und Vaseline kaufte, waren höflich und freundlich, wenn sie ihr das Wechselgeld reichten, zwinkerten einander aber hinter ihrem Rücken zu und machten Wal-Mart-Witze, wenn sie aus der Tür ging.

Aber sie nahm das nicht zur Kenntnis, bemerkte es nie. Sie war viel zu sehr damit beschäftigt, sich in ihr Baby zu verlieben ... prägte sich die Fußsohlen ein und das Muster der feinen Locken in ihrem Nacken ... strich mit ihren Fingern über die geschwungenen Lippen, während sie sie stillte ... lernte es, sie fest in einer Hand zu halten ... lauschte ihrem Atem im Dunkel der Nacht.

Sister hatte sich, kaum daß sie eingezogen waren, daran gemacht, sie zu verwöhnen. Sie nahm Americus beim ersten Jammern auf und tanzte zum Klang einer Spieldose, die »My Funny Valentine« spielte, mit ihr um den Wohnwagen. Sie schnitt aus Zeichenkarton Sterne aus und hängte sie an Fäden über der Wiege auf. Sie behauptete, Babies bekämen ihren Orientierungssinn durch die Sterne.

Wenn Novalee beim Abwasch zu helfen versuchte oder den Boden staubsaugen wollte, führte Sister sie zu der Schaukel auf der vorderen Veranda, damit sie sich dort hinsetzte. Wann immer sie in die Stadt fuhr, brachte sie Novalee ein besonderes Geschenk mit ... eine Plastikhaarspange, die wie ein Schmetterling geformt war, eine winzige Bibel, nicht größer als eine Streichholzschachtel, oder eine Lippenstiftprobe aus dem Merle Norman Laden.

Novalee fühlte sich in den ersten paar Tagen im Wohnwagen steif, ein wenig scheu. Sie achtete darauf, nicht zuviel heißes Wasser zu verwenden, und hielt ihre Tür nachts geschlossen. Ihre Sprache war höflich ... sie sagte »danke«, »Entschuldigung« und »bitte«, und bei Tisch aß sie ihren Teller immer leer, selbst wenn Sister ihr Limabohnen servierte.

Doch das alles änderte sich, als Novalee in den Gasherd rannte. Sie hatte Americus gerade nach dem Stillen um zwei Uhr schlafengelegt und war über den Korridor ins Bad gegangen, ohne ein Geräusch zu machen. Sie zog leise die

Tür hinter sich zu und ließ das Licht aus, damit der Schein nicht in Sisters Schlafzimmer fiel. Barfuß ihren Weg im Dunkeln ertastend, schätzte sie ihre Entfernung falsch ein und prallte gegen den schweren alten Gasherd, schlug mit dem Schienbein gegen einen der scharfen Wulste, die sich über den Düsen wölbten. Der heftige Schlag von Knochen gegen Eisen zerschlug die Stille, bevor Novalee vor Schmerz aufschrie und zu Boden fiel.

Sister sprang aus dem Bett, rannte ins Badezimmer und schaltete das Licht ein. »Oh, Schätzchen, was ist passiert?«

Novalee, die ihr Bein hielt, schaukelte in der Mitte des Bodens vor und zurück. Die Haut auf dem knochigen Grat ihres Schienbeins war aufgerissen ... zurückgeschoben, bis auf den Knochen abgeschabt.

»Mein Gott. Wir müssen das verbinden. Das muß ja teuflisch schmerzen.«

Novalee zischte mit zusammengebissenen Zähnen »Teufel«, während Sister in dem Medizinschrank herumkramte und mit sich selbst sprach, während sie zwischen Töpfen und Tuben wühlte. Sie fand die Flasche, nach der sie suchte, im obersten Fach. Sie kniete sich hin, nahm das verletzte Bein fest in eine Hand, entkorkte die Flasche und trug die Flüssigkeit auf Novalees rohes Fleisch auf.

»Oh, Scheiße!« schrie Novalee, wobei sie mit den Fäusten auf den Boden schlug. »Scheiße!«

Plötzlich erstarrte sie. Ihr Gesicht war unbewegt, als ihr bewußt wurde, was sie gesagt hatte. »Sister ...« Ihre Stimme verlor sich in Schweigen.

Sister schaute ernst drein, als sie Novalees Bein vorsichtig auf den Boden legte. »Schätzchen.« Sie sprach langsam und wählte ihre Worte sorgfältig. »Hast du nicht vergessen, bitte zu sagen?«

Sister zwang sich, eine finstere Miene zu machen, hielt sich dann aber eine Hand vor den Mund, um zu versuchen das Lächeln zu verbergen, das um ihre Lippen spielte. Sie unterdrückte den ersten Kiekser, schluckte das Geräusch eines Kicherns und explodierte dann vor Gelächter ... Gelächter, das ihr den Atem raubte und die Tränen in die Augen trieb.

Novalee, die sich verfärbte, brachte ein unsicheres Grinsen zustande, hielt es für einen winzigen Augenblick, gerade so lange, bis das erste dünne Quietschen herausrutschte ... und dann war es vorbei. Sie lachten, sie johlten, sie kreischten, und ihre Brüste hoben sich schwer, während sie nach Luft rangen, bis sie sich Minuten später, noch immer keuchend, aufrappelten, dann in die Küche tappten, Kaffee machten und bis in die Morgendämmerung redeten.

Novalee erzählte Sister von Willy Jack und dem Wal-Mart. Sie erzählte ihr auch von Momma Nell, aber keine der alten Geschichten. Davon erzählte sie nichts. Sie erzählte nur von ihrem Besuch im Krankenhaus, und daß sie mit dem Geld davongelaufen war.

»Über sechshundert Dollar«, fügte Novalee hinzu.

»Nun stell sich das einer vor«, sagte Sister. »Fremde, die sich so sehr um dich und das kostbare Baby sorgten, daß sie dir ihr Geld schickten. Ist das nicht großartig?«

»Ich hätte wissen müssen, was sie tun würde.«

»Das ändert doch aber nichts an der Freundlichkeit all dieser Menschen, die es dir gegeben haben, oder?«

»Sister, was ich dich gefragt haben wollte: Warum bist du eigentlich damals zum Krankenhaus gekommen? Ich meine, woher wußtest du das?«

»Ach, Schätzchen, der Herr hat seine Art, uns zu sagen, was wir wissen müssen.«

Novalee nickte, als ob sie verstehe, aber sie tat es nicht. Sie hatte nicht viel von all dem verstanden, was ihr widerfahren war. Wie etwa, als Sister sie und Americus an diesem ersten Tag zum Wohnwagen gebracht hatte. Sister hatte ihr gesagt, daß alles gut werden würde, wenn sie einfach nur Gott vertrauen würde. Novalee hatte damals auch genickt ... obwohl sie es nicht wirklich geglaubt hatte.

Doch an diesem Nachmittag brachte eine mexikanische Familie namens Ortiz von dem Wohnwagen nebenan heiße Tamales herüber, die in Maisschoten gewickelt waren, und dazu eine handgemachte Wiege aus Kiefernholz. Der Vater sprach kein Englisch, lächelte aber, während die Mutter und die drei Töchter abwechselnd Americus hielten. Dixie Mullins von der anderen Straßenseite brachte Windeln und Kleider, Dinge, aus denen ihre Enkelin herausgewachsen war. Dixie hatte ein Kosmetikgeschäft im hinteren Raum ihres Hauses, hatte aber nicht viel zu tun. Sister sagte, das läge daran, weil sie immer mit ihrem toten Mann sprach, wenn sie arbeitete. Henry und Leona Warner, die drei Türen weiter unten wohnten, brachten eine Wassermelone, Decken und einen Sterilisator. Sie waren sich einig, daß das Baby wunderschön sei, gerieten aber in Streit über ihre Augenfarbe. Henry sagte, sie seien kornblumenblau, Leona beharrte darauf, daß sie azurblau seien. Nachdem sie gegangen waren, erklärte Sister, daß sie in einer Doppelwohnung lebten – Henry auf einer Seite, Leona auf der anderen.

Bei Sonnenuntergang hatten Novalee und Americus alles, was sie brauchten. Sie waren gesättigt, hatten ein Zuhause und ein Bett in ihrem neuen Heim. Vielleicht hat Sister recht, dachte Novalee. Vielleicht würde alles gut werden, aber sie konnte nicht sehen, wie.

Der kleine Abstellraum im hinteren Teil des Wohnwagens bot kaum Platz für Novalees Bett, die Wiege und die große Truhe für ihre Kleidung, aber Sister dekorierte ihn mit einer neuen Bettdecke und Vorhängen von Goodwill und einigen gerahmten Bildern, die sie auf einem Flohmarkt im Osten der Stadt gekauft hatte. Novalee machte sich Sorgen wegen des Geldes, das Sister für sie und Americus ausgab. Sie glaubte, daß mit dem Begrüßungswagen nicht viel Geld zu verdienen war, weil in den meisten Wochen, wenn Sister zum Rathaus ging, um die Namen neuer Stadtbewohner zu bekommen, es nie mehr als zwei oder drei waren. Dann und wann arbeitete sie bei der IGA, wo sie Proben von Würstchen oder Käse oder neuen Keksen verteilte, aber das waren lange Tage, an denen sie stundenlang auf den Beinen war. Sie beklagte sich nie, aber anschließend nahm sie tagelang Tabletten. »Um meine Stimmung zu verbessern«, sagte sie. Novalee hoffte, bei ihrer Arbeit im Wal-Mart soviel zu verdienen, daß Sister die IGA aufgeben konnte.

Forney kam jeden Abend vorbei, sobald er die Bücherei geschlossen hatte. Er klopfte immer drei schnelle Schläge und wartete dann darauf, daß Novalee an die Tür kam, egal wie oft sie »Herein« rief.

Jedesmal, wenn er kam, brachte er einen Wecker und zwei Bücher mit, eines davon für Novalee. Er brachte ihr Bücher über Klöster, er brachte Bücher über Cowboys. Bücher über Spiele, Wale und Molekularbiologie. Sie las über Planeten, Jazz und mexikanische Architektur, über Polarexpeditionen, Stierkämpfe und die Russische Revolution. Einmal brachte er ihr eine Sammlung von Essays über Liebe mit, die er ihr, in einer braunen Papiertüte verpackt, überreichte. Sie las ein Buch über Schafhirten am Fluß Tweed in Schottland und eines, das *Ratten, Läuse und Geschichte* betitelt war, eine Geschichte der Infektionskrankheiten und wie sie die Welt veränderten. Novalee begann alle zu lesen, las die meisten zu Ende, las einige flüchtig, brach bei wenigen ab, aber sie konnte mit Forney nicht mithalten. Der Bücherstapel neben ihrem Bett reichte bis zum Fenster.

Das zweite Buch, das er mitbrachte, war für Americus.

Er setzte sie in ihrer Tragetasche auf den Küchentisch und stellte dann seinen Stuhl direkt vor sie. Nachdem er seine Brille geputzt und ein Glas Wasser bekommen hatte, stellte er den Wecker und begann dann zu lesen.

Er las genau dreißig Minuten vor, jeden Abend einen anderen Autor. Er las Shakespeare, Plato, Freud, Nietzsche und Rousseau, und er las völlig konzentriert. Von Zeit zu Zeit blickte er zu Americus auf, um ihre Reaktion auf etwas, das er gelesen hatte, zu beurteilen.

Sie döste nie, quengelte nie, sondern blieb vom ersten Wort an achtsam, richtete ihre Aufmerksamkeit völlig auf Forney.

Während er las, saßen Sister und Novalee still an der anderen Seite des Zimmers. Gelegentlich nickte Sister zu etwas, das nach ihrer Meinung eine Reaktion verdiente, oder flüsterte dann und wann »Amen«, wenn sie etwas hörte, was sie für wahr hielt. Als Forney *Romeo und Julia* las, war sie so betroffen, daß sie weinte und Novalees Hand hielt.

Nach dem Vorlesen hatte Forney stets eine Menge Gründe, warum er ganz schnell fort müsse, tat das aber nie. Er mochte es, mit Sister auf der Veranda zu sitzen und Pfirsiche zu schälen oder Erbsen zu enthülsen. Er mochte es, Americus zu halten, wenn Schlafenszeit war, mochte das Gefühl ihres weichen Baumwollhemds, den Duft von Novalees Milch, der noch in ihrem Atem war. Er liebte es, Novalee zu beobachten, wenn sie zu etwas lächelte, was er sagte, ihr Haar aus dem Nacken hob und sich vorbeugte, um ihm Americus in die Arme zu legen.

Mr. Sprocks Besuche waren bei weitem nicht so vorhersagbar wie Forneys. Manchmal kam er frühmorgens, brachte frische Tomaten oder Paprika aus seinem Garten. Manchmal kam er abends, um auf der Veranda zu sitzen und Tee zu trinken. Er hatte ihnen immer etwas Interessantes zu zeigen – einen Stein, der wie ein Kaninchen geformt war, eine Kartoffel, die wie das Hinterteil eines Mannes aussah. Er brachte Pfauenfedern und ausländische Münzen, Pfeilspitzen und alte Postkarten. Einmal brachte er einen Goldzahn in einer Flasche mit, die er auf dem See treibend gefunden hatte.

Novalee wußte nicht, wann oder wo Mr. Sprock und Sister Zeit zum Alleinsein fanden, doch manchmal, wenn Sister betete, bat sie den Herrn um Vergebung dafür, daß sie wieder unerlaubten außerehelichen Geschlechtsverkehr gehabt hatte.

Mr. Sprock brachte Novalee oft Sämereien und junge Pflanzen für ihren Garten mit, in dem es allmählich farbenfroh zu sprießen begann. Die Winden, fast einen halben Meter hoch, schlangen sich um ein Spalier, das Mr. Sprock für sie gebaut hatte. All die Geranien und Stiefmütterchen, die sie im Krankenhaus bekommen hatte, gediehen in diesem Winkel des Hofes, ebenso wie weiße Schleifenblumen und scharlachrote Rosenmalven, die sie dazugesetzt hatte, weil sie zu Hause war.

Auf einem Grundstück hinter dem Wohnwagen hatte sie einige weiße Steine gefunden, die sie im Kreis um den Roßkastanienbaum in der Mitte des Hofes legte. Soweit sie es beurteilen konnte, war er überhaupt nicht gewachsen, doch der Stamm hatte seinen pudrigen Film verloren, ein Anzeichen dafür, wie sie gelesen hatte, daß er wieder genas. Das Gartenbuch, das Forney ihr zum Geburtstag geschenkt hatte, sah bereits sehr abgegriffen aus.

Unmittelbar hinter dem Wohnwagen hatte sie mit Kartoffelaugen und Zwiebelablegern einen kleinen Gemüsegarten angelegt, dann noch Salat gesät, dessen Samen ihr Dixie gegeben hatte. Für Sister setzte sie noch Spargelköpfe ein, worauf die behauptete, sie würden ein Leben lang wachsen, wenn sie Wurzeln schlügen.

Zuweilen kam Mr. Sprock abends, um neue Sämereien zu bringen oder ihr zu helfen, das Unkraut im Garten zu zupfen. Dann blieb er, um Forney beim Vorlesen zuzuhören. Einige Male kaum auch Mr. Ortiz, und wenn er da war, las Forney lauter... er hoffte vielleicht, daß die Lautstärke zum Verstehen beitrug. Anschließend, wenn über das Vorgelesene gesprochen wurde, sagte Mr. Ortiz seine Meinung dazu ... immer voller Begeisterung und immer auf Spanisch.

Manchmal kam Dixie mit Eiscreme herüber, die sie zubereitet hatte. Forney drehte dann die Kurbel, bis das Eis fertig war, und dann aßen sie auf der vorderen Veranda, bis die Moskitos sie hineintrieben. Dixie selbst aß nie Eiscreme. Sie sagte, sie bekäme davon Durchfall. Novalee glaubte, daß sie sich die ganze Mühe nur machte, um Americus für ein paar Stunden halten zu können. Einmal gaben Henry und Leona eine Fischgrillparty auf ihrem Hinterhof, aber sie stritten die ganze Nacht darüber, ob das Baby auf dem Rücken oder auf dem Bauch schlafen sollte. Am vierten Juli entzündeten die Ortiz-Mädchen ihr Feuerwerk auf der Straße, während alle anderen auf Sisters Veranda beieinander waren, um Limonade zu trinken. Mrs. Ortiz hatte für Americus eine Haube in Rot, Weiß und Blau gefertigt, und die Mädchen stellten sich mit einer Flagge dazu, damit sie ihr Foto machen konnte.

Manchmal war Novalee besorgt wegen all der Aufmerksamkeit, die dem Baby zuteil wurde. Sie fragte sich, ob zu viele sie zu sehr lieben könnten. Aber Americus gedieh prächtig. Sie quengelte nie, wenn viele Menschen um sie waren. Man konnte sie von Hand zu Hand, von Arm zu Arm reichen, ohne daß sie auch nur einen Piepser von sich gab. Sie konnte an Forneys Schulter, auf Dixies Schoß oder auf Leonas Knien schlafen, sie konnte beim Lächeln der Ortiz-Mädchen, einem Walzer mit Sister oder der Berührung von Mr. Sprocks Hand erwachen.

Novalee konnte sich kaum vorstellen, daß ein so winziges Geschöpf soviel Liebe bewirken konnte. Und das war das Problem: Je mehr Novalee sie liebte, desto größer war ihre Angst, sie könne sie verlieren.

Manchmal kam Novalees Angst wie eine Flutwelle über sie, so plötzlich, daß sie vorbei war, bevor sie richtig wußte, daß sie da war, wie ein Blitz unterbrochener Erinnerung. Oder die Angst erfaßte sie langsam, drückte auf ihre Brust, baute sich auf, bis ihr Herz heftig pochte. Dann und wann war sie weniger beharrlich, nur ein vages Unbehagen, ein Fragment eines schlechten Traumes, der an ihrer Erinnerung nagte. Im schlimmsten Fall war sie real ... ein Schatten, ein Schemen, der einfach jenseits des Lichtscheins lauerte.

Sie kam immer ohne Warnung, grundlos – während Americus in ihrem Bad saß, die dünnen Ärmchen und Beinchen eingeseift, so glitschig wie gekochte Spaghetti ... wenn sie langsam einschlief, ein Augenlid sich träge schloß ... ihr Mund sich zu einem schief hängenden o streckte ... ihre Hand sich zu einer Faust ballte, das Zucken eines winzigen Fingers.

Und mit Novalees neuer Angst kam mit altem Aberglauben noch größere Gefahr. Träume von verschlossenen Türen konnten Krupp oder Masern ankündigen. Graue Pferde oder zerrissene Schnürsenkel bedeuteten vielleicht Lungenentzündung oder Scharlach. Zwei Krähen in einem Baum mochten ein Anzeichen für Polio sein. Oder Schlimmeres.

Ihr größter Unheilskünder aber, ihre Nemesis, die Sieben, ließ sie jetzt zu Americus rennen – rennen, um zu fühlen, ob sie Beulen oder Fieber hatte, um nach Flecken oder Schwellungen zu sehen, um ihren Mund, ihr Herz, ihre Lunge zu kontrollieren. Eine Sieben, jede Sieben, war eine Geißel, eine Plage, eine Heimsuchung. Doch der Moment, als Americus ihren siebten Lebenstag begann, war die schrecklichste Sieben von allen.

Die Nacht war mit lauernden Fremden erfüllt, der Morgen mit tollwütigen Hunden. Jeder Moskito trug Malaria mit sich, aus jeder Gasdüse strömten tödliche Schwaden. Messerklingen wurden zu mörderischen Waffen, ein sanfter Windstoß zu einem tödlichen Sturm.

Novalee kontrollierte die Fenster, bewachte die Türen, wanderte durch das Zimmer. Sie sah Gefahr in jedem vorbeifahrenden Auto, hinter jedem Wort, jeder Geste. Die wenigen Male, die sie döste, sah sie Willy Jack auf sie zurennen, sein Gesicht zu einem bösartigen Grinsen verzerrt.

Sie hielt Americus von Mitternacht bis Mitternacht in ihren Armen. Und als es vorbei war, als die Gefahr vorüber war, fragte sie sich, wie sie die siebte Woche, den siebten Monat, das siebte Jahr überleben sollte.

12

Willy Jack traf an einem Montag im Staatsgefängnis von Neu Mexiko ein, und am folgenden Freitag hatte er sechs Stiche in seinem Mastdarm, eine gebrochene Nase, in seiner linken Hinterbacke fehlte ihm ein Stück Fleisch in der Größe eines Fünfcentstücks, und eine Quetschung von der Größe einer Frisbeescheibe zierte seine Brust. Das Gefängnis sollte ein schwieriger Aufenthaltsort für Willy Jack werden, einer, der gewöhnungsbedürftig war.

Sie hatten ihn rasch aus Santa Rosa fortgeschafft. Er saß nur neun Tage vor seiner Verhandlung, die etwas mehr als eine Stunde dauerte, im Gefängnis. Die Urteilsverkündung war in weniger als drei Minuten vorbei. Er hatte vierzehn Monate abzusitzen, egal, ob er sich gut führte oder nicht, aber gute Führung war noch nie etwas gewesen, was Willy Jack für erstrebenswert gehalten hätte.

Seine Probleme im Gefängnis begannen fast sofort. Die gebrochene Nase handelte er sich am ersten Tag ein, als die Aufseher versuchten, ihn in seine Zelle zu sperren, ein Zwischenfall, der ihm drei Tage Einzelhaft einbrachte. Die zerbissene Gesäßbacke und der zerstochene Mastdarm folgten in der zweiten Nacht, als er von einem Brüderpaar namens Jabbo und Sammy vergewaltigt wurde, die ihn dem Aufseher während der Einzelhaft abkauften. Die Quetschung auf seiner Brust, scheinbar die geringfügigste seiner Verletzungen, war tatsächlich die ernsteste. Sie näßte. Und nur, weil er sich weigerte, sein Stück von dem verdammten Kuchen einem vertrockneten kleinen Mann namens Sweet Tooth zu geben – ein sonderbarer Name für einen Mann ohne Zähne.

Am Ende der ersten Woche war Willy Jack viermal auf der Krankenstation gewesen. Der Arzt, der bei den Insassen Dr. Strangelove hieß, fand Willy Jack überaus attraktiv, eine Situation, die Willy Jack nicht zum Vorteil gereichen sollte. Dr. Strangeloves Reaktion auf sexuelle Attraktivität war Verursachung physischen Schmerzes – und sein Verlangen nach Willy Jack war heftig. Als er Willy Jacks gebrochene Nase schiente, stopfte er soviel Baumwolle rein, daß das weiche Gewebe des Septums riß. Als er die Wunde an Willy Jacks Gesäßbacke behandelte, fügte er dem Balsam eine Prise Drano zu, den er auf die Bißspuren um das weiche, zerfetzte Fleisch auftrug. Und als er Willy Jacks Mastdarm nähte, schrieb er mit einer Verzierung und feinem Stich seinen Namen.

Willy Jacks Zellengefährte war ein Navajo namens Turtle, der nicht wußte, wie alt er war. Seine Augen sahen aus wie das Weiß zerlaufener Eier, und seine Haut war so dünn, daß Willy Jack das Blut durch die Venen strömen sehen konnte, die sich über die Schläfen des alten Mannes zogen. Und er redete nicht viel. Tatsächlich sprachen sie erst in der fünften Nacht miteinander, jener Nacht, in der Willy Jacks Herz stehenblieb.

Er schlief, als es geschah, als der Schmerz in seiner Brust ihn auf den Rücken warf und auf seine Matratze nagelte, aber es war die Stille, die Turtle veranlaßte, neben seine Pritsche zu treten, die Stille, die ihn dazu brachte, in Willy Jacks Gesicht zu starren.

»Dieses Herz, es schlägt nicht«, sagte Turtle. Seine Stimme war leise, und er sprach langsam auf jene gemächliche Art, wie Männer mit sich selbst über nicht funktionierende Vergaser und fehlzündende Kolben reden.

Willy Jack versuchte zu sprechen, formte mit seinen Lippen Worte, um dem alten Mann zu sagen, er solle Hilfe holen, doch der Schmerz in seiner Brust erstickte das Geräusch.

»Es schlägt nicht«, wiederholte Turtle.

Willy Jack spürte, wie sich der Druck in seinem Bauch aufbaute, sich dann unter seinen Rippen und der Brust weitete, wo Sweet Tooth ihn geschlagen hatte.

»Das Herz meines Großvaters hat einmal aufgehört zu schlagen«, sagte Turtle. »Für drei Monde.«

Das Kinn nach oben gereckt und die Lippen zurückgezogen, so daß er die Zähne bleckte, gierte Willy Jack nach Luft, rang nach Atem.

»Charlie Walking Away erzählte uns, daß er nicht tot sei. Sagte uns, wir sollten geduldig sein. Und das waren wir.«

Willy Jacks Arme begannen von einer Seite zur anderen zu schlagen, und er zerkratzte mit seinen Fingern die Luft.

»Aber es ist keine leichte Sache, darauf zu warten, daß ein Herz schlägt.«

Turtles Worte begannen zu schwinden, hoben sich durch

etwas Tintiges und Dickes, das über Willy Jacks Körper schwebte.

Willy Jack sollte sich weder an das Geräuschmuster des Singsangs in Navajo erinnern noch an das Pochen von Turtles knorrigem Finger auf seiner Brust. Aber er sollte, wenn auch erst sehr viel später und immer dann, wenn er nicht daran denken wollte, an den Klang von Novalees Stimme erinnern, die dünn und fern wie ein Echo war.

Gib mir deine Hand.

Willy Jack kniff die Augen zusammen, versuchte, durch etwas Dunkles und Trübes zu sehen, das sie trennte.

Fühlst du das?

Er erinnerte sich dann daran, was sie ihm über das Herz erzählt hatte.

Kannst du dieses schwache, feine Poch ... Poch ... Poch nicht spüren?

Hatte sie über sein Herz gesprochen?

Fühl mal hier.

Oder vielleicht hatte sie ihn gefragt ... könnte es gewesen sein ...

Das ist, wo das Herz ist.

Und schließlich spürte er einen gedämpften Schlag in seiner Brust. Dann, Augenblicke später, einen weiteren ... dann zwei ... Schläge, die nicht im Takt waren, stockend, dann torkelnd in den Rhythmus fielen, den Turtle schlug, den Rhythmus, dem Willy Jacks Herz zu folgen hatte.

Claire Hudson, die Gefängnisbibliothekarin, hatte traurige Augen, Augen, die sogar noch trauriger wirkten, wenn sie lächelte. Ein breites Lächeln, das Claires Gesicht nicht oft schmückte, konnte ihre Augen mit Tränen füllen, so als ob Lächeln mehr ein Ergebnis von Schmerz denn von Glück war.

Sie war eine große Frau, die übergroße Strumpfhosen und extraweite Schuhe der Größe elf kaufen mußte. Sie trug dunkle Kleidung – aus förmlichem grauen Gabardine, marineblauem Köper und schwarzem Serge ... strenge Kostüme ohne Ausschnitt, mit langen Ärmeln und engen Kragen. Claire mied Kleidung mit Spitzen, Schleifen und ausgefallenen Knöpfen. Und sie besaß keinen Schmuck, nicht einmal eine Armbanduhr. Sie hegte eine starke Abneigung gegen alles Protzige und gestattete sich nur eine Extravaganz: Heftpflaster.

Claire Hudson trug Heftpflaster in ihrem Portemonnaie und ihren Taschen, in ihren Kostümen und in ihrem Morgenmantel. Sie bewahrte sie auf ihrem Schreibtisch auf, auf dem Armaturenbrett ihres Autos, auf ihrem Nachttisch, bei ihrem Gartengerät und in ihrem Nähkasten. Sie legte sie in Teekannen, Vasen und Schalen, in ihren Frühstücksbeutel, zwischen die Seiten ihrer Bibel und unter das Kopfkissen ihres Bettes.

Sie trug sie ständig und im Übermaß – vom Scheitel bis zu den Sohlen ihrer Füße. Sie trug reine, durchsichtige, imprägnierte und weiße, und sie verwendete spezielle Breiten und Formen für bestimmte Bereiche ihres Körpers ... runde für ihren Hals und das Gesicht, Piccolos für ihre Finger und Zehen, zwei Zentimeter breite für ihren Rumpf und drei Zentimeter breite für Arme und Beine. Zuweilen mischte sie sie, um übergreifenden Schutz zu haben, wenn das Bedürfnis in ihr wach wurde.

Sie bedeckte Warzen, Leberflecke und eingewachsene Haare ... Pickel, Schnitte und Fieberbläschen ... Beulen, Abschürfungen, abgerissene Nägel und Stiche ... Ekzeme, Schuppenflechte, Kratzer und Ausschläge. Claire hatte ihr ganzes Leben, all ihre einundsechzig Jahre, damit verbracht, ihre Verletzungen vor der Welt zu verbergen

– bis sie die schmerzlichste Wunde von allen dem Gefangenen Nummer 875506 offenbarte ... Willy Jack Pikkens.

Sie war gerade dabei, einen frischen imprägnierten Piccolo auf einen Schnitt in der Kuppe ihres Zeigefingers zu kleben, als sie Willy Jack zum ersten Mal sah. Er betrat die Bibliothek mit einem Putzkommando.

»Finny«, schrie Claire Willy Jack zu. Dann brach sie zusammen.

Sie wurde auf die Krankenstation gebracht, wo Dr. Strangelove sie mit Riechsalz wiederbelebte, allerdings erst, nachdem er unter ein Dutzend ihrer Heftpflaster geschaut hatte und enttäuscht darüber war, keine tobenden Infektionen und verunstalteten Wunden zu finden. Als Claire sich schließlich erholt hatte und in die Bücherei zurückkehrte, war das Putzkommando gegangen. Aber sie brauchte nicht lange, um Willy Jack wieder dorthin zu beordern.

Als er durch die Tür trat, nannte sie ihn wieder Finny. Diesmal war ihre Stimme kaum mehr als ein Flüstern. Willy Jack machte vorsichtig ein paar Schritte in den Raum, blieb dann stehen und musterte Claire mißtrauisch.

»Kommen Sie rein«, sagte sie, wobei sie ihn zu ihrem Schreibtisch winkte. »Schon in Ordnung.«

»Mir wurde gesagt, ich soll hier ’ne Überschwemmung aufwischen.«

Ohne ihren Blick von Willy Jacks Gesicht abzuwenden, schüttelte Claire den Kopf. Es war eine Geste des Unglaubens.

»Es ist unglaublich«, sagte sie. »Einfach unglaublich.«

»Was?«

Sie nahm ein gerahmtes Foto von einer Ecke ihres Schreibtischs, starrte es mehrere Augenblicke an und reichte es dann Willy Jack. Es war die Vergrößerung eines Schnappschusses, der einen jungen Mann zeigte, der auf einer Bühne stand und Gitarre spielte.

»Können Sie das glauben?« fragte Claire.

Willy Jack war sich nicht sicher, was zu glauben von ihm erwartet wurde, aber er nickte, als sie ihm ein anderes Bild reichte. Auf diesem hielt derselbe Junge einen Pokal in einer Hand, eine Gitarre in der anderen.

»Das wurde auf der State Fair gemacht. Da war er achtzehn.«

Willy Jack sah, daß die Fotos alt waren, aber er wußte nicht, ob das eine Spur war.

»Sie müssen das Gefühl haben, auf Ihren Zwillingsbruder zu schauen, nicht wahr?« sagte Claire.

Jetzt wußte Willy Jack, was zu glauben von ihm erwartet wurde. Er und der Junge auf dem Bild sahen sich ähnlich.

»Ja«, sagte er, während er Claire die Fotos zurückreichte. »Wer ist das?«

»Mein Sohn, Finny.«

»Oh.« Willy Jack schaute sich in der Bücherei um. »Wo ist die Überschwemmung?«

Claires Blick wanderte von den Fotos zu Willy Jacks Gesicht, dann wieder zurück. »Es ist in den Augen.« Sie berührte das Gesicht auf dem Bild mit einem Finger. »Und die Lippen auch. Einmal zeichnete ein Mädchen ein Bild von ihm auf eine Serviette, als er in einem Club in Tucumcari spielte. Sie gab es ihm und schrieb dazu, daß er wunderschöne Lippen hätte.« Claire lächelte ihr trauriges Lächeln.

Willy Jack befeuchtete seine Lippen mit der Zungenspitze. Irgend jemand hatte ihm einmal erzählt, daß seine Lippen sexy seien.

»Dies war das letzte Foto von ihm«, sagte Claire, wobei sie zu dem mit dem Pokal nickte. »Zwei Monate später wurde er getötet.« Sie blickte zu Willy Jack auf, als erwarte sie, daß er etwas sagte, aber das tat er nicht. »Ein betrunkener Fahrer rammte ihn, als er auf der Heimfahrt von einer Tanzhalle in Carlsbad war.«

»Mann«, sagte Willy Jack, »das ist aber wirklich schlimm.«

»Zweiundzwanzig Jahre ist das her. Um die Zeit etwa müssen Sie geboren sein, schätze ich.« Claire legte beide Fotos wieder auf ihren Schreibtisch. »Aber ich kann einfach noch nicht fassen, wie sehr Sie Finny ähnlich sind. Sie haben sogar die gleiche Statur ... und etwa die gleiche Größe.«

»Wie groß war er?«

»Einssiebzig.«

Willy Jack reckte sich zu seiner ganzen Größe auf und höher. »Ja. Das kommt ungefähr hin.«

Er haßte die Gefängnisschuhe, die er trug. Das einzige, was er gefunden hatte, um sie auszustopfen, war Toilettenpapier, aber das rutschte stets in seine Absätze.

»Er hatte die süßeste Stimme. Das sagte jeder.«

Willy Jack sah eine Träne über Claire Hudsons Wange laufen. Sie rann über ein Heftpflaster nahe ihrer Oberlippe und tropfte dann auf ein anderes, das auf ihr Handgelenk geklebt war.

»Das ist alles sehr seltsam«, sagte er. »Wissen Sie ... ich bin auch Musiker.«

Claire hob eine Hand vor den Mund.

»Gitarre.« Willy Jack nickte. Es war eine große Geste, eigens dafür gedacht, die ganze Ironie der Situation zu vermitteln. »Und ... Sänger.«

»Musiker«, sagte Claire leise mit ehrerbietiger Stimme.

»Na ja, ich meine, ich war Musiker.«

»Aber ...«

»Wenn ich sehe, wo ich jetzt bin, kann ich mir nicht vorstellen, Musik zu machen.«

»Oh, aber das können Sie ...«

»Nein, meine Gitarre ...« Willy Jack ließ seine Stimme verstummen, als ob das, was er gesagt haben wollte, zu schmerzlich sei.

»Was? Was ist?«

»Ja, es ist eben ... meine Gitarre.« Dann brach seine Stimme. »Ich vermisse sie so sehr.«

»Aber Sie können Ihre Gitarre doch in Ihrer Zelle haben. Wußten Sie das nicht?«

»Nein, Ma'am. Das wußte ich nicht.«

»Sagen Sie mir einfach, wo sie ist und ich lasse sie Ihnen hierherschicken.«

»Nun, wissen Sie, es gab einen Brand. Das Haus meiner Großmutter brannte ...« Er rang darum, weitersprechen zu können. »Ich habe alles verloren ... mein Haus, meine Musik. Alles weg.« Willy Jack gönnte sich ein paar Augenblicke, um wie ein geprügelter Hund dreinzuschauen und lächelte dann ... so gut wie möglich. »Aber ich freue mich, daß Sie mir von Ihrem Sohn erzählt haben. Das ist fast so, als könnten ich und Ihr Finny Brüder sein, nicht wahr?«

Darauf lächelte Claire Hudson, und ihre Augen füllten sich wieder einmal mit Tränen.

Und genau in diesem Moment wußte Willy Jack, daß er eine Gitarre bekommen würde, vielleicht sogar die Martin, die er auf den Fotos gesehen hatte, falls sie überlebt haben sollte. Er wußte, daß er nicht nur eine Gitarre bekommen würde, sondern fast alles andere, was er haben wollte, solange er im Gefängnis war. Und er hatte recht.

Am nächsten Tag kam Claire Hudson mit Finnys Gitarre, der Martin, und am selben Abend hatte Willy Jack sich drei Akkorde beigebracht. Eine Woche später spielte er bereits einige Songs von John Cougar Mellencamp. Und innerhalb dreier Monate sollte er einen Song schreiben, der betitelt war »The Beat of a Heart«, einen Song, der die Spitze der Country-Hitparade einnehmen und sich binnen dreier Jahre über eine Million Mal verkaufen sollte.

TEIL II

13

Als Novalee die Stelle antrat, die beim Wal-Mart auf sie wartete, kursierten unter den Angestellten die wildesten Gerüchte: Sam Walton war der Vater des Kindes; Novalee erpreßte ihn mit der Drohung auf Vaterschaftsklage; Americus würde die Walton-Millionen erben. Doch als Novalee ihren ersten Gehaltsscheck entgegennahm, tratschte man bereits über eine Affäre zwischen einer vierzigjährigen verheirateten Frau, die die Sportabteilung leitete, und ihrem neunzehnjährigen Cousin ersten Grades, einem stark behaarten Jungen namens Petey, der im Kundendienst arbeitete.

Hätten sie aber aufgepaßt, hätten sie neue Nahrung für die Gerüchteküche an dem Zahltag finden können, als Novalee mit Sister Husbands Toyota kam, um die Bremsen reparieren zu lassen.

Um halb zehn parkte sie vor dem Autozentrum seitlich des Geschäfts. Genau in dem Augenblick, als sie den Motor abstellte, schwang die große Hallentür auf, und der sechsundzwanzigjährige Troy Moffatt, schmalhüftig und blondhaarig, stand da und blinzelte in die Sonne.

»He!« schrie er. »Sie können da nicht parken. Wir haben noch nicht geöffnet.«

»Das weiß ich, aber ich muß zur Arbeit.«

»Na schön, aber das ist nicht mein Problem. Mein Problem ist, die Tür freizuhalten.«

»Aber ich bringe den Wagen doch zur Reparatur.«

»Dann bringen Sie ihn um zehn.«

»Das kann ich nicht.«

»Und Sie können ihn nicht da stehenlassen.«

»Ich lasse Ihnen die Schlüssel hier und ...«

»Lady, Sie müssen Ihren Toyota wegfahren.«

Novalee startete den Motor des Lieferwagens, ließ dann den Motor aufheulen, um ihm zu zeigen, wie wütend sie war ... bis er absoff. Sie versuchte, ihn wieder anzulassen, gab mehr Gas, als der Motor zu winseln begann, aber er sprang nicht an.

»Okay. Okay!« schrie Troy, während er neben den Lieferwagen stapfte und die Fahrertür aufriß. »Rutschen Sie rüber.«

»Vergessen Sie's.«

»Rutschen Sie rüber. Ich fahre Sie zur Arbeit und bringe dann Ihren Wagen her.«

»Nein, ich werde ...«

Er hatte sich inzwischen hinter das Steuer geklemmt, sie mit seinem Körper einfach weggedrückt. Sie hoffte, der Wagen würde nicht anspringen, aber er tat es. Gleich beim ersten Versuch.

»Okay«, sagte er. »Machen wir's kurz. Wohin?« Er setzte glatt zurück, bog dann auf die Zufahrt, die parallel zum Laden verlief.

»Fahren Sie um die Kurve, links ... auf die Straße zu.«

Nachdem er die Biegung genommen hatte, sagte sie: »Halten Sie hier.«

»Weshalb?«

»Sie sagten doch, Sie wollten mich zur Arbeit fahren.«

»Ja, und?«

»Hier arbeite ich.« Sie richtete ihren Daumen auf die Tür, an der NUR FÜR PERSONAL stand.

»Oh, Teufel«, sagte er. »Warum haben Sie das nicht gleich

gesagt?« Sein Gesicht wurde rot. »Es tut mir leid.« Dann lächelte er sie an, und sie bemerkte zum ersten Mal, daß seine Augen so braun waren wie brauner Zucker.

»Es sind die Bremsen«, sagte sie. »Dieses kratzende Geräusch.« Sie öffnete die Tür und stieg aus. »Mein Name ist Nation. Um sechs hole ich ihn ab.« Sie schlug die Tür zu und marschierte davon, spürte seinen Blick auf dem Schwung ihrer Hüften ... und war aus irgendeinem Grund erfreut darüber, daß er ihr nachschaute.

Sobald Novalee Mittagspause hatte, ging sie in die Snackbar, um sich mit Lexie Coop zu treffen. Sie war die einzige Freundin, die sie hatte, seit Rhonda Tally damals im siebten Schuljahr ins Fürsorgeheim geschickt worden war.

Lexie kam zwei- oder dreimal die Woche mit ihren Kindern zum Wal-Mart. Ein billigeres Vergnügen, wie sie erklärte, als Minigolf oder die Videospielhalle. Im Wal-Mart konnte sie sie in einen Einkaufswagen setzen und dann, so lange sie wollte, durch die Gänge fahren. Sie bettelten nie um Spielzeuggewehre oder Barbie-Puppen, jammerten nie, weil sie aus dem Wagen heraus wollten, oder quengelten, weil sie sich eingeengt fühlten. Ihre kleinen, klebrigen Körper, so elastisch wie warmer Kuchenteig, schmiegten sich frei von scharfen Ellenbogen und knochigen Knien aneinander.

Lexie packte immer einen Beutel mit Leckerbissen ein: Marmeladenbrote oder Zimtbrötchen, Bananenbrot und Zuckerkuchen. Die Kinder teilten sich das Essen und leckten ihre Finger ab, gähnten dann und lächelten, während Lexie sich in den Gängen auf der Suche nach Garn oder Pailletten oder pastellfarbenen Wattebäuschen umschaute – Materialien für ihre nächsten Festtagsbasteleien. Sie fertigte Weihnachtsmänner und Kobolde, Osterkörbchen und Grußkarten zum Valentinstag, aber der Kalender oder die

Zeit kümmerte sie wenig. Sie färbte Eier im Januar und nähten Hexenkostüme im Juli. Die Frage, ob es zu früh oder zu spät sei, gab es nicht. Es kümmerte sie nicht.

Sie drängten sich bereits in einer Sitzecke und warteten auf ihre Bestellung, als Novalee eintraf.

»Hi, Nobbalee«, sagten sie unisono.

Novalee küßte sie alle und wischte sich dann etwas Klebriges von der Nase. Die Kinder waren wie Gummibärchen aneinandergeklebt, Zucker und Zimt verschmierten ihre Wangen, und ihre Finger glänzten von Gelee und etwas Grünem.

»Ich habe schon für dich bestellt«, sagte Lexie.

»Gut. Ich hatte keine Zeit zum Frühstücken und bin am Verhungern.«

»Verschlafen?«

»Nein, aber Sister arbeitet heute für die IGA, so daß Mrs. Ortiz auf Americus aufpaßt. Als ich ihre Sachen alle zusammengesucht hatte und drei- oder viermal über die Straße gelaufen war, war es schon neun.«

»Du kannst froh sein, daß du so gute Babysitter hast.«

»Und alle möchten auf sie aufpassen. Dixie Mullins, Henry und Leona. Ich glaube, sie sind froh, wenn Sister zur Arbeit gehen muß.«

Als ihr Essen fertig war, rutschten die Kinder zusammen aus der Ecke, gerade so, als seien sie miteinander verwachsen. Tabletts voller Speisen, die den Tisch füllten, wurden gebracht ... Hot Dogs, Pommes frites, Nachos und Zwiebelringe. Dann griff Lexie in ihre Tasche und holte ein Bündel Eßstäbchen heraus, die mit einem Gummiband zusammengehalten waren. Die Kinder warteten still, während Lexie jedem ein Paar Stäbchen reichte.

»Es mag dir seltsam vorkommen, Novalee, aber ich habe folgende Theorie: Menschen, die mit Stäbchen essen, sind dünn. Und weißt du warum?«

»Nun ...«

»Du glaubst vielleicht, es liegt daran, daß sie Reis und Gemüse essen. Aber das ist es nicht. Es liegt daran, weil man mit diesen Dingern nicht schnell essen kann.«

Lexies Eßstäbchen klapperten wie Stricknadeln, während sie Jalapeño-Pfeffer auf Nachos häufte und dann ein Klümpchen Käse nahm.

»Ich habe bereits acht Pfund verloren.«

Ihre Stäbchen mähten eine Bahn durch die Pommes frites, zerschnitten anschließend ein Hot dog.

Die beiden älteren Kinder, Brownie und Praline, waren mit den Stäbchen ebenso geschickt wie ihre Mutter. Die Zwillinge, Cherry und Baby Ruth, deren Motorik noch nicht so feingestimmt war, kamen dennoch sehr gut zurecht. Keines von ihnen beklagte sich oder wurde böse. Alle aßen ruhig und kooperativ, reichten die Teller weiter, teilten ihre Getränke und seufzten von Zeit zu Zeit zufrieden.

Lexie sprach erst wieder, nachdem sie mit dem Essen fertig war und ihre Stäbchen beiseite gelegt hatte.

»Ich habe jemand kennengelernt, Novalee.«

»Heißt das ...«

»Ja. Jemand!«

»Wen?«

»Er heißt Woody. Woody Sams. Und er ist nett, Novalee. Wirklich nett.«

»Erzähl.«

»Am Montagabend hatte ich Nachtschicht in der Notaufnahme, weil eine der Nachtschwestern im Gefängnis ist. Da kam Woody rein, mit ausgerenkter Schulter und Hautabschürfungen. War mit einem Motorrad gegen einen Lieferwagen gefahren. Na ja, sie haben ihn zusammengeflickt, und als er ging, fragte er mich, ob ich einen Kaffee mit ihm trinken würde. Aber ich sagte ihm, daß ich nach Hause zu meinen Kindern muß, weil der Babysitter wartet. Darauf fragte er mich, ob er am nächsten Abend kommen könne, am Dienstag, und ich sagte okay, und er kam. Er brachte ein Video mit, *Der schwarze Hengst,* und außerdem Geschenke für die Kinder – ein Puzzle und ein Damespiel. Er mag Kinder wirklich. Sagte, er könne keine haben, weil er als Teenager Mumps bekam und sie an ihm rumgeschnitten haben und ...«

»Was heißt das? An ihm rumgeschnitten haben?«

»Ja, weißt du.« Lexie blähte ihre Wangen, gab ein knallendes Geräusch von sich und deutete dann auf ihren Schritt. »Sie haben an ihm rumgeschnitten.«

»Oh.«

»Aber Süße«, sagte Lexie zu Baby Ruth, »du hast ein Stück von den Mixed Pickles im Haar.«

»Dann haben du und Woody ...?«

»Nein! Wir haben uns sogar nur einmal geküßt, als er ging. Und außerdem kann er keine Kinder haben. Also muß ich mir *darüber* keine Sorgen machen. Ich glaube, ich mag ihn.«

»Glaubst du?«

»Na ja, er ist nicht perfekt oder so.« Lexie senkte ihre Stimme und verzog den Mund. »Er kaut Tabak ... und er ist Atheist.«

»Oh, ich glaube, niemand ist perfekt.«

»Ich weiß.« Lexie schüttelte ihren Kopf. »Aber Mädchen wie wir, Novalee ... wir bekommen nun mal nicht das Gelbe vom Ei.«

»Troy!« Der Mann mittleren Alters am Kundendienstschalter brüllte nach hinten. »Hier ist die Frau mit dem Toyota.«

Troy Moffatt rutschte unter dem Lieferwagen hervor und lächelte Novalee strahlend an, während er auf sie zukam. »Ist ein größeres Problem, als ich erwartet hatte«, sagte er, wobei er sich mit einem Handtuch, das bereits schwarz war, Fett von seinen Händen wischte.

»Es wird also teuer?«

»So schlimm wird's wahrscheinlich nicht werden, aber ich werde erst morgen fertig sein.« Daraufhin duckte er sich, tat so, als sei sie versucht, ihm etwas an den Kopf zu werfen.

»Na gut, dann machen Sie mal.«

»Soll ich Sie mitnehmen? Ich könnte Sie nach Hause fahren.«

»Nein. Ist schon okay.«

»Sind Sie sicher?«

»Ja.«

Während sie hinausging, hörte sie ihn verhalten etwas sagen. Aber sie drehte sich nicht um, fragte ihn nicht, was er gesagt hatte.

Sie war zwei Blocks weit gegangen und überquerte die große Kreuzung, als ein verbeulter Ford hinter ihr hielt und hupte.

»Kommen Sie«, sagte er. Er streckte sich zur anderen Seite und öffnete die Beifahrertür. »Das liegt auf meinem Heimweg.«

Novalee stieg ein und schloß die Tür. »Sie wissen, wo ich wohne?«

»Nein. Aber wo immer das sein mag, es liegt auf meinem Heimweg.« Er lenkte den Ford vorsichtig über die Kreuzung.

»Also, wegen heute morgen ...« Er schaute sie an und grinste. »Es tut mir leid.«

»Schon in Ordnung.«

»Ich hatte Sie vorher einfach nicht gesehen. Ich kenne fast jeden, der da arbeitet. Vom Ansehen jedenfalls.«

»So lange bin ich ja noch nicht da.«

»Das habe ich gehört.«

Novalee schaute ihn mißtrauisch an. Sie war sich sicher, daß er von ihr und Americus gehört hatte, doch er blickte unverwandt auf die Straße.

»Ich brauche diesen Wagen morgen wirklich«, sagte sie. »Er gehört der Frau, bei der ich wohne ... aber ich kann ihn benutzen, wann immer ich will.«

»Morgen mittag wird er fertig sein.«

Dann steckte er sich eine Zigarette an. Novalee überlegte, ob er vielleicht auch Tabak kaute.

»Ich hab' ein paar Dinge innen gerichtet ... Ihr Radio und die Armaturenbrettbeleuchtung.«

»Ich weiß nicht, ob ich mir das alles leisten kann. Ich muß das allein bezahlen. Es soll eine Überraschung für die Frau sein, der er gehört, aber ...«

»Ich werde Ihnen das nicht zusätzlich berechnen. Aber als ich ihn fuhr, um die Bremsen zu prüfen, wollte ich das Radio einschalten, und dann sah ich das mit der Beleuchtung. Daraufhin hab' ich's repariert.«

»Na, danke«, sagte sie. Es klang mehr ärgerlich als dankbar.

»Verkaufen Sie Bücher?«

»Was? Bücher ... nein.«

»Aber in diesem Toyota haben Sie davon jede Menge.«

»Oh, das hab' ich ganz vergessen. Meinen Sie, es macht nichts, wenn ich sie über Nacht dort lasse?«

»Soll das ein Witz sein?«

»Ich meine, es sind Bücher aus der Bibliothek. Sie gehören mir nicht.«

»Sie glauben, daß einer dieser Jungs, die in Autowerkstätten arbeiten, Bücher stehlen wird?« Er lachte. »Die lassen vielleicht eine Cassette von Willie Nelson mitgehen oder einen Fischköder ... aber Bücher stehlen die nicht.«

Novalee biß sich auf die Lippe bei dem Gedanken daran, wie aufgebracht Forney sein würde, wenn er wüßte, wo seine Bücher waren.

»Was sind das für Bücher? Liebesromane?«

»Nein.«

»Ich hatte mal ein Mädchen, das diese Liebesromane las.«

»Biegen Sie hier links ab.«

»Sie redete die ganze Zeit von Flammen der Liebe und ... Herzen im Feuer, und so ein Zeug.« Seine Stimme wurde etwas höher, als er die Worte über die Lippen brachte. »Oh, meine brennende Seele der Liebe.«

Als seine Stimme brach, kiekste wie die eines heranwachsenden Jungen, lachte Novalee ... und er lachte auch.

»Das ist meine Straße. Ich steige hier aus.«

»Nein. Ich bringe Sie bis zu Ihrem Haus. Wohin?«

Sie deutete nach rechts. »Es ist der Wohnwagen am Ende des Blocks.«

»Wollen Sie mal irgendwann ausgehen?« fragte er.

»Ausgehen?«

»Ja ... mit mir. Ich möchte mich mit Ihnen verabreden.«

»Oh. Nein, ich gehe nicht aus. Ich habe ein Baby.«

»Leute mit Babys gehen manchmal aus, wissen Sie.«

»Ich denke schon.«

»Heißt das nun, daß Sie schon denken, daß Sie mit mir ausgehen oder daß Sie denken, daß Leute mit Babys ausgehen?«

Er lächelte und zwinkerte mit einem seiner zuckerbraunen Augen.

»Also. Wohin möchten Sie gehen?«

»Wohin gehen?«

Troy zuckte die Schultern. »Ins Kino. Tanzen. Billard spielen. Was immer Sie wollen.«

Als sie vor Sisters Wohnwagen hielten, sah Novalee auf der Veranda Forney mit Americus.

»Wie wär's am Samstag?« fragte Troy.

»Ich weiß nicht.«

»Na, wir sehen uns ja morgen, wenn Sie Ihren Wagen abholen. Vielleicht wissen Sie's dann.«

»Danke fürs Mitnehmen.«

Kaum war Novalee aus dem Wagen gestiegen, setzte Troy ihn zurück, schaltete dann das Fernlicht ein und fing sie in dessen Strahl. Vom Glanz geblendet blieb sie stehen ... unsicher, wohin sie gehen sollte.

14

Mr. Whitecotton?«

Er drehte sich um, und seine Augen verengten sich, als er sie anschaute.

»Erinnern Sie sich an mich?« fragte Novalee, plötzlich besorgt, daß er es vielleicht nicht tat. »Sie gaben mir ...«

»Ein Baby-Album«, sagte er, »und Sie haben ein Foto von mir gemacht.« Er streckte seine Hand aus und nahm ihre. »Ich erinnere mich sehr gut an Sie«, sagte Moses Whitecotton. »Sie lieben Hollywood-Schaukeln und Lifesavers.«

»Ich wußte, daß ich Sie eines Tages wiedersehen würde«, sagte sie, überrascht, daß ihre Kehle eng geworden war, so wie es manchmal war, wenn sie versuchte, nicht zu weinen.

Mehrere Augenblicke lang, nachdem er ihre Hand losgelassen hatte, ließ sie sie in der Luft hängen, als sei die Trennung zu plötzlich erfolgt.

»Ich habe oft an Sie gedacht«, sagte er.

»Tatsächlich?«

»Viele Male.«

»An diesen Tag«, sagte Novalee, »an all die Dinge, über die Sie gesprochen haben ... denke ich oft. Und ich erinnere mich an alles, was Sie gesagt haben.«

»Oh, vielleicht rede ich manchmal zuviel.« Er streckte seine Hände aus, die Handflächen nach oben ... die unsichere Geste eines Mannes, der eine Schwäche eingesteht.

»Nein, Sie hatten recht. Was Sie da sagten über Zeit und Namen und ...«

»Ja, wir haben viel über Namen gesprochen. Aber wissen Sie was? Ihren haben Sie mir nie genannt.«

»Ich heiße Novalee. Novalee Nation.« Sie zog ihren Pullover so, daß er ihr Namensschild lesen konnte. »Ich arbeite jetzt hier.«

»Nun, Novalee Nation, mir scheint, als seien Sie jetzt mit dem Reden dran. Es ist Zeit, daß Sie mir von Ihrem Baby erzählen.«

»Haben Sie nichts über mich gehört?«

»Nein. Habe ich nicht.«

Sie wußte, daß er kein Mann war, der etwas vorgab. So war er überhaupt nicht.

»Ich habe ein Mädchen bekommen.«

»Ein Mädchen.« Er nickte. »Ich hatte überlegt, wissen Sie.«

»Sie ist ... sie ist einfach ...« Dann lachte Novalee – die Sprache für ein unaussprechliches Wort.

»Oh, nichts ist süßer als ein kleines Mädchen.« Er verlagerte sein Gewicht auf eine Weise, die ihn abwartend wirken ließ, als wolle er etwas wissen, wolle aber nicht fragen.

»Sie hat einen starken Namen«, sagte Novalee.

»Freut mich, das zu hören.«

»Es ist ein Name, der vielen schlechten Zeiten standhalten wird.«

»Und sie werden kommen«, sagte er, seinen Kopf wegen dieser Unausweichlichkeit schüttelnd.

»Ihr Name ist Americus.«

Moses starrte sie an, ohne zu blinzeln. »Americus«, sagte er. Dann wendete er den Blick ab, gab dem Klang etwas Zeit ... etwas Abstand. Schließlich schaute er Novalee wieder an. »Americus Nation«, wiederholte er. »Das geht. Das geht wirklich.«

Sie blieben für mehrere Momente stumm, aber es war ein angenehmes Schweigen, das schließlich gebrochen wurde, als eine Stimme über den Lautsprecher zusätzliche Kassierer nach vorne rief.

»Das gilt mir«, sagte Novalee.

»Ich arbeite morgen hier. Mache Fotos.«

Novalee lächelte. »Ich weiß.«

»Dann werden Sie auch hier sein? Mit Americus?«

»Ich werde hier sein.«

Reggie Lewis, der junge, blonde Manager, kam zum Kundendienstschalter. »Hi, Mose. Schön, Sie zu sehen.«

Moses griff nach seinem Aktenkoffer, der hinter ihm auf dem Tresen stand. »Moses«, sagte er mit ruhiger und starker Stimme. »Moses Whitecotton.«

An diesem Abend zog Novalee Americus jedes Kleidungsstück an, das sie hatte ... den gelben Strampelanzug von Dixie Mullins, die Baseballuniform von Henry und Leona, das weiße Kleid, das Sister genäht hatte, und die Haube von Mrs. Ortiz. Als sie fertig war, war das Baby erschöpft und Novalee einer Entscheidung keinen Schritt nähergekommen. Forney und Mr. Sprock waren es schließlich, die für das weiße Kleid und das Häubchen stimmten.

Am nächsten Morgen stand Novalee früh auf, um alles vorzubereiten. Sie wusch das weiße Kleid und hängte es zum Trocknen auf die Leine. Nachdem sie etwas zerrissene Spitze an einem Windelhöschen ausgebessert hatte, zog sie ein paar lose Fäden im Innern des Häubchens fest. Sie entfernte unsichtbare Fusseln von einem Paar weißer Babyschuhe und polierte deren winzige Perlenknöpfe mit dem Saum des Nachthemds. Schließlich bügelte sie das Kleid sorgfältig und strich über jedes Band, jede Rüsche und jede Schleife.

Nachdem Novalee Americus frisch gebadet hatte, bürstete sie ihr Haar zu schönen Wellen und kleinen Löckchen und band dann alles mit einem schmalen Seidenband zusammen. Sie zog sie mit der Sorgfalt und Präzision einer Bühnengarderobiere an – klopfend, polierend, glättend, streichend –, entschlossen, Americus perfekt zu machen.

Als sie im Wal-Mart eintrafen, warteten bereits zwei Dutzend Mütter und Kinder in einer Reihe, warteten darauf, daß Moses Whitecotton Fotos von ihnen machte. Der Gang war mit Spielzeug, Windelbeuteln und verlassenen Kinderwagen übersät. Gereizte Babys heulten in den Armen ungeduldiger Mütter, wütende Kleinkinder versuchten angestrengt, sich dem Griff Erwachsener zu entziehen. Ein halbes Dutzend Kinder im Vorschulalter fuhr auf Rädern herum und tobte wie ein Wurf wilder Kätzchen.

Als Moses ein schluchzendes Baby auf den Schoß seines älteren Bruders setzte, sah er Novalee und schenkte ihr ein kurzes Lächeln. Dann sagte er etwas zu einer jungen Frau, die neben ihm arbeitete, und Augenblicke später ging sie ans Ende der Reihe, wo sie hinter Novalee ein Schild aufstellte. Auf dem Schild stand: Nächster Fototermin UM, und darunter war eine Uhr, deren Zeiger auf Eins gestellt waren.

Moses schien es nicht eilig zu haben, selbst dann nicht, wenn ein neugieriges Kind die Schnappschüsse auf seinem Aktenkoffer entdeckte oder eine junge Mutter auf eine Pose bestand, die, wie Moses erklärte, ein Bild ohne den Kopf ihres Kindes zur Folge haben würde. Seine Stimme war, wenn Novalee sie trotz der schreienden, heulenden Kinder und schimpfenden, drohenden Eltern hören konnte, gelassen und ruhig.

Sie sah, wie er zum Lachen brachte, zum Schweigen überredete und ihren Zorn besänftigte ... er ließ sich bei jeder Aufnahme Zeit, korrigierte die Beleuchtung, verbesserte die Pose und arbeitete am richtigen Gesichtsausdruck.

Die Reihe bewegte sich langsam, und Americus welkte, trotz aller Bemühungen Novalees, das zu verhindern. Ihr Haar hatte sich um ihr Gesicht gekraust, und eine Falte an der Seite ihres Häubchens ließ sie müde aussehen. Ihr Kleid war zerknittert und schlaff, der Kragen feucht von Speichel. Einer der Perlenknöpfe von den Schuhen war abgesprungen, und Novalee suchte noch danach, als sie aufblickte und feststellte, daß sie die nächsten waren.

»Das also ist Americus Nation«, sagte Moses.

Americus fixierte Moses mit weitaufgerissenen Augen und offenem Mund, aus dem ein silberner Speichelfaden langsam über ihre Unterlippe auf die perfekt gebügelte Rüsche ihres perfekt gebügelten Kleides rann. Sie war für mehrere Augenblicke reglos ... erstarrt vor Furcht oder Faszination, während sie sich bemühte, sein Bild zu erfassen, und ihre Augen wanderten von seinem Gesicht zu seinen Händen und dann zu seinem Haar. Plötzlich hatte sie ihre Entscheidung getroffen, und ein Lächeln schob sich um einen Mundwinkel, glitt dann über ihre Lippen und breitete sich über ihre Wangen. Sie streckte ihre Arme nach Moses Whitecotton aus, bog ihre Finger in einer »Nimm mich«-Geste in ihre Handflächen.

Als er sie aus Novalees Armen nahm, explodierte Americus vor Begeisterung. Ihre Knie stießen gegen seine Brust, ihre Arme ruderten in der Luft, ein gurgelndes Lachen nahm ihr den Atem.

»Nichts ist süßer als ein kleines Mädchen«, sagte er.

»Na ja, bevor sie versuchte, ihr Kleid aufzuessen, sah sie noch ein bißchen süßer aus.« Novalee befeuchtete einen Finger und rieb an einem Fleck am Arm des Babys. »Sieht aus, als hätte sie Matschkuchen gebacken.«

»Aber das hat doch nichts mit dem zu tun, was da ist. Nichts mit dem zu tun, wonach wir suchen.«

»Was meinen Sie damit?«

»Wenn das alles wäre, daß sie einfach nur gut aussehen, wäre es leicht. Dann schrubbt man sie ordentlich, zieht ihnen frische Kleidung an, drückt auf den Auslöser. Basta. Man bekommt ein nettes Babyfoto.«

Novalee nickte um zu zeigen, daß ein nettes Babyfoto gewiß das letzte war, was sie haben wollte.

»Nein, das sind Fotos von Äußerlichkeiten«, sagte Moses. »Von Kostümen.«

Novalee war versucht, das Häubchen von Americus' Kopf zu reißen.

»Aber so einfach ist das nicht«, fügte er hinzu. »Dieses Kind ist Americus Nation. Nun, wie bekommen wir ein Foto, das all dem gerecht wird?«

Moses hob das Baby hoch, als wolle er einen Beweis für ihre Anwesenheit liefern, drehte sich dann um und setzte sie auf den Tisch. »Kommen Sie hierher, Novalee, während ich alles vorbereite, und achten Sie darauf, daß sie nicht herunterfällt.«

Moses zog einen anderen Hintergrund herunter, ein weiches Blau. Er stellte die Scheinwerfer um, beurteilte die Wirkung jeder Veränderung nach der Reflexion auf Americus' Haut. Schließlich deckte er die Kamera ab, die er benutzt hatte und stellte sie mit dem Stativ hinter den Hintergrund.

»Das ist die Firmenkamera«, erklärte er. »Die macht nette Studiofotos ... *Studioporträts,* wie wir sagen sollen –, aber das ist nicht das, was Sie wollen.«

Moses zog eine verschrammte und angeschlagene Ledertasche unter dem Tisch hervor und löste die Laschen.

»Das ist meine«, sagte er.

Dann nahm er eine seltsam aussehende Kamera heraus, die all den Nikons und Minoltas, die Novalee in der Elektronikabteilung gesehen hatte, überhaupt nicht ähnelte. Dies waren glänzende, stromlinienförmige Kameras mit Hartkunststoffgehäusen, Kameras, die in ihre Handfläche paßten. Diese aber, die Kamera von Moses, sah schwer und klobig aus ... wirkte kompliziert.

»Was ist das?« fragte sie.

»Eine Rollei. Das Beste, was je gebaut wurde.«

Er entfernte den Objektivdeckel. Zwei identische Linsen wurden an der Vorderseite enthüllt, eine über der anderen.

»So eine Kamera habe ich noch nie gesehen.«

»Nein, davon gibt's nicht mehr viele. Von dieser Art nicht.«

Dann drückte Moses einen Knopf, und der obere Teil der Kamera sprang auf, und Novalee mußte unwillkürlich an blasse Fotografien in dunklen, ovalen Rahmen denken, an Männer und Frauen, die in steifen Kragen posierten und ihre Gesichter zu einem schmallippigen Lächeln verzogen hatten.

Er hielt die Kamera in Hüfthöhe vor sich und schaute hinunter, um sein Motiv zu finden.

»Okay, Miss Americus«, sagte er, während er sie durch das Okular betrachtete, »fangen wir an.« Er trat näher an den Tisch heran. »Jetzt mache ich die ganze Arbeit. Tu einfach, was dir richtig erscheint.«

Americus erschien es richtig, ihre Arme seitlich über ihren Kopf zu recken, ihr Häubchen zu verrücken und es halb in ihr Gesicht zu ziehen. Während sie versuchte darunter hervorzuschauen, drückte Moses auf den Auslöser und drehte dann eine Kurbel an der Seite der Kamera.

»Genau das ist es, Baby«, sagte er ohne aufzublicken. »Laß dich gehen.«

Er fotografierte weiter, während sie ihr Häubchen herunterzog und es dann auf den Boden warf, betätigte wieder den Auslöser, als sie sich vorbeugte, um mit besorgter Miene über die Tischkante zu spähen.

Nachdem Americus endlich das Interesse an dem heruntergefallenen Häubchen verloren hatte, schien sie das Klikken der Kamera gar nicht mehr zu hören, als Moses weiterfotografierte. Ihre Aufmerksamkeit richtete sich auf wichtigere Dinge – auf ein Haar, das sich zwischen ihren Fingern verfangen hatte, auf einen Speicheltropfen, der über ihr Knie rann, auf die Rundung ihres Bauches, den sie unter den Rüschen ihres Kleidchens entdeckte.

Moses machte nicht die Fotos, die Novalee sich vorgestellt hatte – Americus in Pose mit Teddybären und Sonnenschirmen, mit engelhaftem Lächeln und Grübchenwangen. Statt dessen machte er Bilder davon, wie sie ihren Finger erfreut in ihren Nabel versenkte ... wie sie Erstaunen über ein leeres Söckchen zeigte, in dem sich noch die Form ihrer Ferse abzeichnete ... wie sie über das Wunder von Zehen und den Zauber eines Fingers, der zeigt, nachgrübelte.

Moses' Bewegungen waren die eines Tänzers ... gleitend, kreisend, sich drehend – seine Bewegung fand Balance, und sein Auge fand Stimme ... ein Bellen der Freude, wenn er die richtige Einstellung sah, ein kratzendes Lachen, wenn er den richtigen Winkel gefunden hatte, das Schnalzen seiner Zunge, wenn er das perfekte Bild einfing.

Und die Kamera, die Novalee für altmodisch und unhandlich gehalten hatte, wirkte klein und zierlich in Moses' Händen, Hände, die sich auf magische Weise bewegten, Finger, die ihren eigenen Rhythmus fanden und wußten, ohne zu wissen, wann es richtig war.

15

Nach ihrer zweiten Verabredung mit Troy begann Novalee die Pille zu nehmen. Sie war sich nicht sicher, ob sie mit ihm schlafen würde, war sich aber auch nicht sicher, ob sie es nicht tun würde.

Als sie zum ersten Mal ausgingen, führte Troy sie in eine Bar namens Bone's Place, wo sie Spareribs aßen und Shuffleboard spielten. Nach dem Heimbringen küßte er sie zweimal und versuchte dann, ihre Jeans aufzuknöpfen, aber sie stieg aus dem Wagen aus und eilte ins Haus.

Bei ihrer zweiten Verabredung gingen sie zum Tanzen in einen Club und anschließend in den Stadtpark, wo sie an einem Picknicktisch kühlen Wein tranken. Als Troy sie zu überreden versuchte, mit in sein Apartment zu kommen, sagte sie nein. Aber sie mochte das Gefühl, das sein Atem auslöste, der über ihr Ohr strich. Und dies war der Moment, in dem sie beschloß, die Pille zu nehmen.

Drei Tage und drei Pillen später sagte sie nicht mehr nein und ging mit in sein Apartment, wo sie sich von ihm ausziehen ließ und sich dann auf dem Rücken in sein Bett legte. Das war eine dünne Matratze auf dem Boden. Als er anfing, schloß sie die Augen, hielt seine Schultern fest und hoffte, daß er die Schwangerschaftsstreifen auf ihrem Bauch nicht sehen würde.

Von Verhütung hatte er nichts gesagt, hatte weder etwas vorgeschlagen noch gefragt. Sie war froh, daß sie ihre eigene Entscheidung über Geburtenkontrolle gefällt hatte, froh darüber, daß sie endlich einmal ihren Kopf gebraucht hatte, froh darüber, daß sie die Pille zu nehmen begonnen hatte.

Pillen ... die Pillen ... winzige Pillen ... kleiner als Aspirin ... dünner als Vitamintabletten ..., und sie hatte drei genommen ... nur drei ...

Plötzlich wußte sie, wußte mit Sicherheit, daß drei Pillen sie nicht schützen konnten. Es würde Tage um Tage von Pillen brauchen, Wochen von Pillen, bevor sie wirklich sicher sein konnte. Warum, überlegte sie, bin ich so dumm gewesen? Warum war sie so ein Risiko eingegangen? Und warum lag sie auf einer Matratze, die wie Hüttenkäse roch, mit einem Mann, dem es egal war, ob sie schwanger werden würde oder nicht?

Das einzige, was sie jetzt noch tun konnte, war zu wünschen, daß Troy Moffatt sich beeilte, damit es vorbei war. Es dauerte nicht lange.

Als er fertig war, zog sie sich schnell an und eilte dann davon.

Wieder im Wohnwagen wusch sie sich wieder und wieder, schrubbte ihren Körper mit heißem Wasser und Seife, als könne sie damit zehn Minuten ausradieren, die sie auf einer kittfarbenen Matratze verbracht hatte. Sie erinnerte sich der törichten Vorsichtsmaßnahmen, die sie getroffen hatte, als sie mit Willy Jack zu schlafen begann: Sie hatte Cola mit Aspirin getrunken, Essigbäder genommen-Verhütungsmaßnahmen, die Mädchen während des Sportunterrichts der siebten Klasse flüsternd weitergaben, die »die Tage« bekommen hatten.

Als Novalee schließlich unter ihre Bettdecke schlüpfte, mußte sie gegen das Bedürfnis ankämpfen, Sister zu wekken und sie zu bitten, ein Gebet zu sprechen. Aber sie vermutete, daß Gott mehr zu tun hatte, als den Weg von Troy Moffatts Sperma zu lenken.

Novalee rief Lexie früh am nächsten Morgen an, um sie zu erwischen, bevor sie zur Arbeit ging.

»Ist mit dir alles okay?« fragte Lexie. »Du klingst so komisch.«

»Mir geht's gut. Ich wollte nur fragen, ob du heute in den Laden kommst. Wir könnten zusammen Mittag essen.«

»Nein, ich hab' die Schicht getauscht. Ich arbeite von drei bis elf.«

»Wieso das?«

»Praline und Brownie haben Roseole, Hautausschlag. Deshalb kann ich sie tagsüber nicht in Pflege geben, aber meine Nachbarin sagt, sie würde sie heute abend nehmen.«

»Oh.«

»Novalee, fehlt dir etwas?«

»Na ja ... nicht direkt. Ich wollte einfach mit dir sprechen.«

»Dann komm jetzt rüber. Wann mußt du bei der Arbeit sein?«

Die Leitung blieb mehrere Sekunden stumm.

»Novalee?«

»Was?«

»Was ist los? Was bedrückt dich?«

»Ich glaube, ich bin schwanger.«

Lexie wohnte in einer Sozialwohnung am Rande der Stadt, in einem Haus, das vor Jahren ein Motel gewesen war. Vier Gebäude standen um einen Teich, den die Mieter die Giftwanne nannten. Das Grundstück, ein Flecken kahler Erde und ein halbes Dutzend verkümmerter Zedern, in deren Wipfeln Plastiktüten klebten, war mit verrosteten Dreirädern, luftlosen Schläuchen, Mülltonnendeckeln und Ziegelstücken übersät. Zwei dürre Hunde, die sich an einem begrasten Fleck an dem Parkplatz beleckten, ließen sich nicht stören, als Novalee hinter ihnen hielt.

Die Tür von Lexies Apartment, Nummer 128, war mit Santa Claus und Weihnachtsglocken geschmückt. In einer Woche war Halloween.

»Hi, Nobbalee«, sagte Brownie. »Ich habe Ro-Sole. Siehst du?« Er zog seine Mutanten-Ninja Pyjamajacke hoch, um einen Ausschlag auf seinem Bauch zu zeigen.

»Tut es weh?«

»Ja, aber ich bin ein großer Junge«, sagte er, während er zurück zum Fernseher und Willy Coyote stolzierte.

»Ich bin im Bad, Novalee«, rief Lexie. »Kaffee ist fertig.«

Novalee ging in die Küche, begnügte sich aber mit einem Glas Wasser. Sie brauchte keinen Kaffee, aber das lag teilweise daran, daß ihr Magen den Schokoladenmokka, Lexies Lieblingskaffee, nicht vertrug ... und teilweise an der Helligkeit. Lexie hatte alles mit weißglänzender Lackfarbe gestrichen. Das war ein Sonderangebot gewesen, vier Liter für fünfzig Cent. An hellen, sonnigen Tagen war der Glanz blendend. Die Zimmer waren so leuchtend, so gleißend, daß Praline, das Blondeste und Hellste der Kinder, einen alten grünen Samthut mit schwarzem Schleier trug, um ihre Augen beim Aufwachen zu schützen. Dann nannte Lexie sie Madam Praline und servierte ihre Milch in einer zierlichen Porzellantasse.

Lexie kam in die Küche gesegelt. Sie trug eines der anderen Sonderangebote, die sie erstanden hatte, ein hauchdünnes Chiffonkleid, das, wie sie sagte, genau wie das aussah, das Marilyn Monroe in *Manche mögen's heiß* getragen hatte.

»Erzähl mir alles.«

»Okay.« Novalee nahm einen Schluck Wasser und fuhr sich dann mit der Zunge über die Lippen. »Der Kerl, von dem ich dir erzählte ...«

»Der in der Autowerkstatt arbeitet.«

»Troy Moffatt. Also, ich bin mit ihm ins Bett gegangen ... und, Lexie, ich habe eine höllische Angst, daß ich schwanger bin.«

»Hat er nichts benutzt?«

»Nein.«

»Und du?«

»Nein. Ja. Ich meine, ich nehme die Pille, aber ...«

»Dann brauchst du dir um nichts Sorgen zu machen.«

»Aber die nehme ich erst seit kurzem.«

»Dann bist du wahrscheinlich deshalb so spät dran. In den ersten Monaten können sie die Periode durcheinanderbringen.«

»Ich traue ihnen einfach nicht.«

»Wieviel Tage bist du drüber?«

»Ich weiß eben nicht, ob ich das bin.«

»Was soll das heißen?«

»Schau mal, die Zeit für meine Periode ist noch nicht da. Die ist erst in ein paar Wochen fällig.«

»Wie schwanger könntest du denn sein? Ich meine, wenn die Pille nicht gewirkt hat, wie weit könntest du sein? Zwei Wochen?«

»Nein.«

»Eine Woche?«

Novalee schüttelte den Kopf.

»Wie lange dann?«

»Neun ... zehn Stunden.«

Lexie lächelte, drückte Novalees Hand, stand dann auf und schenkte sich eine Tasse Kaffee ein. »Süße, ich glaube, es ist ein bißchen sehr früh, sich Sorgen zu machen.«

»Nein ... ist es nicht! Es ist genau die *richtige* Zeit, sich Sorgen zu machen. Jetzt! Vielleicht kann ich ja noch etwas tun!«

Lexie schaute verwirrt drein. »Wie beispielsweise was?«

»Ja, das weiß ich eben nicht. Deshalb kam ich ja zu dir.«

»Zu mir?«

»Du arbeitest in einem Krankenhaus, also ...«

»Novalee, sieh dir doch mal an, mit wem du sprichst. Ich habe vier Kinder. Vier! Glaubst du, wenn ich wüßte, was zu tun ist ...«

»Aber es gibt doch Möglichkeiten. Ich habe gehört ...«

»O ja. Die Geschichten kenne ich auch. Beim ersten Mal habe ich Chinintabletten genommen. Ein Mädchen auf der

Schule sagte mir, das würde helfen. War aber nicht so. Meine gottesfürchtigen Eltern warfen mich aus dem Haus, weil ich gesündigt und »Schande über sie gebracht hatte«, und ein paar Monate später nannte ich mein erstes Baby Brummett.«

»Brummett?«

»Ja, ich nannte ihn Brownie, weil ich mich nach den Dingern in der ganzen Zeit der Schwangerschaft gesehnt hatte.« Lexie nippte an ihrem Kaffee und sagte dann: »Beim zweiten Mal versuchte ich's mit Niesen.«

»Davon habe ich noch nie gehört.«

»Ja, hatte ich auch nicht, aber in der Zeitung stand eine Geschichte über eine Frau, die eine Fehlgeburt hatte, weil sie nicht zu niesen aufhören konnte. Also, dachte ich, wenn's bei der geklappt hat, warum nicht bei mir? Ich habe an schwarzem Pfeffer, rotem Pfeffer und Cayennepfeffer geschnüffelt. Ich habe meine Nase mit Federn gekitzelt, mit Wattebäuschen und Unkraut. Ich habe mir so viele Haare aus den Augenbrauen gezupft, bis ich fast keine mehr hatte. Und es funktionierte. Ich habe geniest ... und geniest und geniest. Und neun Monate später hatte ich ein kleines Mädchen, das ich Praline nannte.«

Lexie gab noch einen Löffel Zucker in ihren Kaffee und rührte um.

»Beim dritten Mal hüpfte ich ...«

»Du hüpftest.«

»Da war eine Zigeunerin, die unten bei Willis Bridge wohnte. Ich hörte, daß sie irgendeinen Zauber hätte. Hatte sie auch. Sie sagte: ›Mädchen, wenn du vor Sonnenaufgang neunmal rückwärts hüpfst, wirst du das Baby verlieren.‹ Also hüpfte ich. Aber um ganz sicher zu gehen, als Zusatzversicherung, hüpfte ich über eine Meile weit rückwärts. Den ganzen Weg von der Parrish Road bis zum Steinbruch. Ich hatte Blasen, Hautabschürfungen, ein geschientes Schienbein, eine ausgekugelte Kniescheibe ... und im Mai bekam ich Zwillinge. Nein, Süße ... ich weiß nichts anderes, als abwarten und Tee trinken.«

»Und was ist mit diesen Sets ... einem Schwangerschaftstest?«

»Ich glaube zwar nicht, daß dir das nach zehn Stunden irgend etwas verraten wird, aber ...«

Sie drehten sich zur Küchentür, als Praline, die ein Minnie Mouse-Nachthemd und ihren grünen Samthut trug, in den Raum geschlurft kam. Ihre Augen waren vom Schlaf noch ganz verquollen.

»Oh, oh. Madam Praline ist auf.«

Während Praline auf Lexies Schoß kletterte, sagte sie: »Nobbalee, ich habe Ro-Sole.«

»Ich weiß, mein Schatz.«

Lexie rückte den schwarzen Schleier über Pralines Gesicht zurecht. »Möchtest du eine Tasse Saft?«

»Ja, und ... und ...« Dann nieste Praline ... zweimal.

»Gesundheit, Madam Praline«, sagte Lexie. »Gesundheit.«

In den folgenden beiden Wochen versuchte Novalee, Troy Moffatt aus dem Weg zu gehen. Mehrmals am Tag kam er vorne in das Geschäft, aber es gelang ihr, zu beschäftigt zu bleiben, um es zu mehr als einem ›Hallo‹ kommen zu lassen. Wenn er sie zu Hause anrief, fand sie Ausflüchte, um nicht reden zu müssen.

Sie hatte wenig Appetit und schlief nur ein paar Stunden. Drei oder viermal stand sie nachts auf, um ins Bad zu gehen, dies in der Gewißheit, den Grund für den Druck auf ihre Blase zu kennen. Manchmal fühlte sie sich elend und benommen, wenn sie aufstand, so, wie es zu Beginn ihrer Schwangerschaft mit Americus gewesen war.

Dann, eines Morgens kurz vor Beginn der Dämmerung, als Novalee kurz vorm Aurwachen war, spürte sie die vertraute Feuchtigkeit zwischen ihren Beinen, und es war vorbei. Sie war wieder frei. Sie war die, die sie gewesen war ... ohne Chinin, ohne Essig oder Aspirin mit Cola, ohne Niesen und Hüpfen. Diesmal hatte sie Glück gehabt. Mehr Glück als Lexie und die anderen, die ...

Dann fiel ihr etwas ein. Sie erinnerte sich an etwas, das sie in einem Buch über Indien gelesen hatte, über Frauen von der Kaste der Unberührbaren, Frauen, die abtrieben, indem sie sich selbst mit Eisenstangen verbrannten, die sie über glühenden Kohlen erhitzt hatten.

Plötzlich richtete Novalee sich senkrecht im Bett auf. An Schlaf dachte sie nicht mehr.

Sie stand auf, schaltete das Licht an und begann Bücher aus den Stapeln zu ziehen, die neben ihrem Bett auf dem Boden standen. Wenn sie fand, wonach sie gesucht hatte, blätterte sie es durch bis zu der entsprechenden Stelle und las wieder ein Gedicht über eine junge Schwarze, die ihr Kind abgetrieben hatte.

Novalee nahm ein anderes Buch und fuhr mit der Hand über den Umschlag. Es war die Geschichte einer arabischen Frau, die, als sie jung war, Spinnen in ihren Körper eingeführt hatte ... Spinnen, deren Bisse, wie ihr erzählt worden war, zu einer Fehlgeburt führten.

Novalee hob ein kleines Buch hoch, das ganz unten in einem Stapel lag, ein Buch, das sie gerade erst zu Ende gelesen hatte ... eine Geschichte über ein jüdisches Mädchen namens Brenda, die auf Bitten ihres Freundes ein Pessar verwendete.

Novalee schaute sich in ihrem mit Büchern gefüllten Zimmer um. Bücher stapelten sich in allen Ecken, standen auf ihrer Anrichte, waren am Kopfende des Bettes geschichtet, in ein Regal gezwängt ... und in der Bibliothek, in Forneys Bibliothek, waren noch mehr. Mehr Bücher ... mehr Geschichten ... mehr Gedichte. Und plötzlich wußte Novalee, was sie vorher nicht gewußt hatte. Sie war nicht mehr die, die sie einmal gewesen war. Sie würde nie wieder die sein, die sie vorher gewesen war.

Sie stand in Verbindung mit diesen Frauen, über die sie gelesen hatte. Mit Unberührbaren. Mit schwarzen Frauen. Arabischen Frauen. Sie war mit ihnen so verbunden, wie sie es mit den Mädchen in der siebten Klasse gewesen war und mit unechten Frauen namens Brenda und echten namens Lexie.

Sie erinnerte sich an den Tag, als sie Forney kennengelernt hatte, an ihren ersten Tag in der Bibliothek, als er die Gänge hinauf- und hinuntergeeilt war, Bücher aus den Regalen gezerrt hatte ... aus einem lesend, dann aus einem anderen ... er hielt Bücher, sprach zu ihnen, als lebten sie ... sprach über Bäume und Poesie und Gemälde ... und sie hatte damals nicht verstanden. Sie hatte überhaupt nichts verstanden. Aber jetzt begann es, und sie bedauerte es, daß sie noch warten mußte, bis sie Forney sah, um ihm zu sagen, daß sie endlich verstand.

16

Das Haus der Whitecottons lag eine Meile von einer durchfurchten unbefestigten Straße entfernt, einer Landstraße, aber es mußte zwei Jahre her sein, seit die Schaufel eines Erdhobels sie berührt hatte. Das Land, ein halbes Jahrhundert vorher gerodet, erstreckte sich zu einem seichten Flüßchen hin, an dem verstreut verkrüppelte Eichen und Weiden wuchsen.

Novalee lenkte den Toyota auf die kiesbestreute Auffahrt, die von Bäumen beschattet war, deren Blätter sich bereits weinrot und golden verfärbten. Das zweigeschossige Haus mit einer breiten verglasten Veranda und breiten, von Geranientöpfen gesäumten Stufen, war würdevoll.

Moses trat aus der Eingangstür, als Novalee Americus aus ihrem Sitz hob.

»Haben Sie uns leicht finden können?« fragte Moses.

»Ja, ich habe keinmal den Sticker Creek überquert.«

Americus quietschte und streckte ihre Arme nach Moses aus, bevor Novalee den obersten Treppenabsatz erreicht hatte.

»Miss Americus!« sagte er, während er sie an seine Brust hob.

Die Veranda, dunkel und kühl, war ein Dschungel von Ranken und Luftwurzeln, von Efeu und Unkraut. Ein halbes Dutzend Angelruten lehnten in einer Ecke, und neben der Tür berührten Stiefel einen Stapel Zeitschriften.

Zwei schwere Sessel standen Lehne an Lehne mitten auf der Veranda, doch es dauerte mehrere Augenblicke bis Novalee bemerkte, daß in einem von ihnen ein winziger, knorriger Mann saß.

»Novalee, das ist mein Vater, Purim Whitecotton.«

Der alte Mann lächelte sie mit der Seite seines Gesichts an, die noch beweglich war, aber die andere Seite, die Seite mit dem geschlossenen Auge und der hängenden Lippe, war an seinem letzten Geburtstag erstarrt, seinem dreiundachtzigsten, als er sich bückte, um die Kerzen auf einem Biskuitkuchen auszublasen, und ein Blutgefäß in seiner Schläfe platzte.

»Hallo«, sagte Novalee.

Seine linke Hand, reglos ... nutzlos, die Finger verdreht und in die Handfläche verkrampft, lag in seinem Schoß wie ein lange benutzter Gegenstand ... wertlos, aber zu vertraut, um ihn wegzuwerfen. Er reichte ihr seine gesunde Hand – zittrig, warzig, vernarbt und farblos wie angestoßenes Obst. Adern webten in komplizierten purpurfarbenen Strängen auf seinem Handrücken, und seine Haut, kühl und weich, fühlte sich wie feine zerknitterte Seide an. Und als Novalee sie berührte, hörte sie die Zeilen eines Gedichtes, das sie gelesen hatte.

... so alt wie die Welt und älter als das Fließen
von Menschenblut in Menschenadern.

Für einen Augenblick schienen die Worte in der Luft zu hängen, und Novalee glaubte, sie laut ausgesprochen zu haben.

»Daddy, schau her«, sagte Moses. »Schau auf Miss Americus Nation.«

Purim Whitecottons gesundes Auge verengte sich, als es Americus sah und sich darauf fokussierte. Dann versuchte er zu sprechen, versuchte, seine erstarrten Lippen zu bewegen, doch ein Geräusch, irgendwo hinten in seinem Mund, ein erstickter Ton hinten auf seiner Zunge war alles, was er herausbrachte. Aber Moses hatte die Sprache seines Vaters gelernt, wußte, was er wollte, und so trat er näher, und als er das getan hatte, streckte der alte Mann seine Hand aus und legte einen zitternden Finger auf Americus' Wange. Sie hielt sehr still, schien kaum zu atmen, bis er seine Hand senkte – und dann lächelte sie ihn an.

Novalee drehte sich um, als sie die Verandatür hörte. Eine große Frau in blauem Leinenkleid trat hinaus.

»Also, ich muß bekennen«, sagte sie, »daß ich nicht wußte, daß unser Besuch hier ist.«

»Novalee, ich möchte Ihnen meine Frau vorstellen, Certain«, sagte Moses.

Certain Whitecotton hatte einen Hauch silbernen Haares und kupferfarbene Haut, die bis auf ein paar Sommersprossen auf ihrer Nase makellos war. Wenn sie lächelte, fingen ihre Augen, die nur eine Spur heller als Salbei waren, das Licht ein und schimmerten wie klares, von Regen bespritztes Glas.

Sie faßte Novalees Hand und schloß sie ein, hielt sie dann, als besiegelten sie so ein Versprechen.

»Moses hatte einige schöne Dinge über Sie gesagt, Novalee. So schön, daß ich glaubte, Sie seien vielleicht ein Märchen.«

»Ich freue mich, Sie kennenzulernen.«

Dann wandte Certain sich Americus zu, die noch auf Moses' Armen war. »So! Das also ist die Dame, die das Herz meines Mannes gestohlen hat.«

Americus war offensichtlich glücklich darüber, Mittelpunkt ihrer Aufmerksamkeit zu sein.

»Ich kann mir gar nicht vorstellen, wieso«, sagte Certain. »Es sei denn, es ist dieses Lächeln, das von hier bis Saint Louis reicht.«

Americus zog ihren Kopf ein und preßte ihr Gesicht an Moses' Schulter ... ein kurzes Kokettieren mit der Scheu.

»O ja. Das ist ein starkes Lächeln«, sagte Certain.

»Was für ein Lächeln?« fragte Moses. »Ich habe kein Lächeln gesehen.«

»Novalee, hat Moses Ihnen etwas zu trinken angeboten? Wir haben Apfelwein.«

»Danke, aber ich bin nicht durstig.«

»Na schön, ich weiß ja, daß ihr beide nach hinten gehen wollt. Also versuche ich gar nicht erst, euch mit Smalltalk und Apfelwein hier zu halten.« Obwohl Certain mit Novalee und Moses zu reden schien, schaute sie Americus an, während sie sprach. »Aber wenn ihr fertig seid, essen wir Kuchen und trinken Kaffee und machen uns besser miteinander bekannt.«

»Lassen Sie sich nicht von ihr täuschen, Novalee. Sie will uns los werden, damit sie Americus auf die Arme nehmen kann.«

»Ich? Wer steht denn hier und führt sich wegen des Babys wie ein alter Narr auf?«

»Ich habe die Wahrheit gesagt, und du weißt es.«

»Moses, gib mir das Kind und verschwinde hier.«

»Na gut, Mutter ...«

Dann war es vorbei. Certain nahm Moses Americus ab, in ihre Arme. Doch als sie das tat, als sie und Moses einander berührten, sprang etwas zwischen ihnen über ... etwas Dunkles und Trauriges, das ihn veranlaßte, seinen Blick zu senken und sie dazu brachte, ihr Gesicht abzuwenden, gerade so, als ob sie es nicht ertragen könnten, den Kummer des anderen zu sehen ... als ob dieses Überreichen eines Kindes ihre Herzen brechen könnte.

Moses sagte: »Certain, bist du ...«

»Wir kommen zurecht«, sagte sie. »Wir kommen sehr gut zurecht.«

»Sind Sie sicher?« fragte Novalee. »Sie kann manchmal ziemlich scheußlich sein, weil sie gerade zahnt und ...«

»Keine Sorge«, sagte Certain, während sie auf einem der Sessel Platz nahm und Americus auf ihren Schoß setzte. »Geht nur und amüsiert euch. Vater Whitecotton und ich werden mit diesem Kind schon ganz gut fertig werden.«

»Du wirst sie doch nicht verziehen, Mutter, nicht wahr?« Moses versuchte wieder scherzhaft zu sprechen, doch seine Stimme war ein wenig zu ausdruckslos.

»Erst, wenn ihr hinten seid«, sagte Certain, und lächelte ihn an. Doch in dem Lächeln war Schmerz.

»Hinten« war eine grob gezimmerte Hütte aus Eichenholz, etwa sechzig Meter hinter dem Haus.

»Hier wurde ich geboren«, sagte Moses. »Mein Vater baute sie ... vor über sechzig Jahren.«

An den Fenstern hingen Baumwollvorhänge, und ein Herbstkranz aus Kalebassen und getrockneten Blumen zierte die Tür.

»Es sieht aus wie ein Spielhaus.«

»Ja, das ist Certains Werk.«

Der vordere Raum wirkte innen weit größer, als Novalee erwartet hatte, obwohl darin die abgelegten Sachen früherer Generationen gelagert waren ... Paraffinlampen, ein hölzerner Rollstuhl, gesteppte Bilderrahmen.

»Certain kommt von Zeit zu Zeit her, um das Haus zu lüften. Sie droht, aufzuräumen, aber ...«

Moses trat durch eine Tür in die alte Küche, die ihm jetzt als Dunkelkammer diente. Als Novalee ihm durch ein Labyrinth von Kisten folgte, entdeckte sie ein Schaukelpferd, das halb versteckt unter dem vorderen Fenster stand.

»Moses, haben Sie und Certain Kinder?«

Für mehrere Augenblicke herrschte völlige Stille in der Hütte. Dann hörte Novalee, daß Moses sich wieder bewegte, in der Dunkelkammer umherging, Lichter einschaltete, Schubladen öffnete.

»Die Schere finde ich auch nie, wenn ich sie brauche«, sagte er.

Novalee versuchte es wieder. »Ich fragte, ob Sie und Certain –«

»Kommen Sie rein, dann können Sie sehen, wie ich alles vorbereite.«

Darauf wußte Novalee, daß sie die falsche Frage gestellt hatte.

Von einer »Küche« war in dem Raum mit der niedrigen Decke wenig übriggeblieben: ein Wandschrank ohne Türen und eine verzinkte Spüle, die fleckig und verfärbt war. Sonst deutete nichts darauf, daß dies der Raum gewesen war, in dem Familien gegessen hatten, Verletzungen behandelt und Babys gebadet worden waren.

Jetzt war es eine Dunkelkammer. Arbeitstische waren hineingestellt worden, Regale in die Ecken gezwängt. Der Schrank war mit Flaschen, Dosen, Schachteln und Krügen gefüllt. Lange flache Wannen bedeckten Tischflächen und Büffets. Und überall ... Fotografien. Fotografien hingen an Wäscheleinen, die durch den Raum gespannt waren. Sie lehnten an Büchern, ragten aus Schubladen, standen in Ordnern, waren in Schachteln gepackt und an die Wände gesteckt.

»Sobald ich den Entwickler gefunden habe, sind wir soweit«, sagte Moses.

»Darf ich mir Ihre Bilder ansehen?«

»Sicher.« Moses begann in einem Karton voller Flaschen zu kramen, der auf dem Boden stand. »Möchte nur wissen, wo ich das Fixierbad hingestellt habe.«

Novalee nahm einen Stapel Fotos von einem Tisch neben der Tür auf. Bilder, die auf den Stufen einer Kirche aufgenommen worden waren. Schwarze Männer in dunklen Anzügen und mit breitkrempigen Hüten, Frauen in Frühlingskleidern mit schäbigen Spitzenkragen, Kinder, die in die Sonne blinzelten. Sie hielten Osterkörbe und Bibeln in ihren Händen.

Novalee nahm eine andere Handvoll Bilder aus einem schmalen Regal, das an einer Wand stand. Die Fotos waren auf einer Straße aufgenommen, die sie nicht kannte ... einer müden, staubigen Straße mit müden, staubigen Menschen. Auf einem Foto lungerte ein Teenager vor einer Billardhalle, das Gesicht zu einer finsteren Miene verzogen. Auf einem anderen starrte eine Frau uninteressiert in das Fenster eines Cafés. Und auf einem weiteren saß ein kleiner Junge, dessen Gesicht rußverschmiert war, auf einem Bordstein und schaute auf eine ausgemergelte Katze, die einen toten Vogel über eine leere Straße trug.

»Die sind gut.«

»Was haben Sie da?«

Novalee zeigte ihm die Fotos.

»Die habe ich in Tangier gemacht, draußen, im Westteil des Staates. Vor zwei, vielleicht drei Jahren.«

Sobald sie die Fotos zurück ins Regal gelegt hatte, sah sie sich andere an. Diese Bilder waren älter, viele durchs Alter brüchig und vergilbt. Sie blätterte sie schnell durch ... ein Friseurgeschäft, eine Parade, ein paar Zäune. Sie schaute auf Falken, Pferde und Sonnenuntergänge. Und dann kam das letzte, das, was ganz unten im Stapel war, ein Foto in körnigem Schwarzweiß. Purim Whitecotton, stark und gesund, die Füße fest auf die Ladefläche eines Tiefladers gestemmt, den Körper angespannt, um einen Ballen von hundert Pfund Heu zu heben. Purim Whitecotton, dessen Muskeln die Ärmel eines schmutzigen weißen Hemdes zu sprengen drohten, Sehnenstränge auf dem Rücken mächtiger, breiter Hände. Purim Whitecotton mit feurigen dunklen Augen, Augen, die herausfordernd und mutig blickten, Augen, die durch nichts zu bändigen waren außer durch eine winzige Explosion in seinem Kopf, als er sich über dreiundachtzig Kerzen auf einem Biskuitkuchen beugte.

Und dies war der Augenblick, in dem sie wußte, daß sie gefangen war! Novalee wußte es, als Moses ihr zu zeigen begann, wie man's machte ... als er in die Wannen mit der bernsteinfarbenen Flüssigkeit starrte ... zu den Bildern flüsterte, die knapp unter der Oberfläche schwammen, sie drängte, zum Leben zu erwachen.

Später, als Moses das letzte Bild wässerte und nachdem sie zurück in das andere Zimmer gegangen war, stand sie neben dem Schaukelpferd unter dem Fenster. Es war handgefertigt aus Kiefernholz. Murmeln dienten als Augen, und die Mähne war aus Büscheln von Tauwerk gemacht. Novalee legte ihre Hand auf seinen Kopf und brachte es zum Schaukeln, und als sie das tat, war das einzige Geräusch in der

Hütte sein rhythmisches Quietschen. Dann, aus der Dunkelkammer, Moses Stimme ...

»Wir hatten Glory.«

»Was?«

»Wir hatten Glory. Aber wir verloren sie, als sie drei war.«

Novalee legte ihre Hand auf das Pferd, so daß es zu schaukeln aufhörte.

»Das andere Zeug hat Certain weggeworfen ...« Er drehte in der Dunkelkammer einen Wasserhahn auf, ließ Wasser in ein Becken laufen. »Topper. Glory nannte es Topper ... Hopalong Cassidys Pferd.« Eine Schranktür schlug. »Sehen Sie diesen Kratzer auf seinem Hinterkopf? Zwischen den Ohren?«

Novalee bückte sich, um das Holz zu untersuchen, und fand genau zwischen den Ohren eine winzige Kerbe.

»Das war Glorys Vorderzahn. Sie fiel und schlug mit dem Mund auf, so daß ihre Lippe platzte.«

Novalee rieb mit ihrem Finger über die Vertiefung, eine Vertiefung, die gerade so breit war, wie Americus' Vorderzahn, ihr erster.

»Glory weinte. Weinte, wie sie sagte, weil sie Topper gebissen hatte.« Moses stellte das Wasser ab, und dann hörte Novalee das Klingen von Metall gegen Glas. »Wir verloren sie im Frühling. In jenem Frühling. Sie ertrank im Sticker Creek.«

Wieder herrschte Stille in der Hütte.

»Von hier aus kann man das Flüßchen nicht sehen, aber es ist unterhalb des Hügels ... unter diesem Pekannußbaum.«

Novalee trat an das Vorderfenster und teilte die Baumwollvorhänge.

»Ich hab' sie den Hügel hochgetragen«, sagte er. Ein Windstoß erfaßte die Zweige des Baumes und eine einzelne Pekannuß fiel nahe beim Stamm herunter. »Certain sah mich kommen ... rannte über den Hof. Sie erreichte mich dort ... neben dem Brunnenhaus.«

Novalee Nation (*Natalie Portman*) – hochschwanger und von ihrem Freund Willy sitzengelassen – auf ihrem Weg nach Kalifornien.

Novalee, allein und verlassen, auf einer Parkbank mit ihrem gesamten Hab und Gut.

Novalee und ihre neugeborene Tochter Americus im Krankenhaus.

Forney Hull *(James Frain)*, der Novalee half, als sie in den Wehen lag, liebt sie heimlich.

Ashley Judd als energische Krankenschwester Lexie Coop.

Lexie Coop und Novalee werden bald beste Freundinnen.

Novalee und Lexie beim Einkaufen mit den Kindern.

Die beiden Freundinnen erfahren, daß Sister Husband Novalee viel Geld vermacht hat.

Mit dem ererbten Geld baut Novalee sich und ihrer Tochter ein neues Zuhause auf.

Endlich hat Lexie den richtigen Mann für sich und ihre Kids gefunden. Novalee freut sich mit ihr auf ihre Hochzeit.

Forney gesteht Novalee seine Liebe. Aus Angst, nicht gut genug für ihn zu sein, weist sie ihn ab.

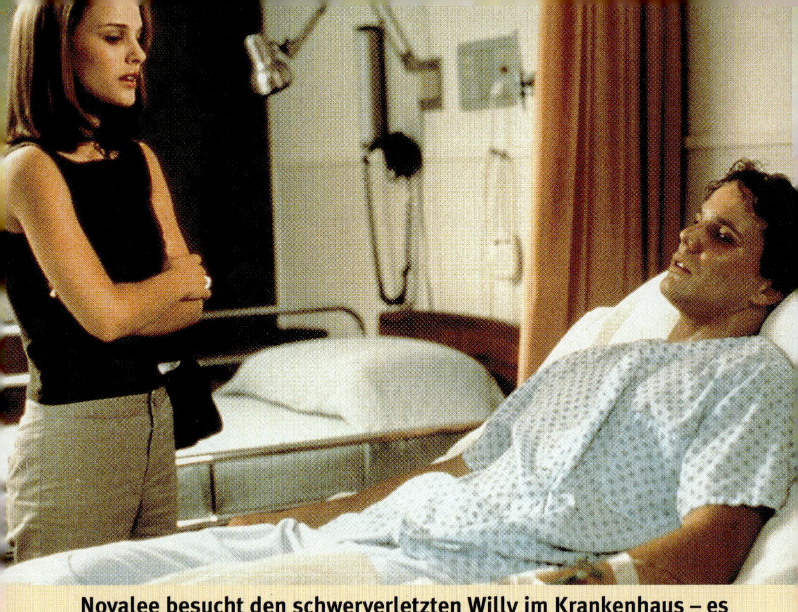

Novalee besucht den schwerverletzten Willy im Krankenhaus – es kommt zu einer Aussprache.

Novalee sucht Forney im College auf und gesteht ihm ihre Liebe.

Novalee wußte, daß Moses aus dem Dunkelkammerfenster schaute, auf jene Stelle bei dem Brunnenhaus, und wieder sah, was dort in einem anderen Leben geschehen war.

Und dann sah Novalee es auch ... sah, wie Certain ihre Tochter aus Moses' Armen nahm ... sah, wie er seinen Blick senkte und sie ihr Gesicht abwendete, als ob sie beide es nicht ertragen könnten, den Kummer des anderen zu sehen ... weil das Überreichen eines Kindes Grund dafür war, daß ihrer beider Herzen brachen.

17

Novalee fand die Rollei auf einem Flohmarkt in McAlester in einer Kiste, die mit Kochbüchern, Bowlingpokalen und Fetzen von Baumwolldrillich vollgestopft war. Moses hatte ihr gesagt, es könne Monate dauern, bis sie eine fände, aber sie hatte Glück.

Sie versuchte, nicht aufgeregt zu wirken, als sie sie sah, und erinnerte sich an das, was Sister Husband ihr gesagt hatte.

»Benimm dich nie so, als wolltest du sie, Schätzchen. Tu so, als würdest du sie nicht mal geschenkt haben wollen. Sag ihnen, sie sei schmutzig, defekt ... ein nutzloses Ding. Und dann mach ein Angebot.«

Die Bereitschaftstasche sah aus, als habe sie nur knapp eine Schlacht überlebt. Der Riemen war gerissen, und die Naht oben hatte sich gelöst, so daß das Leder sich an den Ecken wellte.

Die Kamera sah nicht ganz so abgenutzt aus wie die Tasche, aber sie war angeschlagen und verkratzt ... von etwas Schwarzem und Klebrigem überzogen. Sie nahm den

Objektivdeckel ab und blies auf die Staubschichten, aber mit ihrem Atem bekam sie sie nicht weg.

Der Verkäufer tat, als sähe er Novalee nicht und heuchelte Interesse an einer Plastikkuckucksuhr, die nicht funktionierte.

»Diese Kamera ist verdreckt«, sagte sie in der Absicht, Sisters Rat zu folgen.

»Jau.«

»Sieht aus, als sei sie auch defekt.«

»Nee.«

»Ich wüßte nicht mal, was um alles in der Welt ich damit tun sollte.«

»Also ich«, sagte er, »ich würde damit Fotos machen.«

»Was wollen Sie dafür?«

»Sie soll dreißig kosten, aber ich könnte ...«

Sie platzte zu schnell heraus: »Ich gebe Ihnen dreißig!«

Moses behielt die Kamera eine Woche und reparierte den Verschluß. Er sagte Novalee, daß er etwas Zeit brauchen würde, aber sie fuhr jeden Tag hinaus in der Hoffnung, daß sie fertig sei.

Als er ihr schließlich die Rollei überreichte, sah sie wie neu aus – auf Hochglanz gebracht und schimmernd. Und die Tasche hatte er auch repariert: den Riemen wieder angebracht und die Kanten vernäht. Er hatte das Leder mit Sattelseife gewaschen und dann mit Wachs eingerieben, bis es so weich wie Ziegenleder war.

Am nächsten Morgen schnallte Novalee sich Americus auf den Rücken und war vor acht auf der Straße. Sie fotografierte alles ... die Rhode Island Reds in Dixie Mullins' Hinterhof, Halloween-Laternen, die auf der Ortiz-Veranda hingen, Leonas Feuerbohnen, die an ihrem Zaun wuchsen. Novalee fotografierte Henrys bunte Katze, die im Briefkasten schlief, und machte ein Bild von einer Spottdrossel, die im Sturzflug ein Eichhörnchen attackierte.

Sie machte Fotos von Kindern, die zur Schule eilten und mit Brotdosen und Büchern jonglierten, während sie durch Matsch wateten, der bis über die Kappen ihrer Schuhe reichte. Sie machte Schnappschüsse von einem kahlen Mann, der vor einem Friseursalon unter einem Schild wartete, auf dem stand HAARSCHNITT WÄHREND SIE WARTEN, und sie machte mehrere Aufnahmen von einer großen Frau, die in einen Star Wars-Bademantel für Kinder gezwängt war und auf einer vielbefahrenen Kreuzung aus ihrem Wagen stieg, dessen Motor sie abgewürgt hatte.

An diesem Abend verzichtete Novalee, kaum daß sie von der Arbeit gekommen war, aufs Essen und machte sich wieder ans Werk. Auf dem Friedhof fotografierte sie alte Grabsteine; im Park machte sie Aufnahmen von zersplitterten Karussellpferden und gebrochenen Schaukeln. Sie machte Fotos von toten, kahlen Bäumen, deren Äste und Stämme durch ein Feuer geschwärzt waren. Sie ging ins Stadtzentrum und machte Fotos von Graffiti, von einem Autoaufkleber, auf dem stand WEG MIT AUTOAUFKLEBERN ... einem Cowboystiefel, der verkratzt und staubig allein in der Mitte einer Straße stand ... und von einer Bibel in einem Mülleimer, Sister Husband zufolge ein Beweis dafür, daß jemand zu verwirrt geworden war.

Novalee machte Fotos von allem und jedem ... alle waren eine Beute für sie. Americus war ihr häufigstes Opfer und gewiß dasjenige, das sich am wenigsten wehren konnte. Sister Husband hatte nichts dagegen, Motiv zu sein ... solange sie früh genug gewarnt worden war, um ihren Bauch einzuziehen und ihre Brille abzunehmen. Aber Forney wollte nicht und trug wieder seine Strickmütze. Als Novalee ihn dann einmal im Freien überraschte, wo es keinen Platz zum Verstecken gab, konnte er zumindest die Mütze herunterziehen und sein Gesicht verbergen ... eine Übung, deren Ergebnis zwei Dutzend Fotos eines riesigen Mannes mit einem braunen Strumpfkopf waren.

Novalee arbeitete jeden Abend in Moses' Dunkelkammer ... an manchen Abenden auch dann noch, wenn die Whitecottons schon alle im Bett waren. Sie arbeitete, bis ihre Augen brannten ... bis ihre Finger fleckig waren, ihre Haut aufgesprungen und rauh ... bis ihre Kleidung, ihr Haar, ihre Haut wie Fixierbad roch. Und später, wenn sie in ihrem Bett lag, träumte sie davon, Fotos zu machen, immer wieder dieselben Fotos.

Die Nachbarn kamen oft, jedesmal, wenn sie neue Bilder zu zeigen hatte. Sie priesen ihr Talent. Sie waren stolz auf ihr Werk. Und sie brachten ihr Filme mit – Geschenke, wie sie sagten, für ihre Freundin, die Künstlerin.

Sie baten sie, Fotos von ihnen zu machen, und wollten dafür zahlen, baten sie, einen Preis zu nennen, aber sie wollte nichts dafür. Sie machte ihre Fotos und hatte Freude dabei, Fotos von ihren Cockerspanielwelpen, ihren preisgekrönten Brötchen, ihren Geburtstagsfeiern, ihren Klaviervorträgen. Sie fotografierte das älteste Ortizmädchen in ihrem weißen Kommunionskleid. Sie machte ein Foto von Leonas antiker Victrola für die Nichte in New Jersey, sie nahm ein Ei mit drei Dottern auf, den Fußabdruck eines Enkelkindes und eine Dose grüner Bohnen, in der ein Wurm war, wofür Mr. Sprock die Green Giant Corporation zu verklagen drohte.

Und je mehr Fotos Novalee machte und je mehr sie entwickelte, desto mehr wollte sie über das lernen, was sie tat. Sie studierte Fotomagazine ... *Camera & Darkroom* und *The Photo Review*. Sie rief bei Fotolabors in Sacramento, Kalifornien, an und schrieb Briefe an Kodak in Rochester, New York. Sie stellte Moses Tausende von Fragen und merkte sich alles, was er sagte.

Forney brachte ihr Stapel von Büchern, und sie las über

Gordon Parks und William Henry Jackson. Sie studierte die Arbeiten von Dorothea Lange und Alfred Stieglitz, von Ansel Adams und Margaret Bourke-White.

Einmal, an einem ihrer seltenen freien Wochenenden, fuhr sie mit dem Toyota nach Tulsa und besuchte eine Fotoausstellung, ihre erste. Sie wanderte durch die Räume und Gänge der Galerie und machte seitenweise Notizen. Auf der ganzen Fahrt nach Hause erzählte sie sich, was sie gelernt hatte.

Dann, nach all den Stunden, die sie mit Lernen verbracht hatte ... nach Hunderten von Bildern, Tagen und Nächten in der Dunkelkammer, Fragen nach Belichtungszeiten und Sepiatönen und Lichtverhältnissen ... nach all dem entdeckte Novalee, was für sie an Bildern von Katzen und Kindern und Karussellpferden wichtig war ... an Mädchen in weißen Kleidern und alten Frauen, die Tee probierten ... an Geburtstagsessen und Hochzeitstagküssen. Es war wichtig für sie zu wissen, daß sie in dem Augenblick, als sie ein Bild machte, etwas auf eine Weise sah, wie es nie zuvor ein anderer gesehen hatte.

An einem kühlen Morgen Ende November stand Novalee lange vor Beginn der Dämmerung auf, zog Jeans und Pullover an, nahm einen Mantel und ihre Kamera und huschte dann so leise sie konnte aus dem Wohnwagen.

Sie fuhr zum Rattlesnake Ridge, zehn Meilen östlich der Stadt, um den Sonnenaufgang zu fotografieren. Dieser Kamm erstreckte sich zwischen zwei Hügeln, die Sister Husband als Berge bezeichnete, dem Cottonmouth und dem Diamondback, und sie erzählte Geschichten darüber, wie sie zu ihren Namen gekommen waren.

»Weißt du, Schätzchen, ein Junge, den ich kannte, starb dort oben auf dem Diamondback einen schrecklichen Tod. Man konnte ihn bis in die Stadt schreien hören. Als sie ihn heruntergebrachten, gab es keine Stelle an seinem Körper, die keine Bißwunden aufwies. Er war sogar in die Augen gebissen worden. Wie ich gehört habe, wurden fast fünfhundert Bisse gezählt.«

Bei solchen Geschichten bekam Novalee eine Gänsehaut und hatte böse Träume. Sie dachte nicht daran, beim warmem Wetter zum Rattlesnake zu gehen, aber jetzt war die kalte Jahreszeit schon weit vorangeschritten, so daß sie keine Angst mehr vor Schlangen haben mußte.

Nachdem sie den Toyota auf der Standspur der Saw Mill Road geparkt hatte, nahm sie eine Taschenlampe aus dem Handschuhfach und stieg dann durch einen Stacheldrahtzaun, der eine weite Wiese umschloß, über der Frühnebel hing.

Nach etwa einer Viertelmeile in Richtung Norden wich das flache Land und fiel drei oder vier Meter zu einem seichten Flüßchen hinter der Wiese ab.

Novalee maß die Tiefe des Wassers mit einem Weidenzweig, während sie sich ihren Weg über das Wasser auf flachen Steinen und gestürzten Bäumen suchte. Seine tiefste Stelle maß kaum mehr als einen halben Meter. Sie hatte fast die anderen Seite erreicht, als nur Zentimeter vor ihren Füßen etwas aufs Wasser klatschte, so daß Tropfen auf ihre Hosenbeine spritzten. Sie richtete den Strahl der Taschenlampe auf das Geräusch, doch was immer es war, es ließ nur sich kräuselnde Wellen zurück.

Unmittelbar hinter dem Flüßchen stieg das Land steil an. Der Nebel wurde dünner, als sie hinaufzusteigen begann. Kiefernnadeln knisterten unter ihren Füßen, erzeugten knackende Geräusche, die sie einmal veranlaßten stehenzubleiben und zurückzuschauen, weil sie fast erwartete, jemand hinter sich zu sehen.

Als sie in der Ferne einen Hahn krähen hörte, blickte sie auf und sah, daß der Himmel sich im Osten rötete, und so beschleunigte sie ihren Schritt, entschlossen, vor Sonnenaufgang oben zu sein.

Sie mochte das Gefühl, wie die Rollei, noch in ihrer Bereitschaftstasche, ihre Hüfte streifte, wenn sie an dem Riemen über ihrer Schulter schwang. Für ein paar Augenblicke genoß sie die Vorstellung, eine Kriegsberichterstatterin zu sein, die einen Berg erkletterte, um Bilder von einer Schlacht in dem Tal auf der anderen Seite zu machen. Es war eine Szene aus einem alten Kriegsfilm, an die sie sich erinnerte.

Obwohl der Morgen kühl war, zog sie ihre Jacke aus und knotete sie um die Taille, als sie auf halber Höhe des Berges war. Ihr war nicht nur heiß, sondern sie war auch außer Atem, ein Zeichen dafür, dessen war sie sicher, daß sie schon mit achtzehn alt wurde.

Sie blieb stehen, um zu Atem zu kommen. Als sie dann merkte, daß sie die Taschenlampe nicht mehr brauchte, daß genug Morgenlicht da war, um sehen zu können, begann sie wieder zu klettern, ihr persönliches Rennen mit der Sonne fortzusetzen.

Sie wußte, daß sie nicht mehr viel weiterzugehen brauchte ... ein Blick hinunter auf die Wiese verriet ihr das. Wann immer Sister Husband von diesen Hügeln erzählte und sie Berge nannte, spottete Novalee und bezeichnete sie als Maulwurfshügel. Schließlich hatte sie mit den Appalachen im Hinterhof gelebt. Sie wußte, was wirkliche Berge waren ... das einzige von Tennessee, was sie vermißte.

Sie hörte auf ihrem Weg geheimnisvolle Geräusche unter Nadeln und trockenem Laub ... Insekten, Feldmäuse, Baumfrösche ... aber sie bewegten sich zu schnell, als daß sie sie hätte sehen können. Lautere Geräusche aus etwas weiterer Entfernung ... Geräusche von Tieren, die sich ihren Weg durch die Bäume und das Unterholz bahnten ... es waren wahrscheinlich Eichhörnchen und Waschbären, aber ihr gefiel die Vorstellung, daß es Hirsche wären.

Als sie die letzte Baumreihe unterhalb der Kuppe hinter sich hatte, war die Sicht frei auf den Kamm, der sich über eine Meile zwischen den beiden Hügeln hinzog. Während sie das letzte Stück betrachtete, das sie noch zu ersteigen hatte, um nach dem besten Weg zu suchen, nahm sie eine Bewegung wahr, etwas, das über den Kamm rannte. Es war nicht mehr als ein verschwommener Fleck. Was immer sie sah, es war so schnell aufgetaucht und wieder verschwunden, daß sie unsicher war, ob sie überhaupt etwas gesehen hatte, doch ihr Herz raste, als sie die Verschlüsse ihrer Kameratasche öffnete.

Sie hatte gerade den Objektivdeckel abgenommen, als sie es wieder sah ... über der Lichtung zwischen einem aufragenden Felsen und einer Gruppe junger Kiefern. Sie schaute auf die Kamera, um die Brennweite einzustellen, nur für einen Sekundenbruchteil, doch als sie den Kamm wieder im Sucher hatte, war verschwunden, was immer da gewesen sein mochte.

Ein Hirsch, dachte sie, obwohl die Gestalt nicht ganz stimmte. Ein Kojote vielleicht ... oder gar ein Luchs, aber aus dieser Entfernung und im Zwielicht konnte sie nicht sicher sein.

Sie mußte eine Entscheidung treffen. Sie konnte bleiben, wo sie war und darauf hoffen, daß sie einige Fotos würde machen können, ob Hirsch oder nicht, oder sie konnte aufgeben und sich beeilen, um auf die Kuppe des Kammes zu gelangen, um den Sonnenaufgang zu fotografieren, weshalb sie hergekommen war. Die Entscheidung war leicht.

Sie betrachtete den Kamm durch den Sucher, stellte die Schärfe ein, fand den Winkel, den sie wollte, und wartete. Wartete und wartete, bis sie es wieder sah ... noch immer rennend. Sie drückte den Auslöser, kurbelte, knipste wieder ... beobachtete, wie es baumlosen Boden überquerte, sah dann, was zu sehen unmöglich schien. Da sie sich dessen sicher war, daß es nicht das sein konnte, was sie glaubte, blickte sie auf. Sie mußte es mit eigenen Augen sehen, als ob die Kamera das Bild verzerrte. Und so blickte sie auf, mußte direkt darauf schauen, weil es kein Hirsch war ... kein Kojote, kein Luchs ... sondern ein Junge. Ein nackter Junge rannte über den Rattlesnake Ridge.

Und in diesem Augenblick erfaßten die ersten Strahlen der Sonne den Kamm und formten einen goldenen, leuchtenden Bogen, und in seiner Mitte rannte ein nackter Junge ... ein schlanker, brauner Junge namens Benny Goodluck, der so schnell rannte wie der Wind.

18

Novalee war fünf Jahre alt bei dem ersten Weihnachtsfest, an das sie sich erinnern konnte. Sie und Momma Nell wohnten zusammen mit einem rothaarigen Mann namens Pike in einem Wohnwagen unweit des Clinch River. Der Wagen stand in einem Moor, das auch ohne Regen an Dreirädern und Hundepfoten saugte. Doch nachdem es drei Tage und Nächte geregnet hatte, waren Briefkästen und Zäune fast verschwunden.

Am Weihnachtsabend, kurz nach Mitternacht, spülte der Regen eine halbe Meile entfernt bei Sharp's Chapel einen Erddamm aus. Momma Nell und Pike waren fort, waren für zwei Tage und zwei Nächte fortgegangen, und Novalee schlief, als das Wasser zu steigen begann. Als sie am nächsten Morgen aus ihrem Bett kletterte, trieben ihr dürrer Aluminiumweihnachtsbaum und zwei rote Plastikgirlanden über den Gang wie stachelige Seeungeheuer, die in fremden Meeren lebten, auf sie zu.

An andere Weihnachtsmorgen konnte Novalee sich kaum erinnern. Die ersten paar Jahre, nachdem Momma Nell mit Fred fortgegangen war – in den Jahren, die sie in Fürsorgeheimen und staatlichen Pflegeheimen und Baptisten-Heimen verbrachte – hatte sie die Weihnachtsmänner in den Kaufhäusern gebeten, ihr Mickey Mouse-Uhren und kleine Hunde, ein Schlagzeug und Momma Nell zu bringen. Aber sie brauchte nicht lange, um festzustellen, daß die Weihnachtsmänner am Weihnachtsmorgen nicht nach Tennessee kamen – und Mommas auch nicht.

Diese Weihnacht aber, für Americus die erste, sollte anders werden. Diese würde perfekt sein, genauso wie auf den Bildern in den Magazinen ... Geschenke mit Silberbändern, ein Truthahn und Kürbiskuchen, Zuckerstangen, Misteln ... und der perfekteste Weihnachtsbaum von ganz Oklahoma.

Am ersten Samstag im Dezember lud Novalee Americus und Forney in den Wagen und fuhr an den See. Sie liefen Forney zufolge »achttausend Meter über unwegsames Gelände und durch unbewohnte Topographie« ... und sahen sich Novalee zufolge »dreihundert eselsohrige, kahlwipflige, unansehnliche, dickärschige Bäume an«. Als dann Americus zu schniefen begann und Forney sich über einen verstauchten Mittelfußknochen beklagte, brach Novalee die Suche ab, und sie fuhren mit leeren Händen heim.

Am nächsten Sonntag erhielt Americus wegen einer Erkältung Begnadigung, aber Forney wurde kurz nach sechs hinausgescheucht, und sie machten sich wieder auf die Suche.

»Vielleicht sollten wir die Sache heute anders angehen«, sagte Forney.

»Ich denke, wir werden nördlich des Shiner Creek anfangen.«

»Nein, das meine ich nicht.«

»Wir können von da aus um die Brücke herumgehen.«

»Ich meine, wir sollten zuerst eine Liste machen.« Forney zog ein kleines Notizbuch und einen Bleistift aus der Tasche. »Eine Spezifizierungsliste.«

»Wir könnten zur Catfish Bay hinausfahren.«

»Eine Beschreibung der Einzelheiten.«

»Oder zur Cemetery Road, in Richtung Highway.«

»Zum Beispiel«, sagte Forney, wobei er das Notizbuch aufschlug. »Wie hoch soll er sein? Über einsfünfzig? Unter zwei Meter?«

»Sister sagt, sie hätte bei Garners Point ein Kiefernwäldchen gesehen.«

»Gattung.« Forney leckte an der Bleistiftspitze. »Homoepis? Veitchi? Cephalonia?«

Novalee fuhr langsamer und steuerte den Toyota auf die Standspur. »Wenn du die Schaufel nimmst, werde ich ...«

»Eine Aufstellung der Einzelheiten, Novalee«, schrieb Forney verzweifelt.

»Oh, Forney«, gab sie mit geduldiger Stimme ihre logische Erklärung ab, »ich weiß, ob's der richtige ist, wenn ich ihn sehe.«

Forney stöhnte, Novalee grinste ... und sie stiegen aus.

»Komm schon, Forney.«

»Novalee, das ist ein Parasit.«

»Aber es ist Tradition.«

»Es ist ein Parasit! Und du erwartest, daß Leute sich darunterstellen und Küssen?«

»Ja! Das machen die Leute nun mal unter Mistelzweigen.«

»Warum hängst du nicht einfach ein paar Plastiktüten auf?«

»Wie bitte?«

»Novalee, dieser Baum ist zwölf Meter hoch.«

»Ist er nicht! Neun vielleicht.«

»Ich bin nicht mal als Kind auf Bäume geklettert.«

»Was ist los, Forney ... bist du zu alt?«

Damit hatte sie ihn erwischt. Knurrend sprang er auf, griff nach einem Ast über seinem Kopf und zog sich daran hoch mit einer Kraft, die sie überraschte.

Sie hatte ihn nie nach seinem Alter gefragt. Hatte es nicht einmal geschätzt. Doch manchmal, wenn sie las und unerwartet aufblickte, merkte sie, daß er sie beobachtete. Und in dieser Sekunde, kurz bevor er wegschaute und so tat, als habe er sie nicht angesehen, sah er jungenhaft aus ... verlegen und scheu. Und dann wieder, in den Schatten der Bibliothek, wenn laute Geräusche von oben ihn veranlaßten hochzuschauen, er seine Stirn in Falten legte und etwas Dunkles in seinen Augen war, wirkte er plötzlich müde und alt ... älter als Novalee es wünschte.

Ein Zweig knackte, und Rindenstücke regneten auf Novalee herab.

»Forney, sei vorsichtig!«

»So was habe ich als Kind in meinen Alpträumen erlebt. Ich saß auf der Spitze eines Wolkenkratzers oder eines Berges fest ... oder in einer fünfzehn Meter hohen Eiche.«

»Dieser Baum wächst, was?«

Forney war halb oben, bewegte sich vorsichtig ... er blieb dicht am Stamm.

»He«, rief Novalee, »direkt über deiner linken Schulter ist ein toter Ast. Sieht aus, als ob er Kronengalle hätte. Brich ihn doch einfach ab.«

»Novalee, ich hatte nie die Absicht, als Baumchirurg Karriere zu machen.«

»Als was dann?«

»Als Bauchredner. Schafhirte.«

»Bibliothekar.«

»Ich wollte nie Bibliothekar sein.«

»Wirklich?«

»Ich wollte Lehrer werden.« Forney brach den toten Ast ab und blickte dann hinunter, um sich zu vergewissern, daß er weit weg von Novalee landen würde. »Geschichtslehrer. Aber ich habe das College nie beendet.«

»Warum nicht?«

»Na ja, als mein Vater starb, kehrte ich nach Hause zurück. Meine Schwester war inzwischen zu ... krank, also blieb ich.«

»Forney, was ist mit deiner Schwester passiert?«

»Oh, ich bin mir nicht sicher. Sie war bei meiner Geburt zwanzig, also war ich noch ein Kind, als sie ... als sie zu trinken anfing. Ich war zehn, glaube ich, als mein Vater sie zum ersten Mal fortschickte. In ein Sanatorium irgendwo im Osten ...«

Forney war so nahe an dem Mistelzweig, daß er ihn fast berühren konnte, wenn er sich streckte.

»Dann, kurz nachdem ich das College verlassen hatte, schickte er sie wieder weg ... in eine Klinik in Illinois. Ich wußte inzwischen, daß sie Alkoholikerin war ... aber dieses Wort haben wir in unserem Haus nie gebraucht. Meine Schwester hatte einen ›ungehörigen Zustand‹.«

Forney riß eine Handvoll Misteln los und ließ sie fallen.

»Jedenfalls bat mich meine Schwester, als mein Vater starb, sie nie wieder fortzuschicken.«

»Forney, wird sie jemals ... glaubst du ...«

»Hier kommen die letzten«, sagte er, während er den Rest der Misteln aus dem Wipfel des Baumes riß und sie zu Boden warf.

Als sie die Brücke erreichten, hielten sie an, um Mittag zu machen. Novalee hatte Sandwiches und einen Krug Limonade vorbereitet, aber sie hatte die Pappbecher vergessen, und so tranken sie gemeinsam aus dem Krug.

»Ich hoffe, du magst Senf. Wir hatten keine Mayonnaise mehr.«

»Alles, was mich wieder zu Kräften bringt.« Forney rieb sein rechtes Knie. »Deine Suche nach dem perfekten Baum wird mich möglicherweise umbringen.«

»Wir werden ihn finden. Hab nur Geduld.«

»Geduld?« Forney schaute auf seine Uhr. »Weißt du, wie lange wir damit verbracht haben?«

»Wir haben ihn ja noch gar nicht gesehen.«

»Ich fand, daß diese Fichte hübsch aussah. Die mit ...«

»Die mit einer astlosen Stelle auf halber Höhe des Stammes.«

»Schön, und die Zeder ...«

»Zu klein.«

»Novalee, was für eine Bewandtnis hat es eigentlich mit diesem Baum? Erzähl es mir.«

»Ich hatte noch nie zuvor einen richtigen Baum.«

»Was meinst du mit ›richtigen Baum‹?«

»Richtig. Lebendig. Nicht tot, kein Kunststoff, keine Pappe.«

Forney lächelte darauf, als ihm eine Erinnerung kam. »Als ich in der Grundschule war, in der dritten Klasse oder in der vierten, haben wir Weihnachtsbäume aus Eierkartons gemacht. Potthäßliche Dinger. Ich weinte, weil mein Vater mir nicht erlaubte, einen auf unser Kaminsims zu stellen.«

»In dem Jahr, als ich im McMinn County-Heim war, haben wir einen Baum aus Kleiderbügeln und Aluminiumfolie gebastelt.«

»Ist ein Wunder, daß du nicht vom Blitz getroffen wurdest.«

»Ich will dir von dem lustigsten Baum erzählen, den ich

je hatte.« Novalee nahm einen Schluck aus dem Krug und reichte ihn dann Forney weiter. »Ich war acht, lebte bei Oma Burgess und ...«

»Deine Großmutter hast du nie zuvor erwähnt.«

»Oh, sie war auch nicht meine richtige Großmutter. Ich weiß nicht, ob ich je eine richtige Oma hatte. Jedenfalls kam ich zu ihr und lebte bei ihr, kurz nachdem Momma Nell fortgegangen war und ich dort bei einer Familie im Wohnwagenpark blieb – da waren drei Mädchen etwa in meinem Alter und ihre Mutter, Virgie. Sie waren wirklich nett zu mir, ließen mich ein paarmal zum Essen bleiben und nahmen mich einmal mit ins Kino. Als Momma Nell dann fortging, lebte ich für den Rest des Schuljahrs bei ihnen.

Aber dann wurde Virgie nach Memphis versetzt, und sie brachte mich bei ihrer Großmutter unter ... bei Oma Burgess. Sie hatte einen kleinen silbernen Wohnwagen draußen am Stadtrand. Sie hielt Hühner und eine Kuh und hatte einen Garten. Das war wie eine Farm.«

Novalee griff in den Picknickbeutel und nahm ein weiteres Sandwich heraus. »Ich habe dir zwei mitgebracht.«

»Danke.« Forney nahm das Sandwich und reichte dann Novalee den Krug. »Und wie lange hast du bei ihr gewohnt?«

»Ein paar Jahre. Es war gar nicht schlecht dort ... und Oma Burgess war eine süße, alte Frau, aber sie hatte Macken und ...«

»Macken? Was heißt das?«

»Na ja, sie wußte nicht immer, was sie tat. Sie zog sich zum Beispiel völlig aus und ging dann hinaus, um die Kuh zu melken. Manchmal aß sie Hühnerfutter. Eben solche Sachen.«

Forney schüttelte den Kopf.

»Sie bekam jeden Monat einen Scheck, aber dann hatte sie eben eine ihrer Macken – sie löste den Scheck ein und verschenkte das ganze Geld ... oder sie kaufte etwas völlig Verrücktes. Einmal kaufte sie ein Trampolin ... einfach die verrücktesten Sachen. Eine Trompete. Ein Brautkleid. Später, wenn sie wieder zur Vernunft kam, haßte sie das, aber ...

Jedenfalls machten wir alle möglichen Pläne für Weihnachten in diesem ersten Jahr, daß wir zusammenwaren. Sie wollte mir ein Fahrrad kaufen, und ich wollte ihr eine Heizdecke schenken. Aber kurz nachdem sie ihren Scheck für Dezember bekommen hatte, hatte sie wieder eine ihrer Macken, und es endete damit, daß sie das ganze Geld für einen Gabelstapler ausgab. Für einen alten Clark Clipper.«

Forney, der von Novalees Geschichte wie hypnotisiert war, legte sein Sandwich auf den Boden.

»Als dann Weihnachten kam, lebten wir von Milch und Eiern und schlachteten zwei ihrer Hühner. Und es gab weder ein Fahrrad noch eine Heizdecke, noch einen Baum. Oma Burgess fühlte sich schrecklich, weil sie das ganze Geld ausgegeben hatte. Und weißt du, was sie tat?«

Forney schüttelte den Kopf.

»Sie nahm grüne Farbe, die sie draußen in einem Schuppen aufbewahrte, und malte einen Weihnachtsbaum an die Wohnzimmerwand. Einen riesigen Baum.« Novalee stand auf und streckte ihre Hand über den Kopf. »Vom Boden bis zur Decke. Wir bastelten Baumschmuck und klebten ihn an ...« Sie zuckte die Schultern. »Das war unser Baum.«

»Mein Gott. Und du warst acht? Ein achtjähriges Kind, das ein Fahrrad erwartet und ...«

»Na ja, ich bekam was Besseres als ein Fahrrad.« Sie lächelte. »Sie schenkte mir den Gabelstapler.«

Novalee kramte in dem Beutel. »Möchtest du Erdnußbutterkekse?«

Nach Forneys Berechnung waren sie acht Meilen parallel zur Mill Road gegangen ... über Zäune, über Gräben, über eine Schutthalde, an einem Bach entlang, und es war später Nachmittag, als Novalee plötzlich stehenblieb.

»Das ist er, Forney«, sagte sie. Sie deutete auf eine Gruppe halbtoter Pekannußbäume – doch vor ihnen stand eine Blaufichte, eine Fichte mit geradem Stamm, vollen Ästen und »einer Spitze, die für einen Engel gemacht ist.«

»Der ist perfekt«, sagte Novalee.

Forney wußte, daß sie recht hatte.

In der Zeit, in der Forney die Fichte ausgrub, sie in einen Sack steckte und auf den Pickup lud, schwand das Licht langsam. Als sie die Stadt wieder erreicht hatten und Novalee in die Evergreen abbog, war es dunkel, aber die Straße strahlte in hellen Farben.

Henry und Leona hatten Lichterketten an die Dachrinnen ihrer Doppelwohnung gehängt – grüne auf seiner Seite, rote auf ihrer. Dixie Mullins Hof, übergossen vom irisierenden Glühen Dutzender Kerzen, die den Gehweg vor ihrem Haus säumten, schimmerte wie Silber. Die Krippe auf der vorderen Veranda des Ortiz-Hauses war von einem Scheinwerfer beleuchtet, den Mr. Ortiz in einer Eiche am Straßenrand aufgehängt hatte.

Am Ende des Blocks, auf der Straße vor Sister Husbands Wohnwagen, waren weitere Lichter, helle, kreisende Lichter, die rot und blau wie Neon blitzten.

Novalees Mund wurde trocken, und ihre Beine begannen zu zittern. Sie gab Vollgas, und der Toyota schoß über den Steingarten am Rand von Dixies Zufahrt, sprang dann über den Abwasserkanal, der neben dem Gehweg des Ortiz-Hauses verlief.

»Novalee«, rief Forney, aber sie hatte bereits die Tür aufgestoßen und war hinausgefallen, dann wieder auf den Beinen und rannte ... sprang durch den Rosengarten und stolperte in die Zweige der Roßkastanie ... rannte an den Polizeiwagen vorbei, die auf der Zufahrt geparkt waren.

Ihre roten und blauen Lampen machten klickende Geräusche, während sie sich drehten, und spritzten Farbe auf Novalees Gesicht.

Sie flog die Stufen hoch, als Sister, das Gesicht in Kummerfalten gelegt, aus der Tür eilte.

»Schätzchen, ich weiß nicht, wie ...«

»Sister, was ist ...«

»Nur umgedreht ...«

»Aber wie konnte ...«

»Verschwunden, Novalee.«

»Oh, Gott ...«

»Verschwunden.«

»Nein!«

»Americus ist verschwunden.«

19

Novalee hatte den Polizisten, der die Fragen stellte, schon vorher gesehen. Er hatte Dienst in der Nacht gehabt, in der Americus geboren wurde. Er war der erste gewesen, der beim Wal-Mart nach Auslösen des Alarms eingetroffen war.

»Und die Vordertür war unverschlossen?« fragte er.

»Ja, aber ich bin ja nur zum Schuppen rausgegangen«, erklärte Sister. »Ich war ja nur ein paar Minuten weg. Wollte eine Schachtel mit Weihnachtsschmuck holen, weil ich dachte, daß Novalee und Forney einen Baum mitbringen würden.«

»Wer immer das Baby genommen haben mag, muß vorne reingekommen und vorne rausgegangen sein.«

»Ja. Ich hätte es gesehen, wenn jemand hinten reingekommen wäre. Der Schuppen ist keine sechs Meter von der Hintertür entfernt.«

»Und als Sie zurückkamen ins ...«

»Sie war verschwunden.« Dabei brach Sisters Stimme, und sie ergriff Novalees Hand. »Oh, Schätzchen.«

»Fehlt sonst etwas? Schmuck? Geld?«

»Nein, ich habe nichts außer den paar Pennys, die da auf dem Sideboard stehen.« Sister deutete auf ein mit Münzen gefülltes Glas.

»Haben Sie heute etwas Ungewöhnliches bemerkt? Waren Fremde in der Gegend? Ein Auto, das Sie nicht kannten? Irgendwas in der Art?«

»Nein, nicht, daß ich mich erinnern könnte.«

Der Polizist wandte sich an Novalee und lächelte sie förmlich an. »Miss Nation, würden Sie mir bitte das kleine Mädchen beschreiben?«

»Ich habe eine Menge Fotos.«

»Gut. Aber trotzdem brauche ich eine schriftliche Beschreibung.«

»Nun, sie wiegt neunzehn Pfund. Sie hat braune Augen und hellbraunes Haar, das ... so wächst.« Novalee unterdrückte ihre Tränen, als sie ihren eigenen Haaransatz berührte, um es zu verdeutlichen. »In der Stirnmitte spitz zulaufend.«

»Wie alt ist sie?«

»Sieben Monate«, sagte sie und fügte dann rasch hinzu, »aber in ein paar Stunden wird sie acht.«

Sieben! Sieben Monate! Novalee fragte sich, wie sie so unvorsichtig gewesen sein konnte. Neunundzwanzig Tage und sechzehn Stunden lang hatte sie über Americus gewacht, um diese sieben hinter sich zu bringen, und dann alles wegen eines Weihnachtsbaumes aufs Spiel gesetzt.

Der Polizist schrieb alles, was Novalee sagte, in ein kleines Notizbuch.

»Fällt Ihnen jemand ein, der Ihre Tochter genommen haben könnte?«

Novalee zuckte zusammen, als versuche sie, die Frage »zu sehen«, sie zu begreifen.

»Jemand, der böse auf Sie sein könnte«, sagte er, »oder eifersüchtig. Jemand, der vielleicht eine alte Rechnung begleichen möchte?«

»Nein.« Novalee biß sich auf die Lippe. »Nein, mir fällt niemand ein.«

»Miss Nation, glauben Sie, daß es einen Zusammenhang zwischen dem Verschwinden Ihrer Tochter und dem Umstand geben könnte, daß Ihr Baby im Wal-Mart geboren wurde?«

»Was meinen Sie damit?«

»Nun, es war ja in allen Nachrichten ... im Fernsehen, in den Zeitungen. Viele Leute wußten davon. Und ich vermute, daß einige Ihnen auch geschrieben haben, Sie angerufen haben.«

»Ja. Das ist richtig.«

»Haben Sie dabei etwas ... Sonderbares gehört? Irgendwelche Drohungen? Ich meine, es gibt eine Menge Verrückter und ...«

»Ein paar solcher Briefe habe ich bekommen von Leuten, die wünschten, ich wäre tot. Ich ... und Americus auch.«

Plötzlich überkam Novalee ein so starkes Frösteln, daß sie ganz schwach wurde und zu zittern begann. Forney nahm eine Decke von der Couch und legte sie um ihre Schultern.

»Haben Sie diese Briefe aufgehoben?« fragte der Polizist.

»Nein, die gemeinen nicht. Die habe ich nicht aufgehoben.«

»Erinnern Sie sich an irgendwelche Namen? An Unterschriften auf diesen Briefen?«

»Sie waren nicht unterzeichnet.«

»Mmh ... Ihnen fällt also niemand ein, der Ihnen mit dem Raub Ihres Kindes weh tun oder einfach Angst machen möchte?«

Novalee schüttelte den Kopf.

»Was ist mit dem Vater des Babys?«

»Wie?«

»Der Vater Ihres Babys.«

Die Worte wirbelten auf sie zu. »Vater des Babys.« Betroffen wurde Novalee plötzlich bewußt, daß sie niemals, kein einziges Mal seit Americus geboren wurde, an Willy Jack als ›Vater des Babys‹ gedacht hatte.

»Haben Sie ihn gesehen?« fragte der Polizist.

»Nein.«

»Irgendeine Ahnung, wo er ist?«

»Ich weiß nicht. Ich vermute, in Kalifornien.«

»Wissen Sie, wo wir seine Familie erreichen können?«

»Er hat einen Cousin in Bakersfield. Und seine Mutter lebt in Tellico Plains, in Tennessee. Aber mehr weiß ich nicht.«

»Und wie ist sein Name ... der des Vaters?«

»Willy Jack Pickens«, sagte sie. Und dann begann sie wieder zu zittern.

Während die Polizei draußen herumsuchte und die blitzenden Strahlen ihrer Scheinwerfer über den Hof geisterten, kamen Nachbarn in den Trailer, brachten Sandwiches und Krüge mit gewürztem Tee. Sie sprachen leise und betupften ihre geröteten Augen, während sie Novalees Schulter drückten und Sister Husbands Hand tätschelten.

Das älteste Ortiz-Mädchen brachte Novalee getrocknete Rosenblätter aus ihrem Kommunionssträußchen, während ihre beiden jüngeren Schwestern fast lautlos weinend auf Forneys Schoß saßen. Mr. Ortiz betete auf spanisch, während seine Frau einen Rosenkranz betete und voll traurigen Unglaubens ihren Kopf schüttelte. Henry befragte jeden nach einem blauen Ford, den er früher an diesem Tage gesehen hatte. Leona las ein Gedicht über Glauben vor, das sie aus einer Ann Landers-Kolumne ausgeschnitten hatte. Dixie Mullins sagte, sie hätte Anfang der Woche bei einer Unterhaltung mit ihrem toten Ehemann eine Vorwarnung bekommen.

Sie versuchten, Novalee zum Essen zu überreden, ermutigten sie, sich auszuruhen. Sie boten finanzielle Hilfe an und versprachen, mehr Essen zu bringen, aber sie wußten, daß sie das nicht geben konnten, was Novalee brauchte. Und so gingen sie einer nach dem anderen wieder hinaus auf den Hof und warteten.

Sister setzte die nächste Kanne Kaffee auf, die dritte an diesem Abend. Novalee reichte Forney einen Block und einen Stift.

»Machst du die Liste? Ich bin zum Schreiben zu zittrig.«

»Sicher.«

»Okay«, sagte Novalee, wobei sie die Decke eng um ihre Schultern zog. »Auf der Arbeit ist eine Frau, die mich nicht sehr mag. Sie wollte die Stelle, die ich bekommen habe. Aber ich glaube nicht, daß sie Americus genommen hat. Sie steht kurz vor der Pensionierung. Außerdem unterrichtet sie in der Sonntagsschule.«

»Schätzchen, alte Frauen, die in der Sonntagsschule unterrichten, sind ebenso voller Gemeinheit wie wir anderen, fürchte ich«, erklärte Sister Husband.

»Der Polizist sagte, du solltest jeden notieren, der sich vielleicht an dir rächen will«, sagte Forney.

»Also gut. Sie heißt Snooks Lancaster.«

Forney schrieb den Namen auf den Block, den Novalee ihm gegeben hatte.

»So. Mal überlegen. Da war ein Junge namens Buster Harding, der ein Waffeleisen aus dem Café gestohlen hat, in dem ich einmal arbeitete. Sagte, er würde sich an mir rächen, weil ich es dem Boß erzählt hatte und er gefeuert wurde. Aber das ist fast vier Jahre her. Ich kann mir nicht vorstellen, daß Buster weiß, wo ich jetzt bin.«

»Man kann nie wissen«, sagte Sister. »Bei all dem Rummel könnte er dich im Fernsehen gesehen haben.«

»Fällt dir sonst jemand hier in der Stadt ein ... jemand, den du kennengelernt hast, seit du hier bist?« Forney senkte seinen Blick und tat so, als studiere er die beiden Namen auf der Liste. »Wie zum Beispiel der Kerl, mit dem du ausgegangen bist.«

»Troy Moffatt? Mit dem gehe ich nicht mehr aus.«

»Er ruft noch manchmal an«, sagte Sister. »Will seinen Namen nicht sagen, aber ich kenne seine Stimme.«

»Könnte er etwas gegen dich haben, Novalee?«

»Nun ja, vielleicht, aber ...«

»Dann sollte ich seinen Namen besser auch auf die Liste setzen.«

»Okay, aber ich wüßte keinen Grund, warum er Americus nehmen sollte. Ehrlich gesagt, ich weiß nicht, warum das überhaupt jemand tun sollte.«

Sister hatte Mr. Sprock angerufen, kurz nachdem die Polizei gegangen war, aber er war in der Billardhalle und spielte bis halb elf Pool. Nachdem sie ihn erreicht hatte, kam er sofort herüber.

Bei seinem Eintreffen küßte er sie alle, sogar Forney, und seine Augen wurden jedesmal rot, wenn jemand Americus' Namen sagte. Er trug ein Taschentuch in der Hand, hielt es in der Nähe seines Mundes und sprach nur flüsternd.

Er übernahm Aufgaben, wo immer er sie fand ... leerte den Mülleimer, setzte Kaffee auf, wischte Krümel und Tassenringe weg. Als Forney sagte, daß sie einen Kalender brauchten, nahm Mr. Sprock einen von der Wand und breitete ihn vor ihnen auf dem Küchentisch aus.

»Mal sehen«, sagte Sister. »Ich habe am Montagmorgen

einen Begrüßungswagen-Korb abgeliefert, bevor Novalee zur Arbeit ging. Dann habe ich bei der IGA gearbeitet und am Mittwoch Käsepuffer verteilt.«

»Den Rest der Woche warst du also daheim?« fragte Forney.

»Oh, am Donnerstagabend bin ich zu meinem AA-Treffen gegangen.«

»Gibt's da irgend jemand, der einen Groll gegen dich hegen könnte?«

»Bei den AA?«

»Jemand, der dir aus irgendeinem Grunde weh tun möchte?«

»Nein, Forney. Wir sind Alkoholiker. Wir begnügen uns im allgemeinen damit, uns selbst weh zu tun.«

Forney dachte einen Augenblick darüber nach und nickte dann. »Gehen wir die Woche einmal durch und versuchen festzustellen, wer hierher kam, zum Wohnwagen.«

»Okay. Am Montagnachmittag kam der Muldrow-Junge von der Gasgesellschaft, um den Ofen anzuschließen.«

»Könnte er ein Verdächtiger sein?«

»O nein. Ich kenne ihn sein Leben lang. Bin mit seinem Großvater zur Schule gegangen. Das sind gute Menschen.«

»Gute Menschen«, flüsterte Mr. Sprock.

»An einem Tag kam Dixie Mullins vorbei, vielleicht am Dienstag. Brachte Sauerteigbrot.«

»Wie steht es mit Vertretern und ähnlichem?«

»Nein. Da gibt's ein paar Schulkinder, die Pfadfinderkuchen verkaufen oder Zuckerstangen für die Kapelle, aber nicht in letzter Zeit. Jehovas Zeugen kamen vorbei ... nein, das war letzte Woche oder vorletzte Woche. Ich kann mich nicht erinnern.«

»Sonst jemand?«

»Ja, Mr. Sprock kam am Dienstagabend zu mir, als Novalee und das Baby bei Lexie zum Essen waren.«

Mr. Sprock lächelte ein trauriges Lächeln und streichelte Sisters Hand. »Dienstagabend«, flüsterte er.

»Ich fürchte, das ist alles, Forney. Niemand, der besonders gefährlich wäre, fürchte ich.«

»Du hast recht.« Forney lehnte sich zurück und fuhr sich durchs Haar. »Ich hatte gehofft, du würdest dich an jemand erinnern ... an einen Fremden ... einen Anruf ...«

»Forney!« schrie Sister und schlug dann mit der Hand auf den Tisch. »Diese Frau!«

Als Forney aufsprang, kippte sein Stuhl um und schlug auf den Boden. »Welche Frau?«

Novalee kam mit großen Augen und bleich aus dem Bad gerannt.

»Was ist passiert?« rief sie.

»Eine Frau kam herein, um zu telefonieren.«

»Wann?«

»Gestern. Nein, vorgestern. Sagte, ihr Wagen habe eine Panne, und sie müsse ihren Mann anrufen.«

»Kannst du sie beschreiben?«

»Sie war ungefähr so groß wie ich ... ein bißchen schwer. Aber wie sie aussah, kann ich wirklich nicht sagen. Sie trug einen Schal, eine dunkle Brille. Sagte, sie hätte gerade eine Staroperation hinter sich.«

»Lebt sie irgendwo hier in der Gegend?«

»Hast du sie vorher schon mal gesehen?«

»Ich ... ich weiß nicht. Etwas an ihr kam mir bekannt vor, aber ... ich kann nicht sagen was. Sie hat einfach nur telefoniert und ist dann gegangen.«

»Hast du ihren Wagen gesehen? Hast du gesehen, wo sie parkte?«

»Nein. In dem Augenblick, als sie hinausging, wachte Americus auf, und ich ging zu ihr, um sie aus dem Bettchen zu nehmen.«

Mr. Sprock betupfte seine Augen, als Sister »Americus« sagte.

»Oh, Forney. Ich habe etwas Schlechtes getan, als ich sie hereinließ, nicht wahr?«

»Nein, Sister. Das konntest du nicht ahnen.«

»Das konntest du nicht ahnen«, flüsterte Mr. Sprock.

»Und außerdem«, sagte Forney, »wissen wir ja nicht, ob sie damit überhaupt etwas zu tun hat.«

»Das hat sie«, sagte Sister. »Ich weiß genau, daß das so ist.«

Nachdem die Polizei zum zweiten Mal gekommen und gegangen war, war Novalee im Bad. Ihr war wieder übel. Der Polizist hatte erklärt, daß sie ohne eine Beschreibung des Autos oder weiterer Einzelheiten der Frau genauso weit seien wie zuvor.

Als Novalee in die Küche zurückgeschlurft kam, brachte Sister sie dazu, eine Tasse Beinwelltee zu trinken und bestand dann darauf, daß sie sich eine Weile ausruhte. Aber als sie so still auf ihrem Bett lag, fühlte sie sich noch elender. Ihr Herz raste, ihre Beine zuckten, und ihr Kopf fühlte sich an, als stecke er in einem Schraubstock.

Während sie aus dem Bett stieg, hörte sie im Nebenzimmer Forney und Sister, die versuchten, ganz leise zu sein.

Novalee öffnete die oberste Schublade einer Kommode, in der sie Americus' Kleidung aufbewahrte ... Stapel von Nachthemden und Unterwäsche, paarweise zusammengerollte Socken. Sie nahm ein mit Clowns bedrucktes weißes Nachthemd heraus und hielt es an ihr Gesicht.

Sie mußte ständig an die Beschreibung denken, die sie dem Polizisten gegeben hatte. Americus – ihr Gewicht, die Farbe ihres Haares, ihrer Augen. Aber er wußte nichts von den schmatzenden Geräuschen, die sie machte, wenn sie hungrig war, oder davon, wie sie mit geschlossenen Augen lachte. Er wußte nichts von dem Leberfleck in ihrer

Kniebeuge und der winzigen Wunde in ihrer Daumenkuppe, die Patches, Henrys Katze, ihr gerissen hatte.

Novalee faltete das Nachthemd wieder zusammen und legte es zurück in die Schublade, griff dann nach einem Korb voller Windeln, die frisch von der Leine genommen worden waren, und stapelte sie oben auf der Kommode. Sie überlegte, ob bei Americus die Windeln gewechselt worden waren, fragte sich, ob sie ihr Abendfläschchen bekommen hatte, überlegte, ob ...

Novalee ließ das Rollo über dem Babybett herunter, glättete dann die blaue Decke und schüttelte das Kissen ... und dann sah sie die Bibel. Eine kleine Bibel mit einem silbergrauen Einband, die unter dem Satinrand der Decke hervorragte.

Sie raste ins Wohnzimmer. »Sister! Das ist nicht deine Bibel ... es kann nicht deine sein, aber ich ...«

»Nein, das ist nicht meine.«

»Ich habe sie im Babybett gefunden.«

»Ich besitze keine Bibel, die so gebunden ist.«

»Aber wer hat sie dann dahingelegt? Wie ist sie ...«

»Es ist ihre! Novalee, es ist ihre!«

»Wessen?«

»Sie gehört der Frau, die zum Telefonieren kam! Ich weiß, wer sie ist!«

»Sister ...«

»Sie kam her ... sie und ein Mann, kurz nachdem du aus dem Krankenhaus entlassen worden warst. Sagte, sie kämen aus Mississippi, um dir das Wort Gottes zu bringen. Sie wollten auch Americus sehen, aber ich habe sie fortgeschickt. Und sie hatten Bibeln mit silbernen Einbänden. Genau wie diese!«

20

Kurz nach drei Uhr früh ging Novalee in die Küche, stellte ihre Kaffeetasse in die Spüle und nahm dann die Schlüssel des Toyota von dem Haken neben der Tür.

Sie hatte gerade wieder die Polizeiwache angerufen. Es war ihr dritter Anruf in einer Stunde. Zuerst hatte sie erfahren, daß sie noch auf die Ergebnisse der Nachforschungen in Midnight, Mississippi, warteten. Beim zweiten Anruf erfuhr sie, daß ein Mann und eine Frau, die in einem Ford mit einem Kennzeichen des Staates Mississippi unterwegs waren, zwei Tage im Wayside Inn verbracht hatten, einem Motel westlich der Stadt. Und beim dritten Anruf, ihrem letzten, erzählte ein Polizist ihr, daß das Paar aus Mississippi früher an diesem Tag aus dem Motel abgereist war.

Forney saß zusammengesunken in einem hochlehnigen Sessel und schreckte aus dem Halbschlaf auf, als Novalee in das Wohnzimmer trat. »Novalee, was ...«

»Ich kann nicht hier sitzen, Forney. Ich kann einfach nicht hier sitzen und warten.«

»Was willst du tun?«

»Ich weiß es nicht! Herumfahren ... Fragen stellen. Etwas tun!«

»In Ordnung. Gehen wir.«

Mr. Sprock, der im Lehnsessel zusammengefaltet lag, eine Bettdecke über sich, murmelte leise im Schlaf ein Wort, das wie »Sonnenuntergang« klang. Sister, die zusammengekauert in einer Ecke der Couch saß, zuckte zusammen, als Novalee ihre Schulter berührte und schwenkte dann ihre Hand durch die Luft, als wolle sie den Schlaf fortwischen.

»Ja, Schätzchen. Ich bin wach.«

»Sister, Forney und ich gehen raus, um uns umzuschauen. Wir fahren vielleicht zur Polizeiwache.«

»Oh, gut. Ich denke, das ist gut.«

»Wirst du zurechtkommen?«

»Aber natürlich«, sagte Sister, während sie Novalees Hand tätschelte. »Mr. Sprock ist ja bei mir ... wir werden hier beim Telefon sein. Ruf an, wenn du uns brauchst, hörst du?«

Novalee nickte, küßte Sister auf die Wange und schlüpfte dann aus der Tür.

Die Nachtluft war kalt, und Novalee, die noch immer in die Decke gehüllt war, zog sie fest um ihren Hals, während sie in den Wagen stieg.

»Wo willst du anfangen?« fragte Forney, als er den Toyota aus der Auffahrt zurücksetzte.

»Laß uns zu dem Motel rausfahren.«

»Dem Wayside?«

»Ich weiß, daß die Polizei dort war, aber ich möchte es selbst sehen.«

Der Toyota war das einzige Fahrzeug auf der Straße bis Forney auf die Commerce abbog, wo sie ein weiteres sahen ... das einzige Taxi der Stadt. Der Wagen war ein alter Dodge Charger, den die Fahrerin, eine Komantschin namens Martha Watchtaker, seit 1974 fuhr. Forney winkte ihr im Vorbeifahren zu, aber Novalee drehte sich um und überlegte, ob darin ein sieben Monate altes Baby versteckt sein könne.

Ein paar Blocks später sah Forney einen Polizeiwagen vor dem Git'N'Go, das vierundzwanzig Stunden geöffnet war. Er fuhr dorthin und parkte neben dem Wagen. Sie konnten den Polizisten am Tresen des Ladens stehen sehen, wo er eine Zigarette rauchte und Kaffee trank.

»Willst du hier warten?« fragte Forney. »Ich werde mit ihm reden.«

»Ich komme mit.«

Der Polizist, ein kräftig gebauter Mann an die Fünfzig, lächelte, als sie hereinkamen. »Forney, was machst du denn in aller Herrgottsfrühe hier draußen?«

Forney drehte sich um und zog Novalee neben sich. »Gene, das ist Novalee Nation, die Mutter des Babys, das ... äh, vermißt wird.«

»Ma'am.« Gene zog seinen Kopf ein. »Tut mir wirklich leid, daß Sie diesen Ärger haben.«

Novalee nickte.

»Kannst du uns was erzählen, Gene?« fragte Forney. »Überhaupt irgendwas?«

»Kann ich nicht, Forney. Komme gerade von der Wache. Die Telefonleitungen nach Mississippi laufen schon heiß, aber ... bisher noch nichts.«

»Ja, ich wollte auch nur gefragt haben.«

Der Verkäufer, ein babygesichtiger Junge, der einen schweren Türkisohrring trug, beugte sich über den Tresen und lächelte. »Möchte jemand eine Tasse Kaffee? Frisch gebrüht. Und geht aufs Haus.«

Novalee schüttelte den Kopf, aber Forney sagte, er wolle eine Tasse.

Während der Junge den Kaffee einschenkte, trat Novalee an den Tresen. »Mich interessiert«, sagte sie, »ob hier vielleicht jemand reingekommen ist, um Babyartikel zu kaufen. Dinge wie Windeln oder Flaschen ... oder einen Schnuller oder Beißring. Irgendwas.«

»Niemand, den ich nicht gekannt hätte«, sagte der Junge. »Ich kenne alle Mädchen aus der Gegend, die Babys haben, und die waren die einzigen, die wegen solcher Dinge heute reingekommen sind.«

»Ma'am«, sagte der Polizist. »Wir kontrollieren alles, seit wir heute abend alarmiert wurden. Jeden Laden in der Stadt. Selbst die Angestellten, deren Schicht bereits zu Ende ist und die nach Hause gegangen sind. Wir haben auch alle

Drugstores überprüft. Und den Wal-Mart. Aber ich mache Ihnen keinen Vorwurf, daß Sie auf die Idee gekommen sind. Ich würde genauso handeln.«

Novalee nickte und ging dann zur Tür.

»Forney, wie geht's Mary Elizabeth?« fragte der Polizist.

»So wie immer, Gene.«

»Grüß sie schön von mir.«

»Werde ich tun.«

»Und, Ma'am? Wir geben Ihnen sofort Bescheid, sobald wir etwas hören.«

»Danke.«

Als Novalee wieder in den Lieferwagen stieg, zitterte sie.

»Willst du nicht im Laden warten, bis die Heizung läuft?«

»Nein. Es geht schon.«

Forney fuhr Richtung Westen. Eine Meile später, als sie am Wal-Mart vorbeikamen, reckte Novalee den Hals und starrte dorthin.

»Was siehst du?«

»Da steht ein Wagen.«

Forney bog ab und fuhr über den Parkplatz zu dem Wagen, der in einer dunklen Ecke abgestellt war. Er fuhr langsamer, als sie sich ihm näherten ... einem blauen Ford, der rückwärts an einer Böschungsmauer geparkt stand.

Die Scheinwerferkegel des Toyota wanderten über die Windschutzscheibe des Ford. Forney fuhr vor ihn und hielt an.

»Novalee, du bleibst hier ... okay?«

»Okay.« Ihre Stimme klang gepreßt und dünn.

Forney stieg aus, näherte sich dem Wagen und ging dann um ihn herum. Er trat an das Heck, duckte sich und verschwand. Novalee öffnete ihre Tür und war im Begriff auszusteigen. Plötzlich tauchte Forney wieder auf, ging auf die andere Seite des Ford, preßte sein Gesicht an die Scheibe und spähte hinein.

Augenblicke später eilte er zu dem Toyota zurück und stieg wieder ein.

»Ein Oklahoma-Nummernschild«, sagte er. »Und der Wagen ist leer. Außer ein paar Kisten ist nichts drin.«

Novalee gab ein Geräusch von sich, als ob alle Luft aus ihr herausgesaugt worden sei.

»Er hat einen Platten, hinten rechts. Wahrscheinlich steht er deshalb dort ... jemand ohne Reserverad.«

Als Forney anfuhr und den Toyota wieder auf die Straße brachte, sackte Novalee zusammen, als habe sie ein Schlag getroffen. Sie ließ ihren Kopf zurück gegen den Sitz fallen.

Näher bei der Stadt passierten sie die Risen Life Church, wo eine lebensgroße Krippe von Scheinwerfern angestrahlt war. Unmittelbar hinter der Kirche hatte der Kiwanis Club einen Weihnachtsbaum aufgestellt. Novalee konnte nicht glauben, daß sie und Forney nur wenige Stunden zuvor nach einem Baum gesucht hatten. Es schien ihr, als seien seitdem Tage oder Wochen vergangen ... ein ganzes Leben.

Minuten später bog Forney auf die Main Street ab ... sie war völlig verlassen, aber hell von Weihnachtslichtern beleuchtet. Laternenpfosten waren in Zuckerstangen umgewandelt worden, und über den Kreuzungen hingen Plastikeisenbahnen, die mit roten Girlanden geschmückt waren.

»Gestern abend hatte ich Americus hergebracht, um ihr die Züge zu zeigen, Forney.«

»Ich wette, das hat ihr gefallen.«

»Du wirst es nicht glauben, aber als ich ›choo choo‹ sagte und auf die Lokomotive da oben zeigte, gab sie ein Geräusch von sich, das wie das Pfeifen eines Zuges klang.«

Forney wandte den Blick von Novalee ab und schnalzte mit der Zunge. Es war eine spöttische Anklage.

»Das ist nicht gelogen!« sagte sie. »Das schwöre ich.«

»Novalee ...«

»Sie hat's gemacht. Etwa so.« Novalee atmete tief ein und blähte ihre Wangen auf. Doch statt eines Pfeifens kam ein langer, jämmerlicher Klagelaut über ihre Lippen.

Forney machte eine Vollbremsung, hielt den Toyota mitten auf der Straße an, streckte dann die Arme nach ihr aus.

»Ich habe solche Angst«, sagte sie, und dann brach ihre Stimme ... wurde zerrissen von dem heftigen Schluchzen, das ihren Körper schüttelte.

Sie schlang ihre Arme um seine Schultern, preßte ihr Gesicht an seinen Hals, und er nahm ihren Kopf in die eine Hand, legte seine andere auf ihren Rücken ... und so hielten sie sich umarmt und weinten.

Am Wayside Inn, einem flachen zweigeschossigen Gebäude, brannte das ZIMMER FREI-Zeichen. Sie fuhren dreimal über den Parkplatz. Ein Mazda mit dem Kennzeichen von Georgia kam einem Ford aus Mississippi, den sie suchten, am nächsten.

Als sie schließlich geparkt hatten und hineingegangen waren, konnte der Nachtportier, ein älterer Mann, der auf einer Couch in der Lobby schlief, ihnen überhaupt nicht helfen. Er war erst um zehn gekommen, Stunden, nachdem das Paar aus Mississippi das Motel verlassen hatte.

»Können Sie uns nicht sagen, wie sie aussahen?« fragte Novalee.

»Ich hab' die nie gesehen. Ich war über eine Woche nicht da ... hab' mit Grippe gelegen. Bin heute zum ersten Mal wieder im Dienst.«

»Was ist mit ihrem Wagen? Jemand hat ihn gesehen ... jemand sagte, er sei hier gewesen.«

»Das war wahrscheinlich Norvell. Er hatte meine Schicht übernommen, als ich krank war.«

»Wo ist er?«

»Er wohnt, glaube ich, drüben bei Sallisaw, aber ...«

»Ist Norvell sein Nachname?«

»Kann ich nicht sagen. Er ist erst seit ein paar Wochen hier.«

»Aber es muß doch eine Möglichkeit geben, um festzustellen ...«

»Mädchen, ich würde Ihnen ja wirklich gerne helfen, aber ich weiß nicht, wie ich das kann. Das habe ich der Polizei auch schon gesagt. Sie sind losgefahren und haben Norvell gefunden, soweit ich weiß. Vielleicht hatte er ja was zu sagen.«

Forney nahm Novalee beim Arm und führte sie hinaus. »Warum fahren wir nicht zur Polizeiwache? Wir schauen mal, was dieser Norvell zu sagen hatte.«

»Sicher, das ist eine gute Idee«, sagte sie, allerdings ohne Begeisterung.

Als Forney zurück auf die Main fuhr, hörten sie in der Ferne eine Sirene, die schnell lauter wurde. Die zuckenden Lichter hinter ihnen rasten näher heran. Forney fuhr langsamer und hielt sich auf der rechten Spur, bis die Polizei vorbei war. Dann, an der Kreuzung von Main und Roosevelt, raste der zweite Polizeiwagen an ihnen vorbei.

»Was mag da los sein?« fragte Forney. »Könnte einen Unfall auf der Fernstraße gegeben haben.«

Als der dritte Polizeiwagen an dem Toyota vorbeischoß, trat Forney aufs Gas und hängte sich ran.

»Forney?«

»Ich weiß nicht, Novalee. Ich weiß es nicht. Aber wir werden es rausbekommen.«

Als sie knapp westlich des Wal-Mart auf dem Hügel waren, konnten sie die blitzenden Lichter aller drei Polizeiwagen sehen, die auf dem Rasen und der Auffahrt zur Risen Life Church geparkt standen.

Forney bog dorthin ab und brachte den Toyota abrupt zum Stehen.

»Novalee, ich weiß nicht, ob das etwas mit Americus zu tun hat, aber ...«

»Sieh doch! Sieh nur, Forney!«

Sie war längst aus dem Wagen gesprungen und rannte auf die Kirche zu, rannte zu der Krippe, auf die die drei Polizisten zuliefen, vorbei an Plastikkamelen und Ziegen, zwischen Eseln und Schafen hindurch, Engel verdrängten und Josef und Maria aus Holz beiseite stießen ... mitten ins Herz des Stalls drangen, um sich über die Krippe zu beugen, vor der Krippe zu knien, wo aus einem Bett aus Stroh eine winzige Faust in die Luft schlug.

Novalee stürzte auf halbem Wege auf dem Rasen, sank in die Knie, rappelte sich wieder auf und rannte keuchend weiter ... bahnte sich ihren Weg durch die Polizisten ... und starrte in das Gesicht ihres Babys, das in der Krippe weinte.

»Highway Patrol entdeckte Mississippi-Kennzeichen ... stoppte sie drüben in Adair County, an der Grenze zu Arkansas.«

Americus, deren Leib vor Kälte und Angst zitterte, hatte so sehr geweint, daß sie keine Tränen mehr hatte. Und obwohl sie krampfhaft nach Atem rang, schluchzte sie fast stumm.

»Haben zugegeben, sie genommen zu haben. Sagten, sie hätten sie hiergelassen, genau hier in dieser Krippe.«

Novalee nahm Americus in ihre Arme und preßte sie an ihre Brust. Ein Herz schlug am anderen.

»Sagten, Gott hätte ihnen befohlen, das zu tun. Ihnen gesagt, sie sollten sie zu einer Kirche bringen ...«

Americus wurde es wärmer, sie kuschelte sich in vertrautes Fleisch, fand Trost in einem alten Wissen um Duft und Stimme, bekam einen Schluckauf und atmete dann tief ein ... spürte Sicherheit.

»Sagten, Gott hätte ihnen befohlen, sie zu einer Kirche zu bringen und zu taufen. Und das haben sie getan. Sie haben dieses Baby getauft.«

Forney trat über Maria hinweg, um einen gefallenen Engel herum, ging in den Stall und trat neben Novalee. Er versuchte zu sprechen, fand aber keine Worte, und so bückte er sich statt dessen und küßte Americus, schmeckte Stroh und Tränen und Lippen ... während sie wieder Glück empfand.

21

Als der Greyhound in der Busstation hielt, war Willy Jack als erster draußen. Er nahm Finnys Koffer und die Martin und winkte dann einem Taxi. Er hatte die Taschen voll mit Claires Geld und für eine Weile von Bussen mehr als genug.

Zu diesem Zeitpunkt war es Willy Jack noch nicht bewußt, aber Claire Hudson hatte ihren Finny endlich nach Nashville geschickt ... in die Stadt, in die er gehörte, wie sie wußte.

Der Taxifahrer setzte Willy Jack am Plantation Hotel ab, wo er eine Nutte in blauem Latex abschleppte und mit ihr auf sein Zimmer ging.

Die nächsten drei Tage und Nächte verbrachte er damit, das Gefängnis zu vergessen, aber um das zu schaffen, war einiges an Wild Turkey und wüsten Frauen nötig.

Am vierten Morgen, als Willy Jack aus dem Dienstboteneingang des Plantation schlüpfte, ließ er eine schlafende Hure und eine Hotelrechnung von über dreihundert Dollar zurück. Dafür nahm er Kopfschmerzen, Schmerzen im Darm und einen Tripper mit, den er allerdings erst in der folgenden Woche bemerkte.

Als er sich ein paar Stunden später im Budget Inn einquartierte, fand er, daß es an der Zeit sei, seine Karriere zu beginnen. Er entkorkte eine neue Flasche Turkey, stimmte die Martin und probte dann mehrere Songs, die er beim Vorspielen singen wollte. Er konzentrierte sich auf »The Beat of a Heart«, einen Song, den er im Gefängnis geschrieben hatte.

Er hatte die Videos studiert, die Claire ihm beschafft hatte, Konzerte von Waylon Jennings und Willie Nelson ... Grand Ole Opry-Filme mit Chet Atkins, Marty Robbins und Roy Clark ... Fernsehclips von Johnny Cash und George Strait. Und nachdem Claire den Walkman gekauft hatte, spielte Willy Jack sogar Cassetten, wenn er schlafen ging.

Er hatte Stunden damit verbracht, vor einem deckenhohen Spiegel in Claires Büro zu posieren, um seine Haltung, seine Bewegungen und seine Verbeugung zu üben. Er hatte sich beigebracht, wie man eine Gitarre liebkost und ein Mikrofon streichelt, und er hatte gelernt, wann er seinen Kopf so zu neigen hatte, daß seine dichten dunklen Lokken nach vom fielen und seine Augen bedeckten.

Am Ende seines Jahres im Gefängnis stand er wie ein Profi auf der Bühne. Er hatte zwei Talentwettbewerbe gewonnen und bei der Einweihung des neuen Hochsicherheitstrakts gespielt. Er kam mehrere Male zu Auftritten raus, weil Claire ihre Beziehungen spielen ließ. Er sang die Nationalhymne beim Footballendspiel in Roswell und beim Rodeo in Socorro. Er sang »Amazing Grace« bei der Beerdigung vom Vater des Direktors in Moriarty und spielte auf dem Promenadenkonzert in Punta de Ague. Einmal spielte er sogar in Santa Fe bei einer Gefängnisreformkonferenz, die unter Vorsitz des Gouverneurs stattfand.

Als er in Nashville eintraf, war er für Größeres bereit.

Zunächst ging er zu den Topagenturen – Monterey Artist, William Morris, Buddy Lee Attractions –, diesen protzigen Büros an der Sixteenth und Seventeenth Avenue, wo es Vorzimmer mit goldenen Schallplatten und Grammies gab, gerahmte Bilder von Hank Williams und Bob Wills und Patsy Cline ... Büros mit Echtledercouchen und knöcheltiefen Teppichen ... Büros, in denen die echten Stars sich aufhalten. Bei Monterey war Willy Jack sicher, daß Brenda Lee herausspaziert käme, wenn er hineinging.

Doch wie es schien, war das Hineinkommen nicht das leichteste. Willy Jack kam nie an den Empfangsdamen in den Vorzimmern vorbei, diesen Frauen von dreißig und noch was in dunklen, maßgeschneiderten Kostümen, die ihn aufforderten, seine Karte, sein Foto und sein Band zu hinterlassen ... Frauen, die lächelten und sagten, sie bedauerten, aber ihre Bosse seien bei Besprechungen, außerhalb, beim Probesingen, bei Aufnahmen, im Urlaub – nicht erreichbar.

Willy Jack versuchte es mit jedem Trick, der ihm einfiel ... der Boß war sein Cousin, sein Onkel, sein Schwager. Er sei da, um eine persönliche Nachricht zu überbringen, um einen Vertrag abzuholen, um das Telefon zu reparieren. Doch nichts von dem, was er sagte, brachte ihm mehr als ein Lächeln und den Wunsch für einen guten Tag. Einmal, als er beschlossen hatte, einfach hineinzustürmen, wurde er von Sicherheitskräften auf den Bürgersteig hinauseskortiert, zwei Brüdern, die vor fünfundzwanzig Jahren bei einer Roy Acuff-Aufnahme im Chor gesungen hatten.

Zwei Tage und zwei Flaschen Schnaps später versuchte

es Willy Jack bei Schallplattengesellschaften, ging die Sache aber anders an. Zur RCA ging er mit einer Empfehlung von Randy Travis und wurde von Reba McEntire zu Warner Brothers geschickt. Der Cheftoningenieur von MCA wartete darauf, daß er ein Band ablieferte, und Aristas Produktionsdirektor wollte einen seiner Songs für das neue Album von Garth Brooks. Aber Willy Jacks Geschichten zogen nicht. Er bekam nicht einmal den Portier zu sehen.

Seine Nächte verbrachte er damit, in der Hall of Fame Bar und im Douglas Corner unten am Music Square herumzuhängen. An einem Abend sollte er im Bluebird Café singen, doch als er an der Reihe war, war er zu betrunken, um die Martin zu stimmen.

Nach zehn Tagen in Nashville hatte er sich aus zwei Hotels und zwei Motels verdrückt und sich in einer Absteige an der Lafayette verkrochen. Statt Wild Turkey trank er Mad Dog Twenty-Twenty und aß Pommes frites statt T-Bone-Steaks. Billige Prostituierte konnte er sich nicht mehr leisten, so mußte er auf abgenutzte Frauen umsteigen, die es für ein Bier und eine Zigarette oder ein kostenloses Bett taten. Er hatte zweimal Claire Hudson angerufen, um von ihr Geld zu kriegen, sie aber nicht ans Telefon bekommen.

Als er in das alte Boston Building an der Jefferson ging, hatte er noch eine Zigarette in seinem Hemd und zwei Dollar und Kleingeld in seiner Hose ... und er war hungrig, schmutzig und müde.

Das Gebäude, ein sechsstöckiger Ziegelbau mit einer ausgefransten Markise über der Eingangstür, roch wie abgestandener Kaffee und alte Bücher. Das Außer-Betrieb-Schild am Fahrstuhl war vergilbt.

Die zweizeilige Anzeige in der Zeitung hatte nicht viel versprochen ... Probesingen für Buchungen in örtlichen Clubs, aber es war das beste Angebot, das Willy Jack gesehen hatte. Er stieg die Treppen zur vierten Etage hoch und fand die Ruth Meyers Agency am Ende des Korridors, direkt neben der Herrentoilette.

Als er in ein staubig-graues Büro trat, das nicht viel größer als ein Abstellraum war, schien das niemand zu bemerken. Ein Mann mittleren Alters saß in einer Ecke und blies, seine Augen konzentriert geschlossen, in seine Harmonika. Ein rothaariger Teenager in fransenbesetztem Minikleid, den Geigenkasten zwischen die Schenkel geklemmt, toupierte sein krauses Haar zu einem zehn Zentimeter hohen Dutt.

Die weißhaarige Empfangsdame wirkte überrascht, als sie den Telefonhörer auflegte und Willy Jack vor ihrem Schreibtisch stehen sah.

»Hi. Wollen Sie zu Ruth Meyers oder zu Nellie?«

»Ich sah eine Anzeige in der Zeitung und ...«

»Dann wollen Sie zu Ruth Meyers. Gehen Sie einfach rein«, sagte sie, wobei sie auf eine Tür deutete, an der ›Privat‹ stand.

Willy Jack klopfte nicht an, sondern schob sich einfach rein, blinzelte, während seine Augen sich an das Zwielicht in dem großen, hohen Raum gewöhnten. Das einzige Licht fiel durch die verschmutzten Scheiben zweier Fenster.

Der Raum war ein Durcheinander von Verstärkern, Karteischränken, Pianos, Stereoanlagen, Lautsprechern, Mikrofonen, Schlagzeugen ... und einem massiven Konferenztisch, der fast einen halben Meter hoch mit toten Pflanzen, Imbißkartons, Strohhüten, Noten, Geigenkästen und einem leeren Vogelkäfig beladen war.

»Mein Gott. Schon wieder ein Gitarrenspieler.«

Darauf stand sie auf und ging um den Tisch herum ... blieb vor ihm stehen, preßte ihren harten runden Bauch an seine Brust.

»Wie heißt du?«

»Willy Jack Pickens.«

»Und das hast du dir nicht mal ausdenken müssen, oder?«

»Was?«

Sie war groß, über einsachtzig, und sie roch nach Vicks. Sie trug einen schwarzen Samtrock, dessen Saum zur Hälfte in Auflösung begriffen war, und eine Seidenbluse, die von Heftklammern zusammengehalten wurde, wo eigentlich Knöpfe hätten sein sollen. Ihre Strümpfe waren bis zu den Knöcheln heruntergerollt, und die Spitzen ihrer Filzhausschuhe waren abgeschnitten.

»Diese Gitarre trägst du ja wohl nicht mit dir rum, um das Gleichgewicht zu halten, oder?«

»Sie wollen, daß ich spiele?«

»Was, zum Teufel, denkst du, sollte ich sonst von dir wollen? Daß du Peng rufst?«

Willy Jack öffnete den Koffer, nahm die Martin heraus, rutschte dann auf den Konferenztisch und warf dabei einen Krapfenkarton zu Boden. Während er stimmte, zog die Frau einen Topf Vicks aus ihrer Tasche und rieb sich etwas davon unter die Nase.

»Ein Song«, sagte sie uninteressiert. »Dein bestes Stück.«

Gerade als er zu singen begann, fand sie, wonach sie gesucht hatte – eine Dose Diät-Pepsi.

Egal, wie einsam du bist
Es gibt jemand auf dieser Welt, der dich liebt

Sie nahm ein Notenblatt von einer toten Begonie und goß dann etwas Pepsi über sie.

Egal, welche Sorgen du hast,
Es gibt jemand auf der Welt, der für dich da ist

Sie ging an dem ganzen Tisch entlang und goß Pepsi auf geschwärzte Farnwedel und blattlosen Efeu.

Und wenn Gott dich wirklich liebt
Er ist nicht der einzige

Nachdem sie ihre Blumen versorgt hatte, öffnete sie ein Röhrchen Alka-Seltzer, steckte zwei in den Mund und spülte sie mit dem Rest Pepsi herunter.

Als die weißhaarige Empfangsdame die Tür öffnete und ihren Kopf hereinsteckte, hob Ruth Meyers eine Hand, ein Zeichen, still zu sein.

Fühl es einfach im Schlag deines Herzens

Nachdem der Klang der letzten Note verhallt war, war es mehrere Augenblicke lang still im Raum, dann ... »Wird mich tausend Dollar kosten, um dich ordentlich hinzubekommen«, knurrte sie. »Und die Fotos werden weitere zweihundert kosten.« Dann dröhnte sie zu der Empfangsdame: »Jenny, tipp einen Wechsel über zwölfhundert Dollar, dann ruf Doc Frazier an. Er kann uns zwischendurch rannehmen. Storniere das Trio aus Fort Smith und bestell den Bluegrass Sänger für Freitagnachmittag.«

»Warten Sie mal 'nen Augenblick, verdammt«, sagte Willy Jack, während er von dem Tisch rutschte.

»Mein Name ist Ruth Meyers. Nenn mich Ruth Meyers.«

»Dann lassen Sie mich was fragen, Ruth, was ist mit ...«

»Verflucht noch mal! Kannst du nicht hören? Ich sagte, du sollst mich Ruth Meyers nennen. Nicht Ruth. Nicht Meyers. Du nennst mich Ruth Meyers!«

»Okay, Ruth Meyers! Was, zum Teufel, ist dieser Zwölfhundert-Dollar-Wechsel? Und wer ist dieser Doktor?«

»Zahnarzt. Doc ist Zahnarzt. Du hast eine Lücke von der

Größe einer Rosine zwischen deinen beiden Vorderzähnen. Und sie müssen gereinigt werden. Sie sind grün«, sagte sie, während sie das Gesicht verzog.

»Die Entscheidungen treffe ich ...«

»Jenny, ruf Preston's an. Sag ihnen, daß wir heute nachmittag zu einer Anprobe kommen. Und ich will Jake Gooden oder wir gehen zu Newman's. Jacken, Hosen, Hemden ... den ganzen Kram. Wegen der Stiefel gehen wir zu Toby's.« Dann zu Willy Jack: »Welche Schuhgröße hast du?«

»Nein, aber ...«

»Sag Toby, wir wollen Fünf-Zentimeter-Absätze. Dann ruf Nina bei Cut-n-Curl an. Er braucht eine Frisur und Farbe.« Ruth Meyers schaute auf ihre Armbanduhr. »Wir können um vier dort sein. Außerdem braucht er auch eine Maniküre.«

Willy Jack sagte: »Jetzt aber, mein Gott ...« Aber er kam nicht zum Ausreden.

»Und jetzt zum Geschäft.« Ruth Meyers schob sich wieder Vicks unter ihre Nase. »Du unterschreibst den Wechsel und einen Vertrag. Ich bekomme fünfzehn Prozent von allem, was du verdienst. Du fängst morgen abend bei Buffy's an der Hermitage an. Das bringt hundert pro Abend. Du arbeitest in Clubs, bis wir für einen Plattenvertrag bereit sind.«

»Na ja, das klingt nicht schlecht, aber ...«

»Wenn du nach Nashville gekommen bist, um ein Star zu werden ... wenn du das willst, dann sorge ich dafür, daß du's wirst.«

»Genau das ist es, verdammt, was ich will.«

»Und dieser Name? Ein Willie im Geschäft ist genug. Du bist jetzt Billy Shadow.«

»Billy Shadow«, sagte Willy Jack versuchsweise. »Billy Shadow.« Dann nickte er und grinste. »Ja. Das paßt.«

Ruth Meyers beugte sich über dem Tisch vor, sah direkt in Willy Jacks Gesicht. »Und da ist noch etwas.«

»Und das ist?«

»Belüge mich nie ... *niemals.*«

»Sicher Ruth ... Ruth Meyers. Also, abgemacht.«

TEIL III

22

Drei Jahre nach ihrem Aufbruch fuhr Novalee schließlich nach Westen. Nicht nach Bakersfield, sondern nach Santa Fe. Nicht mit Willy Jack, nicht in einem Plymouth mit einem Loch im Boden, und auch nicht, um in einem Haus mit Balkon zu wohnen, aber Novalee fuhr schließlich nach Westen.

Als der Brief im August gekommen war, hatte sie sich auf eine Enttäuschung vorbereitet. Doch als sie ihn öffnete und las »einc so hinreißende Arbeit«, ging ihr Atem schneller. Ihre Finger zitterten, als ihr Blick auf das »freuen uns sehr, Ihnen mitteilen zu dürfen« ... und als sie schließlich das »erster Preis«, sah, hüpfte sie auf und ab, so heftig, daß der ganze Wohnwagen erzitterte und Sister Husband voller Panik aus dem Badezimmer gestürzt kam.

»Was ist los? Was ist passiert?«

»Der Kodak-Wettbewerb! Der Greater Southwest! Ich habe gewonnen! Mein Bild hat gewonnen!«

»Der Junge am Rattlesnake Ridge?«

»Ja!« schrie Novalee, packte dann Sister und tanzte mit ihr durch den Raum. Sie machten weitausholende, stolzierende Schritte, warfen ihre Köpfe zurück wie Flamencotänzer. Dann ließen sie sich kichernd und atemlos wie Mädchen auf die Couch fallen.

»Schätzchen«, fragte Sister, während sie nach Atem rang,

»was hast du gewonnen?« Es war eine Frage, die sie wieder zum Lachen brachte.

»Ein Wochenende in Santa Fe.«

»Oh, ist das schön. Das ist ja großartig.«

»Und mein Foto kommt in eine Ausstellung.«

»Oh, Novalee ... du wirst berühmt werden«, sagte Sister, der plötzlich die ganze Tragweite dieser Neuigkeit bewußt wurde.

In den folgenden Tagen bewahrheitete sich Sisters Vorhersage ... zumindest in Sequoyah County. Novalees Bild war in der Zeitung, und darunter stand EINHEIMISCHE FOTOGRAFIN AUSGEZEICHNET.

Bei Wal-Mart wurde sie zur »Angestellten der Woche« erklärt, die First National Bank schickte eine Glückwunschkarte, und der Kunstlehrer der High School bat sie, in seine Klassen zu kommen und Vorträge zu halten.

Dixie Mullins, die Neu Mexiko mit dem alten verwechselte, bot ihr ein spanisches Wörterbuch an. Henry und Leona schenkten ihr Reiseutensilien, konnten sich aber nicht auf Farbe oder Marke einigen, und so bekam sie einen roten Koffer von American Tourister und einen blauen Matchbeutel, ›Made in Taiwan‹.

Lexie Coop und die Kinder führten Novalee und Americus zum Abendessen ins Domino's Pizza aus, wo alle Coops stehend aßen: Lexies neueste Methode, um gegen Fettleibigkeit anzukämpfen.

Moses und Certain fertigten einen Stern an, auf dem Novalees Name stand, und befestigten ihn an der Tür der Dunkelkammer, und Moses schenkte ihr einen Füllfederhalter, der seinem Vater Purim gehört hatte, der im vergangenen Winter gestorben war.

Americus hatte tausend Fragen über »Messico«, und Mr. Sprock bat Novalee, einen alten Freund in Santa Fe anzurufen, einen Kameraden aus dem Zweiten Weltkrieg, von dem er seit über vierzig Jahren nichts gehört hatte.

Am aufgeregtesten von allen aber war Forney, weil Novalee ihn gebeten hatte, sie zu begleiten.

Zuerst hatte er nein gesagt ... er hatte nein sagen *müssen*. Er müsse sich, so erklärte er, um seine Schwester kümmern, und er beharrte darauf, daß er die Bibliothek nicht einfach schließen könne. Doch als Retha Holloway, Präsidentin des Literaturvereins, die Chance nutzte, die Bibliothek für ein paar Tage zu übernehmen, und als Sister Husband darauf bestand, Mary Elisabeth mit Essen zu versorgen, war Forneys Entscheidung getroffen.

Als sie vom Wohnwagen wegfuhren, winkte Novalee selbst dann noch, als sie Americus, Sister Husband und Mr. Sprock längst nicht mehr sehen konnte.

»Ich hoffe, Americus weint nicht.«

»Sie war nicht traurig, als wir uns verabschiedeten«, sagte Forney.

»Nun ja, sie hat es nicht gezeigt, aber ...«

»Was ist los? Bist du vielleicht ein bißchen enttäuscht darüber, daß sie dich einfach so wegfahren läßt?«

»Nein.« In Novalees Augen brannten Tränen. »Aber es ist das erste Mal, daß ich sie allein lasse, seit ...«

»Es wird ihr gutgehen«, sagte Forney in dem beruhigenden Tonfall, in dem er sprach, seit Novalee erfahren hatte, daß sie die Reise gewonnen hatte. »Du weißt, daß Sister kein Risiko eingeht.«

Und obwohl die Sorge in Novalees Gesicht geschrieben blieb, wußte sie, daß Forney recht hatte. Seit der Entführung, die jetzt fast zwei Jahre zurücklag, war Sister wachsamer als das FBI geworden. Sie stand zwei oder dreimal nachts auf, um Hof und Straße zu kontrollieren, hielt nach ›räuberischen Täufern‹ Ausschau.

Das Paar aus Mississippi, das Americus gestohlen hatte, saß noch im Gefängnis, doch das vermochte Novalees Ängste nicht völlig auszuräumen. Sie war immer noch mißtrauisch, wenn sie blaue Fords sah und war einmal einem dunkelblauen Cavalier den ganzen Weg vom Wal-Mart-Parkplatz bis nach Tahlequah gefolgt, das fast fünfzig Meilen entfernt lag. Der Mann und die Frau auf dem Vordersitz hatten ein Kind zwischen sich, ein Kind, dessen Kopf von dunklen Löckchen umrahmt war. Dann stellte sich heraus, daß die ›räuberischen Täufer‹ ein alter Indianer und seine Frau waren ... und ihr Baby ein Terriermischling.

Forney, wie immer die Stimme der Vernunft, hatte Mühe, Novalee und Sister davon abzubringen, jedesmal, wenn ein Fremder über die Straße lief, die Polizei anzurufen. Noch schwieriger war seine Aufgabe, sie davon zu überzeugen, daß Americus durch diese Tortur nicht fürs Leben gezeichnet war. So glaubte er beispielsweise nicht, daß es einen Zusammenhang zwischen Americus' Wasserscheu und ihrer erzwungenen Taufe gab. Novalee und Sister waren sicher, daß dies der Grund dafür sei, daß Americus sich weigerte, auf dem Jahrmarkt im Kinderbootkarussell zu fahren, es haßte zu baden und den Geschmack von Wasser verabscheute. Und gleich, was Forney sagte, er konnte ihre Meinung nicht ändern.

In den nächsten achtundvierzig Stunden versuchte Novalee durch jede Straße in Santa Fe laufen. Forney versuchte mitzuhalten.

Nachdem sie ihre Zimmer im Rancho Encantado bezogen hatten, zog Novalee Jeans und Tennisschuhe an, hängte ihre Kamera um den Hals und zerrte dann Forney aus seinem Zimmer hinaus auf die Straßen. Elf Filme später fiel Forney ins Bett und in einen tiefen Schlaf, der genau vier

Stunden dauerte, bis Novalee an der Tür war und ihn umzubringen drohte, falls ihr seinetwegen der Sonnenaufgang entgehen sollte. Er ließ es nicht darauf ankommen.

An diesem Tag belichtete sie achtzehn Filme ... laut Forney einen auf jeder Meile, die sie gingen. Er beklagte sich noch über brennende Füße und einen schmerzenden Rükken, als sie zu ihrem Hotel zurückeilten, um sich für das Festbankett fertig zu machen.

Forney zog gerade sein Jackett an, als Novalee an die Verbindungstür ihrer Zimmer pochte.

»Bist du fertig?« fragte sie beim Eintreten.

»Fast, aber ...«

Sie trug ein Kleid, das er nie zuvor gesehen hatte ... dunkelgrün, aus einem Stoff, der an ihrer Brust raschelte und sich eng um ihre Taille schlang. Sie trug eine Silberkette um den Hals, eine Kette, die fast so dünn, fast so zart war wie die winzige Narbe unter ihrer Lippe.

»Wir sollten besser gehen«, sagte sie. »Der Portier unten sagt, daß man fünfzehn Minuten dorthin fährt.«

»Du siehst wundervoll aus«, sagte Forney mit rauher Stimme ... und sehr belegt.

»Danke.« Und dann lächelte Novalee ihn an, und er glaubte, sein Herz würde stehenbleiben.

»Jetzt komm«, sagte sie. »Wenn ich zu spät komme, geben sie den Preis vielleicht einem anderen.«

Die Hauptgalerie des Fairmont Museum war in einen Bankettsaal umgewandelt worden. Tische waren mit Leinen, funkelndem Kristall und Porzellan gedeckt. Kellner in weißen Jacketts eilten mit Rotweinflaschen und Brotkörben umher.

Novalee und Forney saßen an dem obersten Tisch neben dem Podium, auf dem ein silberhaariger Mann im Smoking mit dem Finger an ein Mikrofon klopfte und dann darauf wartete, daß es im Raum still wurde.

»Guten Abend«, sagte er.

Novalee war während des Essens zunehmend nervöser geworden, so nervös, daß sie nur ein paar Bissen herunterbringen konnte. Und jetzt, als der Augenblick der Preisverleihung gekommen war, fühlte sich ihr Mund an, als sei er mit Puder gefüllt. Sie nippte an ihrem Wein, »trockener Wein« hatte sie Forney zugeflüstert, doch es gelang ihr, das Gesicht nicht zu verziehen.

»... ist es mir eine Freude, das Siegerfoto *Oklahoma Benediction* zu enthüllen.«

Dann wandte sich der silberhaarige Mann einem verhüllten Stativ zu und entfernte ein schwarzes Seidentuch von einer Vergrößerung von Novalees Foto, der Silhouette des rennenden Benny Goodluck, hinter dem die Sonne aufging. Die Menge brach in Applaus aus.

Augenblicke später sagte der Mann am Mikrofon: »Und jetzt möchte ich Ihnen die Preisträgerin vorstellen, Miss Novalee Nation.«

Als Novalee sich erhob und auf das Podium trat, zitterte sie so, daß sie glaubte, ihre Beine würden ihr den Dienst versagen. Nachdem der heftige Beifall verebbt war, sagte sie »Danke« und war überrascht von dem Klang ihrer Stimme, der in dem weiten Raum verstärkt wurde.

»Mr. Mitford bat mich, Ihnen ein wenig über das Foto zu erzählen, äh ... also werde ich das. Aber ich wußte nicht, daß ich eine Rede halten müßte und ... also, ich bin etwas nervös.« Höfliches Gelächter rann durch die Menge, aber es war freundlich ... ermutigend.

»Ich habe dieses Foto mit einer zweiäugigen Rolleiflex, Brennweite achtundzwanzig gemacht und einen vierhundert ASA-Film benutzt. Ich habe es bei Sonnenaufgang im Winter aufgenommen, wenn das erste Licht in Oklahoma etwas Blausilbernes hat. Ich weiß nicht, wie ich das genau beschreiben soll, aber es ist, als schaute man in den reinsten, klarsten Wasserteich der Welt. Es ist nicht so wie das erste Licht hier in Santa Fe, aber ...«

Jemand, der ziemlich weit hinten saß, sagte »Das können wir nicht beurteilen. Niemand hier ist je so früh aufgestanden«, und die ganze Menge lachte.

Der Raum explodierte vor Gelächter, und ein anderer, der hinten saß, rief: »In L. A. nennen wir das Sumpflicht.«

Novalee errötete, aber sie lächelte und fühlte sich entspannter. »Jedenfalls ist das Licht bei uns daheim morgens wundervoll ... vor allem, wenn es einen Falken im Gleitflug erfaßt oder wenn es die Ähren von Wollgras berührt ...«

Es war plötzlich ganz still im Raum, so still, daß Novalee wieder Lampenfieber bekam und einen Schluck Wasser trinken mußte.

»Also«, sagte sie, »vielleicht möchten Sie ja etwas über den Jungen auf dem Foto wissen. Er ist ein zwölf Jahre alter Chikasaw-Indianer, und er lief an diesem Morgen. Es war für lange Zeit sein letzter Lauf. Sie müssen wissen, daß sein Großvater gerade gestorben war, und deshalb gab der Junge etwas auf, das er liebte als Ehrung für seinen Großvater. Das ist im Stamm des Jungen so Brauch.

Aber das wußte ich damals nicht, als ich das Foto machte. Ich war ganz zufällig dort und versuchte, vor Sonnenaufgang auf die Spitze eines Berges zu kommen.

Später, als ich den Jungen besser kennengelernt hatte, erzählte ich ihm, daß ich ihn dort an diesem Morgen gesehen hatte. Ich erzählte ihm, daß ich das Foto von ihm gemacht hatte, und er bat mich, es ihm zu zeigen. Als ich es ihm gab, lächelte er. Er sagte, er könne den Geist seines Großvaters dort in dem Licht des Sonnenaufgangs sehen.

Manchmal«, sagte sie, »glaube ich, daß ich ihn auch sehen kann.«

Als Novalee und Forney ins Hotel zurückkamen, rief sie

den Zimmerservice und bestellte ein Abendessen. Sie war noch nicht hungrig, fand aber, daß ein Essen im Hotel glamourös sei. Schließlich, so erklärte sie, hatte sie Jane Fonda das tun sehen und Elizabeth Taylor auch. Der wirkliche Grund aber war, daß sie Lexie Coop versprochen hatte, das zu tun.

Forney hatte ihr angeboten, sie zum Abendessen auszuführen, aber Novalee war ganz auf Zimmerservice eingestellt, und er hatte keine Chance, ihr das auszureden. Aber er strengte sich auch nicht sonderlich an.

Das Abendessen war genauso, wie Novalee es sich vorgestellt hatte. Der junge Mann vom Zimmerservice schob einen Servierwagen herein, die Gerichte mit silbernen Warmhaltehauben waren zugedeckt. Er brachte eine Rose in einer schlanken Vase und zwei Kerzen in Kristallhaltern ... und er drehte das Licht dunkler, bevor er ging.

»Forney«, sagte Novalee, »hast du je das Gefühl gehabt, erwachsen zu spielen?«

»Was meinst du damit?«

»So, als ob du ein Kind seist, das einfach spielt, es sei ein Erwachsener.«

»Ich bin ein Erwachsener.«

»Ich auch. Aber wenn ich dieses Gefühl bekomme, dann fühle ich mich nicht so. Ich fühle mich wie ein Kind.«

»Du meinst, wenn du den Schlüssel ins Zündschloß steckst oder ...«

»Nein.« Novalee streifte ihre Schuhe ab, verlagerte ihr Gewicht und zog die Füße unter sich. »Schau mal. Angenommen, du tust etwas ...«

»Was zum Beispiel?«

»Zum Beispiel ... du packst einen Koffer, weil du nach Neu Mexiko fährst.«

»Meinst du ›Messico‹?«

»Nun hör zu. Du packst, ja?« Novalee tat so, als lege sie Kleidung zusammen. »Du legst dein Hemd hierher…« Sie arrangierte pantomimenhaft ein Hemd auf dem Tisch. »… und du legst deine Unterwäsche hierher…«

»Gerade hast du meine Unterhose in deinen Salat gelegt!«

»Und dann, ganz plötzlich, dämmert es dir. Einen Koffer zu packen ist etwas, das Erwachsene tun.«

Forney nickte zustimmend.

»Aber genau da, in diesem Augenblick, fühlst du dich nicht wie ein Erwachsener. Du fühlst dich wie ein Kind, das einen Erwachsenen *spielt*. Du weißt, daß du einfach nur einen Erwachsenen *spielst*.«

»Und das Gefühl hast du jetzt?«

»Forney, dieses Gefühl habe ich in den letzten drei Tagen. Ich gewinne einen Preis. Halte eine Rede. Nehme ein Abendessen in einem Hotelzimmer ein. Alles das! Ich bin gerade jemand gewesen, der Erwachsensein spielt.«

Forney schüttelte den Kopf.

»Hast du nie dieses Gefühl gehabt?«

»Nein«, sagte er. »Niemals.«

»Na ja, vielleicht bin ich nur …«

»Es sei denn, du meinst die Art, wie ich fühlte, als ich dir half, ein Baby zur Welt zu bringen.«

»Dann weißt du, was ich meine.«

»*Das* also ist Erwachsensein spielen!«

»Diese Nacht werden wir nie vergessen!«

»Oh, Gott, nein!«

»Ich erinnere mich, als du sie mir gabst und …«Novalee glitt vom Tisch fort. »Ich rufe zu Hause an.« Sie hüpfte auf das Bett, las die Anweisung fürs Telefonieren durch, die auf dem Nachttisch lag, und wählte dann Sisters Nummer.

»Sister, ich bin's.«

»Oh, Schätzchen. Hast du deinen Preis bekommen?«

»Ja. Und ich habe eine Rede gehalten und eine Medaille bekommen, und mein Foto wird in die Zeitung kommen.«

»Novalee, du bist ja unschlagbar ... einfach unschlagbar.«

»Wie geht's Americus?«

»Ihr geht's wunderbar. Sie ist seit einer Stunde im Bett, und ich habe keinen Pieps von ihr gehört, nicht einen Pieps.«

»Ich wußte, daß sie schon schlafen würde, aber ich wollte anrufen.«

»Also, ihr geht's gut, Schätzchen. Mach dir keine Sorgen.«

»Nein, mache ich nicht.«

»Sag Forney, daß ich ihr ein weiteres Kapitel aus dem Buch vorlese, mit dem sie letzte Woche angefangen haben.«

»Welches?«

»Oh, mir fällt der Titel nicht ein, aber es ist von diesem Charles Dickens.«

»David Copperfield?«

»Das ist es. Und Americus lacht jedes Mal, wenn ich sage ›Micowber‹. Sie sagt mir, daß Forney das nicht so sagt und ... oh, oh! Kleine Rangen habe große Ohren.«

»Ist sie auf?«

»Kam gerade wie eine kleine Schlafwandlerin herein, schleppt ihre Decke und den armen alten Teddy. Komm her, meine Süße.«

Novalee konnte das Rascheln hören, als Americus sich auf Sisters Schoß setzte.

»Willst du mit Mami sprechen?« sagte Sister sanft.

»Hi, Liebling«, sagte Novalee.

»Mommy in Messico?« fragte Americus.

»Ja, das bin ich, aber morgen komme ich heim.«

»Forney auch?«

»Forney kommt auch heim. Americus, warum bist du nicht im Bett?«

»Meine Jajamas sind naß.«

»Was ist passiert? Hast du was gemacht?«

»Nein. Das war Teddy.«

»Dann wird Sister deinen Pyjama wechseln.«

Sister sagte: »Sag Mommy, daß du heute ein neues Lied gelernt hast.«

»Neues Lied heute.«

»Wirklich? Kannst du's mir vorsingen?«

»Klingle, klingle, kleiner Stern ...«

Novalee winkte Forney herbei und flüsterte: »Schnell, sie singt.«

Forney durchquerte das Zimmer mit drei Schritten und hockte sich dann neben Novalee auf das Bett. Als sie den Telefonhörer so drehte, daß er hören konnte, legte er seine Hand um ihre und so lauschten sie, ihre Finger verschlungen, den Hörer zwischen ihren Gesichtern, wie Americus sang.

Als sie fertig war, lobte Forney sie, und Novalee bat sie, noch einmal zu singen, aber sie war mit ihrer Vorstellung ganz eindeutig zu Ende und nicht geneigt, eine Wiederholung zu geben.

»Küßchen Nacht Nacht«, sagte sie. »Küßchen Americus.« Und während sie zu schmatzen begann, zum Abschied Küsse durch das Telefon schickte, wandte Novalee ihr Gesicht vom Hörer ab und küßte die Luft. Ihr Gesicht war nur einen Hauch von Forneys entfernt und ihr Atem so nah, daß er ihn einatmen konnte. Und für einen Augenblick, nur für einen winzigen Augenblick, dachte Forney, er könne es ihr sagen, glaubte fähig zu sein, in Worte zu fassen ... aber dann war es vorbei, irgendwohin verflogen, jenseits dieser Zeit und dieses Raumes.

23

Novalee hatte seit dem Mittagessen im Lager gearbeitet. So hatte sie weder gesehen, daß der Himmel im Süden dunkel zu werden begann noch konnte sie sehen, wie die scharfen Zickzacklinien der Blitze fern im Westen zuckten. Doch später an diesem Nachmittag, als sie nach vorn kam, um an einer der Kassen zu arbeiten, war der Sturm so nah herangezogen, daß sie das leise Rollen des Donners in der Ferne hören konnte.

Ihr letzter Kunde war ein schlaksiger Mann mittleren Alters mit zwei Gebinden Big Boy-Tomatenpflanzen.

»Wollen Sie die noch einpflanzen, bevor der Regen beginnt?« fragte Novalee.

»Ich denke, es wird mehr als nur regnen.«

»Wirklich?«

Er krempelte seinen Hemdsärmel hoch, um ihr die alten Wunden zu zeigen, das Narbengewebe, das seine Haut kraus und gefurcht überzog.

»Granate aus Vietnam.« Er musterte seinen Arm mehrere Sekunden, als ob sein Anblick ihn noch immer verwundere, streifte den Ärmel wieder herunter. »Wenn ein Sturm kommt, weiß ich das zuerst. Noch vor dem Wetterbericht. Und genau jetzt sagt mir mein Arm, daß ein ganz großer unterwegs ist.«

Als Novalee ihre Kasse um drei Uhr schloß, schien der Laden fast leer zu sein. Die meisten Kunden waren davongeeilt, hatten halbgefüllte Einkaufswagen in den Gängen stehenlassen, wogegen andere durch die Kassenschranken gestürzt waren, den Blick auf den sich verdunkelnden Himmel gerichtet.

Einige der Angestellten wünschten auch gehen zu können. Sie wollten heim zu verängstigten Kindern – zu Babys, die nicht schlafen konnten, wenn Wind aufkam, und zu Kleinkindern, die beim Geräusch von Donner hysterisch wurden. Eine Frau sagte, ihr Sechsjähriger habe Alpträume von Überschwemmungen, und eine andere erzählte von ihrer Tochter, die Wetterberichte auswendig lernte.

Novalee selbst hatte sich an diese Oklahoma-Stürme nie gewöhnen können, an Stürme, die sie oft dazu zwangen, zu Dixie Mullins' Keller zu rennen, sogar mitten in der Nacht. Aber Sister hatte diese Stunden im Untergrund zu Abenteuern gemacht, damit Americus sich nicht fürchtete. Sister veranstaltete Fingertheatervorstellungen und zauberte, sie sang Lieder und erfand Geschichten, die Americus spielte. Der Strahl ihrer Taschenlampe diente dabei als Scheinwerfer.

Aber ihre eigene Furcht konnte Sister nicht so gut kaschieren, ihre Furcht vor ›kriechenden Dingen‹, die manchmal den Keller mit ihnen teilten. Sie schickte immer Novalee voraus, um alles zu entfernen, was kroch, sprang oder krabbelte. Doch alles, was sie je fand, waren Weberknechte, die im Keller mit Sister bessere Überlebenschancen hatten als draußen im Wind, der sie, wie Americus wußte, bis hin zu Tante Em's Farm in Kansas pusten würde.

Als Novalee endlich ging, zog sich der Himmel zu, senkte sich auf die Snake Mountains. Sie beschloß direkt nach Hause zu fahren, obwohl sie noch dringend zur IGA gemußt hätte. Den Einkauf im Gemüseladen konnte sie verschieben und immer noch später dorthin fahren, aber an der Texaco Tankstelle vorbeizufahren, war etwas riskanter, da der Chevy fast leer und die Nadel der Tankuhr dicht über Rot stand.

Der alte Toyota schien mit einer Tankfüllung wochenlang gefahren zu sein. Sister sagte, er fahre durch Zauberei. Aber das neue Auto schluckte bleifreies Benzin in Unmengen und verbrauchte mehr Öl in einem Monat, als der Toyota in einem ganzen Jahr. Dennoch war Novalee stolz darauf: Es war das neueste Auto, das sie je gefahren hatte und jetzt fast abbezahlt.

Als sie neben dem Wohnwagen hielt, knisterte ein Blitz so nahe, daß sich das Haar auf ihren Armen aufrichtete.

Americus und Sister waren in der Küche, um die ›Kellertasche‹ zu packen, die bei Stürmen in Oklahoma ebenso ein Bestandteil war wie der Wind.

In der Tasche befanden sich immer ein Transistorradio, eine Taschenlampe und Kerzen. Dann packte Sister alles hinein, was ihr in die Hände kam, sofern es nicht breiig, stinkend oder klebrig war. Sie nahm immer genug mit, um mit den Nachbarn, die in Dixies Keller kamen, teilen zu können – Kandiszucker, ein Stück Käse, Ingwerkekse, alles, was schnell und einfach aus dem Kühlschrank oder den Regalen zu nehmen war.

»Mommy, Sturm kommt«, sagte Americus, die zur Vorbereitung auf den Treck in den Keller ein nervöses Kätzchen in ein Badetuch wickelte.

»Übers Femsehen ist gerade eine Tornadowarnung gekommen«, sagte Sister. »Über Vian wurde eine Trichterwolke gesichtet.«

»Ich muß Doughboy holen«, schrie Americus, während sie aus der Hintertür lief.

»Mach dir keine Sorgen wegen Doughboy. Er wird unter das Haus kriechen.«

»Nein, er will mit uns gehen.«

»Du bleibst hier«, rief Novalee. »Wir müssen gleich gehen.«

»Schätzchen, sei so lieb und nimm diese neuen Batterien mit, die unter der Spüle liegen.«

»Wie fühlt sich Dixie heute?«

»Nicht gut. Ihre Schwester sagt, sie hat letzte Nacht überhaupt nicht geschlafen.«

»Aber sie wird doch in den Keller gehen?«

»Oh, nein. Der Keller ist zu feucht. Das schlimmste bei Brustfellentzündung. Außerdem hat Dixie vor Stürmen wirklich keine Angst. Sie geht in den Keller nur wenn sie muß.«

Novalee steckte die Batterien in die Tasche. »Bist du fertig?«

»Geh schon mit Americus vor. Ich habe für Dixie Tomatensuppe gemacht. Die nehme ich mit rüber.«

»Und wenn ich zuerst dort bin, kann ich alle Boa Constructors und Taranteln rauswerfen, und ...«

Die Lichter flackerten kurz, gefolgt von dem scharfen Krachen eines Donners, das Novalee zusammenzucken ließ.

»Das war nah«, sagte Novalee.

»Nein, das war Gott, der dir sagte, daß du dein Baby nehmen und in den Keller gehen sollst.«

»Okay, aber du beeilst dich.«

»Schätzchen, wenn du nicht gehst, bin ich noch vor dir da.«

Novalee ergriff die Tasche und raste aus der Hintertür. Americus hockte am Fuß der Treppe und zog am Halsband eines wuscheligen Mischlingshundes.

»Komm, Doughboy!«

Das Kätzchen hatte sich, beunruhigt durch den winselnden Hund, aus dem Badetuch befreit und kletterte auf Americus' Schulter.

»Hilf mir, Mommy.«

Novalee nahm den kleinen Hund auf, da sie wußte, daß Americus erst glücklich sein würde, wenn sie ihre ganze Menagerie bei sich hatte.

»Gehen wir.«

Die Luft war so still, daß sich nichts bewegte, so schwer, daß selbst Blütenstaub auf dem Boden liegenblieb. Kein Rauschen von Blättern, kein Flüstern von Wind. Der dunkle Himmel wurde noch dunkler, war grün ... eine unheimliche Schattierung von Grün, wie Licht, das in einer Flasche gefangen war.

Die Umgebung sah verlassen aus ... kein Leben auf den Straßen oder den Höfen. Dixies Rhode Island Reds hatten sich ins Hühnerhaus zurückgezogen, und Henrys Katze, die immer auf Beutesuche war, war verschwunden. Sogar Leonas Futterhäuschen waren verlassen.

Nichts bellte oder zirpte oder krähte ... nichts rief, nichts antwortete. Doughboy lag schlaff an Novalees Hüfte, und das Kätzchen spähte mit großen Augen und stumm aus den Falten des Tuchs, in das es wieder gewickelt worden war. Und als Americus über den Gartenschlauch in Dixies Hinterhof trat, wischte sie eine Schmeißfliege beiseite, die an dem weichen Fleisch direkt unter ihrem Auge klebte.

Die Kellertür stand weit auf, so daß Novalee wußte, daß sie nicht die ersten waren. Mrs. Ortiz und die Mädchen schöpften Wasser vom Boden in einen Zinkeimer.

»Wo ist Sister Husband?«

»Sie ist unterwegs.«

»Mein Mann streicht ein Haus, irgendwo an der Commerce. Ich versuchte anzurufen, aber ...« Mrs. Ortiz ließ sich auf die Holzbank an der Wand sinken und zog ihren Rosenkranz aus der Tasche.

»Vielleicht zieht es ja über uns weg«, sagte Novalee, die versuchte, beruhigend zu klingen. Sie zündete die Kerzen an und schaltete dann das Transistorradio ein, doch der Lokalsender hatte den Betrieb eingestellt. Aus Tulsa bekam sie ein statisches Rauschen, und zwei Country and Western-Sender spielten denselben Song: »The Beat of a Heart.«

Sobald der Eimer voll war, trug Novalee ihn die Stufen hoch und entleerte ihn neben der Kellertür. Wind war aufgekommen. Kurze Böen hoben die unteren Zweige der

Platanen in Dixies Hof und fegten wirbelnde Staubwolken die Gasse hinunter.

Novalee nahm an, daß Sister den Wohnwagen bereits verlassen hatte, wunderte sich aber, warum sie sie beim Überqueren der Straße auf dem Weg zu Dixie nicht gesehen hatte.

Als Novalee mit dem zweiten Eimer Wasser hinausging, bestand kaum mehr Hoffnung, daß der Sturm vorbeiziehen würde. Der Wind war so stark geworden, daß sie sich dagegen anstemmen mußte, um ihr Gleichgewicht zu halten. Eine heftige Böe riß die Kellertür hoch, die aus massiver Eiche gefertigt und mit schweren Metallbeschlägen versehen war, und schmetterte sie auf den Beton zurück, an dem sie verankert war.

Kaum war Novalee in den Keller zurückgeeilt, begann es zu hageln. Die Ortiz-Mädchen kauerten sich auf die Bank neben ihre Mutter. Ein Sturm im letzten Sommer hatte ihnen schreckliche Angst gemacht, weil Cantinflas, ihr Chihuahua-Hündchen von Hagelkörnern in Walnußgröße erschlagen worden war.

»Mommy, wo ist Oma Sister?« fragte Americus.

»Sie kommt, Süße.«

Novalee stand in dem Keller und schaute zu, wie der Hagel auf den Hof schlug ... Körner, die hochsprangen, zusammenstießen, über das Gras kullerten ... ein seltsamer Tanz von Eis. Körner bombardierten die Narzissen in Dixies Blumenbeet, rissen die Blütenblätter ab, zerschnitten die Stengel.

Das Blechdach des Hühnerhauses klapperte in zusammenhanglosen Stakkatogeräuschen. Als sie Glas klirren hörten, schlossen Mrs. Ortiz und Novalee die Augen.

Als Hagelkörner die Kellertreppen hinunterzuhüpfen begannen und über den Boden rollten, begann das kleinste Ortiz-Mädchen zu weinen.

»Sollten wir nicht die Tür schließen?« sagte Mrs. Ortiz.

»Ach, laß uns auf Sister warten. Nur noch ein paar Minuten.«

Plötzlich hörte der Hagel auf, und es war wieder völlig still.

»Gott sei Dank«, flüsterte Mrs. Ortiz.

Novalee nickte, eilte dann die Stufen hoch. Dunkle Wolken verfinsterten den Himmel – stiegen in Blasen auf, explodierten zu seltsamen feurigen Formen ... Wolken, die sich so schnell und tief bewegten, daß Novalee glaubte, sie berühren zu können. Und von irgendwo über ihr glaubte sie, das Geräusch von Atem hören zu können, das Geräusch eines alten und mächtigen Atems.

Dann begann eine Sirene zu heulen. Novalee wünschte, es wäre ein Polizeiwagen oder ein Feuerwehrauto, aber sie wußte, was es war – eine Tornadowarnung kam von der Grundschule, die zwei Blocks entfernt lag. Eine Gänsehaut rann über ihre Unterarme, und sie sagte »verdammt«, doch ihre Stimme verlor sich in einer heftigen Böe.

Mrs. Ortiz trat auf die untersten Stufen des Kellers, um nach draußen schauen zu können. Trümmer begannen um Dixies Hof zu segeln ... Mülltonnen flogen herum, die Äste von Bäumen schwankten wild.

»Novalee, vielleicht solltest du hereinkommen.«

»Ich glaube, ich laufe hinüber zum Haus, um nach Sister zu sehen und ...«

Dann sah Novalee es. Sich windend, wirbelnd ... wie ein gigantischer knorriger Finger, der nach dem Boden greift. Die Luft war von einem Brüllen erfüllt, und der Himmel wurde heiß und begann zu wirbeln, in ihre Haut zu stechen, biß in ihr Fleisch.

Gerade als sie sich auf den Weg zum Haus machen wollte, schlug etwas gegen ihren Arm, etwas Flaches und Hartes, das über den Hof und hinaus auf die Straße hüpfte. Sie sah, wie das Schild von Dixies Kosmetiksalon in eine der Platanen segelte, beobachtete dann, wie Henrys Toilettenkübel die Straße herunterraste und dann in das Hühnerhaus krachte.

Novalee wußte, daß sie es nicht bis zum Haus schaffen würde, und so kämpfte sie sich zum Keller zurück, setzte einen Fuß auf die oberste Stufe und griff dann nach der Tür. Sie schaffte es, sie ein paar Zentimeter zu heben, bevor der Wind sie wieder auf den Beton zurückpreßte. Sie versuchte es wieder, doch der Wind war zu stark. Und als sie sich weiter vorbeugte, weiter weg von der Kellertreppe, spürte sie, wie ein gewaltiger Luftstrom sie hochhob, spürte, wie ihr Körper leichter wurde, gerade so, als ob sie vom Himmel verschluckt werden würde.

Dann schlossen sich Hände um ihre Knöchel, zogen an ihren Beinen. Sie zog die Knie an, duckte sich und griff hinter sich ... fand die Hände von Mrs. Ortiz und ergriff sie, so fest sie konnte, und hielt fest, als Mrs. Ortiz sie aus dem Wind riß, die Treppe hinunter und auf den Kellerboden zog.

Americus weinte auf, als sie in Novalees Arme stürzte, aber das Geräusch verlor sich in dem Heulen, das den Keller erfüllte. Sie schlossen ihre Augen gegen den Sand, der um sie wirbelte, und so sahen sie nicht, wie Mrs. Ortiz mit ihren Kindern in eine Ecke flüchtete. Sie sahen Doughboy nicht, der hinter der umgestürzten Bank heulte ... und sie sahen das Kätzchen nicht, das verloren und verwirrt über den Boden kroch.

Plötzlich begann die Luft gnadenlos und heiß aus dem Keller zu entweichen, saugte die Flammen der Kerzen auf, riß Blätter und Ingwerkekse heraus, eine verschimmelte Socke, einen Papierbecher ... pflückte Weberknechte von den Wänden und zog sie hinaus ... schleuderte das Kätzchen gegen die Treppe, hob es und warf es herum, saugte es hinaus in den wirbelnden Wind.

Dann erschütterte ein ungeheurer Schlag von draußen die Wände und ließ den Boden erzittern, und eine tobende Böe riß die Tür hoch und schlug sie schmetternd zu, und der Keller war dunkel und still wie ein Grab.

24

Henry und Leona wurden drei Tage nach dem Tornado begraben. Sie waren eng umschlungen in dem Klosett auf Leonas Seite der Doppelwohnung gestorben. Manche meinten, ihre Entscheidung, gemeinsam auf das Klosett zu gehen, war wahrscheinlich das einzige, in dem sie sich in vierzig Jahren einig gewesen waren. Aber so war es nicht. Sie wurden in zwei nebeneinanderliegenden Gräbern beigesetzt, die sie sich an ihrem fünfundzwanzigsten Hochzeitstag gekauft hatten.

Ihre Beisetzung war die erste. Die anderen folgten kurz aufeinander. Eine Familie aus der Muldrow – Mutter, Vater und zwei Kinder – waren in ihrem Pickup auf der Staatsstraße getötet worden, als sie versucht hatten, vor dem Tornado wegzufahren. Drei Teenager waren im Freizeitraum der First Methodist Church umgekommen, wo sie Tischtennis gespielt hatten. Sister Husband wurde als letzte an einem verregneten Dienstagmorgen auf dem Paradise Cemetery nördlich der Stadt beigesetzt.

Forney hatte sie gefunden, sie aus dem Gewirr des Wohnwagens gezogen, der wie ein Akkordeon gefaltet gewesen und auf die Straße geschleudert worden war. Sie hatte kaum noch gelebt. Auf dem Weg ins Krankenhaus setzte ihr Herz einmal aus, und dann in der Notaufnahme wieder. Nach der folgenden Operation lag sie fünf Tage lang auf der Intensivstation.

Novalee verließ das Krankenhaus erst, als es vorbei war. Sie durfte nur alle zwei Stunden für zehn Minuten auf die Intensivstation gehen, konnte aber dann und wann etwas länger bleiben. Lexie Coop bat eine der Schwestern auf der Station um diesen Gefallen, und wenn sie Dienst hatte, durfte Novalee länger bei Sister bleiben.

An den ersten zwei Tagen gingen Novalee und Mr. Sprock gemeinsam auf die Intensivstation. Die Oberschwester sprach mit ihnen und erklärte, daß manche Patienten, die im Koma lägen, wahrscheinlich auf irgendeiner Ebene auf das reagierten, was um sie herum vorging.

»Darum ist es wichtig, sie zu berühren. Ihre Hand zu halten. Ihr Haar zu streicheln.«

Mr. Sprock nickte und sagte: »Ihr Haar zu streicheln.«

»Und mit ihr zu sprechen. Über schöne Zeiten zu reden, die Sie gemeinsam verbracht haben. Erzählen Sie ihr lustige Geschichten. Lachen Sie, wenn Sie können.«

»Lachen«, wiederholte Mr. Sprock.

»Ja. Glauben Sie, Sie können das?«

»Ich weiß nicht«, sagte Novalee. »Wir werden es versuchen.«

Und Mr. Sprock *versuchte* es. Er ging, darauf vorbereitet einen Witz zu erzählen, den er mit Novalee zuvor geprobt hatte, hinein. Oder er versuchte, seine Braney Fife-Nummer abzuziehen ... oder begann »Shoe« zu lesen, den Lieblingscomicstrip von Sister.

Doch wenn er neben ihr stand, ihren geschundenen Körper sah und das Gewirr von Schläuchen, das Rasseln ihres Atems in ihrer Brust hörte, begann er zu schluchzen und mußte fortgeführt werden. Schließlich ging er nicht mehr hinein. Er saß einfach im Wartezimmer und wartete.

Novalee lernte früh, den Teil ihres Ich abzuschalten, der

weinen wollte, schreien wollte ... jenen Teil, der die Schläuche herausreißen, Sister auf ihre Arme nehmen und heimtragen wollte. Sie lernte, wie sie zu heucheln hatte, als ob sie und Sister in der IGA einkauften oder Moosrosen im Garten pflanzten ... oder in der Küche saßen und darauf warteten, daß der Kaffee fertig war.

»Ich habe gerade mit Certain telefoniert. Sie erzählte mir, daß unsere Americus Arzt geworden ist. Scheint so, als sei Forney rausgefahren und habe ihr ein Geschenk gebracht. Einen Doktorkasten. Jetzt macht Certain ihr eine kleine weiße Jacke und stickt ›Doktor Nation‹ darauf. Und Moses macht ein Praxisschild für sie und hängt es an ihre Zimmertür ... und sie hat gerade Sprechstunde.«

»Certain sagt, daß sie alles verarztet, was sich bewegt ... Mäuse, Hühner, Hunde. Und heute ... Kühe.«

Novalee lächelte, während sie das Laken über Sisters Brust glattstrich.

»Moses hat sie übrigens heute morgen mit hinaus in die Scheune genommen, und während er molk, hat Americus verarztet. Er sagte, sie habe neben ihrer alten Holstein gehockt, neben der, die Americus Polly genannt hat.«

Novalee nahm ein Papiertuch von dem Tisch neben dem Bett und tupfte Speichel aus Sisters Mundwinkel weg.

»Er sagte, Americus habe sich über Polly ziemlich aufgeregt, als sie sie untersuchte ... sagte ihr, sie solle stillhalten und tief einatmen. Und nachdem Americus Pollys Euter mit ihrem Stethoskop abgehört hatte, schüttelte sie den Kopf und sagte, ›Also, Polly, du wirst auf Diät gesetzt, denn deine Tittis sind zu groß.‹«

Novalee lachte und tat so, als ob Sister auch lache. Manchmal war Novalee so überzeugend, daß sie wirklich glaubte, Sister lächeln zu sehen,

Heimat gibt einem etwas, was kein anderer Ort kann ... deine Geschichte ... Heimat ist da, wo die eigene Geschichte beginnt

oder hörte sie singen

freue dich, mein Bruder, komm, lebe im Sonnenschein nach einer Weile werden wir alles verstehen

oder sie spürte ihre Finger, wenn sie sich bei den Händen hielten, während Sister betete

und wir bitten um Vergebung, Gott, für die Sünde die Mr. Sprock und ich wieder begangen haben

Doch dies waren die schlechten Augenblicke, die Zeiten, in denen Novalee schwerer zu arbeiten hatte, um sich zurückzunehmen. Und als es vorbei war ... als sie Sister von den Geräten trennten und sie gehen ließen, konnte Novalee Sisters gelbes Reyonkleid und ihre Timex nehmen, sie in einen Papierbeutel stecken ... und einfach davongehen.

Nach der Beerdigung ging Novalee zu Moses und Certain, in ein mit Kiefernmöbeln eingerichtetes Zimmer mit einem Federbett und weichen gelben Laken, wo sie achtzehn Stunden lang schlief. Sie hätte vielleicht länger geschlafen, aber Americus kam um zwei Uhr am nächsten Tag auf Zehenspitzen herein und hatte eine kleine schwarze Tasche dabei.

»Hi, meine Süße.«

»Mammi Certain sagte, Mommy schläft.«

»Ich habe nur darauf gewartet, daß du herkommst und mir einen Kuß gibst.«

Americus streckte ihre Arme aus, und Novalee hob sie

aufs Bett. Sie küßten sich. Dann fummelte Americus an der Schnalle der Tasche herum.

»Was hast du denn da?«

»Arzttasche.« Americus nahm ihre medizinischen Instrumente heraus – ein Plastikstethoskop und ein Zungenholz. »Mommy krank.« Mit etwas Mühe klemmte sie die Ohrenstücke an ihre Wangen und hörte dann Novalees Brust ab.

»Was fehlt mir, Doktor?«

»Pappi Moses sagt, Mommys Herz ist gebrochen.«

Novalee brachte ein Lächeln zustande, das sie nicht fühlte, während Americus sich auf ihre Untersuchung konzentrierte. Nachdem sie in Novalees Mund mit dem Holzstäbchen herumgestochert hatte, nickte sie wissend, legte die Instrumente wieder in die Tasche und nahm ein Päckchen M&Ms heraus. Sie nahm zwei heraus. »Nimm das, und du wirst gesund werden.«

»Was ist das, Doktor Nation?«

»Biotika.« Sie schob ein M&M in Novalees Mund und das andere in ihren. Dann sagte sie: »Ich habe auch ein gebrochenes Herz.«

In der nächsten Woche schleppte Novalee sich durch die Tage und Nächte ... die Folge, wie sie fand, eines gebrochenen Herzens.

Wenn sie schlief, geisterten Stimmen durch ihre Träume, die sie aus zertrümmerten Doppelwohnungen und deformierten Wohnwagen riefen. Stromleitungen zischten in geborstenen Bäumen, Blitze durchschnitten die Dunkelheit und beleuchteten Katzen, die auf zersplitterten Zaunpfosten gepfählt waren, und geköpfte Hühner flatterten Kellertreppen hinab.

Wenn sie wach war, mühte sie sich, die Stunden auszufüllen, bis sie wieder schlafen konnte. Aber nichts vermittelte ihr das Gefühl, etwas Ganzes zu sein. Wenn sie aß, schmeckte sie das Essen nicht. Wenn sie las, konnte sie sich nicht an die Worte erinnern. Wenn sie geschlafen hatte, fühlte sie sich müde.

Alle um sie herum wollten ihr helfen. Forney kam jeden Abend heraus, brachte Bücher, die ihr seiner Meinung nach gefallen könnten. Lexie rief zweimal an und lud sie zum Abendessen ein. Moses stellte seine Rollei auf den Küchentisch, wo sie sie sicher sehen mußte, und Americus behandelte sie weiter ärztlich. Nur Certain bot ihr keine Ablenkung an, denn sie wußte, daß nichts den Schmerz lindern konnte. Weder Bücher noch Fotografieren noch Essen. Nicht einmal Liebe.

Das Telefon der Whitecottons schien unaufhörlich zu klingeln. Mr. Sprock rief zwei- oder dreimal jeden Tag an, brach aber ab, wenn er versuchte, Sisters Namen zu sagen. Mrs. Ortiz rief an, um Novalee wissen zu lassen, daß es ihnen gelungen war, ein paar Dinge aus dem Wohnmobil zu retten, bevor es fortgeschafft worden war.

Dixie Mullins rief zweimal an, um über Gespräche mit ihrem toten Ehemann zu berichten, Gespräche mit eher vagen Hinweisen auf Sister Husband.

Anfangs versuchte Novalee mit allen Anrufern zu sprechen. Sie nahm ihre Beileidsbezeugungen entgegen, lauschte ihrem Rat ... lachte mit ihnen und weinte mit ihnen, teilte ihre Erinnerungen und ihren Schmerz. Aber sie hatte genug eigenen Schmerz, und so begann sie nach und nach das Telefon zu meiden. Wenn sie es klingeln hörte, ging sie hinaus oder ins Bad, entdeckte Teller, die abzuwaschen waren, Wäsche, die gewaschen werden mußte, ein Kind, das ein Bad brauchte.

Es schien, als wüßte jeder in der Stadt, wo Novalee war, und so übte sich Certain in Notlügen und im Notieren von Nachrichten. Sie notierte die Anrufe auf Streifen rosa Papiers, die bald einen unbenutzten Aschenbecher neben dem Telefon füllten. Der Direktor des Beerdigungsinstituts rief wegen unerledigter Formalitäten an, desgleichen eine Frau vom Paradise Cemetery. Zwei Floristen wollten wissen, wie man zum Haus der Whitecottons gelangte, und die Elektrizitätsgesellschaft nahm Verbindung auf, weil die Stromversorgung wiederhergestellt werden sollte. Jemand von der Sozialversicherung rief an und wollte, daß Novalee den letzten Scheck für Sister zurückschickte, und ein Angestellter aus der Buchhaltung des Krankenhauses wollte wissen, wohin die Schlußabrechnung zu schicken sei.

Einige Anrufer waren Leute, von denen Novalee noch nie gehört hatte ... eine Frau namens Grace, ein Junge namens Ted und ein Anwalt namens Roy, der zweimal anrief. Aber Novalee vermutete, daß es AA-Mitglieder waren, weil Certain sagte, sie alle hätten das Gespräch auf die gleiche Weise begonnen. »Hi, mein Name ist Grace ... Hi, mein Name ist Ted ... Hi, mein Name ist Ray.«

Mehrere Wal-Mart-Angestellte riefen an, die sich alle Sorgen um ihre Arbeitsplätze machten. Der Laden war durch den Tornado praktisch zerstört worden. Fast das ganze Dach war abgetragen, Wände dem Erdboden gleichgemacht, das Lager entleert ... die Waren waren über das ganze Land verteilt.

Niemand wußte mit Gewißheit, was vorging, aber Gerüchte gab es reichlich. Snooks Lancaster sagte, sie habe gehört, daß Sam Walton in die Stadt kommen wolle, um sich selbst vom Ausmaß des Schadens zu überzeugen. Betty Tenkiller sagte, die Angestellten würden einen Katastrophenbonus bekommen. Und Ralph Scoggins sagte, der für die Stadt verantwortliche Manager habe ihm erzählt, Wal-Mart würde das alte Arsenal der Nationalgarde kaufen, es neu einrichten und das Geschäft binnen eines Monats wiedereröffnen.

Keiner von ihnen aber konnte vorhersehen, was wirklich geschehen würde. Niemand hatte auch nur die leiseste Ahnung.

»Ich habe ein paar gute Nachrichten und einige schlechte Nachrichten«, sagte Reggie Lewis. »Was wollen Sie zuerst hören?«

Was Novalee wollte, war, den Hörer aufzulegen, aber sie sagte: »Ich möchte zuerst die schlechten Nachrichten hören.«

»Okay. Also: Wal-Mart wird hier nicht wieder aufgebaut. Wir ziehen aus.«

»Was?«

»Ich habe den Bescheid gerade von der Zentrale bekommen. Eine Frau aus dem Team des Chefs in Bentonville rief mich vor knapp einer Stunde an.«

»Nein. Das kann nicht sein.«

»Unser Geschäft müßte völlig neu gebaut werden. Von Grund auf. Vor drei Tagen waren ein paar Architekten hier, die sich angesehen haben, was übriggeblieben ist. Sie sagten: ›Unmöglich!‹ Die Substanz ist zu stark beschädigt, Novalee. Wal-Mart geht von hier fort.«

»Wenn Sie gute Nachrichten haben, dann ...«

»Habe ich. Man hat beschlossen, drüben in Poteau ein Super Center zu bauen.«

»In Poteau!«

»Eines dieser gigantischen Gebäude. Ich weiß es nicht genau, aber ... an die zigtausend Quadratmeter. Gemüseabteilung, Drogerie, Optiker, Bäcker ... diese ganzen verdammten Läden. Über fünfzig Kassen.«

»Ich dachte, Sie hätten was von guten Nachrichten gesagt ...«

»Sind es! Jetzt hören Sie. Wir alle werden dort garantiert eingestellt.«

»Reggie, Poteau ist von hier fünfzig Meilen entfernt.«

»Vierundfünfzig. Aber die Umzugskosten werden übernommen, und bis zur Geschäftseröffnung wird das halbe Gehalt bezahlt.«

»Müssen wir nach Poteau ziehen?«

»Na ja, zum Pendeln wär's ein ziemlich langer Weg, oder?«

»Aber dies ist Heimat. Ich kann nicht einfach umziehen.«

»Wenn Sie Ihren Job bei Wal-Mart behalten wollen, müssen Sie's.«

Der Nachricht, daß Wal-Mart endgültig schloß, folgte eine Runde weiterer Anrufe bei den Whitecottons, und binnen einer Stunde rannte Forney in ihrem Wohnzimmer herum, so aufgebracht wie am ersten Tag, an dem Novalee ihn in der Bibliothek gesehen hatte. Er schoß vom Kamin zum Panoramafenster, rannte darauf zu, als wolle er hineinrennen und es zerschmettern, und dann ... in letzter Sekunde wirbelte er herum und stürzte auf Certains Porzellanschrank zu, in dem ihre Sammlung von winzigen Porzellankatzen bei jedem seiner stampfenden Schritte erzitterte.

»Was kann ich denn sonst tun, Forney?«

»Tun? Such dir eine andere Stelle. Hier gibt es Arbeit, Novalee.«

»Richtig.« Novalee nahm die Zeitung, die bereits bei Stellenangeboten aufgeschlagen und gefaltet war. »Fahrer zum Schleppen von Mobilheimen«, las sie vor. »Mitbewohner für behinderten Mann gesucht. Adressenschreiben in Heimarbeit. Geld verdienen mit landesweit beworbenem Produkt.«

»Aber hier können Menschen doch auch anständige Jobs finden.«

»Wo?« Sie hielt ihm die Zeitung hin. »Zeig mir, wo.«

»Novalee ...«

»Meinst du etwa, ich möchte wegziehen? Glaubst du das? Dies ist meine Heimat, Forney. Die Menschen, die mir wichtig sind, leben hier.«

»Ja!«

»Aber ich habe eine Stellung bei Wal-Mart. Das Gehalt ist anständig. Ich bekomme Krankengeld, Krankenversicherung für Americus.«

»Du kannst bei mir wohnen!« Forneys Gesicht wurde rot. »Und bei meiner Sister«, fügte er schnell hinzu. »Du kannst bei uns in der Bibliothek wohnen.«

»Forney.« Novalee schüttelte den Kopf.

»Ich weiß, daß das nicht die beste Lösung ist, nicht der beste Platz für Americus, aber wir könnten darüber reden. Vielleicht ...«

»Forney, eine Wohnung zu bekommen ist nicht das Problem. Moses und Certain haben mich gefragt, ob ich bei ihnen wohnen möchte ...«

»Dann ...«

»Aber das kann ich nicht.«

»Warum? Warum nicht?«

»Seit meinem siebten Lebensjahr wohne ich bei anderen Menschen, Forney. Bei Menschen, die mich aufgenommen haben. Ich kann das nicht wieder tun.«

»Novalee, ich wünschte, du, äh, ich möchte dich, daß du und Americus ...« Forney streckte seine Hand in die Luft. Es war wie die Geste eines Zauberers. Aber da flog keine Taube auf, da war kein Blumenstrauß ... und kein weißes Kaninchen.

Mr. Ortiz kam an diesem Abend herausgefahren, brachte die wenigen Habseligkeiten, die er aus dem Wohnwagen gerettet hatte – ein paar Sparpfennige, einige Bilder, eine Keramikvase ... und Sisters Bibel.

In dieser Nacht schaltete Novalee das Licht ein, nachdem sie es aufgegeben hatte, zu versuchen zu schlafen, und nahm die Bibel vom Nachttisch. Sie durchblätterte die ersten Seiten, bis sie zu der Familienchronik kam, in der Namen und Daten aufgezeichnet waren, von verschiedenen Händen geschrieben ... manches in altmodischer Handschrift mit kunstvollen Schnörkeln und Verzierungen, anderes in Druckbuchstaben, in steifer Blockschrift, sehr geübt und sorgfältig.

Novalee las die Eintragungen, die Daten von Geburt und Tod ... Sisters Mutter und Vater, ein Bruder, der im Kindbett gestorben war, ein Bruder, der mit vierzehn gestorben war, zwei Tanten, ein Onkel, einige Cousins ... und Sisters letzter Bruder, Bruder Husband, der 1978 gestorben war.

Die letzte Eintragung war die, die Sister vor drei Jahren gemacht hatte.

Americus Nation, geboren am 3. Juni 1987

Darauf nahm Novalee einen Stift aus ihrer Tasche,

Sie werden sterben, aber Ihr Name nicht ... er wird in die Bibel von irgend jemand geschrieben sein

legte die Bibel in ihren Schoß

Wissen Sie, dieser Name hat eine Geschichte ... und diese Geschichte wird sogar dann noch da sein, wenn Sie nicht mehr sind.

und machte einen weiteren Eintrag

Thelma Odean Husband, geboren am 9. Oktober 1922, gestorben am 6. Mai 1991

Als Novalee damit fertig war, schloß sie die Bibel. Und das war der Augenblick, an dem sie wußte, daß es Zeit war ... endlich Zeit war, zu weinen.

25

Beeil dich, Mommy.«

Americus wand sich, als Novalee eine Verfilzung aus ihrem Haar bürstete. Sie waren mit Lexie und den Kindern zum Essen bei McDonald's verabredet, und Antsy, die darauf brannte, mit den anderen Kindern im Playland herumtollen zu können, war den ganzen Morgen aufgeregt gewesen.

»Okay, gehen wir.«

Certain war in der Küche und legte frischgewaschene Wäsche zusammen. »Wie hübsch du aussiehst«, sagte sie, wobei sie sich bückte, um Americus zu umarmen.

»Mommy hat mein Haar gebürstet.«

»Und es ist wunderschön.«

»Wir werden gegen halb drei bis drei zurück sein«, sagte Novalee. »Brauchst du etwas aus der Stadt?«

»Ja, du könntest drei oder vier Limonen mitbringen. Und eine Dose schwarzen Pfeffer. Eine große Dose. Mal überlegen ... Vanilleextrakt habe ich auch nicht mehr.«

»Ist das alles?«

»Ich glaube schon. Soll ich das aufschreiben?«

»Das können wir uns merken.«

»Das sagt Moses auch immer, und am Ende ruft er mich aus dem Laden an.«

»Wo ist er?«

»Draußen. Er arbeitet am Traktor. Tut, was er kann, um sich abzulenken und nicht daran denken zu müssen, daß ihr zwei fortzieht. Bei dem Gedanken bricht ihm das Herz.«

Certain schüttelte den Kopf über diese Ungerechtigkeit. »Da wird mehr als nur ein Herz gebrochen, das steht nun mal fest. Ich sah den Blick in Forneys Gesicht, als er gestern ging.«

»Du weißt, daß ich nicht fortziehen will, aber ...«

»Komm doch, Mommy«, sagte Americus und zupfte an Novalees Rock.

»Okay.«

»Oh, fast hätte ich's vergessen«, sagte Certain. »Der Mann namens Ray hat wieder angerufen.«

»Hat er gesagt, was er will?«

»Nein, aber diesmal hat er seine Nummer hinterlassen.«

»Ich werde ihn anrufen.« Dann fügte sie hinzu, während Americus sie aus der Tür schob, »wenn wir aus der Stadt zurück sind.«

Moses war halb unter der Motorhaube eines alten John Deere Traktors versteckt, schaute aber hervor, als er Americus rufen hörte.

»Pappi Moses!«

»Ich höre, du fährst in die Stadt, Miss Americus.«

»Gehe ins Playland. Mit Praline und Brownie und Baby Ruth ... oh-oh.« Americus schlug sich an die Stirn. Es war eine Geste, die sie aus dem Fernsehen hatte. »Hab' meine Doktortasche vergessen«, sagte sie, machte auf dem Absatz kehrt und rannte zum Haus zurück.

»Und warum, um alles in der Welt, brauchst du für McDonald's eine Doktortasche?« rief Moses ihr nach, aber sie war bereits durch die Hintertür verschwunden.

Moses grinste, griff dann in den Werkzeugkasten und nahm einen Schraubenschlüssel heraus.

»Alles in Ordnung, Liebe?« fragte er.

»Ja.«

»Hab' dich heute nacht oben gehört.«

»Ich hatte nach einem Stift gesucht.«

»Wolltest du schreiben? Um drei Uhr früh?«

»Ja, es war etwas, das ich abschließen mußte.«

Americus schoß von der Eingangstür zu McDonald's geradewegs zum Playland hinüber, wo Praline, Brownie und die Zwillinge abwechselnd auf die Rutsche stiegen. Lexie hatte sich an einen Tisch geklemmt und trank Kaffee. Sie war vierzig Pfund schwerer und im sechsten Monat schwanger, was ihr Haar dünner gemacht hatte und an ihrer Kraft zehrte.

»Bist du schon lange hier?«

»Oh, das kommt darauf an, wie man's sieht«, sagte Lexie.

»Wir sind heute morgen um neun zum Frühstück gekommen. Dann sind wir zur Klinik gefahren, weil ich um halb elf dort meinen Termin hatte, und jetzt sind wir hier ... gerade rechtzeitig zum Mittagessen zurück.«

»Ihr seid gute Kunden.«

»Kunden? Novalee, wir gehören zur Familie. Wir verbringen soviel Zeit hier, daß Baby Ruth Ronald McDonald Bruder nennt.«

Novalee lachte – es war ein echtes Lachen, ihr erstes seit langer Zeit. »Du tust mir gut, Lexie.«

»Na ja, irgend jemand muß es ja.« Lexie griff über den Tisch und strich Novalee das Haar aus dem Gesicht. »Du siehst schrecklich aus.«

»Ich habe letzte Nacht nicht viel geschlafen.«

»Das sieht man. Wie ging's mit Forney?«

»So, wie ich's mir gedacht hatte.«

»So schlimm, ja?«

»Ja. Aber er ist eben ganz einfach so vernarrt in Americus. Wenn wir fortziehen ...«

»Und in dich ist er nicht vernarrt?«

»Sicher. Wir sind die besten Freunde.«

»Oh, Novalee, mach doch die Augen auf! Du bist *nicht* seine Freundin. Das habe ich dir doch schon gesagt ... Forney Hull liebt dich.«

»Lexie, kennst du den Unterschied zwischen Liebe und Freundschaft?«

»Ist das ein Test?«

»Forney ist ein wundervoller, anständiger Freund, der mir in der schlimmsten Zeit meines Lebens geholfen hat. Lexie, der Mann hat mein Baby zur Welt gebracht! Diese Art von Freundschaft ... also, sie ist vielleicht noch stärker als Liebe.«

»Nun laß mich mal reden. Er begehrt dich so sehr. Ich wette, er träumt davon, dich endlich in seine Arme nehmen zu können und ...«

»Du liest zu viele Liebesromane.«

»Novalee, hör mir zu. Der Mann ist verrückt nach dir. Er blüht auf, wenn er mit dir zusammen ist.«

»Du redest Unsinn.«

»Nein! Ich sehe es ... ich beobachte ihn, wenn du dabei bist. Er findet alles wundervoll, was du sagst. Er liebt die Art, wie du gehst, wie du duftest. Er liebt dein Haar, deine Haut, deine kleinen Brüste ...«

»Lexie, Forney ist nicht wie wir.«

»Was soll das heißen?«

»Nun, er ist anders. Seine Familie war gebildet ... sie hatten Geld. Lexie, Forney wohnte in einem Haus mit einem Salon. Ich habe nie jemand gekannt, der ›Salon‹ *gesagt* hat.«

»Ich habe ›Salon‹ gesagt.«

»Er war in Europa. Er hat Musik studiert ... er spricht drei Sprachen!«

»Und was meinst du damit, daß er nicht wie wir ist?«

»Lexie, ich bin hier, in dieser Stadt, weil ein Kerl mich wie ein Stück Müll weggeworfen hat. Ich bin arm und ich bin ungebildet und ...«

»Du bist nicht ungebildet. Du weißt viel. Du liest mehr, als irgendwer sonst, den ich kenne.«

»Ich könnte drei Bücher am Tag lesen und würde doch nie wissen, was Forney weiß. Ich habe mit ihm nie über große Ideen sprechen können oder ...«

»Novalee, weißt du eigentlich, was du gerade gesagt hast? Ein Mann kann dich nicht lieben, weil du nicht so viele Bücher gelesen hast wie er? Er kann dich nicht lieben, weil du kein Französisch sprichst ... oder weil du nicht in Opern gehst? Du willst mir erzählen, daß wir uns in Menschen verlieben müssen, die genauso sind wie wir?«

»Nein, nicht direkt.«

»Wenn du recht hast, dann habe ich Woody Sams verdient, und ich habe verdient, was er mit mir gemacht hat.

Er sagte, er wolle der Daddy meiner Kinder sein, weil er selbst keine Kinder haben könne. ›Der Mumps‹, sagte er. Na ja«, Lexie rieb sich ihren geschwollenen Bauch. »Ich habe seinen Mumps direkt hier.«

»Lexie, ich meinte nicht ...«

»Er macht mich dick und spaziert einfach davon ... nein, laß mich das korrigieren. Er *reitet* auf seiner Harley davon, mit meinem Schmortopf und meinen großen Kopfkissen ... fährt mitten in der Nacht aus der Stadt, läßt mich schwanger mit Nummer fünf sitzen, und du willst mir erzählen, daß wir nur das bekommen, was wir verdienen? Das ist das Beste, worauf wir hoffen können?«

»Lexie ... du hast es selbst einmal gesagt. Mädchen wie wir bekommen nun mal nicht das Beste.«

»Vanille«, sagte Certain.

»Richtig.« Novalee wandte sich von dem Münzfernsprecher in der IGA ab und flüsterte »Vanille« zu Americus, die sich daraufhin wieder vor die Stirn schlug, eine Geste, die sie fast perfekt beherrschte.

»Novalee. Dieser Ray hat hier wieder angerufen. Sagt, er müsse dich heute sprechen.«

»Hat er dir gesagt, warum?«

»Nein. Nur, daß es wichtig sei.«

»Na schön. Wie ist seine Nummer?«

»765-4490.«

»Ich werde ihn anrufen.«

Sobald Novalee aufgehängt hatte, steckte sie wieder einen Quarter ins Telefon und tippte die Nummer, die Certain ihr gegeben hatte. Ein Mann meldete sich beim ersten Läuten.

Zehn Minuten später fuhr Novalee auf Sisters Auffahrt und parkte hinter einem dunkelbraunen Buick. Ein kleiner, dünner Mann stieg aus und kam ihr entgegen.

»Hi. Mein Name ist Ray«, sagte er.

Novalee schüttelte die Hand, die er ihr reichte, aber sie war sich des Drucks seiner Finger nicht bewußt ... und auch nicht des Rauches seiner Zigarette oder des frischen Limonenduftes seines Rasierwassers. Sie sah weder den Tabakkrumen, der an seiner Unterlippe klebte noch die tiefliegenden grauen Augen, die verletzt und müde schauten.

Sie blickte an ihm vorbei, direkt über seine Schulter hinweg ... blickte vorbei an seinem Buick, über die Auffahrt hinweg.

Der Wohnwagen war verschwunden. Und nichts an der Stelle, wo er gewesen war, ließ erkennen, daß er überhaupt je dort gestanden hatte.

Nichts war geblieben. Weder die Streben, mit denen die Rädern verkeilt gewesen waren, noch die Betonklötze, die die Gabel gehalten hatten, noch das Aluminium, mit dem das Fundament verkleidet gewesen war. Da war keine Glasscherbe und kein Streifen Blech, kein Stück Holz oder auch nur ein Ziegel.

Es war alles fort ... die Veranda und der Vorratsschuppen, das Spalier und die Vogeltränke. Alles glatt und sauber gefegt ... weggefegt.

»Ist es das erste Mal, daß Sie hier sind? Das erste Mal, seit es passierte?«

Novalee nickte, während Americus neben sie huschte, hochlangte und ihre Hand nahm.

»Es tut mir sehr leid«, sagte er. »Ich weiß, wie nahe Sie sich standen. Sie sprach viel über Sie.«

»Sie und Sister waren ...«

»Beide Alkoholiker. Da habe ich sie kennengelernt, bei den AA. Vor vier Jahren, ungefähr um die Zeit, als sie Sie fand. Sie war mein Schutzengel.«

»Oh, dann sind Sie das also. Der Mann, der anrief ...«

»Mitten in der Nacht? Ja. Der bin ich. Der Mann, den sie

aus dem Hi-Ho Club oder dem Red Dog Salon holte ... aus Bone's Place.« Ray warf seine Zigarette fort und steckte sich eine neue an. »Wo immer ich am Ende landete, sie kam zu mir.«

»Mommy?« Americus zog an Novalees Hand.

»Sie hat mich nie fallenlassen«, sagte Ray. »Nachdem ich meine Praxis verloren hatte, mir Lizenzentzug drohte ... nun, sie war diejenige, die mir half, das Ruder herumzureißen.«

Novalee schaute über den Hof. »Ich kann einfach nicht glauben, daß alles weg ist.«

Americus löste ihre Hand aus der ihrer Mutter und eilte davon.

»Ja«, sagte Ray. »Das muß ein ziemlicher Schock sein, aber es wäre schlimmer gewesen, wenn Sie es gesehen hätten, bevor ich alles wegschaffen ließ.«

»Sie haben das veranlaßt?«

»Ich bin der Testamentsvollstrecker, und deshalb ...«

»Vollstrecker?«

»Sister hatte ein Testament.« Er griff in seine Tasche und zog einen dicken Umschlag heraus. »Es ist alles hier drin.«

»Was?«

»Ihr Testament, die Übertragungsurkunde, ein paar Schecks ... Quittungen. Sie müssen ein paar Papiere unterzeichnen, und dann ...«

»Warum?«

»Weil Sie alles Ihnen vermacht hat, Miss Nation. Das Grundstück. Und das Wohnmobil. War versichert, wenn auch nur mit der Mindestsumme. Achttausend ... und achttausend fürs Inventar. State Farm. Der Scheck ist hier drin.« Ray reichte Novalee den Umschlag. »Und ein Scheck von der National Republic ... eine Lebensversicherungspolice über zehntausend, und Sie sind die Begünstigte.«

»Mommy«, rief Americus über den Hof.

»Jedenfalls«, sagte Ray, »gehört alles Ihnen.«

Novalee nahm den Umschlag mit steifen, mechanischen Bewegungen.

»Haben Sie irgendwelche Pläne gemacht?«

Schlafzimmer mit alten Patchworkdecken und Himmelbetten

»Werden Sie in dieser Gegend bleiben?«

Küchen mit Kupfertöpfen und blauem Porzellan

»Mommy!«

Wände, an denen Familienbilder in goldenen Rahmen hingen

»Mommy, sieh doch!«

Novalee drehte sich um und sah Americus um den Roßkastanienbaum hüpfen – er war noch immer groß, noch immer gerade, er lebte noch.

er bringt Glück ... hilft einem, nach Hause zu finden, wenn man sich verirrt hat

»Oder gehen Sie zurück nach Tennessee?«

Heimat ist da, wo die eigene Geschichte beginnt

»Was?«

»Ich fragte gerade, ob Sie zurück nach Tennessee gehen werden?«

»Nein. Ich werde bleiben ... zu Hause bleiben.«

26

Die Rothaarige an der Bar steckte sich die nächste Zigarette an und nahm das übergeschlagene Bein herunter, so daß der fransenbesetzte Minirock höher auf ihre Schenkel rutschte und den Blick auf den Schritt ihres Spitzenhöschens freigab. Sie wollte sichergehen, daß der Sänger, der sich Billy Shadow nannte, sie im Auge behielt. Sie brauchte sich keine Sorgen zu machen.

Willy Jack hatte sie entdeckt, sie und alle anderen – die kleine Brünette in hautengen Jeans und mit dem Top, das knapp ihre Brustwarzen bedeckte, die langbeinige Lateinamerikanerin in roten Stiefeln und Bluejeans-Shorts, die nicht ganz die Backen ihres Hinterteils bedeckten, ein Mädchen mit Schlafzimmerblick, das jedesmal an seinem Daumen lutschte, wenn er es ansah. Willy Jack war keine entgangen.

Aber heute abend hielt er nicht nach Frauen Ausschau. Er suchte nach Johnny Desoto, einem der wichtigsten Agenten im Geschäft, der kommen wollte, um ihn singen zu hören.

»Und was kann ich für dich tun, Billy?«

»Na ja, Shorty Wayne sagte, ich sollte mit dir Verbindung aufnehmen, Johnny. Sagte, du magst meinen Song.«

»Den Heartbeat, richtig?«

»The Beat of a Heart.«

»Hübsche Melodie.«

»Shorty sagte, ich soll dich anrufen, wenn ich in Dallas bin.«

»Mach das.«

»Na ja, deshalb rufe ich an.«

»Du bist hier in Dallas? Jetzt?«

»Ja. Ich hab' letzte Woche im Cowpokes angefangen.«

»Wie lange wirst du hier sein?«

»Ich bin bis zum Zehnten hier.«

»Verstehe.«

»Also, ich dachte ...«

»Billy?«

»Ja?«

»Du bist noch bei Ruth Meyers?«

»Ja ... aber ich dachte daran, ein paar Veränderungen vorzunehmen, Johnny. Wenn du weißt, was ich meine.«

Während Willy Jack seine Faust in die Luft stieß, um den

Drummer wissen zu lassen, daß er einen halben Takt zurückhing, ließ er seine Stimme in den Refrain von »Mama, Don't Let Your Babies Grow Up To Be Cowboys« übergehen, den ersten Song, den Billy Shadow und Night River brachten.

Noch bevor Night River auf die Bühne kam, war das Cowpokes mit seinen vierhundert Plätzen übervoll. Eine Stunde später strömten noch immer Gäste durch die Tür, eifrig dabei, die zehn Dollar Eintritt zu blechen, um für die Flasche Lone Star fünf Dollar zahlen zu dürfen. Im Cowpokes, am Schickimicki-Ende der Greenville Avenue in Dallas gelegen, tummelte sich das junge, betuchte Publikum: frischgesichtige Profis mit Stetsons, die ihre Augen gegen die Discostroboskope beschatteten, Verbindungsstudenten, die sechshundert Dollar teure Lucchesi-Stiefel trugen, die nie rauheres Terrain berühren würden als eingelegtes Parkett, und schlanke goldblonde Frauen, deren Aussehen durch Gymnastik in Luxuskarossen und das Gerben von Betten hart erarbeitet war.

Aber bis zum Cowpokes war es ein langer Weg gewesen von den Kneipen, in denen Willy Jack angefangen hatte, den Krawall-Clubs, für die Ruth Meyers ihn anfangs gebucht hatte, schäbige Kneipen in harten Städten – The Black Stabber Bar in Trinidad, Colorado ... The Forked Tongue in Buckeye, Arizona ... Coonasses and Crackers in Yalobusha, Mississippi.

Ruth Meyers hatte sehen wollen, ob Willy Jack Durchhaltevermögen hatte – sehen wollen, ob er die Glamourwelt des Unterhaltungsgeschäfts überleben konnte. Er konnte ... aber zuweilen nicht sehr.

In Chillicothe, Missouri, in einer Kneipe The Hole in the Wall, versuchte ihn ein Mann im Rollstuhl mit einem Klauenbeil umzubringen, weil die Band nicht »The Sound of Music« spielen konnte. In Decatur, Alabama, in Baby's Bar and Grill, schlug eine Frau ihrem Ehemann einen Eispickel ins Ohr und verlangte, daß Willy Jack »Your Cheatin' Heart« sang.

In Hot Springs, Arkansas, brachten drei Brüder, die Totenwache bei ihrem Vater hielten, seine Leiche in The Rubber Rooster, wo sie Night River dazu zwangen »Blue Eyes Crying in the Rain« von Mitternacht bis vier Uhr früh am nächsten Morgen zu spielen.

Und in Valdosta, Georgia, spielte Willy Jack in einer Bar namens The Fang, wo er die Bühne mit einem halben Dutzend Schlangenkäfigen teilte. Zur Fütterungszeit verkaufte der Barmann lebende Mäuse für drei Dollar das Stück, und immer, wenn ein Gast eine Maus in einen der Käfige fallenließ, lieferte die Band einen Trommelwirbel und sang im Chor »There Goes My Everything«.

Willy Jack musterte wieder die Menge im Cowpokes und überlegte, warum Johnny Desoto nicht gekommen war. Obwohl der Laden voll war, wäre er leicht zu entdecken gewesen, da er eine Augenklappe trug, die Gerüchten zufolge die Reste eines Auges verdeckte, das vom Horn eines Bullen ausgestochen worden war, als Desoto vor dreißig Jahren noch beim Rodeo mitmischte.

»Können wir noch eine Runde haben?« rief Willy Jack dem Barmann zu.

»Nein«, sagte Johnny Desoto. »Ist ein bißchen früh am Tag für mich. Und außerdem habe ich in einer Stunde ein Arbeitsessen.«

»Dann komme ich gleich zur Sache.« Willy Jack beugte sich weiter über den Tisch vor, und sein Tonfall war vertraulich. »Ich glaube, Ruth Meyers hat mich so weit gebracht, wie sie es kann.«

»Ist das wahr?«

»Mann, sie hat keinen Einfluß.«

»Oh, ich würde Ruth Meyers nicht unterschätzen. Die Frau hat eine Menge Leistungen vorzuweisen.«

»Sicher, sie hat viele Musiker auf die Bühne gebracht, aber ...«

»Sie hat's geschafft, deinen Song als Platte rauszubringen, Billy.«

»Ach, Scheiße!« Willy Jack schüttelte angewidert den Kopf. »Eine verdammte Single bei Shorty Wayne.«

»Shorty hat etliche Hits gehabt. Er war oben. Und er hat einer Menge Leute eine Menge Geld gebracht ... einschließlich Ruth Meyers.«

»Schön, aber mich hat er nicht reich gemacht.«

»Er hat einiges an Sendezeit bekommen.«

»Das nützt meiner Karriere überhaupt nichts.« Willy Jack hielt sein leeres Glas hoch, damit der Barkeeper es sehen konnte.

»Und an was denkst du so, Billy?«

»An ein Album. Mein Album ... und ein Video. Fernsehauftritte. Das ist das, was ich brauche ... jemand, der mich promotet.«

»Und du meinst, daß Ruth Meyers das nicht ist?«

»Teufel, Johnny ... Ruth Meyers hat keinen Einfluß.«

Willy Jack winkte einem Barmädchen zu und signalisierte, daß er noch einen Wild Turkey wolle, während der Pianist, ein dürrer, kleiner Kerl namens Davey D., »Misery and Gin« anstimmte.

Davey D. war der einzig übriggebliebene Musiker der vier, die Ruth Meyers zusammengeholt hatte, um daraus Night River zu machen, während sie Billy Shadow schuf.

Sie hatte die besten engagiert, die sie kannte, die besten aus hundert Bands, die sie formiert und umformiert hatte, gemischt und getauscht ... gute Musiker, die ihr Metier beherrschten. Sie hatte sie aufgespürt, zusammengetrieben und zu Billy Shadow gestellt.

Dann erinnerte sie sich ihrer Mädchentage damals in Missouri. Unzählige Erinnerungen kamen wieder, ausgelöst durch die Form von Willy Jacks Lippen, und Ruth Meyers dachte an dieses Mädchen aus Missouri und diese ersten wundervollen Nächte am Current River mit diesem ersten wundervollen Jungen, und nannte ihren neuen Sänger und ihre alten Musiker Night River, weil sie irgendwie das Gefühl hatte, daß Schatten und Nacht sich verbinden könnten.

Aber das war nicht geschehen. Nicht, weil der Drummer den Rhythmus nicht halten konnte. Nicht, weil der Bassist kein Solo spielen konnte. Nicht, weil dem Gitarristen das perfekte Gehör fehlte. Es war nicht geschehen, weil sie viel zu groß waren. Nur Davey D. war kleiner als Willy Jack ... und nur Davey D. war noch da.

Und obwohl die Ersatzleute nicht so gut waren, nicht so ausgefeilt wie die Originale, schien Billy Shadows Stern doch zu steigen. Ruth Meyers hatte gute Arbeit geleistet. Aber es war ein hartes Stück Arbeit gewesen, und um sie zu vollbringen, war eine kleine Armee erforderlich gewesen. Bei Willy Jack hatte es eine Menge an Säuberung gebraucht.

An diesem Tag, damals in Nashville, hatte Doc Frazier, der Zahnarzt, fast geweint, als er in Willy Jacks Mund schaute, wo er Zerfall, Zahnfleischentzündung und die Zahnbeläge von über zwanzig Jahren fand, durch die er sich durchschürfen mußte. Doch einen Monat später, als Doc fertig war, erhob Billy Shadow sich mit bekappten, überbrückten und überkronten Zähnen aus seinem Stuhl ... und sie waren so rein und weiß wie Krankenhauslaken.

Nina, die Kosmetikerin, die sich Willy Jacks annahm, mußte ihn zuerst von den Schuppen kurieren, die seinen Skalp infiziert hatten, seine Augenbrauen und seine Nasenwinkel ... eine Behandlung, die sie eine Woche lang mit Teer und heißer Rizinusölpaste durchführte. Anschließend schnitt sie sein Haar und verpaßte ihm eine neue Frisur, die weich und lässig wirkte, mit Locken, die ihm in die Stirn fielen. Dann gab sie ihm eine dunkle, kastanienbraune Tönung, eine Farbe, die seine violettblauen Augen am besten wirken ließ. Sie straffte seine Haut mit Schlammpackungen und behandelte seine dick gequollenen Tränensäcke mit einer Gurke und Majonäsegel. Schließlich, nachdem sie mit Maniküre und Pediküre bei ihm fertig war, machte sie ein Foto von Billy Shadow, Beweis dafür, daß ihre Kosmetikausbildung sich bezahlt gemacht hatte.

Jack Gooden, der Schneider von Preston's Western Wear, hatte Willy Jack in die Anprobe geleitet und ihm Anweisung gegeben, seine Kleidung, die Polyesterhose und das karierte Hemd auszuziehen, die Claire Hudson ihm damals im Gefängnis gegeben hatte. Eine Stunde später war Willy Jack mit Metern feinster Kammgarn- und Gabardinestoffe in kräftigem Bernsteingelb und tiefem Rotbraun behängt, während Gooden steckte und maß und kreidete. Zwei Wochen später schlüpfte Billy Shadow in seinen neuen Anzug, der sich um seine schlanken Hüften schloß und seine schmalen Schultern polsterte und beim Laufen an seinen Schenkeln zischte.

Tooby, der Schuhmacher, hatte an diesem ersten Tag weggeschaut und so getan, als habe er die Zeitung nicht gesehen, die am Hacken von Willy Jacks Socken klebte. Er wußte auch ohne in die billigen Acme-Stiefel zu schauen, daß sie mit Papier vollgestopft waren. Willy Jack war nicht sein erster kleinwüchsiger Kunde. Tooby wußte auch mehrere Wochen später, als der Junge seine Füße in die handgestickten Alligatorlederstiefel mit den fünf Zentimeter hohen Absätzen steckte, daß Billy Shadow nie gerader gestanden und nie größer ausgesehen hatte als an diesem Tag.

Als dann Ruth Meyers und ihre Armee fertig waren, trat Willy Jack Pickens vor einen Spiegel, lächelte das an, was er sah, und schaute, wie Billy Shadow zurücklächelte.

Und Ruth Meyers wußte schon damals, wieviel Kummer er ihr bereiten würde. Sie wußte, daß die Frau von irgendwem mit ihm auf dem Rücksitz eines Lincoln oder Cadillac erwischt werden würde. Sie wußte, daß die Tochter von irgendwem schwanger werden und schwören würde, daß er der Vater sei. Sie wußte, daß das Kind von irgendwem daran kaputtgehen würde, daß es ihn mit Schnaps und Kokain versorgte. Ruth Meyers wußte, was kam.

Sie wußte, daß er sich nicht an die Regeln halten und das Gesetz brechen würde ... er würde sie unterschätzen, ihr an die Kehle gehen und versuchen, sich von ihr zu trennen. Ruth Meyers wußte, mit wem sie es zu tun hatte, so hätte sie es besser wissen müssen.

Doch als Billy Shadow von dem Spiegel zurücktrat, Ruth Meyers packte und sie küßte, während er mit ihr durch den Raum tanzte, brachte er ihr Herz zum Rasen und ihr Blutdruck stieg und ihre Kehle wurde eng, weil wieder die Erinnerungen an diesen wundervollen Jungen am Current River da waren.

»Schön, daß Sie kommen konnten, Johnny.«

»Bin ein bißchen spät dran, aber ich wurde aufgehalten. Konnte nicht einfach aufstehen und gehen.«

»Na, gut. Wir fangen gleich mit dem nächsten Set an und ...«

»Ich werde mir das nächste Set nicht anhören können, Billy.«

»Teufel auch, Sie haben doch nur diese letzten beiden Nummern gehört. Ich dachte, Sie würden ...«

»Was ich gehört habe, hat mir gefallen.«

»Ja?« Willy Jack nahm einen tiefen Schluck von seinem

Drink. »Hat es Ihnen so gut gefallen, daß Sie mich managen, Johnny?«

»Oha! Wir gehen hier vielleicht etwas zu schnell ran.«

»Ich bin bereit, schnell zu machen. Auf dieser langsamen Schiene war ich lange genug.«

»Du mußt etwas verstehen, Billy. So lange du noch an Ruth Meyers gebunden bist ...«

»Hören Sie. Ich schulde Ruth Meyers nichts. Absolut nichts.«

»Sie sieht das vielleicht aber anders.«

»Das kann ich schnell beenden.« Willy Jack schnippte mit den Fingern und verschüttete dabei unbeabsichtigt den Rest seines Drinks. »Und sie hat auch absolut nichts dabei zu entscheiden.«

»Billy, Ruth Meyers kann eine mächtige Verbündete sein ... aber wehe dem, der ihr Feind ist. Bist du darauf wirklich vorbereitet?«

»Was kann sie mir denn Ihrer Meinung nach antun?«

»Ich sage dir nur soviel: Ruth Meyers hat einen sehr langen Arm.«

»Ach, Scheiße. Ruth Meyers hat keinen Einfluß.«

Willy Jack tippte Ruth Meyers' Kreditkartennummer ein und nahm dann noch einen tiefen Schluck, bevor er die Karte wieder herauszog. Sie meldete sich beim ersten Läuten.

»So, wir sind hier«, sagte er. »Aber es war die Hölle. Hat den ganzen Weg geregnet. Und ich kann Ihnen sagen, Abilene, Texas, sieht aus wie der Arsch der Welt.«

»Bist du im Ramada?«

Willy Jack konnte etwas in ihrer Stimme hören, etwas, vor dem man sich hüten sollte.

»Ja. Ich geb' Ihnen die Nummer.« Er mußte das Telefon dicht vor die Augen halten, weil die Ziffern verschwammen. Er wußte, daß er voll war, wollte aber nicht, daß Ruth Meyers es wußte. »764-4288.«

»Ich hatte versucht dich anzurufen, bevor du Dallas verlassen hast.«

»Ach ja?« In diesem Moment, als dieses Schweigen zwischen ihnen hing, wußte er, daß etwas nicht in Ordnung war. Aber das konnte nichts mit Johnny Desoto zu tun haben. Davon konnte sie nichts wissen. »Haben Sie im Hotel angerufen ... oder im Club?«

»Bei beiden.«

»Na ja, wir sind etwas früher abgereist, als erwartet. Was liegt an?«

»Ich bekam einen Anruf von einem Anwalt in Albuquerque.«

»Teufel noch mal. Wenn es um dieses Mädchen geht in ...«

»Es geht um eine Frau namens Claire Hudson.«

»Um wen?«

»Kennst du Claire Hudson?«

»Nein. Nie von ihr gehört.«

»Sie sagt, du hättest ›The Beat of a Heart‹ nicht geschrieben.«

»Blödsinn!«

»Sie sagt, ihr Sohn hätte es geschrieben.«

»So ein Blödsinn! Ihr Sohn ist tot.« Willy Jack wußte, daß Ruth noch in der Leitung war. Er konnte sie atmen hören. »Okay ... ich kannte sie, aber ...«

»Du verlogener kleiner Hurensohn.«

»Nein. Hören Sie, Ruth ... hören Sie doch! Ich habe ›The Beat of a Heart‹ geschrieben. Es ist mein Song und ...«

»Nein, Willy Jack. Du irrst dich. Es ist Claire Hudsons Song.«

»Was reden Sie denn da?«

»Claire Hudson hat die Urheberrechte ... im Namen ihres toten Sohnes.«

»Ver-dammt, Ruth. Ich schwöre es Ihnen. Hören Sie doch, verdammt noch mal. Ich würde Sie nicht belügen. Ich würde Sie nie belügen, Ruth.«

»Wirklich? Du würdest mir wirklich nie eine Lüge erzählen, Willy Jack?«

»Nein! Ich brauche Sie. Ich brauche Ihre Hilfe.«

»Jaja, du hast recht. Dabei wirst du einige Hilfe brauchen ... aber nicht meine. Vielleicht kann dir Johnny Desoto ja bei der Geschichte zur Hand gehen.«

»Ruth? Lassen Sie uns doch darüber reden. Ruth? Lassen Sie mich Ihnen doch erzählen ... Ruth? Ruth Meyers?«

27

Novalee wußte, daß Forney sich Sorgen machen würde. Wahrscheinlich hatte er bereits die Autobahnpolizei angerufen und eine Suchmeldung aufgegeben. Und sie wußte, daß er höchstwahrscheinlich alle Krankenhäuser anrufen würde, wenn sie nicht vor neun zu Hause war.

Am späten Nachmittag hatte es zu schneien begonnen, doch der Schnee war bei Einbruch der Dunkelheit zu Schneeregen geworden. Als Novalee schließlich um sieben ihre Arbeit beendete, war die Windschutzscheibe ihres Autos einen Zentimeter dick vereist. Sie nahm einen Karton aus dem Kofferraum, einen Karton, den Forney mit Scheibenkratzern, Dosen von Enteiser, Leuchtraketen und Kerzen gefüllt hatte ... mit Aberdutzenden von Kerzen. Er hatte gelesen, daß die Hitze einer einzigen Kerze ausreichte, um jemand, der in einem Nord-Dakota-Blizzard steckengeblieben war, für zwei Tage am Leben erhalten konnte. Und so hatte er angefangen, Kerzen zu kaufen, und schien damit nicht aufhören zu können.

Der Wal-Mart-Parkplatz, ein riesiges Betonareal, das Platz für fünfhundert Autos bot, war fast verlassen, als Novalee den Chevy zur Ausfahrt steuerte. Kaum daß die erste Schneeflocke zu Boden gefallen war, waren fast alle der vierzig Kassen im Super Center geschlossen worden. Und jetzt wurden keine Kassen mehr gebraucht.

Sie hoffte, daß die Streufahrzeuge vor ihr auf dem Highway gewesen waren, aber im April rechnete niemand mehr mit einem Eisregen. So war sie nicht überrascht, daß die Staatsstraße glasiert und spiegelglatt war. Es würde eine lange Heimfahrt werden.

In den ersten Monaten, die sie die Strecke fuhr, war der Pendelverkehr nicht so anstrengend gewesen. Doch das schlechte Wetter, das Anfang November begonnen hatte, war geblieben, und Eis hatte Anfang April niemand erwartet. Sie war durch Schneeregen gefahren, durch Hagel, Eisregen und Schnee – allein im Dezember waren fast fünfzig Zentimeter gefallen.

Moses und Forney hatten den kleinen Chevy mit Betonklötzen schwerer gemacht, und Novalee hatte neue Winterreifen gekauft. Dennoch war sie den ganzen Winter hindurch gerutscht und geschlittert und hatte genug Beinaheunfälle auf glatten Straßen, so daß sie mehrere Male daran dachte aufzugeben und eine Stelle in der Nähe ihres Zuhauses anzunehmen.

Sie wußte nicht sicher, was sie dazu veranlaßte, jede Woche fünfhundert Meilen auf dem Highway zurückzulegen. Sie wußte nicht, warum sie so weitermachte, bei Sonnenaufgang zur Arbeit und nach Einbruch der Dunkelheit nach Hause fuhr. Manchmal wünschte sie sich, genauso wie andere sein zu können, einfach dann und wann anzurufen, und sich krank zu melden, sich einfach an einem dieser dunklen, eiskalten Morgen in ihre Decke rollen zu können, alles zum Teufel zu wünschen und im Bett zu bleiben.

Lexie versuchte sie zu überreden, eine Stelle im Krankenhaus anzunehmen, was lediglich eine Zehn-Minuten-

Fahrt durch die Stadt gewesen wäre. Dixie Mullins wollte, daß sie die Kosmetikschule besuchte, damit sie in ihrem Geschäft mitarbeiten könnte. Und Mrs. Ortiz drängte sie, sich um eine Stelle beim Staat zu bewerben, vielleicht bei der Post.

Doch aus irgendeinem Grund war Novalee bei Wal-Mart geblieben, war eine der wenigen, die den Wechsel nach Poteau und ins Super Center mitgemacht hatten ... und die *einzige,* die jeden Tag hin und zurück fuhr. Sie wußte nicht warum, aber sie fühlte sich dem Wal-Mart verbunden. Sie dachte, es läge vielleicht daran, daß sie in einem gelebt hatte, als sie schwanger war. Es konnte sein, weil ihre Tochter dort geboren worden war.

Als der Schneeregen in Schnee überging, dachte Novalee daran, Forney anzurufen, ihm zu sagen, daß sie später kommen würde, doch die Ausfahrten sahen rutschiger aus als der Highway, und so ließ sie es. Außerdem waren Forney und Americus mitten bei *Puck of Pooh's Hill,* und das würde seine Gedanken eine Weile vom Wetter ablenken.

Mrs. Ortiz hütete Americus tagsüber und hätte auch abends auf sie aufgepaßt. Aber Forney wollte davon nichts wissen. Sobald er die Bibliothek geschlossen und das Abendessen für seine Schwester gemacht hatte, fuhr er zum Haus und blieb, bis Novalee daheim war. Er hätte da zu sein, erklärte er, um einiges nachzuholen. Er hätte Americus zu wenig Geschichte des neunzehnten Jahrhunderts vorgelesen, und er hatte so wenig Zeit. Schließlich würde sie im Herbst in den Kindergarten gehen.

Aber Novalee war froh darüber, daß er da war. Sie liebte es, ihn zu sehen, wenn sie ihr Haus betrat. Gleich, wie ihr Tag gewesen war, egal, wie müde oder in welcher Stimmung sie war, sie fühlte sich immer wohler wenn sie Forney sah, der sein schiefes Lächeln lächelte, wenn sie durch die Tür trat.

Sie wußte immer, wenn er scheu und unsicher wirkte, daß er ihr eine Überraschung mitgebracht hatte, einen ganz speziellen Leckerbissen. Wie zum Beispiel die Morcheln, ›genus *Morchella*‹, die er in jedem Frühling suchte und in seinem Spezialteig zubereitete ... oder die ersten Erdbeeren der Saison, gezuckert und auf einem hauchdünnen blauen Porzellanteller arrangiert. Manchmal brachte er ihr etwas mit, was er in einem Bibliotheksbuch gefunden hatte ... eine Locke rötlichbraunen Haares, mit einem grünen Seidenband umwunden ... einen Liebesbrief von einem Mann namens Alexander.

Und außerdem brachte Forney ihr Dinge für das Haus ... gläserne Türknöpfe, die er auf einem Flohmarkt entdeckt hatte, und zarte Goldrahmen für die Polaroids, die Novalee an ihrem ersten Tag im Wal-Mart gemacht hatte, an jenem Tag, als Willy Jack sie zurückgelassen hatte.

Alle drei Fotos zeigten Spuren der Beschädigung durch den Tornado, aber Novalee sah die Flecken und Kratzer und Knicke nicht. Sie sah nur Sister Husbands wunderbares Lächeln, Moses Whitecottons sanfte, dunkle Augen und Benny Goodlucks schlanken, braunen Körper, der in seiner Kamerapose steif und linkisch wirkte.

Novalee hatte die Bilder an der Wohnzimmerwand aufgehängt noch bevor die Farbe trocken war, bevor Vorhänge an den Fenstern hingen, bevor überhaupt die Möbel hineingestellt worden waren.

Obwohl sie seit fast einem Jahr in dem Haus wohnte, gab es immer noch unfertige Ecken – Küchenschubladen ohne Griffe, ein fehlendes Stück Leiste, Flächen, die noch gestrichen werden mußten. Aber es war ein Heim ... ein Heim ohne Räder, ein Heim, das auf festem Boden erbaut war.

Sie hatte das Haus selbst entworfen. Vier Zimmer und ein Bad und eine Terrasse, die kreisförmig um den Roßkastanienbaum angelegt war. Manchmal glaubte sie, daß sie es nie für sechsundzwanzigtausend Dollar bauen konnte, für das Geld, das Sister ihr vererbt hatte. Aber sie schaffte es trotzdem, denn sie hatte reichlich Hilfe.

Moses baute das Fundament, Mr. Ortiz das Fachwerk. Benny Goodluck und sein Vater setzten die Ziegel; Forney und Mr. Sprock deckten das Dach. Mrs. Ortiz tapezierte, und Certain nähte die Vorhänge.

Novalee machte von allem etwas. Sie bohrte, nagelte, kalkte, maß und sägte ... hob, kletterte, trug und schleppte. Sie schwitzte, fluchte, lachte, stöhnte und weinte, nahm Wochen mit Achtzehnstundentagen und todesähnlichen Sechsstundennächten in Kauf.

Dann, an einem schwülen Augustnachmittag, war es fertig. Das Haus, von dem Novalee nur geträumt hatte, gehörte ihr.

ein Heim mit alten Patchworkdecken und blauem
Porzellan und Familienfotos in goldenen Rahmen

Forney stand am Fenster, als sie um halb zehn vorm Haus hielt. Er hatte bereits auf der Treppe Schnee gefegt und auf der Veranda Steinsalz gestreut.

»Ich habe mir solche Sorgen um dich gemacht«, sagte er, während er sie ins Haus geleitete und ihr den Mantel abnahm.

»Ich hätte ja angerufen, aber ich fand keine geeignete Möglichkeit, vom Highway zu fahren.«

»Gab es Probleme?«

»Na ja, fahren konnte man zwar, aber nur sehr langsam. Südlich von Bokoshe waren einige Autos ineinander gefahren. Die Überführungen waren wie Glas.«

»Mr. Sprock sagte, sie hätten die Hunderteinundvierzig gesperrt.«

»War er dort?«

»Nein, aber er rief zweimal an. Machte sich Sorgen, ob du heil zu Hause ankommen würdest.«

»Ich werde ihn gleich anrufen.«

»Du siehst erledigt aus.«

»Ja. Das bin ich.«

»Wie wär's mit einer Tasse Kaffee?«

»Eine tolle Idee.«

Novalee stellte sich mit dem Rücken vors Feuer und ließ endlich die Anspannung von sich abfallen, die das Fahren des Chevy über vierundfünfzig Meilen durch Eis und Schnee mit sich gebracht hatte.

Der Kamin war etwas, das sie nicht eingeplant hatte, als sie das Haus baute. Sie wußte, daß sie sich das nicht würde leisten können. Aber Moses erklärte, sie könne es, weil er diesen Kamin bauen würde. Und das hatte er getan. Einen richtigen offenen Kamin aus Stein. Er und Forney und Mr. Ortiz hatten zwei Tage lang die Granitblöcke aus dem Flußbett des Silver Creek herangeschleppt.

Forney kam in den Raum zurück und reichte Novalee eine dampfende Tasse.

»Danke. Wann hat Americus sich hingelegt?«

»Vor etwa einer Stunde, aber es war ein Kampf.«

»War sie wegen des Schnees so aufgeregt?«

»Wegen der Tiere. Sie hatte Angst, daß sie erfrieren würden. Wollte, daß ich ihnen Suppe mache. ›Gib ihnen etwas Heißes zu essen‹, sagte sie.«

»Und das hast du getan, nicht wahr?«

»Suppe gemacht? Für einen Haufen Katzen und Hunde?« Forney riß die Arme hoch, um Novalee zu demonstrieren, wie lächerlich ihre Frage war.

»Was hast du denn für sie gemacht?«

Forney zog seinen Kopf ein und senkte die Stimme. »Einen Topf Brühe.«

»Forney, du bist albern.«

»Es friert draußen, Novalee.«

»Daran besteht kein Zweifel.«

»Und wenn Americus entschlossen ist, alle streunenden Tiere dieser Welt aufzunehmen, dann, denke ich, braucht sie von Zeit zu Zeit einfach etwas Hilfe.«

»Ich nehme an, daß du von dieser Brühe für mich nichts mehr übrig hast.«

»Americus wollte das nicht. Sie sagte, es würde nicht reichen. Aber ich habe dir Hühnchen in Rahmsoße gemacht.«

»Gut. Ich bin fast verhungert.« Sie nahm eine Broschüre vom Kaffeetisch auf. »Was ist das?«

»Benny Goodluck brachte sie dir. Das ist die Information über Wintergeißblatt, die du haben wolltest.«

»Sagte er, ob sein Vater sie bestellt hat?«

»Nein.«

»Erwähnte er den Indianerweißdorn, nach dem ich gefragt hatte? Oder wie teuer der ...«

»Novalee, das bedeutete für Benny, schrecklich viel sprechen zu müssen. Er ist nicht gerade verrückt aufs Reden.«

»Oh, er spricht, Forney.«

»Zu dir, ja. Zu mir? Nein.« Als das Telefon klingelte, deutete Forney darauf. »Das wird wieder Mr. Sprock sein. Bereit, einen Bernhardinerhund aufzutreiben, um dich zu retten.«

Novalee nahm den Hörer auf und spannte die Schnur über einem Stuhl so, daß sie nahe beim Feuer bleiben konnte.

»Hallo?«

»Novalee?« Lexies Stimme klang gedämpft. »Hast du den Fernseher laufen?«

»Nein, ich bin gerade heimgekommen.«

»Dann hast du die Nachrichten noch nicht gehört?«

»Welche Nachrichten?«

»Über Sam Walton.«

»Mr. Sam?«

»Er ist tot, Novalee. Sam Walton ist gestorben.«

Novalee arbeitete am Umtauschschalter, als die Durchsage über den Lautsprecher kam.

»Achtung, sehr verehrte Wal-Mart Kunden, liebe Mitarbeiter ...«

Die Frau, die sich über den Schalter beugte, roch nach Meerrettich und trug einen unechten Pelzmantel, der falsch zugeknöpft war. Sie holte einen Baumwollpullover aus einer Papiertasche und schob ihn Novalee über den Tresen zu.

»Ich habe ihn nie getragen, weil er zu klein ist.«

Der Pullover mochte einst weiß gewesen sein, war aber jetzt altersgrau. Flecken waren unter den Achseln zu sehen, und der Halsbund war gedehnt und außer Form.

... weil Sam Walton den Respekt aller hatte ...

»Der paßt vielleicht einer kleinbrüstigen Frau, aber das bin ich nicht.«

Novalee wendete den Pullover, um nach dem Code-Einnäher zu suchen, doch er war abgeschnitten worden.

»Ich mache jetzt nur von meinem Umtauschrecht Gebrauch, weil ich zu viele Pullover habe. Mein Freund sagt, ich würde den ganzen verdammten Schrank belegen, weil ich so viele Klamotten habe.«

»... um eine Schweigeminute im Gedenken an Mr. Sam.«

»Ich habe dafür neunzehn fünfundneunzig gezahlt ... zuzüglich Steuer.«

Novalee senkte ihren Kopf und schloß die Augen.

»Hören Sie, meine Kinder warten im Wagen. Ich muß sie zu meiner Sister bringen und um zwei auf der Arbeit sein.«

»... das Tal der Schatten des Todes ...«Novalee sprach die Worte mit.

»He! Haben Sie gehört, was ich sagte? Ich hab's eilig.«

»... Güte und Gnade mögen mir folgen an allen Tagen meines Lebens: und ich werde im Hause des Herrn ewig wohnen.«

28

Für ihren ersten Fotoauftrag bekam Novalee sechzig Dollar bezahlt. Abgesehen davon gab sie zwölf Dollar für Filmmaterial aus, fünf für Benzin, und zehn gab sie Benny Goodluck. Wenn sie noch die dreifünfzig für ihr Mittagessen bei McDonald's hinzugerechnet hätte, wären ihr weniger als dreißig Dollar geblieben. Aber das war egal ... das war ihr völlig egal.

Sie bekam den Auftrag durch Benny, dessen Mathematiklehrerin jemand suchte, der Fotos von ihrer Hochzeit machte. Carolyn Biddle hatte nicht viel Geld, und Novalee verlangte nicht viel. Deshalb kamen sie schnell überein.

»Ich hab ihn, Benny. Ich habe den Auftrag«, sagte Novalee, kaum daß er sich am Telefon gemeldet hatte.

»Das ist riesig.«

»Die Hochzeit ist am Vierundzwanzigsten. Und das paßt bestens, weil ich an dem Wochenende frei habe und die Whitecottons Americus hüten. Sie muß also die Fahrt nicht mitmachen.«

»Welche Fahrt?«

»Die nach Tahlequah. Miss Biddle wird im Haus ihrer Mutter in Tahlequah heiraten.«

»Fährst du allein?«

»Natürlich.«

»Und wenn du einen Platten hast oder sonst was passiert?«

»Benny, ich weiß, wie man einen Reifen wechselt.«

»Ja, aber ich dachte nur, daß vielleicht ...«

»Wenn das Wetter schön ist, soll die Trauung draußen stattfinden. Sie hat alles geplant. Sie hat mich sogar gebeten, Rosa zu tragen.«

»Warum?«

»Weil alles in Rosa gehalten sein wird. Die Blumen, der Kuchen, die Kleider.«

»Und wenn jemand in Purpurrot kommt? Oder in Gelb? Was wird sie dann tun?«

»Benny, sie ist Lehrerin. Wenn sie sagt ›trag Rosa‹, trägt man Rosa.«

»Ja, das ist richtig.«

»Weißt du, ich glaube, ich werde die Fotos auf Vericolorfilm machen. Wenn man in der Sonne fotografiert, kann Rosa sehr verzwickt sein.«

»Vielleicht könnte ich dir helfen?«

»Was?«

»Ich könnte dich doch begleiten. Die Kamera laden. Oder andere Sachen machen.«

»Also ...« Novalee versuchte nicht überrascht zu klingen, obwohl sie es war. »Aber sicher. Sicher kannst du das.«

»Wirklich?«

»Ich mache keine Witze. Ich brauche jemand, der mir hilft, weil ... mal ganz abgesehen von dieser Miss Biddle, aber ich war noch nie auf einer Hochzeit.«

»Ich auch nicht.«

Novalee lachte und sagte dann: »Schön, ich habe *As the World Turns* ein paarmal gesehen.«

»Ich nehme an, die sind alle gleich.«

»Die waren's. Es war ein und dieselbe Frau, die jedesmal heiratete.«

»Ich glaube nicht, daß Miss Biddle vorher schon mal verheiratet war.«

»Keine Sorge, Benny. Wir finden schon raus, was zu tun ist.«

»Novalee, was soll ich anziehen?«

»Hast du zufällig einen rosa Anzug?«

Die nächsten Wochen verbrachte Novalee ihre Pausen im Wal-Mart damit, in Hochzeitsmagazinen nach interessanten Fotos zu suchen. Doch abgesehen von traditionellen Aufnahmen fand sie nicht viel. Die zu machen, würde kein Problem sein, es sei denn, die Kamera versagte oder der Film war überlagert, Möglichkeiten, die sie nervös zu machen begannen. Soweit sie wußte, konnten Frauen wirklich ausflippen, was ihre Hochzeitsfotos betraf.

Dann, nur wenige Tage vor Carolyn Biddles Hochzeit, erzählte Moses Novalee eine Geschichte von seiner Tante.

»Effie, die Schwester meiner Mutter«, sagte Moses, »heiratete neunzehnhundertzweiunddreißig. Das war mitten in der Depression, und deshalb glaube ich nicht, daß es eine großartige Hochzeit war. Sie und ihr Mann kamen aus armem Haus.

Aber es war eine kirchliche Trauung, eine sehr schöne, wie mir erzählt wurde. Tante Effie trug ein Seidenkleid, das ihre Mutter genäht hatte, und da damals jeder einen Blumengarten hinter seinem Haus hatte, war die Kirche voller Farben.

Nun gut, Tante Effies Mann kam zehn Jahre später bei der Schlacht um Midway um. Tante Effie heiratete nie wieder. Sie arbeitete als Haushälterin, bis sie siebzig war.

Und dann, sie muß in den Achtzigern gewesen sein, vierundachtzig oder fünfundachtzig, fing ihr Haus Feuer. Tante Effie war in einem Nachbarhaus, als sie die Flammen sah, also nicht in Gefahr. Überhaupt nicht. Aber weißt du, was sie tat? Sie lief heim! Rannte in das brennende Haus, um ihre Hochzeitsfotos zu retten. Fotos von einem Bräutigam, der über fünfzig Jahre tot war.«

»Sie starb für ein paar Bilder«, sagte Novalee.

»Nein, Tante Effie starb für die Liebe. Und ich denke, es gibt eine Menge Schlimmeres, wofür man sterben kann. Eine Menge Schlimmeres.«

An diesem Abend träumte Novalee schlecht ... Träume von verkohlten Fotos und rauchenden Kameras und Hochzeitskleidern, die zu Asche verbrannt waren. Am nächsten Morgen war sie von der unruhigen Nacht noch völlig erledigt, als Lexie anrief, um ihr aufregende Neuigkeiten mitzuteilen.

»Er heißt Roger. Roger Briscoe. Und, Novalee, er ist ein echter Profi. Ein Geschäftsmann. In Fort Worth hat er eine eigene Firma.«

»Fort Worth? Wo hast du ihn kennengelernt?«

»An der Texaco-Tankstelle. Wir haben zusammen getankt. Und jetzt hör genau zu! Er fährt einen neuen Buick. Nagelneu! Das Schild vom Händler hängt noch drin.«

»Und wie ist er?«

»Schick. Einfach schick! Du solltest ihn sehen. Er ist besser gekleidet als ein Bankier. Aber ich sah schrecklich aus. Kein Make-up, das Haar nicht frisiert. Wir kamen gerade aus dem Waschsalon, und die Kinder sahen genauso ungepflegt aus. Aber Roger sagte, sie seien wunderbar, und er wollte gar nicht glauben, daß es alle meine waren.

Er ging mit ihnen in die Tankstelle und kaufte ihnen Cola und fragte dann, ob er uns zum Abendessen einladen dürfe. Und ich sagte: ›Uns alle? Jetzt gleich?‹ Und er sagte ja, und dann sind wir rüber in den Golden Corral gegangen. Das hat ihn über fünfzig Dollar gekostet, und ich habe nicht mal was gegessen.«

»Warum nicht?«

»Ich bin auf dieser neuen Grapefruit-Diät. Aber, wie auch

immer. Stell dir vor, am nächsten Wochenende kommt er und geht mit uns allen ins Six Flags. Hast du eine Ahnung, was das kosten wird?«

»Ein Vermögen.«

»Aber Geld scheint ihm nichts zu bedeuten. Er ist einfach ... einfach ein großzügiger, freundlicher Mann. Das wußte ich auf Anhieb. Und er mag uns. Er mag uns alle wirklich.«

»Warum sollte er auch nicht, Lexie?«

»Ach, du weißt doch, wie manche Kerle sind. Sie tun so, als seien sie interessiert, bis sie feststellen, daß du Kinder hast. Aber er ist nicht wie all die anderen. Er sagte Brownie, er habe wunderschöne, lange Finger wie ein Klavierspieler, und er sagte, daß Praline hübsch genug sei, um in einem Film mitspielen zu können. Er bringt Menschen dazu, sich einfach gut zu fühlen.

Man kann ja nie wissen, Novalee. Aber vielleicht wirst du eines Tages meine Hochzeitsfotos machen.«

An dem Morgen, an dem die Hochzeit stattfand, war Novalee um sechs Uhr auf den Beinen, eine Stunde bevor der Wecker klingelte, den sie gestellt hatte. Am Tag zuvor hatte sie eine Liste von allem, was sie brauchte, gemacht, die Nacht aber damit verbracht, darüber nachzudenken, welche Dinge sie auf die Liste zu setzen vergessen hatte.

Während sie packte und versuchte, sich zu konzentrieren, rief Forney an, um ihr Glück zu wünschen. Er war eigentlich ein Spätaufsteher, sagte aber, er sei schon seit drei Uhr auf den Beinen, obwohl er nicht sagen wollte, warum. Aber Novalee ahnte es.

Im letzten Monat hat Mary Elizabeth in der Küche ein Feuer gelegt und war zweimal gestürzt ... es waren böse Stürze, die Forney veranlaßt hatten, sie schleunigst in ambulante Behandlung zu bringen. Und frühmorgens eine

Woche zuvor, hatte sie nackt auf der Treppe der Bibliothek gestanden, bevor Forney sie fand, eine Decke um sie schlug und sie wieder ins Haus brachte.

Forney sprach nicht viel über seine Schwester, dafür aber andere Leute.

Novalee hatte gerade den Hörer aufgelegt, als Certain kam, um Americus abzuholen. Sie frühstückten in Eile und versuchten Americus dazu zu bewegen, das Verabschiedungszeremoniell von ihrer Herde von Streunern, die immer größer wurde, zu beschleunigen. Sie hatte vor kurzem eine trächtige Katze aufgenommen, die sie Mutter nannte, und außerdem einen dreibeinigen Beagle, den sie Sir getauft hatte.

Als Certain und Americus schließlich abfuhren, war Novalee spät dran. Sie raffte den Rest ihrer Fotoausrüstung zusammen, schlüpfte in ihr rosa Kleid und raste durch die Stadt, um Benny Goodluck abzuholen.

Es war keine Stunde mehr bis zur Trauung, als Novalee feststellte, daß sie die Filme daheim auf ihrem Bett liegengelassen hatte. Sie versuchte nicht in Panik zu geraten, nachdem Benny das Auto noch einmal durchsucht hatte und mit leeren Händen zurückgekommen war. Sie wollte nicht daran denken, was Miss Biddle tun würde, wenn sie feststellte, daß ihre Fotografin keinen Film für die Kamera hatte.

Denn Novalee nahm an, daß die Hochzeit stattfinden würde, mit oder ohne Fotos. Schließlich war der Priester eingetroffen und der Bräutigam ebenfalls. Auf der Terrasse waren Blumenkörbe arrangiert. Man hatte Stühle für die Gäste in den Hof gestellt. Der Hochzeitskuchen war zum Anschnitt bereit, der Punsch war gekühlt. Diese Hochzeit würde stattfinden, ob sie nun bereit war oder nicht. Novalee fragte sich, ob Fotos denn wirklich so wichtig sein könnten. Und dann fiel ihr Tante Effie ein, die wegen ihrer Hochzeitsfotos gestorben war, die vor sechzig Jahren gemacht worden waren.

Novalee stieg in ihren Chevy, folgte der Wegbeschreibung, die sie bekommen hatte, und fand das winzige Fotogeschäft auch ... geschlossen und fest verschlossen. Aus einer Telefonzelle an der Ecke rief sie die Auskunft an, ließ sich die Nummer des Ladenbesitzers geben, und zehn Minuten später schloß ein knorriger kleiner Mann mit Augenbrauen wie Stahlwolle die Tür auf und ließ sie ein.

»Ich hatte gerade ein Nickerchen gemacht«, knurrte er.

»Es tut mir leid, aber Ihre Frau sagte ...«

»Meine Frau sagte, Sie fotografieren auf einer Hochzeit, haben aber keine Filme dabei.«

»Und die Zeremonie beginnt in etwa einer halben Stunde, und deshalb ...«

»Warum haben Sie keine Filme mitgenommen?«

»Na ja, das wollte ich ja, aber ich hab' sie einfach vergessen. Hören Sie, ich bin wirklich in Eile und ...«

»Sie sind Fotografin? Eine Berufsfotografin? Und Sie vergessen Filme?«

»Es ist mein erster Auftrag.«

»Könnte auch Ihr letzter sein. Also, was wollen Sie haben?«

»Vericolor. Eine Profipackung.«

»Welches Licht verwenden Sie?«

»Ich fotografiere draußen.«

»Sie benutzen kein Blitzlicht?«

»Also, ich ...«

»Wissen Sie eigentlich, wovon ich rede?«

»Natürlich!« Novalee versuchte selbstsicher zu wirken, was ihr aber nicht ganz gelang. »So ziemlich.«

»Teufel!« Er riß einen Aushang von der Wand und knallte

ihn auf die Theke. »Doktor Putnam! Sie lehrt hier am College Fotografie.«

»Oh.«

»Das macht elf Dollar Sechsundsechzig, aber ich nehme zwölf, denn ich sehe gerade, daß ich kein Wechselgeld in der Kasse habe. Aber ich hatte auch nicht vor, sonntags zu öffnen.«

»Ich weiß das zu schätzen.« Novalee schob einen Zehner und zwei Dollarnoten über die Theke und machte dann einen Schritt Richtung Tür.

»Hier!« Er schnippte den Aushang in ihre Richtung. »Ich hab' das nicht zum Vergnügen runtergenommen.«

»Okay.« Novalee nahm das Papier und entfernte sich rückwärts. »Danke«, sagte sie, schloß die Tür hinter sich und rannte zum Wagen.

Auf der Rückfahrt zur Carolyn Biddles Hochzeit überlegte sich Novalee ein Dutzend Antworten, die sie dem alten Mann in dem Fotoladen hätte geben sollen, ein Dutzend Möglichkeiten, ihn zum Schweigen zu bringen ... und sie waren alle clever.

Teufel, nein, ich hab' die Filme nicht vergessen! Jemand hat sie gestohlen.

Was glauben Sie denn, mit wem Sie hier reden? Haben Sie vom Greater Southwest Fotopreis gehört?

Sie haben verdammt recht. Ich bin Fotografin! Und jetzt geben Sie mir endlich den Film, bevor ich Ihnen die Kehle durchschneide.

Benny Goodluck kam ihr entgegengelaufen, als der Chevy um die Ecke bog und hatte die Tür aufgerissen, noch bevor der Wagen zum Stehen gekommen war.

»Beeilung!« sagte er. »Die Musik hat gerade angefangen.«

Novalee lud die Kamera, während sie zum Hof rannte und machte ihr erstes Foto, als Carolyn Biddle, eingehüllt in ihr rosa Brautkleid, aus dem Haus ihrer Mutter und in das Sonnenlicht ihres Hochzeitstages trat.

»Ja«, sagte Benny, »aber ich hatte nicht gewußt, daß sie so schön ist.«

»Es heißt, eine Frau sieht dann am schönsten aus, wenn sie verliebt ist.«

Benny nahm den letzten Happen von seinem Chicken McNugget und leckte sich dann einen Klecks Ketchup aus dem Mundwinkel.

»Jedenfalls sieht sie in der Schule nie so gut aus.«

»Hier.« Novalee schob ihm ihre Pommes frites über den Tisch zu. »Iß du die. Ich habe zuviel von der Hochzeitstorte gegessen.«

Benny nahm eine Pommes, hielt dann inne und schwenkte sie durch die Luft. »Es kam mir einfach so verrückt vor, zuzuschauen, wie meine Lehrerin heiratet ... zuzuschauen, wie sie geküßt wurde.« Benny errötete.

»Ich fand es romantisch.«

»Novalee, glaubst du, daß du je heiraten wirst?«

»Möglich. Falls mich mal jemand fragt.«

»Ich werde nie heiraten!«

»Oh, eines Tages wirst du dich verlieben, Benny, und wenn du das tust ...«

»Ich weiß nichts von Liebe.«

»Ich wette doch.«

»Nein. ich habe darüber nachgedacht, aber ich kann mir einfach nicht vorstellen, wie das ist.«

»Was meinst du damit?«

»Also, manchmal scheint Liebe einfach zu sein. Es ist einfach, Regen zu lieben *und* Falken. Und es ist einfach, wilde Pflaumen zu lieben *und* den Mond. Aber bei Menschen, da scheint es, daß man nicht weiß, ob man liebt, es läuft alles durcheinander. Ich meine, man kann einen Menschen auf eine Art lieben und einen anderen Menschen auf eine andere. Aber woher weiß man, daß man den richtigen in jeder Hinsicht liebt?«

»Ich bin mir nicht sicher, aber ich denke, du wirst es wissen, wenn es soweit ist. Ich glaube, daß es besser sein wird als Regen und Falken und wilde Pflaumen, wenn es der richtige Mensch ist. Sogar besser als der Mond. Ich glaube, es wird besser sein, als alles das zusammen.«

»Novalee, hast du ... ich meine, bist du ...«

»Was?«

»Bist du in jemand verliebt?«

Novalee war für einen Augenblick so still, daß Benny glaubte, sie hätte ihn nicht gehört. Aber dann bewegte sie sich ... neigte ihr Gesicht so, daß ein schmaler Sonnenstrahl darauffiel ... und richtete ihren Blick auf jemand, den der Junge nicht sehen konnte.

»Ich glaube, das bin ich, Benny«, sagte sie. »Ich glaube, das bin ich.«

29

Novalee war in der Küche und sortierte Negative, als das Telefon klingelte, doch bevor sie den Hörer abnehmen konnte, hatte der Anrufer aufgelegt. Sie war fast enttäuscht. Zu telefonieren würde weitaus mehr Spaß machen, als zu versuchen, mit dem Chaos in ihrer Küche fertig zu werden.

In den beiden Monaten nach Carolyn Biddles Hochzeit hatte Novalee ein Familientreffen, zwei Geburtstagsfeiern und eine Tanzaufführung fotografiert. Jetzt kämpfte sie darum, der Berge von Negativen und Abzügen Herr zu werden, die sie fast wie eine Lawine umgaben.

Wenn sie das Bankett der Handelskammer und die Miss Sequoyah-Wahl fotografierte, würde sie wahrscheinlich noch einen Raum anbauen müssen. Und wenn sie das Durcheinander in Moses' Dunkelkammer nicht bald in Ordnung brachte, würde sie ihm keinen Vorwurf machen können, wenn er ihr die Mitgliedschaft kündigte.

Sie hatte gerade mit dem Sortieren weitermachen wollen, als das Telefon wieder klingelte. Dieses Mal war sie schneller.

»Hallo?«

Niemand meldete sich, doch der Anrufer war noch am Apparat. Novalee konnte schnelles Atmen hören.

»Wer ist da?« fragte sie.

»Brummett.«

»Wer?«

»Kannst du herkommen?«

»Brownie?« Novalee versuchte den Klang der Jungenstimme mit dem Kind in Verbindung zu bringen, das sie seit dem vierten Lebensjahr ›Nobbalee‹ nannte ... aber dies war nicht die Stimme eines Kindes.

»Kannst du uns helfen?« fragte er.

»Was ist los? Was ist passiert?«

»Wir brauchen dich.«

»Bist du zu Hause?«

»Ja.«

»Wo ist Lexie?«

Novalee wußte, daß der Junge den Hörer von seinem Mund weghielt. Sie konnte ihn sprechen hören, verstand aber die Worte nicht. Dann hörte sie etwas weiter entfernt ein Mädchen weinen.

»Ist Lexie da?«

Als er nicht antwortete, preßte Novalee den Hörer fester an ihr Ohr, bemühte sich angestrengt, jedes Geräusch zu verstehen. Sie glaubte ihn sagen zu hören »halt still«, wußte aber, daß er nicht zu ihr sprach.

»Brownie?« Sie hörte das Schließen einer Tür. Dann sagte

er, weit weg vom Telefon »Pauline«, aber es klang wie eine Frage.

»Brownie!« Sie legte eine Hand um die Lippen, damit ihre Stimme lauter klang. »Brownie!«

Einen Augenblick später hörte sie schlurfende Geräusche, dann seinen Atem an der Sprechmuschel. Er klang dünn und ungleichmäßig.

»Laß mich mit deiner Mutter sprechen.« Novalee versuchte ruhig zu wirken.

»Sie kann nicht.«

»Warum? Warum nicht?«

»Weil ... weil ...«Etwas brach daraufhin durch ... der Splitter eines Geräusches, das scharf und spitz klang, zerriß seine Stimme.

Novalee sagt: »Okay. Ich komme.« Sie hörte den Telefonhörer über Stoff gleiten. Es war ein steifes Knistern wie statische Elektrizität.

»Hast du mich verstanden?« schrie sie.

Sie wußte, daß der Hörer auf den Boden gefallen war, hörte ihn auf den Fliesen aufschlagen.

»Brummett?« Die Verbindung war nicht unterbrochen, aber vom anderen Ende der Leitung kam kein Geräusch mehr.

»Brummett, kannst du mich hören? Ich komme.«

Novalee brauchte nur fünf statt wie sonst zehn Minuten, um zu Lexie zu fahren, rauschte mit dem Chevy in einen Wacholderstrauch und sprang so schnell aus dem Wagen, daß sie vergaß, den Motor abzustellen.

Die Tür zu Lexies Wohnung war mit rotem Lametta und einer Kreidezeichnung des Christkinds geschmückt, obwohl in wenigen Tagen der Vierte Juli anstand.

Als Novalee eintrat, blinzelte sie, geblendet durch das Weiß von Lexies lackierten Wänden. Das Wohnzimmer war aufgeräumt ... auf dem Kaffeetisch lagen Zeitschriften, die

Decke auf der Couch war faltenlos geglättet, Spielzeug ordentlich zusammengestellt. Das Zimmer sah aus, wie es aussehen sollte ... und doch stimmte etwas nicht.

»Lexie?«

Es war völlig still in der Wohnung ... kein Klirren von Glas, keine spülende Toilette, keine lachenden Kinder. Das einzige Geräusch kam aus der Ferne ... das Winseln eines Schwertransporters auf der Interstate, die eine halbe Meile entfernt war.

Novalee trat in den Korridor, der zu den Schlafzimmern im hinteren Teil der Wohnung führte und wäre fast auf Madam Pralines grünen Samthut getreten. Er war oben eingedrückt, der Schleier fast völlig durchgerissen.

Plötzlich huschte eine Gestalt am Türrahmen des vorderen Schlafzimmers vorbei ... ein nacktes Kind, dessen bloße Füße auf den Boden klatschten, als es wie eine Libelle dahinjagte und dann verschwand.

Als Novalee den Türrahmen erreichte und ins Zimmer schaute, sah sie sie nicht. Das Bett war nicht gemacht, und zuerst konnte sie sie im Durcheinander der Kissen und Tagesdecken, in denen sie sich zusammengekauert hatten, nicht sehen. Doch die Zwillinge waren da, hatten sich eng umschlungen und preßten ihre identischen Gesichter Wange an Wange.

»Ist mit euch alles in Ordnung?«

Sie starrten sie mit großen Augen an, ohne zu blinzeln.

»Was ist hier passiert?«

Baby Ruth legte einen Finger an ihre Lippen und flüsterte dann »Roger«, und bei diesem Geräusch krochen sie beide über das Bett und griffen nach Novalee, wickelten sich förmlich um ihre Beine und preßten ihre Gesichter in ihren Rock.

»Wo ist Peanut?« fragte Novalee mit gedämpfter Stimme.

Cherry deutete auf einen Klumpen im Bett. »Dort«, sagte

sie, zog dann ihre Hand schnell wieder zurück und schloß sie um Novalees Arm.

Novalee ging langsam mit den Zwillingen, die sich an sie klammerten, zum Bett und hob die Decken hoch. Das Baby schlief, hatte sich aber aus seiner Windelhose freigestrampelt und lag in einer größer werdenden Lache frischen Urins.

»Laßt uns eure Mama suchen«, sagte Novalee, doch als sie sie zur Tür führen wollte, ließen sie los und huschten zu dem Bett zurück, gemeinsam zurück in die Geborgenheit der Kissen und Decken.

Als Novalee zurück auf den Korridor trat, ging sie auf Zehenspitzen.

Die Tür von Lexies Zimmer war geschlossen, und falls es auf der anderen Seite ein Geräusch gab, hätte Novalee es nicht hören können, weil ihr Puls auf ihren Trommelfellen hämmerte. Sie wollte klopfen, tat es aber nicht ... wollte Lexies Namen rufen, konnte es aber nicht.

Als sie den Türknopf drehte, schwang die Tür von alleine auf.

»Oh, mein Gott.«

Praline kauerte in einer Ecke, nackt bis auf ein paar blaßgraue Socken. Ihr Haar war naß, klebte an ihrem Gesicht. Ihre Augen waren leer und tränenlos. Sie wiegte sich vor und zurück, wimmerte leise wie ein verängstigtes Tier, und ein Speichelfaden troff von ihrer Unterlippe auf eine alte verschorfte Wunde an ihrem Knie.

Brummett saß auf der Bettkante und versuchte die kindersicher aufgeschraubte Kappe einer Flasche Tylenol zu lösen.

»Dieses verdammte Ding«, sagte er.

»Brummett, kannst du mir sagen ...«, aber Novalee beendete nicht, was sie hatte sagen wollen, weil sie in diesem Augenblick Lexie sah.

Jemand hatte die Decke bis zu ihrem Hals hochgezogen, und jemand hatte einen feuchten Waschlappen auf ihre Stirn gelegt, doch niemand hatte ihr Gesicht zugedeckt.

Ein Auge war so stark geschwollen, daß das Lid sich nach außen gedreht hatte. Das andere Augenlid war zerrissen, und das Auge, das aus dem zerfetzten Gewebe herausquoll, folgte Novalees Bewegungen, als sie sich dem Bett näherte.

Eine Haarsträhne hatte sich in dem dunklen Schleim verfilzt, der aus Lexies Nase troff, und ein großes Stück Fleisch war aus ihrer Wange gebissen worden. Ein Teil ihrer Oberlippe war abgetrennt ... ein Stück davon hing an ihren Zähnen.

Dann gab sie ein Geräusch von sich, und ihre Unterlippe versuchte ein Wort zu artikulieren, doch ihr Kinn neigte sich in einem absurden Winkel, als ob ihr Gesicht in zwei Hälften zerbrochen sei.

»Lexie, nicht. Ich werde anrufen ...«

Brummetts Kopf ruckte hoch, als ob er jetzt gerade erst Novalee hätte hereinkommen hören.

»Du hast ihren Hut gefunden«, sagte er.

Novalee war überrascht zu sehen, daß sie den Samthut in ihrer Faust zerknautscht hatte.

»Oh. Pralines Hut. Ich, äh ...«

Er durchquerte schnell das Zimmer. »Nenn sie nicht Praline«, sagte er, während er Novalee den Hut wegriß.

Er trug eine weiße Unterhose, und als er sich von ihr abwandte, sah Novalee, daß das Hinterteil mit etwas Dunklem beschmiert war, und auf der weichen, hellen Rückseite seiner Beine war verkrustetes Blut.

»Hier«, sagte er zu seiner Schwester. »Ich setze dir deinen Hut auf.«

Als er ihre Schulter berührte, schrie das Mädchen auf und wandte sich ab, doch er machte ein beruhigendes

Geräusch und streichelte ihr Haar, bis sie sich wieder zu wiegen begann. Behutsam setzte er ihr den Hut auf und zog dann den zerrissenen Schleier über ihr Gesicht.

»Ihr Name ist Pauline«, sagte er. »Und sie ist kein Baby mehr.«

30

Lexie hatte keine Versicherung, bekam kein Krankengeld und hatte keine Stelle. So räumte Novalee ihre Wohnung aus, brachte die Einrichtung in Moses' Scheune und nahm die Kinder zu sich und Americus. Als Lexie aus dem Krankenhaus endassen wurde, hatten sie sich bereits eingelebt.

Lexies gebrochener Kiefer, in den Draht eingezogen worden war, mußte für sechs Wochen ruhiggestellt werden. Ihr Augenlid und die Lippe würden später eine plastische Operation brauchen, falls sie sich die je leisten konnte. Außerdem hatte sie zwei gebrochene Rippen und ein verstauchtes Handgelenk, doch mehr als alles andere hatte ihre Seele Schaden gelitten.

Fast die ganze erste Woche konnte sie nur nach Einnahme von Schmerztabletten schlafen. Novalee versuchte indes einen beruhigenden Tagesablauf für sie alle zu finden, ohne daß es zuviel Reibereien gab. Sobald ihr zehn Tage Urlaub bewilligt worden waren, bereitete sie Brummett und Pauline auf die Therapie bei Human Services vor.

Sie kümmerte sich darum, daß die Zwillinge für drei Stunden täglich in einen Kindergarten gehen konnten, und ließ die Ortiz-Mädchen jeden Nachmittag mit dem Baby in den Park gehen. Dann widmete Novalee sich dem Haus.

Nachdem sie im Hinterhof weitere Wäscheleinen gespannt hatte, fand sie einen Rhythmus, um täglich fünf

Trommeln Wäsche zu waschen. Doch es erforderte einige Praxis, für acht statt für zwei zu kochen.

In ihrem Garten waren noch Zwiebeln, Okra, Tomaten und Erbsen, genug für eine Weile. Und Mr. Sprock, der sich immer beklagte, daß er zuviel ernte, war froh, ihr körbeweise Mais, Kürbisse und Kartoffeln bringen zu können.

Mrs. Ortiz lehrte sie, *Calavacit mexicana* zuzubereiten, eine Art Kürbissuppe, die bis auf Brummett alle mochten. Forney warf ein wenig von allem in einen Topf, um literweise ein geheimnisvolles Gericht zu kochen, das er Eintopf nannte, und Certain brachte kistenweise Süßkartoffeln, aus denen Novalee Brote und Kuchen buk.

Lexie lebte von allem, was sich durch einen Strohhalm saugen ließ, wehrte sich aber gegen Süßkartoffelmilchshakes. Als sie Gewicht zu verlieren begann, schrieb sie Novalee einen Zettel, auf dem stand, daß sie endlich eine Diät gefunden habe, die funktioniere.

Lexie konnte trotz der Drähte in ihrem Kiefer sprechen, mußte ihren Mund aber so grotesk verrenken, daß es Pauline angst machte und sie zu weinen begann. So schrieb Lexie Zettel, wenn sie etwas zu sagen hatte, was in gewisser Hinsicht ein Segen war, weil sie weniger Schmerzen zu haben schien, wenn sie schwieg.

Americus wirbelte wie eine fünfjährige Amme herum. Sie half den Zwillingen beim Anziehen, gab dem Baby die Flasche und bürstete Paulines Haar, ohne sie zu ziepen. Brummett legte sie kleine Leckerbissen auf seinen Teller oder unter sein Kissen, aber er fegte sie gewöhnlich beiseite oder warf sie auf den Boden. Sie gab Lexie eine Glocke, damit sie läuten konnte, wenn sie frisches Wasser brauchte oder ihre Tür geschlossen haben wollte.

Als Lexie imstande war, aufzustehen und zu laufen, half sie, wo immer sie konnte. Doch sie hatte wenig Kraft und ermüdete rasch. Novalee konnte den Schmerz in ihren Augen sehen, glaubte aber nicht, daß er von den Stichen und Drähten herrührte. Sie wartete darauf, daß Lexie erzählen würde, was passiert war, was Roger Briscoe ihnen angetan hatte, aber sie drängte sie nicht.

Einmal kamen zwei Polizisten mit einem Foto, das sie Lexie zeigten, doch der Mann darauf war nicht Roger Briscoe. Nachdem sie gegangen waren, ging sie ins Bett und blieb den ganzen Tag dort. Pauline, die es nicht ertragen konnte, von ihr getrennt zu sein, ging ebenfalls ins Bett.

Brummett hielt sich von seiner Mutter soweit wie möglich fern ... mied Zimmer, in denen sie war und sprach fast überhaupt nicht mit ihr. Aber er beobachtete sie, wenn er sicher war, daß sie es nicht bemerkte.

Novalee fuhr sie zur ersten Sitzung bei dem Psychologen in der County Mental Health und wartete, während sie behandelt wurden. Als sie eine Stunde später herauskamen, weinte Pauline und klammerte sich an Lexie. Doch Brummett kam alleine herausgestapft, war während der Heimfahrt in düsteres Schweigen versunken und hatte seinen Körper an die Tür gepreßt. Als Novalee auf der Auffahrt hielt, sprang er aus dem Wagen und rannte auf den Wald zu, der einen Block entfernt war. Er kam erst nach dem Abendessen wieder.

An diesem Abend hörte Novalee, kurz nachdem sie ins Bett gekrochen war, das Quietschen des Scharniers der Vordertür, dann das Klicken der Tür. Sie glitt aus dem Bett, ohne Americus zu wecken und ging auf Zehenspitzen über den Korridor ins Wohnzimmer. Die Zwillinge schliefen auf der Couch, doch Brummett und sein Kinderbett waren verschwunden.

»Er hat sein Bett hinausgetragen. Auf die Terrasse.«

Lexie saß im Dunkeln am Küchentisch.

»Lexie, ist mit dir alles in Ordnung?«

»Ich bin aufgestanden, um ins Bad zu gehen, und dann ...«

»Brauchst du Wasser? Möchtest du etwas trinken?«

»Ich stand vor dem Bett und beobachtete, wie er schlief. Aber er wachte auf, starrte mich an ... und ich sah etwas in seinen Augen.«

Novalee setzte sich, verschränkte ihre Beine und zog ihren Morgenmantel über die Füße. »Hat er etwas gesagt?«

»Kein Wort. Er sprang einfach auf, nahm sein Bett und ging durch die Vordertür hinaus.«

»Na schön, dieses Bett hat er ja schön öfter umgestellt. Man weiß nie, wo er am nächsten Morgen sein wird.«

»Er haßt mich, Novalee.«

»Nein, das tut er nicht. Er ist einfach nur verstört.«

Lexie atmete tief ein und sagte dann: »Ich sollte an diesem Tag bis vier Uhr arbeiten, verzichtete aber auf meine Mittagspause und ging um drei, weil Roger aus Fort Worth kam.«

»Bist du sicher, daß du dafür bereit bist, Lexie?« Novalee ergriff Lexies Hand.

»Ich fuhr beim Kindergarten vorbei, um die Zwillinge und das Baby abzuholen, und fuhr dann schnell nach Hause. Ich wollte duschen und mein Haar waschen, bevor Roger kam. Den Krankenhausgeruch wegbekommen.

Aber sein Wagen stand schon vor dem Haus, als ich ankam. Ich war überrascht, weil er gesagt hatte, er würde erst nach vier kommen. Aber Praline und Brownie waren zu Hause. Ich wußte deshalb, daß er nicht draußen in der Hitze hatte warten müssen.«

Lexie faßte Novalees Hand fester und begann, mit ihrem Daumen drückende kreisförmige Bewegungen zu machen.

»Als ich die Tür öffnete, hörte ich aus dem hinteren Teil der Wohnung ein Geräusch kommen. Es klang wie Brownie, so als ob er ersticke. Ich dachte, daß er gewürgt werden würde.

Ich brachte das Baby zu Cherry und rannte nach hinten, dorthin, woher das Geräusch kam. Aus meinem Schlafzimmer.«

Lexies Fingernägel schnitten in Novalees Handfläche. Ihre Hand war wie ein Schraubstock um ihre Finger geschlossen.

»Etwas versperrte die Tür. Ich mußte dagegendrücken, um sie zu öffnen. Es war Pauline, die auf dem Boden lag, und ihre Augen mit den Händen bedeckt hatte.

Roger hatte Brummett auf dem Bett, hatte ihn über das Fußende gebogen, und er ... Roger hatte ...« Lexies Atem wurde schneller. »Er hatte seinen ... er war in Brummetts Rectum, Novalee. In meinem Baby.«

Lexie schüttelte den Kopf, als ob sie das Bild so verdrängen könne.

»Ich stürzte mich auf ihn. Ich wollte ihn umbringen. Das wollte ich mehr als alles andere auf der Welt. Ich glaube, ich habe ihn zweimal geschlagen, bevor ...« Lexie erschauerte. »Das ist alles, woran ich mich erinnere.« Sie ließ Novalees Hand los und ihren Kopf nach vorne sinken.

»Du hast ihnen das nicht ersparen können, Lexie. Aber du hast sie vielleicht vor Schlimmerem bewahrt. Nachdem er dich geschlagen hat, ist er geflohen. Und so schrecklich es für Brummett war ... und für Pauline ...«

»Du weißt, daß er sie nicht vergewaltigt hat, nicht wahr?«

»Ja, das hat man mir im Krankenhaus gesagt.«

»Als er versuchte ... versuchte, ihn ihr in den Mund zu stecken, hat sie ihn angespuckt. Und in dem Moment kam Brownie herein. Und da hat er statt dessen Brownie genommen.«

»Lexie, Brummett weiß, daß es nicht deine Schuld war. Aber er ist noch ein kleiner Junge. Er braucht etwas Zeit.«

»Ich frage mich nur, wieviel Zeit. Ein ganzes Leben?«

»Vielleicht, wenn die Polizei Roger Briscoe findet, wenn sie ihn ins Gefängnis stecken, vielleicht können du und die Kinder dann ...«

»Wir werden nie wieder wie vorher sein, Novalee. Niemals wieder.«

Lexie erhob sich mühsam vom Tisch und tappte durch die Küche. Für eine Sekunde glaubte Novalee, sie würde zurück in ihr Zimmer gehen, doch dann blieb sie stehen und drehte sich um.

»Wie hat ein Mann wie Roger Briscoe mich finden können? Wie konnte er mich finden und wissen, daß er mir so etwas antun könnte? Und meinen Kindern?«

»Was meinst du damit?«

»Er muß nach Frauen wie mir gesucht haben, nach Frauen mit Kindern, alleinstehenden Frauen. Frauen, die dumm waren.«

»Oh, Lexie ...«

»Aber die anderen, diese anderen Frauen, die haben ihn doch durchschaut, oder? Sie wußten, daß er böse war. Aber ich habe das nicht gesehen. Ich wußte es nicht. Und jetzt muß ich damit leben, aber ich weiß nicht wie. Ich weiß nicht, ob ich das kann.«

»Du kannst es! Du kannst es, Lexie! Das ist nicht das erste Mal, daß du verletzt worden bist. Es ist nicht das erste Mal, daß du ...«

»Aber diesmal bin nicht nur ich es. Es sind meine Kinder, verdammt noch mal. Es sind meine Kinder.«

»Das ist richtig. Und sie leiden schrecklich. Sie erleiden vielleicht den größten Schmerz, den sie je in ihrem Leben fühlen werden, weil sie etwas verloren haben, was sie nicht wiederbekommen können, etwas, das sie nie wieder haben werden. Das ist verschwunden, Lexie. Roger Briscoe hat das genommen!«

»Dieser Dreckskerl!«

»Ja, das ist er. Aber du hast andere überlebt. Jedesmal, wenn dich einer verlassen hat, wenn du schwanger warst, dich und dein Baby hat sitzenlassen, hat er euch beiden weh getan. Und ich kenne diesen Schmerz. Aber sieh doch, was sie zurückgelassen haben.«

»Ja. Dreckige Wäsche, heiße Wangen ... und vollgeschissene Toiletten.«

»Sie haben uns mit diesen kleinen Menschen alleingelassen, die das ganze Jahr hindurch die falschen Feiertage feiern ... die Roseole und Flechtengrind bekommen, auf unsere Blusen bluten und auf unsere Röcke pinkeln, unsere Schlüssel verlieren und Hunde mit Räude und Katzen mit Würmern nach Hause schleppen ...«

»Die Nagellack über unserem besten Paar Schuhe verschütten«, sagte Lexie, »und unsere Lieblingsohrringe in den Mülleimer werfen.«

»Die unseren einzigen guten Büstenhalter in der Toilette runterspülen, einen Samthut mit Schleier tragen ...«

»Aber, Novalee, was soll ich Brummett und Pauline sagen, wenn sie mich fragen, warum ihnen das passiert ist? Was werde ich sagen?«

»Sag ihnen, daß unser Leben sich mit jedem Atemzug, den wir machen, ändern kann. Gott, wir beide wissen das doch. Sag ihnen, sie sollen loslassen, was vergangen ist, weil Männer wie Roger Briscoe nie gewinnen. Und sag ihnen, sie sollen wie der Teufel das festhalten, was sie haben ... einander, und eine Mutter, die für sie sterben würde und fast auch für sie gestorben wäre.«

Novalee trat an das Küchenfenster und schob den Vorhang beiseite.

»Und dann sag ihnen, daß wir alle Gemeinheit in uns haben ...«

Sie konnte Brummett in seinem Bett schlafen sehen. Ein

Arm hing an der Seite herunter. Sein Gesicht war von dem Mondlicht getupft, das durch den Roßkastanienbaum fiel.

»Aber sag ihnen, daß wir auch etwas Gutes in uns haben. Und das einzige, wofür es zu leben lohnt, ist das Gute. Darum sollten wir alles daran setzen, daß wir es weitergeben.«

31

Novalee war noch nie zuvor auf einem Universitätsgelände gewesen, und sie war sicher, daß das jeder wußte, der sie sah. Sie versuchte sich so zu geben, als ob sie dorthin gehörte, glaubte aber nicht, daß sie jemand täuschen könne. Die meisten Leute, die ihr begegneten, trugen Rucksäcke oder hatten dicke Bücher unter die Arme geklemmt. Sie hatte eine Kamera und ein dünnes Spiralheft mit einem Bild von Garfield auf dem Umschlag, ein Geschenk von Americus und Forney.

Sie war sich nicht einmal sicher, wohin sie zu gehen hatte. Sie blieb vor einem roten Ziegelgebäude stehen und kramte in ihrer Tasche nach der Broschüre, die ihr das College vor ein paar Tagen geschickt hatte.

Als der erboste kleine Mann in dem Fotogeschäft ihr den Aushang unter die Nase gehalten hatte, hätte sie sich nie träumen lassen, daß es dazu führen würde. Sie hatte nicht einmal die Absicht gehabt, den Zettel zu behalten, sondern ihn drei Monate lang in ihrer Handtasche herumgetragen. Dann schließlich hatte sie angerufen. Zwei Wochen später war Novalee Collegestudentin geworden.

Sie war dort für ein Fotoseminar – an vier Samstagen an der Northeastern Oklahoma State University in Taglequah, um Vergrößerungstechniken zu studieren ... für 75 Dollar. Eine Stunde war kostenlos.

Sie war nicht sicher gewesen, ob sie angenommen werden würde, überzeugt davon, daß sie sich nicht als Studentin einschreiben könne, weil sie nicht einmal die zehnte Klasse abgeschlossen hatte. Doch ihre Immatrikulationsunterlagen waren ihr zugeschickt geworden, und sie hatte eine Kopie davon in ihrer Handtasche für den Fall, daß sie jemand sehen wollte.

Der Universitätskarte in der Broschüre zufolge war sie an der richtigen Stelle. Regents Hall – ein majestätisches, dreistöckiges, mit Efeu bewachsenes Gebäude – sah genau so aus, wie sie es sich vorgestellt hatte. Sie fand den Seminarraum in der zweiten Etage.

Sie war die erste und trat leise ein, fürchtete, daß jemand sie hören könne, sie ansprechen und ihren Ausweis verlangen würde ... einen Nachweis verlangen würde, daß sie berechtigt sei, sich an einem solchen Ort aufzuhalten.

Sie hatte Schreibtische und Tafeln erwartet, doch der Raum sah mehr wie ein Auditorium als ein Klassenzimmer aus. Ränge von Klappsitzen waren halbkreisförmig um ein Podium in der Mitte angeordnet.

Sie nahm in der ersten Reihe Platz, fühlte sich dann aber wie ein Kind im Kino, und so stand sie auf und ging weiter nach hinten.

Nacheinander kam ein Strom von Leuten herein, fast zwei Dutzend, und sie alle setzten sich weit vorne hin. Gerade als Novalee beschlossen hatte, den Platz wieder zu wechseln, trat eine schlanke, tiefgebräunte Frau auf das Podium.

»Guten Morgen«, sagte sie, zog dann eine Brille aus einer Tasche und ein gefaltetes Blatt Papier aus der anderen.

Novalee hätte nie geglaubt, daß sie die Lehrerin sei. Sie

trug weder Bücher noch einen Aktenkoffer und sah mehr wie eine Bauarbeiterin als eine Professorin aus. Sie trug eine Baseballmütze, Arbeitsschuhe, Hose und eine Segeltuchjacke.

»Ich bin Jean Putnam«, sagte sie. »Den ›Doktor‹ können Sie sich schenken. Nennen Sie mich einfach Jean.«

Dann zählte sie die Köpfe, und als sie zu Novalee kam, lächelte sie und sagte: »Warum kommen Sie nicht nach vom zu uns anderen herunter?«

Alle drehten sich um und schauten, als Novalee nach unten ging. Sie drehte ihr Notizheft so, daß man den Garfield nicht sehen konnte und wünschte sich sehnlichst, sie hätte ihre Jeans angezogen.

Sie wußte, daß sie völlig falsch gekleidet war, hatte es gewußt, als die anderen hereinkamen. Sie trug Rock und Bluse, Strumpfhose und ein nagelneues Paar marineblauer Stöckelschuhe. Sie hatte sich so gekleidet, wie sich Collegestudentinnen ihrer Meinung nach kleideten. Aber die in dieser Klasse trugen Hosen, Sweatshirts und Tennisschuhe.

Novalee rutschte auf einen Sitz in der zweiten Reihe und versuchte ihr Bestes, um zu verschwinden.

Dr. Putnam verbrachte die erste Stunde damit, eine Einführung in den Kurs zu geben, sprach über »Verzögerungstechniken«, »harte Schatten« und »Weichzeichner«. Manchmal wußte Novalee, wovon sie sprach, aber manchmal wußte sie es nicht.

»So«, sagte Dr. Putnam nach einem Blick auf die Uhr. »Unser Bus sollte draußen bereitstellen. Gehen wir.«

Novalee hatte keine Ahnung, wohin sie gehen würden, folgte aber den anderen, als die Lehrerin sie hinaus und zu einem Universitätsbus führte. Den Gesprächen, die ringsum geführt wurden, entnahm Novalee, daß sie zu einem Freilandlabor fuhren, was immer das sein mochte.

Der Mann, der neben Novalee saß, war freundlich, und sie unterhielten sich über ein paar Belanglosigkeiten, aber Novalee war in Gedanken bei der Unterhaltung, die sie und Moses vor ein paar Abenden geführt hatten.

»Du besuchst diesen Kursus«, hatte er gesagt, »und du brauchst keine Angst zu haben.«

»Aber vielleicht ist das zu kompliziert für mich.«

»Du wirst das gut machen, Schatz. Einfach gut.«

»Moses, ich bin mir da nicht so sicher.«

»Hör zu. Man wird dich da Dinge lehren, die ich nicht kann. Es gibt viel technischen Kram, den ich nicht kenne. Aber denke stets an eins. Du weißt etwas, was niemand lehren kann.«

»Und was ist das?«

»Du weißt, daß man Fotos mit dem Herzen macht.«

Die Busfahrt, die fast zwanzig Minuten dauerte, endete an einer Schotterstraße, etwa dreißig Meter vom Illinois River entfernt. Von dort gingen sie zu einem Waldgebiet, wo Dr. Putnam stehenblieb und die Studenten um sich scharte.

»Wir werden etwa eine Meile flußaufwärts laufen. Sie werden hier draußen reichlich Motive finden. Aber denken Sie daran, daß der beste Teil eines guten Fotos in der Dunkelkammer gemacht wird. Dahin gehen wir, wenn wir hier fertig sind. Noch Fragen?«

Als sie zwei Stunden später wieder in den Bus stiegen, hatte Novalee eine Blase an einer Ferse, Laufmaschen in ihrer Strumpfhose und Baumrinde im Haar. Aber um ihr Aussehen machte sie sich keine Sorgen mehr.

Am Fluß hatte sie drei Filme verbraucht, und irgendwo unter diesen zweiundsiebzig Fotos von Libellen und Honigbienen und Hornkröten hatte sie vielleicht eines, das ihr ein Geheimnis verraten würde. Und ihr Adrenalinspiegel stieg bei dem sonderbaren Gefühl, das sie immer hatte, wenn sie wußte, daß sie es herausfinden würde.

»Denken Sie stets daran«, sagte Jean Putnam, »Bleichen ist ein Prozeß, den man nicht aus Büchern lernen kann. Niemand kann Ihnen sagen, wie es gemacht wird oder Ihnen zeigen, wie es gemacht wird. Natürlich, man kann das demonstrieren. Man kann etwas erläutern und Ratschläge geben, aber Bleichen lernt man, indem man es tut. Man lernt es durch Berührung.«

Die Dunkelkammer war so groß, daß jeder Student der Klasse einen eigenen Arbeitsplatz an einem Tisch mit Spüle hatte. Jean Putnam schlenderte um diese Tische herum, während sie sprach.

»Sie können ein Q-Tip selektiv verwenden, um Teile des Bildes aufzuhellen, Stellen, die zuviel Schatten haben oder kleine dunkle Bereiche, die schwarz zu werden drohen.«

Novalee streifte ihre steifen neuen Schuhe und ihre zerrissenen Strümpfe ab und arbeitete barfuß. Die Fliesen des Dunkelkammerbodens waren kühl unter ihren Füßen.

»Oder Sie können einen Schwamm benutzen, um größere Bereiche zu bearbeiten«, sagte Dr. Putnam. Sie blieb bei dem Mann stehen, der neben Novalee im Bus gesessen hatte, und beugte sich über die Vergrößerung, die er bearbeitete. »Das ist Ihnen wahrscheinlich ein bißchen zu hell geraten, aber das läßt sich schwer sagen.«

Während sie weiterging, sagte sie: »Denken Sie daran, daß der Bleichprozeß nicht aufhört, wenn man mit dem Auftragen aufhört. Kaliumeisensulfat ist wie dieses Kaninchen im Fernsehen. Es läuft einfach weiter.«

Novalee arbeitete an einer der Eidechsenvergrößerungen, das erste Foto, das sie gemacht hatte.

Sie war ein felsiges Trockenbett hinuntergerutscht, während sie einem Kaisermantelschmetterling folgte, als sie die Hornechse sah und diese sie. Die Echse hob überrascht ihre Augen, rannte aber nicht fort. Als Novalee sich bückte und die Kamera auf sie richtete, wich das Geschöpf zurück, lief aber noch immer nicht davon, sondern blieb wo es war: am Rande eines Felsens, der aus dem Boden ragte.

Als Novalee noch näherkam, blies die Hornechse sich mutig auf. Die Stacheln an ihrem Hals wirkten drohend und gefährlich. Novalee schaute genau in dem Augenblick in den Sucher, als die Hornechse zischte – ein wütender kleiner Drache in einem zeitlosen Ritual von Mut und Furcht –, und drückte auf den Auslöser.

Jetzt erinnerte sich Novalee an das, was Dr. Putnam früher an diesem Tage gesagt hatte. »Der beste Teil eines Bildes wird in der Dunkelkammer gemacht.«

Novalee tauchte ein Q-Tip in die Kaliumeisensulfatmischung und begann dann, mit ihm in winzig kleinen Kreisen einen dunklen Bereich der Vergrößerung zu bearbeiten, einen schattigen Bereich vorn in den Augen der Hornechse.

Plötzlich, ohne daß Novalee ihre Anwesenheit bemerkt hatte, war Dr. Putnam neben ihr. »Sie werden wissen, wann es richtig ist«, sagte sie leise. »Ihre Finger werden es Ihnen sagen.«

»Aber wie ...«

»Es ist eine Art Zauber, der Ihnen sagt, daß es genug ist, genau die Menge, um zu finden, wonach Sie suchen.«

»Ich weiß wirklich nicht, wonach ich suche.«

Als Novalee noch einmal mit dem Q-Tip auf die Vergrößerung tupfte, begannen ihre Finger zu kribbeln, und sie zog das Stäbchen weg.

»Sie haben es gespürt, nicht wahr?«

»Ja. Ja, das habe ich.«

Während sie zuschauten, wurde der schattige Bereich weiter heller, und Novalee sah, wonach sie gesucht hatte: Ein winziger Blutstropfen spritzte aus den Augen der stachelbewehrten Echse, *Phrynosoma platyrhinos,* und Novalee wußte, daß sie begonnen hatte, das Geheimnis in Schatten sehen zu lernen.

32

Willy Jack steckte den nächsten Quarter in die Musicbox, drückte B7 und rutschte dann zurück auf den Hokker am Ende der Bar. Er nahm eine unsichtbare Gitarre auf seinen Schoß und schlug dann ein paar Akkorde zur Einstimmung an, während er darauf wartete, daß sein Lied begann. Als es anfing, schloß er die Augen, spielte die Melodie mit und sang in Harmonie mit Clint Black das »The Beat of a Heart«, das auf Platz 1 der Hitparade geklettert war.

Wenn du keinen Freund hast
Und völlig allein bist

Der muskulöse schwarze Barkeeper schüttelte angewidert den Kopf. »Mein Gott, Mann, kennst du keinen anderen Song?«

Wenn die Welt dich immer wieder tritt
Und du schreist »Wehe mir«

»Hast du was gegen Whitney Houston ... oder Tina Turner?«

Nein, du bist nicht der Einsame Reiter
Das weiß ich ganz bestimmt

»Ich werde noch ganz krank, wenn ich mir diese Cowboyscheiße länger anhören muß.«

»Ich hab' diesen verdammten Song geschrieben.« Willy Jack wirbelte herum, um auf die Musikbox zu zeigen und mußte dann kämpfen, um sein Gleichgewicht zu behalten.

»Ja, ich weiß! Hast du mir schon erzählt«, sagte der Barkeeper, der die Geschichte ganz offensichtlich ebenso über hatte wie den Song. »Du hast ihn geschrieben und jemand namens Freeny hat ihn geklaut und ...«

»Finny! Ich sagte dir, daß er Finny hieß! Aber er hat ihn nicht geklaut. Teufel auch, er war tot. Es war seine Mama. Es war Claire Hudson.«

»Richtig. Die Mama war's.«

»Du hast verdammt recht, sie war's. Und jetzt guck' ich in die Röhre.«

Der Barkeeper nickte. »So ungefähr seh' ich das auch.«

»Jetzt ist Claire Hudson reich. Shorty Wayne ist reich. Clint Black ist reich. Und Billy Shadow guckt in die Röhre.«

Eine Frau mit nervösem Gesicht beugte sich zu Willy Jack und sagte: »Schatz, laß uns gehen.« Doch als sie versuchte, seine Hand zu nehmen, die, die den Hals seiner unsichtbaren Gitarre hielt, stieß er sie beiseite.

Wenn du der bist, der alle verloren hat
Findest du vielleicht doch noch einen

Ihr Name war Delphia, aber Willy Jack konnte sich das nicht merken. Manchmal nannte er sie Della, manchmal auch Delilah. Aber meistens sprach er sie überhaupt nicht mit Namen an. Sie war eine von hundert anderen Frauen, mit denen er zusammengewesen war ... diesen Inas und Dixies und Maxines – ausgelaugt, verbraucht und hart ... aber nicht hart genug.

Egal, wie einsam du bist
Es gibt jemand auf dieser Welt, der dich liebt

Als Willy Jack beim Refrain war, ließ er den Kopf so

nach vorn fallen, wie er es auf der Bühne getan hatte, und sein Haar fiel ihm über die Augen.

Egal, wie einsam du bist,

Es gibt jemand auf dieser Welt, der dich liebt

Doch in den letzten beiden Jahren hatte er nicht viel Zeit auf der Bühne verbracht. Nicht, seit Ruth Meyers ihn erledigt hatte.

Nachdem sie ihre Night River Musiker nach Nashville zurückgerufen hatte, hatte sie Willy Jacks Kreditkarten gekündigt, sie hatte seine Buchungen storniert ... und sie hatte seine Karriere beendet. Er bekam nicht mal mehr einen Auftritt als Chorsänger.

Er war von einem Anwalt zum nächsten gelaufen, Männern mit freundlichem Händedruck in dunklen Anzügen, die's gar nicht abwarten konnten, der Gerechtigkeit zum Sieg zu verhelfen. Sie hatten nachgewiesen, daß Claire Hudson das Urheberrecht an »The Beat of a Heart« hatte posthum schützen lassen, während Willy Jack im Gefängnis saß – in demselben Gefängnis, in dem sie als Bibliothekarin arbeitete. Und die Anwälte wiesen nach, daß ein Indianer namens John Turtle Willy Jacks Zellengenosse und Zeuge für die Entstehung des Songs gewesen war. Doch der Indianer war gestorben, die Bibliothekarin verschwunden, und Willy Jack war das Geld ausgegangen.

Soviel zur Gerechtigkeit.

Wenn du des Kämpfens müde bist

Sagen willst »Ich gebe auf«

Willy Jack war zurück nach Dallas gekommen, aber Johnny Desoto wollte mit ihm nichts mehr zu tun haben. Diesen Brunnen hatte Ruth Meyers bereits vergiftet.

So gabelte Willy Jack in Fort Worth einen beknackten Schlagzeuger auf und in Abilene einen Jahrmarktpianisten, Musiker, die ebenso unten und verzweifelt waren wie er, und sie fuhren nach Westen.

Billy Shadow und Sunset. Ein heruntergekommenes Trio von Dopern und Trunkenbolden, das in einem verrosteten VW-Bus lebte und Arbeit in verrufenen Bars annahm, an die sich nicht einmal Ruth Meyers herangetraut hätte. Sie bekamen nie viel mehr bezahlt, als ihre Barrechnung betrug, gerade genug, um sich Meth oder ein Gramm Koks zu besorgen, wann immer sie konnten.

Und wenn Gott dich wirklich liebt
Er ist nicht der einzige

Sie waren fast ein Jahr zusammen, bis der Schlagzeuger in Greasewood, Arizona, in eine Schlägerei geriet und seinen linken Arm nicht mehr benutzen konnte. Dann setzte sich der Pianist in Prescott mit einer Rothaarigen namens Rita ab, so daß Billy Shadow eine Soloveranstaltung war, als Willy Jack nach Kalifornien kam.

Zwei Tage nach Überquerung der Staatsgrenze wanderte er in Barstow wegen Trunkenheit ins Gefängnis. Dort verbrachte er fast eine Woche, bevor er J. Paul erreichte, seinen Cousin in Bakersfield, der nicht sonderlich begeistert war, von ihm zu hören, aber zweihundert Dollar Kaution schickte.

Du wirst eine Familie finden, die du nie hattest
Bevor dein Leben zu Ende geht

Das nächste Jahr hatte Billy Shadow damit verbracht, in den Grenzstädten aufzutreten ... in Clubs in Potrero und Plaster City, wo die Inhaber ihm für Hurenwhiskys das Doppelte berechneten ... in Bars in Jacumba und Campo, wo Dealer ihm schlechten Stoff verkauften.

Dennoch fand er dann und wann eine Bühne. Er zog sogar noch Publikum an. Und er konnte noch eine Menge begeistern. Und wenn Billy Shadow überhaupt etwas vom Showgeschäft wußte, dann dies: daß ein Künstler Fans brauchte, um nach ganz oben zu kommen.

Aber das sollte jetzt sehr schwer werden, weil Willy Jack gestern einen großen Fehler gemacht hatte. Gestern hatte er Finnys Gitarre, die Martin, versetzt.

Wenn du glaubst, du kannst dich nicht mehr erinnern
Wie es war
Als du noch einen Freund hattest
Wirst du wieder einen haben

»Komm, Willy Jack. Laß uns gehen«, sagte Delphia. »Er wird nicht kommen.«

»Er muß kommen! Und wehe, dieser Hurensohn bringt mein Geld nicht. Den mach' ich alle!«

Willy Jack kniff die Augen zusammen und versuchte seinen Clint Eastwood-Blick. Aber er fühlte sich nicht annähernd so hart, wie er dreinschaute. Er begann sich Sorgen zu machen.

Er hatte die Martin versetzt, weil ein Straßendealer namens Pink ihm ein Geschäft vorgeschlagen hatte, das er sich nicht entgehen lassen konnte, ein Geschäft, das Willy Jack neunhundert Dollar einbringen würde.

Wie es war
Als du noch einen Freund hattest

Pink hatte einen Freund, der schnell ein Kilo Marihuana absetzen mußte, aber zum Dealen nicht auf die Straße konnte, weil jemand hinter ihm her war. Falls er sich zeigte, würde ihm das Gesicht weggepustet werden, und deshalb mußte er schnell aus der Stadt verschwinden, und er brauchte Geld.

Pink sagte, sein Freund würde ihm das Kilo für zweihundert Dollar verkaufen, wenn er das Geld schnell aufbringen könnte. Und Pink hatte bereits einen Abnehmer – einen Kerl, der zweitausend Dollar zahlen würde, sobald er den Stoff in den Händen hielt.

Aber Pink hatte nur hundert, und das war der Punkt, an dem Willy Jack ins Spiel kam. Für hundert Dollar Einsatz würde Willy Jack tausend rausbekommen ... die Hälfte des Verkaufspreises.

Natürlich hatte Willy Jack keine hundert, und das einzige, was er beleihen konnte, um an Geld zu kommen, war die Martin.

»Ja, wie lange sollen wir denn noch warten?« fragte Delphia. »Ich habe Hunger.«

Als der Song vorbei war, bedeutete Willy Jack dem Barkeeper, ihm noch einen Drink zu bringen, nahm einen Vierteldollar von dem Kleingeld, das er vor sich gestapelt hatte und wandte sich der Musicbox zu.

»Verflucht!« Willy Jack trat gegen das Armaturenbrett von Delphias Pinto. »Gott verflucht!« Er warf den Kopf zurück gegen den Sitz und rieb sich die Augen.

Er war die ganze Nacht gefahren, um nach Bakersfield zu kommen ... fünf Stunden auf dem Highway und dann nochmals zwei, um J. Pauls Haus zu finden ... und er hatte zwei Tage lang Aufputschmittel geschluckt.

»Willst du, daß ich mit ihm rede?« fragte Delphia.

»Du meinst wohl, das sei besonders schlau, oder wie? Wenn er mir das Geld nicht geben will, warum, zum Teufel, sollte er's dir geben?«

»Ich dachte ja nur ...«

»Ich bin der Cousin dieses Wichsers. Ich bin ein Verwandter, verfluchte Tat.«

»Aber vielleicht hat er dir die Wahrheit gesagt. Vielleicht hat er keine hundert Dollar.«

»Oh, die hat er. Die verdammte Eisenbahn hat ihm ein Vermögen gezahlt, als er seinen Daumen verlor. Schau dir doch das Haus an, in dem er wohnt.«

Delphia blickte auf das Reihenhaus, einen zweigeschossigen schmucklosen Ziegelbau in einem heruntergekommenen Viertel. Ein Minigolfplatz auf der anderen Straßenseite war mit Brettern vernagelt und mit Grafitti beschmiert.

»Ich glaube, Verwandtschaft zählt nicht mehr viel«, sagte Willy Jack.

»Aber du sagtest, er hätte dir einmal ausgeholfen. Hat dir Geld für die Kaution geschickt.«

»Ja, und das hat er auch nicht vergessen. Das hat er mir unter die Nase gehalten. Und ich stand da und mußte mir diesen verdammten Sermon anhören.«

»Schön.« Delphia gähnte. »Und was, meinst du, sollen wir jetzt tun?«

Willy Jack fischte den nächsten Muntermacher aus seiner Tasche und zog die Verschlußlasche von einer warmen Dose Coors.

»Willst du zurück nach San Bernardino?« fragte sie.

»Was, zum Henker, soll ich denn in San Bernardino machen? Auf dem Arsch hocken und warten, daß dieser Bastard Pink aufkreuzt? Auf ihn warten, damit er mir mein verfluchtes Geld gibt, damit ich meine Gitarre auslösen kann?«

»Vielleicht kannst du an eine andere Gitarre kommen. Vielleicht findest du für jetzt etwas Billigeres und ...«

»Wie oft muß ich dir das denn noch sagen«, sagte Willy Jack, dessen Geduld langsam erschöpft war. »Es gibt keine *andere* Gitarre. Die Martin ist die einzige Gitarre. Kapierst du das endlich?«

»Okay. Okay!« Delphia ließ den Motor des Pinto an. »Also ... was willst du tun?«

»Fahr, Della. Fahr einfach und laß mich nachdenken.«

Er griff hinter sich, wühlte in den Trümmern von fünfzigtausend Meilen und zog hervor, wonach er gesucht hatte ... eine halbvolle Flasche Beam's 8 Star. Er nahm einen langen, tiefen Schluck aus der Flasche, lehnte sich dann zurück und richtete den Blick starr auf die Straße.

Er mußte überlegen, was er wegen der Martin tun konnte, mußte einen Weg finden, sie zurückzubekommen. Denn ohne sie war er nichts. Das hatte er gewußt, als er sie das erste Mal in den Händen gehalten hatte. Vielleicht, dachte er, sollte er einfach in das Pfandhaus einbrechen und sie holen. Oder vielleicht sollte er Pink irgendwie auftreiben. Ihn zusammenschlagen, ihn umbringen, wenn's sein mußte. Aber er wußte, daß das verrückt war. Er wußte, daß das überhaupt keinen Sinn machte.

Aber etwas zu tun, was Sinn machen würde, würde ohnehin nicht leicht sein. In den letzten achtundvierzig Stunden hatte Willy Jack Muntermacher und acht Whisky geschluckt, hatte LSD genommen und etwas Gras geraucht ... und er hatte kein Auge zugetan.

Gib mir deine Hand

Er war nicht überrascht, als er ihre Stimme hörte. Wenn er angedröhnt war, konnte er fast damit rechnen.

Es hatte angefangen, als er noch im Gefängnis war, kurz nachdem der Indianer sein Herz wieder zum Schlagen gebracht hatte. Anfangs war es nicht so schlimm gewesen. Nur ihre Stimme ... immer ihre Stimme.

Fühlst du das?

Aber später, als er mit Night River zusammen war, hatte sie angefangen zu ihm zu sprechen, wenn er schlief. Er war durch einen Schmerz in seinem Herzen aufgewacht, der bohrte und brannte, aber die Stimme wollte einfach nicht verstummen.

Kannst du das nicht fühlen?

Er schraubte die Flasche auf und schluckte wieder und wieder, bis er spürte, wie der Whisky sich heiß in seiner Brust und bis in seinen Bauch ausbreitete. Die gelbe Linie in der Mitte der Straße begann zu verschwimmen, und so schloß er seine Augen und versuchte wieder, über die Martin nachzudenken.

Spürst du dieses schwache, feine Poch ... Poch ... Poch nicht?

»Ich fühle nichts«, sagte er.

»Was?« Delphia starrte ihn an. »Wovon redest du?«

»Ich habe nichts gesagt.«

Sie schwiegen auf den nächsten paar Meilen, bis Delphia vom Highway abbog und der Pinto vor einem billigen Café am Stadtrand rasselnd zum Halten kam.

Willy Jack sagte: »Was willst du?«

»Ich bin erledigt. Laß uns einen Kaffee trinken, etwas essen.«

»Teufel, wir haben keine Zeit.«

»Warum nicht? Weshalb die Eile?«

»Ich brauche Geld.«

»Und woher? Woher willst du Geld bekommen?«

»Ich muß ... muß meine Gitarre wiederhaben.« Seine Worte waren so undeutlich, daß Delphia nur ahnen konnte, was er sagte.

»Du brauchst etwas außer diesem Whisky in deinem Leib.«

»Jetzt fang nicht wieder damit an, sonst ...« Willy Jack versuchte, ihr mit der Faust vor dem Gesicht zu drohen, traf statt dessen aber den Rückspiegel.

»Mach was du willst.« Delphia zog den Zündschlüssel ab, stieg aus dem Wagen und knallte die Tür zu.

Willy Jack stürzte über einen Bordstein und zerriß dabei das Knie seiner Jeans. Als er sich aufgerappelt hatte, zog er einen Splitter aus seinem Handballen und schwankte dann von dem Komplex leerer Laderampen weg.

Er war über eine Meile von dem Café aus gelaufen, an dem Delphia den Pinto geparkt hatte, und durch ein Labyrinth verlassener Straßen mit vernagelten Lagerhäusern und über unkrautüberwucherte Parkplätze gewandert.

Die Sonne stand fast senkrecht über ihm, als er ein Viadukt überquerte und über einen grasigen Hügel zu dem Güterbahnhof hinunterrutschte. Die Hitze hatte den Asphalt unter seinen Füßen aufgeweicht, so daß er das Gefühl hatte, in Sirup zu waten.

Er sah einen Zug, der auf den Gleisen zurücksetzte, einen Lokomotivführer im Führerstand. Er bemerkte einen Bremser, der hinten auf einem Dienstwagen hockte, der langsam aus dem Bahnhof gezogen wurde. Und er sah einen Jungen in einem Güterwagen schlafen. Aber niemand sah Willy Jack ... niemand sah ihn über die Gleise wanken, von einer Seite zur anderen springen.

Als er gegen den Tankwagen fiel, schürfte er sich etwas Haut an der Stirn ab, konnte sich aber auf den Beinen halten.

»Scheiße«, sagte er, während er sich etwas Blut aus seiner Augenbraue wischte.

Er stieß sich von dem Wagen ab und wankte zurück, und dies war der Augenblick, in dem er die Buchstaben, nur Zentimeter von seinen Augen entfernt, verschwommen sah. Er mußte blinzeln, um die Worte scharf zu sehen.

»Union Pacific«, sagte er so klar und deutlich wie ein nüchterner Mann. »Union Pacific.« Und mit dem Klang der Worte kamen Bruchstücke einer alten Erinnerung wieder.

Willy Jacks Atem wurde schneller, als er die Hände ausstreckte und die Buchstaben mit seinen Fingerspitzen berührte. Dann lehnte er seinen Kopf an das warme Metall des Tankwagens und hoffte mehr als alles andere, daß er nicht weinen würde.

Fünf Tage lang wußte er nicht, daß er seine Finger noch hatte ... und auch nicht, daß er noch seine Daumen hatte.

Aber er erinnerte sich an den Geruch von etwas Dunklem und Frischem ... und an einen Schmerz, der Zähne und Klauen hatte.

Und er erinnerte sich daran, daß jemand eines seiner Beine aufhob und es ihm zurückbrachte ... jemand, der wie er, versuchte, nicht zu weinen.

Gib mir deine Hand

Und er erinnerte sich an den Klang ihrer Stimme, die von irgendwo über ihm nach ihm rief.

Spürst du das? ... Das ist, wo das Herz ist.

TEIL IV

33

Lexie, wie findest du das?« Novalee zog eine Hemdbluse aus dem Gewirr von Kleidungsstücken, die auf einem Terrassentisch angehäuft waren.

»Sieht gut aus.«

»Hier.« Novalee hielt das Kleidungsstück an Lexie und verzog dann das Gesicht. »Nein. Das würde dich verschlukken«, sagte sie, während sie es zurück auf den Haufen warf.

Sie waren seit halb acht auf Flohmärkten gewesen, um für Lexie »schlanke« Kleidung zu finden. Während die Drähte in ihren Kiefern steckten, hatte sie sechzig Pfund verloren und brauchte vier Nummern kleinere Kleider, doch selbst jetzt noch, Monate später, trug sie ihre alten Sachen. Doch Novalee war entschlossen, das zu ändern.

»Wie ist es damit?« Sie hielt einen schwarzweiß gestreiften Hosenanzug hoch.

»Ist das eine Schiedsrichteruniform?«

»Nein. Das würde dir gut stehen. Warum ...«

Aber Lexie hatte an Kleidung ebenso wenig Interesse wie an Essen. Das einzige, was sie an diesem Morgen gekauft hatte, war ein strategisches Spiel, das die Kinder im Auto beschäftigte ... alle Kinder außer Brummett.

Er war gerade nach Outreach aufgebrochen, einem Sommerlager für verhaltensgestörte Jungen. Denn seit Roger Briscoe war Brummett in einer Krise. Er wurde jeden Tag wütender und mürrischer und war zweimal beim Diebstahl von Baseballkarten in der IGA erwischt worden.

Pauline stahl nicht, aber sie hatte noch immer Alpträume und fürchtete sich noch immer vor Männern. Die Psychologen im County Mental Health sagten, daß sie ein starkes männliches Rollenmuster in ihrem Leben brauchte, was bei Lexie Depressionen auslöste, die wochenlang anhielten.

»Lexie«, sagte Novalee, »hier ist ein Paar Elefantenohrringe. Schau dir einmal ihre Rüssel an.« Novalee reichte die Ohrringe Lexie, die glaubte, daß Elefanten mit erhobenen Rüsseln Glück brachten. Als sie die Ringe an ihren Ohren befestigt hatte und sich in Positur stellte, um Novalees Meinung zu hören, war klar, daß Lexie Glück brauchte.

Ihr verletztes Augenlid hing herab und schlug nicht im Gleichtakt mit dem anderen. Und ihre Lippen, ihre einst perfekten Lippen, waren verzogen und durchstochen und zeigten die Zickzackkanten von Narbengewebe ... selbst dann, wenn sie lächelte.

Als sie zum Wagen zurückkamen, schlief Peanut, die Zwillinge stritten sich und Americus und Pauline saßen auf der Motorhaube und sangen »Old McDonald«.

»Novalee, ich denke, es ist besser, wenn wir nach Hause fahren. Bis wir für die Kinder das Essen gemacht haben, wird es Mittag sein, und ich soll mir heute die Wohnung ansehen.«

»Lexie, ich wünschte, du hättest es mit dem Umzug nicht so eilig.«

»Eilig? Wir sind jetzt schon so lange bei dir, daß dein Haus nach altem Squatterrecht uns gehört.«

Novalee sagte: »Sollen wir nicht jetzt, auf dem Heimweg, halten, damit du dir die Wohnung ansehen kannst?«

»Nein, ich brauche meinen Wagen.« Lexie beugte sich vor und senkte ihre Stimme. »Du weißt doch, daß ich zur

Polizeiwache muß.« Während sie Peanut auf ihren Schoß nahm, fügte sie hinzu: »Wofür immer das auch gut sein mag.«

Die Polizei hatte vier Roger Briscoes ausfindig gemacht, doch nur einer kam aus Fort Worth, und der war fünfzehn Jahre alt. Von den anderen war der eine ein Schwarzer, einer blind und einer saß seit zwanzig Jahren im Gefängnis.

Inzwischen war der Fall alt, doch von Zeit zu Zeit rief ein Polizist an, um Lexie zu bitten, auf die Wache zu kommen.

Novalee startete den Motor und wollte gerade auf die Straße fahren, als der erste Feuerwehrwagen vorbeiraste.

»Hoffentlich habe ich die Kaffeemaschine abgeschaltet«, sagte Lexie.

Sekunden später hörten sie die nächste Sirene.

»Riechst du auch Rauch oder bilde ich mir das nur ein?« fragte Novalee.

»Ich rieche ihn auch«, sagte Americus.

An der nächsten Ampel blockierte ein Polizeiwagen die rechte Spur, und ein Polizist regelte den Verkehr und wies die Autos jeweils einzeln in die linke Spur ein.

»Alle wollen das Feuer sehen«, sagte Lexie.

»Können wir auch, Mama?« schrien die Zwillinge. »Dürfen wir?«

»Nein.«

Als Novalee die Ecke erreichte, kurbelte sie die Scheibe herunter. Während sie den Chevy um den Polizisten herumlenkte, sagte sie: »Komme ich auf der Taylor durch?«

»Das bezweifle ich«, sagte der Polizist. »Es staut sich über sechs Blocks in beiden Richtungen von Locust und First.«

Novalee faßte das Lenkrad fester. »Locust und First?«

»Ja«, sagte er. »Die Bibliothek.«

»Nein!«

»Doch, Ma'am. Die Bibliothek brennt.«

Am Tage der Beerdigung seiner Schwester zog Forney in das Majestic Hotel, einen heruntergekommenen Ziegelbau aus den zwanziger Jahren mit abgesackten Fußböden und fleckigen Decken. Die Majestät, die es sechzig Jahre früher gehabt haben mochte, lag unter Schichten abgeblätterter Farbe und dem Geruch gekochter Zwiebeln begraben.

Die Rentner, die dort wohnten, alte Männer mit milchigen Augen und klumpigen Stimmen, blickten auf, als Novalee die Eingangstür öffnete. Sie lächelten über das Sonnenlicht, das durch ihr weißes Baumwollkleid schien und erinnerten sich anderer Sommertage, anderer Kleider. Sie seufzten beim Klang ihrer Stimme, als sie nach dem Zimmer des Bibliothekars fragte ... und sie erinnerten sich an den Duft von Gardenien, als sie durch die hohe Lobby ging und dann die Treppen hinaufeilte.

Sie klopfte dreimal, bevor sie die Tür öffnete. Zuerst sah sie ihn nicht. Der Raum war dunkel, und er trug einen schiefergrauen Anzug.

»Forney?«

Er saß aufrecht auf einer Seite des Bettes, die Hände in seinem Schoß gefaltet.

»Ich habe mir Sorgen um dich gemacht«, sagte Novalee.

»Es tut mir leid.«

»Nein, es muß dir nicht leid tun. Ich möchte nicht, daß dir etwas leid tut. Ich wollte dich einfach nur sehen.«

»Oh.«

»Forney, darf ich hereinkommen?«

»Du willst hereinkommen?«

»Wenn dir das recht ist.«

»Ja.«

Nachdem Novalee die Tür geschlossen hatte, war es im

Raum so dunkel, daß sie kaum Forneys Gestalt erkennen konnte.

»Willst du Licht machen?« fragte er. »Wir können das Licht einschalten.«

»Nein. Es ist gut so.«

»Früher hatte ich Angst im Dunkeln«, sagte er. »Aber manchmal ist es der beste Ort. Manchmal kann man im Dunkel Dinge sehen, die man bei Licht nicht sieht.«

»Was siehst du hier im Dunkel, Forney?«

Von irgendwo unten aus der Halle hörte Novalee blechernes Gelächter, dann die Stimme von Fred Feuerstein.

»Als ich sechs Jahre alt war«, sagte Forney, »in der ersten Klasse, holte mein Vater mich immer von der Schule ab.«

Als Novalees Augen sich an das Dunkel gewöhnt hatten, konnte sie einen Keil reflektierten Lichtes an der Decke schimmern sehen.

»Aber eines Tages kam er nicht. Es regnete, und so kamen viele Eltern, um ihre Kinder abzuholen, aber mein Vater kam nicht.«

Forney verlagerte sein Gewicht, und das Bettgestell unter ihm knarrte.

»Ich schaute zu, wie alle anderen gingen, sogar der Hausmeister ... und dann war ich als einziger übrig. Ich fing an zu weinen, weil ich dachte, ich müßte die ganze Nacht allein in der Schule bleiben.

Jedenfalls wurde es schon dunkel, als ich Schritte in der Halle hörte. Es war Mary Elizabeth. Sie glättete mein Haar und wischte mein Gesicht ab, aber ich konnte nicht aufhören zu weinen.

Sie nahm meine Hand, und wir wollten gehen, doch als wir an der Aula vorbeikamen, blieb sie stehen. Ich wußte, daß sie wollte, daß ich zu weinen aufhörte, aber sie sagte nichts, sondern schaute mich nur einen Augenblick an und führte mich dann hinein.«

Jemand, der an Forneys Tür vorbeischlurfte, hustete ... es war das dicke, schleimige Husten eines alten Mannes.

»Mary Elizabeth setzte mich auf einen Platz in der vordersten Reihe und ging dann die Stufen zur Bühne hoch. Sie schaute mich an und begann ein Lied zu summen, eine Melodie, die ich nicht kannte. Und dann begann sie zu tanzen.

Sie hob ihre Arme, drehte langsam ihren Körper und begann zu gleiten ... sie tanzte und bewegte sich zu dem Klang ihres Liedes. Sie tanzte nur für mich.

Ich saß sehr still und beobachtete sie, ich konnte den Blick nicht von ihr abwenden. Sie war so wunderschön. Und als sie fertig war, lächelte sie mich an.«

Der Fernseher unten in der Halle wurde abgestellt. Irgendwo in der Nähe schloß sich eine Tür.

»Weißt du was, Novalee? Ich glaube, ich habe sie nie wieder lächeln sehen.«

Es war so still in dem Raum, daß Novalee plötzlich Angst bekam.

»Forney ...«

»Ich wollte dir über diesen Morgen erzählen, Novalee, und warum ich nicht gehen konnte.«

»Das brauchst du nicht.«

»Ich hab's versucht. Ich bin bis zur Kirche gegangen ... bis zur Tür, aber ich konnte nicht hineingehen.«

»Forney ...«

»Ich hatte vier weiße Rosen ... für sie. Aber als ich zur Kirche kam, waren sie braun geworden.« Forney wischte sich mit dem Handrücken über das Gesicht und schaute dann zu Novalee auf. »Ich konnte ihr keine braunen Rosen bringen.«

Novalee erinnerte sich kaum daran, wie sie den Raum durchquerte und ihn in ihre Arme nahm ... aber sie würde nie vergessen, wie sein Atem an ihre Kehle drang, als er wieder und wieder ihren Namen murmelte. Und als seine

Lippen die silberne Narbe an ihrem Mundwinkel fanden, wußte sie nicht, daß die Stimme, die »Ja« flüsterte, ihre eigene war.

34

Die nächsten paar Tage schien Novalees Leben völlig Routine zu sein. Sie begann mit der Inventur im Wal-Mart und schloß einen Fotoauftrag für die Handelskammer ab. Sie schneiderte für Americus ein Kostüm für die Western Days, aß mit Moses und Certain zu Abend und immatrikulierte sich für eine weitere Klasse an der Northeastern – einen Kursus über amerikanische Literatur. Sie war überall, wo sie zu sein hatte, und sie tat alles, was sie zu tun hatte, aber sie führte nur die Bewegungen aus. In Gedanken war sie bei Forney Hull.

Sie dachte den ganzen Tag an ihn und träumte nachts von ihm, hatte beunruhigende Träume, in denen Forney sich verabschiedete. Jedesmal, wenn das Telefon klingelte, hoffte sie, seine Stimme zu hören. Selbst wenn sie auf der Arbeit ausgerufen wurde, hoffte sie, daß Forney am Telefon sein würde.

Sie schrieb ihm zweimal, zerriß aber beide Briefe, weil sie das Gefühl hatte, wie ein Schulmädchen zu klingen, das seine Liebe erklärte. Novalee liebt Forney. NN + FH.

Sie stellte fest, daß sie alberne Dinge tat ... sie sang Liebeslieder im Dunkeln, las Gedichte, die sie zum Weinen brachten. Sie schnitt ihr Haar zu kurz, kaufte sich einen Schlüsselanhänger in Herzform und sah sich um zwei Uhr morgens *Casablanca* an.

Sie war zum ersten Mal in ihrem Leben verliebt, und es war einfach unmöglich, daß sie das für sich behalten konnte.

»Oh, Süße, ich bin ja so glücklich für dich«, sagte Lexie, als sie Novalee in ihre Arme nahm. »Forney war von Anfang an ganz verrückt nach dir. Das habe ich dir selbst gesagt.«

»Lexie, ich habe mich noch nie zuvor so gefühlt. Ich dachte erst, ich bekäme die Grippe.«

»Du bist verliebt, Novalee. Glaube mir. Ich *hatte* die Grippe. Aber jetzt verrate mir, was Forney getan hat, als du es ihm sagtest.«

»Also, ich habe es ihm noch nicht gesagt.«

»Augenblick mal! Ihr habt euch in seinem Hotelzimmer geliebt ... er sagte, daß er dich liebt, und du hast es ihm nicht gesagt?«

»Nein. Aber ... es war eigenartig.«

»Sicher. Das ist es immer.«

»Nein, du verstehst nicht. Als wir ... nun, also als wir fertig waren, verhielt Forney sich ... seltsam.«

»Novalee, Forney verhält sich *immer* seltsam.«

»Das war anders.«

»Willst du mir damit sagen, daß du einfach gegangen bist?«

»Oh, wir haben ein wenig ... gesprochen. So Sachen wie ›Wie lange wirst du weg sein‹ und ›Ich rufe dich an‹«.

Lexie lächelte und schüttelte den Kopf.

»Lexie, habe ich einen Fehler gemacht?«

»Novalee, ich kann ein bißchen rechnen, und ich kann einen Kirschkäsekuchen backen. Ich bin beim Bowling ganz gut, und ich konnte auch mal recht brauchbar einen Taktstock wirbeln lassen. Aber Liebe? Das ist etwas, was ich einfach nicht verstehe.«

Und Novalee glaubte auch nicht, daß sie es verstand. Sie konnte nicht begreifen, warum sie aus Forneys Zimmer geeilt war, wo sie doch nur eines gewollt hatte – nämlich bleiben.

Sie spielte immer wieder durch, was sich im Majestic Hotel ereignet hatte. Sie sah sich in Forneys Armen und hörte ihn ihren Namen flüstern ... wie Liebende in einem Film. Sie wünschte sich nur, das Ende der Szene umschreiben zu können und sich sagen zu hören: »Ich liebe dich, Forney Hull, ich liebe dich.«

Novalee war auf dem Weg zur Handelskammer, um ein paar Fotos abzugeben, als sie Retha Holloway begegnete, der Präsidentin des Literaturclubs.

»Ich wollte Sie angerufen haben. Novalee. Ich brauche Forneys Postadresse.«

»Seine Postadresse?«

»Ja. Ich dachte, Sie hätten von ihm gehört.«

»Nein, aber er wird in ein paar Tagen zurück sein.«

»Er kommt hierher zurück? Nach Sequoyah?«

»Natürlich.«

»Also das überrascht mich. Ich dachte, er würde dort nur so lange bleiben, bis das neue Semester beginnt.«

Novalee schaute verwirrt drein. »Miss Holloway, Forney ist nach Maine gefahren. Er fuhr dorthin ...«

»Um Mary Elizabeth zu begraben. Meine Güte. Welch eine Tragödie.«

»Er müßte heute oder morgen zurückkommen.«

»Sie wissen, daß die Familie Hull aus Maine stammt.« Retha Holloways Stimme nahm einen singenden Rhythmus an, den sie als Englischlehrerin vierzig Jahre lang benutzt hatte. »Also die ersten Hulls waren gebildete Leute. Bostoner. Eine aristokratische Familie«, sagte sie, wobei sie darauf achtete, alle Silben zu artikulieren.

»Ich kannte Forneys Mutter sehr gut. Seinen Vater nur flüchtig. Ein schwer zugänglicher Mann. Aber sehr kultiviert, aus sehr gutem Hause.

Ich glaube nicht, daß sie sich in diesem Teil der Welt je

glücklich fühlten. Ich weiß, daß Mary Elizabeth es nicht war. Und ich vermute, daß Forney sich für ein anderes Leben entschieden hätte, wenn er es gekonnt hätte. Aber das kann sich jetzt ja alles ändern, finden Sie nicht?«

»Was meinen Sie damit?«

»Nun, da Mary Elizabeth nicht mehr ist und das Haus der Hulls zerstört ist, kann Forney sein eigenes Leben leben. Er ist noch ein junger Mann, er kann seine Ausbildung beenden.«

Novalee nickte, als verstehe sie.

»Wissen Sie, Forney besuchte das Bowdoin College in Brunswick, als seine Ausbildung durch den Zustand von Mary Elizabeth abgebrochen wurde.« Retha Holloway schüttelte voller Trauer über diese Ungerechtigkeit ihren Kopf. Dann sagte sie, als ob sie einen Test durchführte: »Wußten Sie, Novalee, daß alle Hull-Männer ihren Abschluß in Bowdoin gemacht haben? Tatsache ist, daß Mr. Hulls Urgroßvater sogar in ein und demselben Schlafsaal mit Nathaniel Hawthorne lebte. Stellen Sie sich das einmal vor!«

Retha Holloways Stimme rutschte in ein höheres Register, als sie zu rezitieren begann:

»Die Hälfte meines Lebens ist vorbei, und ich
habe die Jahre dahingleiten lassen, nicht erfüllt, wonach
ich in meiner Jugend gestrebt ...

Wunderschön, Novalee, nicht wahr? Und so treffend.« Miss Holloway betupfte ihre Augenwinkel. »Auch Longfellow hat Bowdoin besucht. Henry Wadsworth Longfellow. Und jetzt ... ist Forney an der Reihe.«

»Ja, ich denke, so ist es.«

»Jedenfalls habe ich einige Papiere, die Forney unterzeichnen muß. Einige rechtliche Vorgänge für die Stadt. Damit können wir dann Dinge abschließen.«

»Aber was wird aus der Bibliothek?«

»Wir haben bereits einen Architekten mit dem Entwurf

für ein neues Gebäude beauftragt. Und Bürgermeister Albrights Tochter wird die Leitung übernehmen. Ein wundervolles Mädchen. Sie hat einen Abschluß in Bibliothekswissenschaft und ist jetzt Bibliothekarin in Dallas, aber sie möchte hierher zurückkommen. Ihre Mutter ist die neue Präsidentin des Literaturclubs. Eine gute Familie.«

Als ein Wagen am Bordstein hielt, winkte Retha Holloway dem Fahrer, einem älteren Mann, zu. »Ach, Novalee, da ist ja mein Chauffeur. War nett, mit Ihnen geplaudert zu haben.«

»Ja, Ma'am.«

»Und wenn Sie von Forney hören, sagen Sie ihm doch bitte, daß er sich mit mir in Verbindung setzen soll.«

Novalee stand auf dem Bürgersteig, bis der Wagen aus dem Blickfeld verschwunden war, doch der Klang von Retha Holloways Stimme war geblieben:

»... jetzt kann er sein eigenes Leben weiterführen ...«

Novalee hatte bereits eine Stunde im Bett gelegen, als der Anruf kam, aber sie schlief nicht. Sie zog sich schnell an, weckte Lexie, um ihr zu sagen, daß sie ging, und schlüpfte dann so leise sie konnte aus dem Haus.

Die Nacht war schwül und still. Als sie an der Bank vorbeifuhr, sah sie, daß das Thermometer neunundzwanzig Grad anzeigte.

Sie parkte gegenüber dem Majestic Hotel und blieb dann einige Minuten in ihrem Auto sitzen, wobei sie zu den Fenstern von Forneys Zimmer hochschaute und beobachtete, wie sein Schatten umherwanderte.

Bis auf einen alten Mann, der so verhutzelt wie eine Museumsmumie aussah und in einer Ecke einer fleckigen Couch zusammengesunken war, war die Lobby leer.

Forney lächelte, als er die Tür öffnete. Es schien, als habe er das Lächeln geübt, während sie klopfte.

»Hi.«

Sein Haar war noch vom Duschen naß, und an seinem Kinn war ein frischer Schnitt von einer Rasierklinge.

»Hallo.«

Sie setzte zu einer Umarmung an, aber das kam für ihn völlig unerwartet, und als er merkte, was geschah, war sie einen Schritt zurückgetreten und stand verlegen mit herabhängenden Händen im Türrahmen.

»Komm herein«, sagte er.

Als sie durch die Tür trat und an ihm vorbeiging, roch sie den Duft seiner Seife. Es war etwas mit Limonenduft und süß.

»Tut mir leid, daß ich so spät angerufen habe.«

»Ich bin froh, daß du angerufen hast.«

»Habe ich jemand geweckt?«

»Nein.«

Die Lampen brannten jetzt, eine Deckenleuchte und eine Lampe neben dem Bett ... sie sah das Zimmer zum ersten Mal. Die Wände waren mit verblaßten Waldszenen tapeziert. Die Möbel sahen aus, als seien es gestrichene Restbestände der Armee. Der einzige Schmuck war der gerahmte Druck eines traurigen Clowns.

»Wie war deine Fahrt?«

»Lang.«

»Ging alles gut?«

»Alles gut?«

»Ich meine mit der Zeremonie. Deine Schwester ...«

»Mary Elizabeth.« Forney nickte und sagte ihren Namen dann nochmals, als wolle er hören, wie er klang. »Ja. Nun, es gab keinen Gottesdienst. Nichts dergleichen. Es war niemand da. Nur ich. Und Mary Elizabeth. Aber sonst niemand.«

»Forney, ist mit dir alles in Ordnung?«

»O ja«, sagte er, aber er wandte sich und betrachtete den Clown an der Wand. »Doch, ich denke schon.«

Novalee verlagerte ihr Gewicht von einem Fuß auf den anderen, und Forney steckte seine Hände in die Taschen. Eine Toilette rauschte in dem Zimmer über ihnen, und um das Geräusch zu übertönen, sprachen sie beide gleichzeitig.

»Während du ...«

»Ich wollte ...«

»Novalee, möchtest du dich nicht setzen?« Forney machte eine einladende Geste, aber eine große Auswahl gab es nicht. Ein Bürostuhl aus Metall mit geplatzter Vinylsitzfläche und das Bett. Novalee nahm den Stuhl.

»Du mußt müde sein«, sagte sie.

»Ein wenig.«

»Ich hatte mir schon Sorgen gemacht. Als du am Mittwoch noch nicht zurück warst ...«

»Ich bin länger geblieben, als ich ursprünglich vorhatte. Habe ein Auto gemietet. Mich benommen wie ein Tourist. Ich hatte vergessen, wie schön es dort ist. So völlig anders als hier.«

»Das glaube ich.«

»Weißt du, meine Mutter und mein Vater wurden dort geboren. Mary Elizabeth auch. Ich habe nie wirklich dort gelebt, außer als ich auf dem College war, aber es war fast irgendwie ... familiär.«

»Du meinst Skowhegan?«

»Nun ja, dieser ganze Teil von Maine. Skowhegan, Waterville, August, Brunswick.«

»Brunswick. Dort bist du doch aufs College gegangen?«

»Ja. Ich war rübergefahren, um mich nur für ein paar Stunden umzuschauen, und dann blieb ich doch zwei Tage. Habe einige Zeit auf dem Campus verbracht. Bowdoin hat eine tolle Bibliothek. Ich hab' ein paar Professoren getroffen, bei denen ich studiert habe. Einer von ihnen hat gerade ein neues Buch veröffentlicht.«

»Klingt aufregend.«

Wieder senkte sich Schweigen auf sie, aber diesmal warteten sie ab.

»Ich habe an dich gedacht, Novalee.«

»Forney ...«

»Ich wollte mit dir sprechen, aber ich dachte, daß das, was ich zu sagen hatte ... nun, daß das übers Telefon nicht der richtige Weg sei.«

»Was hattest du sagen wollen?«

»Es ging um das letzte Mal, als wir zusammen waren. Ich hatte Angst ... ich meine, ich fragte mich, ob ich dir, äh, wehgetan haben könnte oder so?«

»Mir wehgetan?«

»Ich glaube, ich war nicht ... also, ich habe mir Sorgen gemacht, daß ich ungeschickt gewesen sein könnte ... nicht gerade ... zärtlich.«

»Nein Forney. Du hast mir nicht wehgetan.«

»Das würde ich auch nicht wollen, Novalee.«

Ein lärmender Kompressor in der Klimaanlage des Fensters sprang an, und die Lampen flackerten kurz.

»Und was ist hier passiert?«

»Nicht viel. Lexie hat eine Wohnung gefunden. Ein Doppelapartment. Sie werden dort am Ersten einziehen.«

»Du wirst sie vermissen.«

»Sie ist nicht weit weg. Direkt gegenüber der Schule.«

»Wie geht's Americus?«

»Gut. Sie wird von der Western Days Parade am Samstag Annie Oakley sein.«

»Ich habe ihr ein Buch mitgebracht.« Forney griff in einen geöffneten Koffer, der hinter ihm auf dem Bett lag, und nahm ein Päckchen heraus, das in rotes Papier eingewickelt war. »*The Maine Woods*. Thoreau. Wir hatten hier in der Bibliothek zwei Exemplare, aber ...«

»Retha Holloway möchte dich sprechen.«

»Gibt es schon Pläne für die neue Bibliothek?«

»Ja, aber ich glaube nicht, daß du das hören willst.«

»Was?«

»Nun, Retha sagte, daß die Tochter des Bürgermeisters die neue Bibliothekarin werden wird.«

»Oh, das überrascht mich nicht. Albright wollte sie schon seit langem herholen. Aber das ist in Ordnung. Ist Zeit für etwas Neues.« Forney fuhr sich mit der Hand übers Gesicht, rieb sich dann den Halsrücken. »Ich habe gehört, daß die Kunststoffabrik Mitarbeiter einstellt.«

Novalee hatte die Arbeiter von Thermoforms ins Wal-Mart kommen sehen, wo sie ihre Schecks einlösten ... müde Männer und Frauen, die ihre Hausausweise noch an ihre Hemdentaschen geklammert hatten ...

»Novalee ...«

Männer und Frauen, die nicht lächelten und auf die sechs Zwanzig-Dollar-Noten warteten, die sie dafür bekamen, daß sie Tag um Tag, Woche für Woche die gleichen Kunststoffformen auf das Fließband setzten ...

»Novalee, ist mit dir alles in Ordnung?«

»Sicher.«

»Du warst tausend Meilen weit weg.«

»Forney, was ist mit Lehren? Du sagtest doch, daß du einmal Lehrer sein wolltest.«

»Tja, das war vor sehr langer Zeit.«

»Aber wenn es das ist, was du willst, dann spielt Zeit doch keine Rolle. Zeit spielt überhaupt keine Rolle.«

»Was ich will, Novalee ... was ich will, ist bei dir sein. Bei dir und Americus sein.«

»Forney.«

»Ich liebe dich. Ich liebe dich mehr als alles auf der Welt, und als wir hier zusammen waren ... als ich dich in meinen Armen hatte ...«

»Forney, vielleicht haben wir einen Fehler gemacht. Ich weiß nicht, wie es geschah oder warum es geschah, als es geschah. Aber vielleicht war es nicht die richtige Zeit für uns ... vielleicht haben wir ...«

»Novalee, hast du ... hast du mit mir geschlafen, weil ich dir leid tat? War es das?«

»Oh, nein. Glaube das doch nicht.«

»Denn, wenn das der Grund war ...«

»Nein, Forney. Das war es nicht.«

»Aber was dann? Eine schlechte Entscheidung? Nur eine spontane Augenblicksgeschichte? Oder war es einer dieser Augenblicke, wo du dich deprimiert fühltest ... und Aufmunterung brauchtest?«

»Was meinst du damit?«

»Ich meine ... bin ich dir denn überhaupt wichtig?«

»Wichtig? Natürlich bist du das. Du bist der beste Freund, den ich je hatte, Forney.«

»Aber bin ich dir wichtig?«

»Du hast Americus zur Welt gebracht.«

»Bin ich dir wichtig?«

»Du hast mich zu lernen gelehrt, Forney. Du hast mir eine neue Welt gezeigt. Du ...«

»Aber liebst du mich, Novalee? Liebst du mich?«

»Forney, wenn ich ...«

Sie versuchte nicht daran zu denken, wie er sie gehalten hatte, nachdem sie sich geliebt hatten ... die Art, wie sie seine Lippen auf ihren gespürt hatte, die Art, wie seine Hände ...

»Du weißt, Forney, daß ich ...«

Sie wußte, daß sie ihm die Lüge nicht sagen konnte, die er hören mußte, wenn sie sich der Erinnerung hingab.

»Forney ...«

Sie konnte ihm nicht das Herz brechen ...

»Nein, Forney. Ich liebe dich nicht. Nicht auf die Art, wie du geliebt werden mußt. Nicht auf diese Art.«

... und sie würde ihr eigenes nicht brechen können.

35

In den ersten Wochen nach Forneys Abreise dachte Novalee, sie würde verrückt werden.

Sie weinte ohne Grund und an den unmöglichsten Plätzen. Einmal, während sie an der Texaco-Station tankte, weinte sie ganz offen ... versuchte nicht einmal, ihr Gesicht zu bedecken. Als sie zum Elterntag ging und der Lehrer der zweiten Klasse ihr erzählte, daß Americus wie eine Schülerin der achten Klasse las, schluchzte Novalee hemmungslos und mußte zu ihrem Wagen geführt werden. Und an einem Tag, als sie in der Elektronikabteilung arbeitete, sah sie – auf drei Fernsehbildschirmen gleichzeitig – wie Julia Childs Orangen-Mandel-Biskuits zubereitete, und sie weinte so heftig, daß sie ihre Schicht nicht beenden konnte.

Aber das Weinen war es nicht, das sie am meisten erschütterte. Es war die Furcht davor, ihr Gedächtnis zu verlieren, die ihr die Kehle zuschnürte und sie in kalten Schweiß ausbrechen ließ. Das erste Anzeichen, daß sie ein Problem hatte, kam, als sie einen Roman mit dem Titel *An Episode of Sparrows* las, ihn ganz durchlas und erst dann merkte, daß sie ihn schon einmal gelesen hatte. Ein paar Tage später unterzeichnete sie einen Scheck und schrieb ihren Namen falsch. Dann stempelte sie auf der Arbeit mit der Stempelkarte eines anderen ... und zweimal gab sie Kunden zuviel Wechselgeld heraus.

Inzwischen hatte sie bereits ein Buch mit dem Titel *Gedächtniszauber* gekauft und damit begonnen, große Mengen Vitamin E zu schlucken, das, wie sie gelesen hatte »das Gehirnvitamin« war. Aber einen großen Unterschied merkte sie nicht. Es schien, als würde sie desto mehr vergessen, je stärker sie sich zu konzentrieren versuchte.

Sie verlief sich plötzlich, war nur wenige Blocks vom Haus entfernt ... sie wählte eine Telefonnummer, hatte dann aber vergessen, wen sie eigentlich anrief. Sie kaufte ein, um dann Dinge zu kaufen, die sie bereits hatte. An einem Tag zählte Lexie achtundvierzig Karotten im Tiefkühlfach von Novalees Kühlschrank.

Ihre Freunde wollten ihr helfen, wußten aber nicht wie. Sie konnten den Schmerz in ihrer Brust nicht lindern, jene Stelle, die so empfindlich und angeschlagen war. Sie wußten nicht, wie sie den Glanz in ihre Augen zurückbringen sollten. Sie konnten ihre Träume nicht umschreiben oder ihren Schmerz nehmen oder ihr helfen, ihr Herz zu reparieren.

Americus, die durch Forneys Abwesenheit ebenso niedergeschlagen war wie Novalee, wurde still und seltsam unbeteiligt. Sie nahm einen weiteren Streuner auf, ein lahmes Kaninchen, das sie Docker taufte, und sie ordnete alle ihre Bücher alphabetisch. Sie brachte Dixie Mullins dazu, ihr beizubringen, wie man Knöpfe annähte. Sie lernte die Namen der Richter des Supreme Court von John Jay bis Mahlon Pitney auswendig, und sie begann Gedichte zu schreiben, die sie in einer Schachtel unter ihrem Bett versteckte. Und in ihrem abendlichen Gute-Nacht-Gebet bat sie Gott jedesmal, Forney Hull heimzubringen.

Hätte Novalee sich nur um sich selbst Sorgen machen müssen, wäre sie vielleicht einfach ins Bett gegangen ... wäre unter die Decke gekrochen, hätte sich ein Kissen über den Kopf gezogen und um einen tiefen, traumlosen Schlaf gebetet. Aber das konnte sie nicht, weil ihre Tochter sie brauchte. So zwang sie sich zum Durchhalten, heuchelte eine Energie, die sie nicht hatte, trug eine Fröhlichkeit zur Schau, die sie nicht empfand, und redete sich ein, daß Americus ihr diese Vorstellung glaubte.

Sie fand Plätze, zu denen sie gingen und Dinge, die sie taten ... aber Forney war überall, wo sie auch waren. Er war der große Mann unter dem Sonnenschirm, der durch den Park lief ... der dünne Bursche, der hinter ihnen im Kino saß. Er war die Gestalt mit der Strickmütze oben auf dem Riesenrad ... der einsame Skater auf der Rollschuhbahn ... das Gesicht, das sie durch das Fenster des Puppenmuseums sahen.

Dann hörten sie eines Abends in der Einkaufspassage in Fort Smith, daß Forney Hull über den Lautsprecher ausgerufen wurde. Sie rannten von einem Ende der Passage zum anderen und kamen atemlos zum Büro des Sicherheitsdienstes, wo sie einem Jungen begegneten, der zu jung war, um sich zu rasieren, einem Jungen namens Farley Gall.

Minuten später überquerten sie den Parkplatz und versuchten, ihre Tränen zu verbergen. Aber als sie in den Wagen gestiegen waren, verloren sie die Fassung ... sie vergaßen, sich mutig zu verhalten. Sie weinten und umarmten sich, fuhren dann nach Hause und aßen Eiskrem. Und dann weinten sie weiter.

Forneys erster Brief kam gleich am nächsten Tag.

Liebe Americus,

beigefügt findest du einen Lernplan, den ich für Dich aufgestellt habe. Mit diesem Plan wirst Du den Rest von The Latin Primer bis Ende August durcharbeiten können. Es ist wichtig für Dich, damit fertig zu sein, bevor Du mit der dritten Klasse beginnst. Und vergiß nicht, daß das Konjugieren von Verben reines Auswendiglernen ist. Ich liebe Dich. Ich war in der Bibliothek in Washington D. C. und bin dort vier Tage geblieben. Ist der Schokoladenfleck aus Deinem gelben Kleid rausgegangen? Ich habe noch mal I Hear America Talking *gelesen, und mir ist erst jetzt bewußt geworden, daß Du das auch lesen mußt. Unglücklicherweise ist das Buch vergriffen, aber ich habe ein Exemplar in einem Antiquariat gefun-*

den, das Dir zugeschickt werden wird. Zum Wochenende solltest Du es haben. Americus, Du solltest darauf drängen, daß Latein in den Lehrplan Deiner Schule aufgenommen wird. Vergiß nicht: Es erfüllt einen guten Zweck. Ich habe dreimal von Dir geträumt, und Du hast immer gelächelt, aber Du hattest Detektornadeln. Setze Word Origins and Their Romantic Stories *auf Deine Leseliste. Du wirst es faszinierend finden.*

Mit freundlichen Grüßen
ForneyHull

Bitte sage Deiner Mutter, daß ich meine besten Wünsche ausrichte.

Die Briefe an Americus kamen weiter, aber nicht sehr regelmäßig. Manchmal bekam sie drei an einem Tag, mußte dann einen Monat auf den nächsten warten. Manchmal waren sie zerknautscht oder fleckig, um Wochen vor ihrem Aufgabedatum datiert ... oder um Wochen danach. In einem war ein Stück brauner Salat ... ein anderer kam mit einem kaputten grünen Knopf an.

Sie waren auf Umweltpapier geschrieben, auf Hotelbriefpapier und auf den Rückseiten von Briefen, die an »Inhaber« adressiert waren. Einer war auf der Rückseite einer Speisekarte geschrieben ... ein anderer auf einem Flugblatt, mit dem eine Dichterlesung angekündigt wurde.

Sie waren abgestempelt in St. Louis, Washington, Indianapolis, Pittsburgh, Kansas City, Baltimore, Akron und Louisville ... und in dieser Reihenfolge. Americus verfolgte seine Route auf der Landkarte, die er in ihrem Zimmer aufgehängt hatte. Aber ob er zu irgendeinem Zielort wollte, vermochte sie nicht zu sagen.

Er schrieb meistens über Bücher und Studium. Er gab Americus weitere Literaturempfehlungen, so daß ihre Leseliste auf über sechshundert Titel angewachsen war. Er schrieb wenig über sich und nichts über Novalee, doch die letzte Zeile jedes Briefes war immer dieselbe: »Bitte sage Deiner Mutter, daß ich meine besten Wünsche ausrichte.«

Es war nicht viel, aber doch etwas, und Novalee und Americus nahmen, was immer sie bekommen konnten. Als Forney gegangen war, hatten sie ein Stück ihres Lebens verloren ... etwas, das weder durch Fotografie noch Latein, durch Filme noch durch Riesenräder ersetzt werden konnte ... weder durch Knopfannähen noch durch lahme Kaninchen und schon gar nicht durch all ihre Tränen.

Novalee überlegte, ob sie versuchen sollte, ihn zu finden, in all die Städte zu fahren, in denen er gewesen war. Sie dachte sogar daran, eine KOMM ZURÜCK-Anzeige in die Zeitungen zu setzen und einen Privatdetektiv damit zu beauftragen, ihn zu suchen.

»Und was würdest du tun, wenn du ihn findest, Novalee?« fragte Lexie.

»Nun ja ...«

»Würdest du ihm sagen, daß du ihn liebst?«

»Oh ...«

»Würdest du ihn bitten, zurückzukommen?«

»Lexie ...«

»Das könntest du nicht, nicht wahr?«

Novalee holte tief Luft und schüttelte dann den Kopf. »Nein«, sagte sie. »Nein, Lexie, das könnte ich nicht. Sollte ich verlangen, daß er hierher zurückkommt und in einer Fabrik arbeitet? Daß er in Rita's Drive Inn Burger wendet?«

»Vielleicht könnte er bei Wal-Mart arbeiten?«

»Nein.« Novalee antwortete zu schnell.

»Oh. Für dich ist das in Ordnung, aber für ihn ist das nicht gut genug. Ist es das?«

»Das ist nicht wahr.«

»Ich will dir die Wahrheit sagen, Novalee. Du hast nie geglaubt, daß du Forney verdienst. Hast nie geglaubt, daß du gut genug für ihn bist.«

»Hör mir mal zu, Lexie.«

»Nein, du hörst mir zu. Ich weiß, daß deine Mutter dich den Wölfen vorgeworfen hat. Und ich weiß, was dieses Arschloch Willy Jack dir angetan hat, aber ...«

Novalee wollte vom Tisch aufspringen, aber Lexie ergriff ihre Hand und hielt sie fest.

»Aber schau doch mal, was du getan hast, Novalee. Sieh doch nur, was du für dich getan hast. Du hast ein wundervolles Kind und ein Heim. Eine Familie von Freunden, die dich lieben. Du hast eine gute Stelle. Du bist eine großartige Fotografin ... eine Künstlerin. Du hast eine ganze Bibliothek von Büchern gelesen, Du besuchst sogar das College. Das alles hast du, Süße. Du hast alles bekommen.«

»Nein, Lexie. Forney Hull habe ich nicht bekommen.«

Am selben Tag kamen vier Briefe für Americus, alle in Chicago abgestempelt. Zu dem Zeitpunkt dachte Novalee nicht viel darüber nach. Den Daten nach zu urteilen glaubte sie, daß Forney die Briefe in vier verschiedenen Städten geschrieben haben müßte, sie tagelang mit sich herumgetragen hatte und sie dann alle gleichzeitig von Chicago aus abgeschickt hatte. Doch zwei Wochen später traf ein weiterer Brief ein, der in Chicago abgestempelt war, und dies war eindeutig ein Bruch in dem Muster. Sechs Tage später kam ein weiterer und in der Woche darauf ebenfalls.

Novalee versuchte sich auszureden, was sie dachte ... versuchte, nicht zu tun, was sie tat. Sie wußte, daß es albern war und nichts daran änderte, wie sie fühlte, doch während sie am Telefon saß und wählte, ja sogar noch bevor sie anfing, wußte sie, daß sie nicht aufhören würde.

Zuerst rief sie die Bibliothek von Chicago an, doch dort kannte man keinen Forney Hull. Aber sie kannte Forney und seine Liebe zu Büchern, wußte, daß er in deren Nähe sein würde, solange er atmete, und so rief sie die Bibliothek von Tulsa an und wartete eine Woche darauf, daß sie Kopien der Seiten des Telefonbuchs von Chicago bekam. Neun fotokopierte Seiten – von der Abraham Lincoln Buchhandlung bis zu Waterstone's Book Sellers, Inc. Sie hoffte, nicht alle Nummern bis zum Ende anrufen zu müssen, und das war auch nicht erforderlich, wie sich herausstellte.

Forney meldete sich beim ersten Läuten. »Chaucer's Book Store«, sagte er.

Einen Augenblick lang glaubte sie, es ihm sagen zu können, dachte, sie sei im Stande, die Worte zu sagen ... aber dann war es vorbei, trieb irgendwohin jenseits dieser Zeit und dieses Raumes.

»Chaucer's«, sagte er noch einmal.

Augenblicke später klickte das Telefon ... und Novalee wußte, daß sie getrennt waren.

36

Die winzige Krankenhauskapelle war für Hochzeiten nicht vorgesehen. Die fünf dicht beieinanderstehenden kurzen Kirchenbänke hätten vielleicht genug Platz für trauernde Familien geboten, und der Raum hätte wahrscheinlich bekümmerte Mitschüler oder betrübte Freunde aufnehmen können. Solche ruhigen Zusammenkünfte in den frühen Stunden schmerzlicher Vormittage konnte Novalee sich vorstellen, doch für die Freude, die mit dieser Hochzeit verbunden war, könnte die Kapelle zu klein sein.

Sieben kichernde, unruhige Kinder saßen zusammengedrängt auf der vorderen Bank, lächelnde Erwachsene hatten sich Gesäß an Gesäß auf die anderen gequetscht. Mehrere Krankenschwestern, Ärzte und Pfleger, in Uniform und im Dienst, schauten später herein und blieben hinten stehen, bereit zu laufen, wenn sie ausgerufen wurden.

Der Krankenhauskaplan, ein freundlich dreinschauender Mann mit tizianrotgefärbtem Haar, wartete am Ende des Ganges, den Rücken einem Bleiglasfenster zugewandt. An seinem Ellenbogen hatte er den Bräutigam, einen grinsenden und rotgesichtigen Leon Yoder.

Als die Tür sich öffnete, standen alle auf und drehten sich zu Lexie um, die eintrat und begann, den Gang hinunterzugehen. Sie trug ein enganliegendes Kostüm in der Farbe von Goldrute und auf dem Arm einen Strauß sieben weißer Rosen, eine für jedes ihrer fünf Kinder und die zwei von Leon, die jetzt alle vorn in der Kapelle standen. Brummett hielt einen aufsässigen Vierjährigen, die Zwillinge hatten ein winkendes Kleinkind zwischen sich genommen und Pauline glättete das Haar ihres jüngsten Bruders.

Novalee machte die letzte Einstellung an ihrer Kamera und begann zu fotografieren, als Lexie, die die Mitte des Ganges erreicht hatte, Leon ein strahlendes Lächeln zuwarf, dem Mann, der ihr Ehemann werden sollte.

Sie hatten sich kennengelernt, als Lexie die Arbeit im Krankenhaus wieder aufnehmen konnte. Gute Schwesternhelferinnen waren schwer zu bekommen, und so hatte sie keine Probleme, an ihren alten Arbeitsplatz zurückzukehren.

Leon war ebenfalls Helfer, seit fast sechs Jahren. Aber er war dann zur Pflegeschule gegangen und anschließend als examinierter Pfleger, spezialisiert auf Kindermedizin, zum County General zurückgekehrt.

Eines Tages hatte er Lexie gebeten, mit ihm auszugehen, als sie gemeinsam an einem Tisch in der Krankenhauscafeteria saßen. Obwohl sie nein gesagt hatte, gab er nicht auf.

»Sicher, er *scheint* nett zu sein«, hatte sie Novalee erzählt. »Aber das war bei Roger Briscoe auch so.«

Wochen später, als Lexie schließlich einwilligte, mit ihm auszugehen, nahm Leon sie zum Fischen mit. Lexie, ihre Kinder und auch seine Kinder.

»Wir alle neun«, sagte Lexie. »Das war ein richtiger Zirkus, Novalee. Wir hatten Kinder mit Würmern im Haar. Fischhaken flogen. Ameisen in unseren Sandwiches. Und Leons kleine Tochter, Carol Ann, kippte alle Elritzen in den See.«

»Hattet ihr Spaß?«

»Wir hatten einen tollen Tag. Und Brummett hat einen Fisch gefangen. Einen Barsch. Leon sagte, er habe drei Pfund gewogen. Brummett war absolut begeistert. Natürlich konnte er das nicht zeigen. Er hatte den ganzen Tag rumgemosert und erklärt, er wolle gehen, und sich wie ein Verrückter aufgeführt. Bis er diesen Fisch fing.«

»Und, magst du ihn?«

»Leon? Sicher.«

»Scheint, als hättet ihr zwei es getroffen. Klingt so, als ob ihr alle vielleicht ...«

»Nein! Er ist nicht mein Typ, Novalee. Ich meine, er ist ein netter Kerl und so, aber es knistert nicht zwischen uns. Überhaupt nicht.«

Geliebte Gemeinde, wir haben uns heute hier versammelt, um diesen Mann und diese Frau zum Heiligen Bund der Ehe zu vereinen

»Ich habe ein Dutzend Mal versucht, dich anzurufen, Lexie, aber du bist nie zu Hause.«

»Ja, ich weiß. Leon ist am letzten Samstag mit uns zum Bowling gefahren, und am Dienstag haben wir Minigolf gespielt. Wenn ich nicht daheimbleibe und endlich Wäsche wasche, werden meine Kinder bald ohne Unterwäsche herumlaufen.«

»Wo warst du gestern abend? Ich bin gegen acht bei deiner Wohnung gewesen. Dachte, wir könnten mit den Kindern Eis essen gehen.«

»Wir sind mit Leon und seinen Kindern ins Einkaufszentrum gefahren. Er mußte für seinen kleinen Jungen Schlafanzüge kaufen, und deshalb sind wir zu Sears gegangen. Und ich habe für Pauline eine Bluse gekauft. Und dann passierte etwas ganz Verrücktes, Novalee. Während wir dort waren, setzte ich diesen lustigen Hut auf. Schwarz, und ganz mit roten Blumen bedeckt. Und weißt du was? Während ich mich da ganz albern aufführe, mit diesem Hut posiere, sagte Leon mir, ich sei hübsch. Er berührte meine Lippe und mein Auge und sagte, ich sei hübsch. Kannst du dir das vorstellen?«

Weil die Ehe von Gott verfügt ist und gegründet ist auf ein festes Fundament von Vertrauen und Achtung

»Und gestern, als ich Leon erzählte, daß Brummett in der Schule wieder Ärger hat, sagte er, er würde mich begleiten und mit dem Beratungslehrer sprechen.«

»Warum mußt du das?«

»Das nennt sich Disziplinarkonferenz. Erinnerst du dich, als Brummett an die Toilettenwand schrieb ›Larry Dills hat eine Ziege gebumst‹?«

»Ja.«

»Nun, damals mußte ich auch zu einer Disziplinarkonferenz. Da haben sie vor allem über Brummetts ›Verhaltensmuster‹ gesprochen und über ›sein Unvermögen, seine Emotionen zu kontrollieren‹.«

»Aber es geht doch jetzt schon viel besser mit ihm.«

»Ja. Es ist leichter, mit ihm zu leben. Leon wird ihn zu einem seiner Freunde mitnehmen, einem Mann, der ein Karate-Studio hat. Leon sagte, martialische Künste sind mehr als Selbstverteidigung. Er sagte, damit lernt man auch Selbstbeherrschung.«

»Klingt, als sei das etwas, was ich auch machen sollte.«

»Ich auch. Ich war heute bei der Arbeit so sauer, daß ich auf der Herzstation eine Krankenschwester am liebsten zusammengeschlagen hätte. Sie verschüttete Kaffee auf ihrem Schreibtisch und ließ mich dann aufwischen. Tat so, als sei ich ihre Putzfrau. Ich sollte wohl doch eines Tages Leons Rat befolgen und auf die Schwesternschule gehen.«

»Oh, Lexie. Das solltest du. Das wäre wundervoll für dich.«

»Na ja, wenn ich je die Chance bekomme, werde ich's tun. Aber ich rufe aus zwei Gründen an. Brummett und Leon haben am Mittwochabend eine ganze Wanne Fische gefangen, und heute abend servieren sie uns gegrillten Fisch. Wir möchten, daß ihr kommt, du und Americus.«

»Kann ich etwas mitbringen?«

»Nein. Komm einfach rüber, wenn du mit deiner Arbeit fertig bist. Das zweite ist das. Kannst du mir deinen Strohhut leihen?«

»Natürlich.«

»Ich werde nämlich am Samstag den ganzen Tag in der Sonne sein, und du weißt, wie schnell ich einen Sonnenbrand bekomme. Leon fährt mit uns zu einem Spiel der Rangers. Kannst du dir vorstellen, wie das sein wird? Sieben Kinder einen Tag lang in einem Stadion mit Nachos und Hot Dogs und ...«

Nimmst du, Lexie, diesen Mann zu deinem gesetzlich angetrauten Ehemann? Willst du ihn achten und ehren ...

»Ich bin verliebt, ich bin verliebt, ich bin verliebt«, schrie Lexie, als sie in die Küche gestürmt kam und Novalee herumwirbelte.

»Oha«, sagte Novalee, während sie sich auf einen Stuhl fallen ließ. »Lexie, weißt du, wie spät es ist? Ich habe ja noch nicht mal meinen Kaffee getrunken.«

»Hast du gehört, was ich gesagt habe? Ich bin verliebt, Novalee.«

»Warum ist es so früh, und in wen bist du verliebt?«

»In Leon! Ich bin in Leon Yoder verliebt! Und ich habe nicht einmal mit ihm geschlafen.«

»Aber du sagtest, du fändest ihn nicht so attraktiv.«

»Vergiß, was ich gesagt habe. Ist doch völlig egal, was ich gesagt habe.«

»Lexie, was ist los?«

»Du wirst diese Geschichte nicht glauben, Novalee. Du wirst sie einfach *nicht* glauben.«

»Versuch's.«

»Okay. Hör zu. Leons Tochter, Carol Ann? Sie ist *nicht* seine Tochter.«

»Das ergibt aber keinen Sinn.«

»Cody ist sein Sohn, aber Carol Ann ist nicht seine Tochter.«

»Und darum bist du verliebt?«

»Nun hör doch mal zu. Laß mich erzählen, wie er sie bekommen hat.«

»Lexie, laß uns Kaffee trinken. Ich glaube, du hast ihn nötiger als ich.«

»Also. Vor drei Jahren lernte Leon eine Frau namens Maxine nennen. Er nennt sie Max. Sie hatte ein kleines Mädchen, Carol Ann. Schön, Max zog zu Leon. Max und Carol Ann. Kannst du mir soweit folgen?«

Novalee nickte und rieb sich mit den Handgelenken über ihre Augen.

»Okay. Max wird schwanger und bekommt von Leon ein Baby. Cody wird geboren. Sie haben also diese beiden Babys ... ihre Carol Ann und ihren gemeinsamen Cody. Klar?«

»Klar.«

»Gut, als Cody gerade ein paar Monate alt war, sagte

Max: Schluß, und sie würde gehen. Nach Mexiko. Einfach so. Sie sei fertig mit Leon, und sie wolle Cody nicht. Ihre Carol Ann wollte sie allerdings auch nicht, bis sie feststellte, daß Leon sie wollte. Er sagte, er hätte Angst davor, was mit ihr geschehen würde, wenn Max sie mit nach Mexiko nähme, weil er inzwischen wußte, was für eine miese Mutter Max war.

Als Max also rausfand, daß Leon das Mädchen haben wollte, wußte sie, daß sie etwas zum Handeln hatte. Und jetzt kommt der Hammer!

Leon hatte einen hellroten siebenundsechziger Camaro. Und den wollte Max haben. So tauschte sie ihre Tochter dagegen ein.«

»Was?«

»Ja! Sie tauschte ihre Tochter gegen ein Auto.«

»Lexie!«

»Leon sah weder Max noch den Camaro je wieder.«

»Das ist wirklich erstaunlich.«

»Novalee, als er mir das erzählte, wußte ich, daß Leon das Beste ist.« Lexies Augen füllten sich mit Tränen, aber sie lächelte. »Und da wußte ich, daß ich verliebt war.«

Erkläre ich euch zu Mann und Frau

Zuerst glaubte Novalee, sie höre die Musik nur in ihrem Traum. Ein langsames romantisches Lied. Viele Geigen. Sie drehte sich um und preßte ihr Gesicht in das Kissen. Dann merkte sie, daß sie nicht träumte. Die Musik kam von draußen, war vor ihrem Fenster.

Sie schaute auf die Uhr, während sie aus dem Bett stieg. Achtzehn Minuten vor Mitternacht. Auf Zehenspitzen ging sie über den Korridor ins Wohnzimmer und schaute aus dem Vorderfenster.

Benny Goodluck saß auf ihrer Terrasse.

Vorsichtig öffnete sie die Eingangstür und trat hinaus.

Die Musik kam aus seinem Transporter, der in der Auffahrt stand. Die Lautstärke war voll aufgedreht, die Fenster waren heruntergekurbelt.

»Benny, was machst du denn hier?«

»Hab' ich dich aufgeweckt?«

Er trug einen Smoking und Kummerbund. Seine fertig gebundene Schleife hatte sich gelöst, so daß die Fliege jetzt an der Vorderseite seines steifen weißen Hemdes herunterbaumelte.

»Was ist los, Benny?«

»Nichts.«

»Aber was tust du dann hier?«

»Bist du böse, Novalee?«

»Nein, ich bin nicht böse. Aber du solltest bei dem Konzert sein.«

Er saß in einem Liegestuhl und hatte seine langen Beine weit ausgestreckt. Er gab vor, plötzlich Interesse an der Spitze eines Schuhes gefunden zu haben, und bückte sich, um sie zu inspizieren. »Das war ich«, sagte er, »aber ich bin früh gegangen.«

»Wo ist deine Verabredung? Wo ist Melissa?«

»Ich habe sie nach Hause gebracht.«

»Den Abend hast du aber wirklich früh beendet.«

»Na ja, Melissa war das gleich«, sagte er, aber seine Worte gingen ineinander über und ›Melissa‹ klang wie ›Melissha‹.

»Benny, hast du etwas getrunken?«

»Nein. Also, nicht richtig. Ich hatte zwei Bier.«

»Wollte Melissa deshalb heimgehen? Weil du getrunken hast?«

»Ja. Ich meine, nein. Ich habe erst getrunken, nachdem ich sie heimgebracht hatte, aber ...« Benny drehte sich in seinem Stuhl. »Ich hatte keine Verabredung für das Konzert. Novalee. Ich habe dir eine Lüge erzählt.«

Novalee zog einen anderen Liegestuhl heran und setzte

sich. Sie zog die Beine unter ihr langes Baumwollnachthemd.

»Ich fragte Melissa, aber die hatte sich schon verabredet und Janetta Whitekiller auch. Deshalb ging ich allein. Aber ich war nicht der einzige. Einige andere Jungen sind auch ohne Begleitung gegangen. Streber wie ich.«

»Benny, sag doch so etwas nicht. Ich wette, diese beiden Mädchen hätten mit dir eine schönere Zeit gehabt als mit denen, die sie begleitet haben. Ich wette, sie ...«

»Ich habe sie nicht gefragt, Novalee.«

»Was?«

»Ich habe weder Melissa noch Janetta gefragt. Da habe ich auch gelogen.«

»Du solltest vorsichtig sein, Benny. Wenn du dich weiter im Lügen übst, bringst du's noch zur Meisterschaft.«

»Es tut mir leid, aber ...« Benny zuckte die Schultern, rutschte dann in seinem Stuhl herunter und lehnte den Kopf zurück.

»Aber was?«

»Willst du die Wahrheit wissen?«

»Sicher.«

»Okay. Ich hatte noch nie eine Verabredung, Novalee. Ich war noch nie mit einem Mädchen zusammen.«

»Na ja, du hast ja noch Zeit. Ich meine, du bist ...«

»Siebzehn! Fast jeder Junge, den ich kenne, hat schon ... sie haben schon zwei oder drei Mädchen gehabt, als sie siebzehn waren.«

Novalee seufzte und schüttelte den Kopf.

»Was bedeutet das?«

»Oh, mir ist eine Menge passiert, als ich siebzehn war.«

»Ja, aber mir ist nichts passiert. Nichts Gutes ... nichts Schlechtes. Nichts. Punkt.«

»Benny, was redest du denn da? Du bist als Läufer ein Star ... hast all diese Preise gewonnen. Meinst du, das ist nichts?«

»Schau mal, Novalee. Ich weiß, was dir passiert ist, als du herkamst, als du siebzehn warst. Ich weiß, daß so ein Kerl weggelaufen ist und dich sitzengelassen hat. Und ich weiß, daß du Americus im Wal-Mart bekommen hast.«

»Und?«

»Na ja, das war damals für dich schrecklich, aber das waren doch *echte* Erfahrungen. Verstehst du, was ich meine?«

»Nein, absolut nicht.«

»Ich meine, du mußtest doch nicht jeden Morgen um halb neun in Mr. Pryors Algebraklasse sein. Du mußtest dich doch nicht am Freitagabend zum Basketball umziehen, damit du auf der Bank sitzen konntest. Du hast doch nicht dein ganzes Leben in Sequoyah damit verbracht, Birnbäume zu beschneiden und Kiefern in der Goodluck Baumschule zu mulchen. Siehst du, in meinem Leben verläuft alles gleich. Es ist immer das gleiche.«

»Benny ...«

»Ich habe diese Bücher gelesen, die du mir gegeben hast, Novalee. All diese Geschichten über Menschen, die zu Orten wie Singapur und Tibet und Madagaskar reisen. Leute, die Autorennen fahren und auf Güterzüge springen. In Ballons fahren und Berge ersteigen. Die Gegenden erforschen, in denen noch nie jemand war. Geschichten über Menschen, die Stücke schreiben und Filme machen. Menschen, die sich verlieben.«

»Du wirst einige dieser Dinge tun, Benny.«

»Werde ich? Wann? Morgen werde ich achtzehn ... und ich habe noch nichts getan.«

»Gut! Dann liegt doch noch alles vor dir, oder?«

»Ich denke schon.«

»Denk doch mal darüber nach, Benny – was, wenn du schon alles getan hättest?«

»Was meinst du damit?«

»Was wäre denn übrig? Was wäre denn die nächste Herausforderung? Was wäre denn lustig daran, jeden Morgen aufzuwachen, wenn du schon alles getan hättest? Was würdest du tun?«

»Ich nehme an, ich würde ein paar Sachen wieder tun.«

»Aber beim zweiten Mal wäre es nicht so wundervoll. Benny, wir können nicht alle nach Singapur reisen ... und viele von uns werden nie Berge ersteigen oder einen Film drehen. Aber du kannst Rennen laufen, und ich kann fotografieren, und jeder sucht nach jemandem, den er liebt. Und manchmal schaffen wir es. Manchmal gewinnen wir.«

»Ja.«

»Im Herbst, wenn du von der Schule abgehst, sehen die Dinge ganz anders aus.«

»Ach, Novalee. Ich fürchte, ich werde noch mehr von dem gleichen alten Kram machen.«

»Nein! Du wirst neue Dinge lernen ... neue Menschen kennenlernen. Aufregende Menschen. Viele Mädchen.«

»Das wäre schön.«

»Und ich wette, du wirst ein ganz besonderes Mädchen kennenlernen. Ein Mädchen, von dem du möchtest, daß es immer bei dir ist. Du wirst weder schlafen noch essen können, weil du ständig an sie denken mußt, und ...«

»Novalee, ich habe noch nie ein Mädchen geküßt.«

»Das wirst du, Benny. Du wirst eine Menge Mädchen küssen.«

»Aber ich weiß nicht, wie. Ich weiß nicht, wie ich das machen soll.«

»Oh, das kommt von ganz allein, glaube ich.«

»Darf ich dich küssen?«

»Benny ...«

»Nur einmal. Und ich werde auch nie wieder fragen.«

»Ich glaube nicht, daß das eine gute Idee ist, Benny. Denn ich bin kein Mädchen.«

»Fünfundzwanzig ist doch nicht alt.«

»Aber das ist viel älter als siebzehn.«

Benny drehte sein Handgelenk und schaute auf seine Armbanduhr. »In drei Minuten werde ich achtzehn sein.«

Novalee musterte für einen Augenblick sein Gesicht, dann beugte sie sich über die Lehne ihres Liegestuhles, neigte sich zu Benny Goodluck, nahm sein Gesicht in ihre Hände und zog es an ihres. Als ihre Lippen sich berührten, schloß er seine Augen, und im Licht des Mondes und unter den Zweigen des Roßkastanienbaumes küßten sie sich. Und es war das größte Abenteuer seines siebzehnten Lebensjahres.

37

Novalee war davon überzeugt, daß Glück von Eltern auf ein Kind genauso vererbt werden könne wie die Form einer Nase oder O-Beine oder Heißhunger auf Schokolade. Schließlich hatte Americus Novalees spitz zulaufenden Haaransatz, ihre grünen Augen und das gleiche Lächeln. So schien es ihr fast natürlich zu sein, daß sie das Pech ihrer Mutter erbte, was die Zahl Sieben anbelangte.

Bisher hatten sie überlebt, manchmal aber nur sehr knapp. Sie hatten den siebten Monat der Schwangerschaft gemeinsam überstanden. Sie hatte den siebten Lebenstag von Americus ertragen und es geschafft, den siebten Monat zu erreichen. Jetzt aber sahen sie sich der größten aller Herausforderungen gegenübergestellt – dem siebten Jahr. Americus hatte gerade Geburtstag gehabt.

Novalee hatte die Feier so klein und ruhig wie möglich gehalten, gerade so, als ob zuviel Aufmerksamkeit eine Einladung zur Katastrophe sein könne. Doch die Feier war ohne Zwischenfall verlaufen. Es hatte kein Erdbeben gegeben, keine

Überschwemmungskatastrophe. Nicht einmal ein angeschlagenes Knie oder einen Bienenstich oder auch nur einen Sonnenbrand. Das Wetter war herrlich, die Eiskrem schmolz nicht, und niemand verschüttete Limonade. Ein fast perfekter Tag.

Dennoch konnte Novalee auch in den folgenden Wochen nicht die Furcht ignorieren, die sie empfand ... Furcht, die sie frösteln ließ, ihre Kopfhaut kribblig machte. Sie wußte, daß etwas kam ... sie wußte nur nicht was oder wann. Manchmal wünschte sie sich, daß endlich kommen würde, was immer geschehen sollte, damit sie es hinter sich hatte.

Sie brauchte nicht lange zu warten.

Die Zeitungen der letzten drei Tage hatten sich gestapelt, während sie Bilder von der Hochzeit entwickelte, die sie am Wochenende zuvor in Keota gemacht hatte. Zu der Montagszeitung kam sie erst am Donnerstagabend, kurz nachdem Americus zu Bett gegangen war. Sie las sie schnell durch, weil sie noch ihr Haar waschen und eine Trommel Wäsche trocknen mußte.

Sie überflog Bilder und Schlagzeilen, als sie es dann sah. Eine kurze Spalte, auf Seite sieben zwischen Anzeigen geklemmt.

ROLLSTUHL GESTOHLEN

Einen beinlosen Mann, der als W. J. Pickens identifiziert wurde, fand man am Sonntagnachmittag auf der Herrentoilette in einer Raststätte in der Nähe von Alva. Pickens, der seine Beine bei einem Zugunglück verlor, war seit dem späten Freitagabend dort eingesperrt gewesen, nachdem man ihm seinen Rollstuhl gestohlen hatte.

Pickens, der per Anhalter unterwegs war, war nach eigener Auskunft von einem bisher un-

identifizierten Mann außerhalb von Liberal, Kansas, mitgenommen worden. Als sie sich Alva näherten, wurde Pickens schlecht, und der Fahrer verließ die Straße und hielt an der Raststätte. Pickens sagte, er habe sich allein auf die Herrentoilette gerollt, der Fahrer sei ihm aber dorthin gefolgt und mit dem Rollstuhl geflohen. Am Sonntagnachmittag hörte ein Vermessungstrupp Pickens Hilferufe und benachrichtigte das Sheriffs-Büro in Alva.
Pickens, der vor zwei Wochen Kalifornien verlassen hatte, sagte, er sei per Anhalter nach Oklahoma unterwegs, um dort nach seinem Kind und der Mutter des Kindes zu suchen, die er seit 1987 nicht gesehen hat.
Pickens wurde in das Woods County General Krankenhaus gebracht, wo er auf der Intensivstation liegt.

Novalee trocknete weder ihre Wäsche noch wusch sie ihr Haar. Sie machte zwei schnelle Anrufe, holte dann Americus aus dem Bett und brachte sie zu Moses und Certain. Nachdem sie ihr Auto bei Texaco aufgetankt hatte, fuhr sie zum Highway.

Willy Jacks Augen waren geschlossen, als sie in das Zimmer trat, und für einen Augenblick glaubte sie, er sei tot. Aber dann konnte sie das Heben und Senken seiner Brust unter dem dünnen Krankenhaushemd sehen. Sein Haut, ein kränkliches Gelb, wirkte zu groß für seinen Körper. Es sah aus, als sei er darin geschrumpft.

Sie beobachtete ihn, wie er schlief, und überlegte, welche Bilder er hinter seinen zuckenden Augenlidern sehen mochte. Plötzlich bäumte sich sein Körper auf, so heftig, daß das Bett erzitterte. Er drehte sich zur Tür.

»Was hast du gesagt?« Er fixierte sie mit seinen Augen. Sie hatten die Farbe von Galle, und die Haut unter ihnen war geschwollen und grau. »Was hast du gesagt?« fragte er wieder, und in seiner Stimme schwang ein Drängen mit.

Sie ließ ihn kämpfen, während er versuchte, sie deutlich zu sehen. Sie war nicht gekommen, um ihm bei irgend etwas zu helfen.

»Novalee?«

Als er seinen Kopf vom Kissen hochhob, konnte sie seine Kopfhaut durch das dünne Haar an seinen Schläfen sehen.

»Ich kann's nicht glauben«, sagte er. »Ich kann einfach nicht glauben, daß du hier bist.«

Er stützte sich auf seine Ellenbogen und starrte sie durch den Raum an. »Novalee.« Er schüttelte ungläubig den Kopf. »Ich war zurückgekommen, um dich zu suchen.«

»Warum?«

Die Frage hing wie etwas Massives und Schweres zwischen ihnen.

»Was hattest du vor, Willy Jack?« Ihre Stimme war gleichmütig, ohne Hitze. »Wolltest du zu dem Wal-Mart zurückkommen, an dem du mich sitzengelassen hast?«

»Novalee ...«

»Dachtest du, ich wäre noch dort und würde auf dich warten?«

»Ich wollte nur sehen, ob es dir gutgeht.«

»Wirklich?«

»Schau mal ...«

»Du bist aber ein bißchen spät dran. Über sieben Jahre.«

Willy Jack ließ seinen Kopf zurück auf das Kissen sinken, rieb sich dann seine Stirn. Durch eine Infusionsnadel in seinem Handrücken sah seine Haut wächsern und blutlos aus.

»Ich bin zurückgekommen, weil ich dir etwas über Americus erzählen muß.«

Novalee erstarrte. Ihre Muskeln spannten sich. Sie verlagerte ihr Gewicht. Dann wurden ihre Augen ausdruckslos und hart, während sie abwägte, welche Bedrohung er darstellte.

»Woher weißt du von ihr?«

Willy Jack hörte etwas in ihrer Stimme, etwas Starkes und Gefährliches ... etwas, das er nicht kannte.

»Wie hast du es erfahren?«

»Durch meinen Cousin, J. Paul.«

»Du lügst!«

»Er sagte, die Polizei hätte ihn vor ein paar Jahren angerufen. Das Baby war vermißt worden, und sie wollten wissen, wo ich sei.«

»Willy Jack ...«

»Teufel, ich war im Gefängnis. Ich habe erst vor einem Jahr davon erfahren ... als ich J. Paul traf. Aber so erfuhr ich von ihr. So bekam ich heraus, wo sie war.«

»Aber du wußtest nicht, ob ich sie wiederbekommen habe. Du wußtest nicht, ob sie tot ist oder lebt.«

»Du irrst dich, Novalee. Ich wußte es. Ich wußte, daß es ihr gut ging, und ich wußte, daß sie bei dir war. In Sequoyah.«

»Woher? Woher wußtest du das?«

»Ich hab' bei dir zu Hause angerufen.«

»Was hast du?« Sie rang um Beherrschung, aber ihre Worte knisterten vor Wut.

»Oh, ich habe nie etwas zu ihr gesagt. Außerdem hast du dich fast immer am Telefon gemeldet. Aber ein paarmal war sie dran.« Er schien sich zu entfernen, lächelte dann aber. »Ich hörte ihre Stimme ... und das war genug. Half mir durch einige ziemlich schlechte Zeiten.«

»Du bist ihretwegen gekommen, nicht wahr?«

»Ihretwegen? Was meinst du damit?«

»Du wolltest versuchen, sie mir zu nehmen.« Novalee spürte, wie ihre Gesichtsmuskeln sich spannten. »Du wolltest sie mir wegnehmen.«

»Wie könnte ich das tun?«

»Was? Willy Jack Pickens könnte nicht etwas so Gemeines tun und ein Kind stehlen?«

»Sie stehlen? Glaubst du das?« Willy Jack faßte die Gitterstäbe des Bettes und zog sich daran hoch. »Was, zum Teufel, denkst du eigentlich, was ich tun würde, Novalee? Vielleicht mit ihr weglaufen?«

Er riß an der Decke, die ihn zudeckte, und warf sie auf den Boden. »Heutzutage laufe ich nicht mehr viel.«

Seine Beine endeten unmittelbar unter seinen Knien. Novalee wollte den Blick abwenden, tat es aber nicht. Sie wußte, daß er darauf aus war. Er wollte sie schockieren, aber den Gefallen würde sie ihm nicht tun. Sie würde sich von ihm nicht rühren lassen. Nie wieder.

Sie ging an das Bettende und schaute ohne zusammenzuzucken auf das runzelige Fleisch ... auf die breiten häßlichen Narben.

»Woher wußtest du, daß ich hier bin, Novalee?«

»Ich habe es in der Zeitung gelesen.«

»Was stand da? Armer beklagenswerter Krüppel kam nicht vom Boden des Scheißhauses hoch?«

»So was in der Art.«

»Schön, wenn der Krüppel nicht einmal aus einer Toilette rauskommen kann, wie, zum Teufel, soll er dann in dein Haus gelangen und dein Mädchen stehlen? Natürlich, wenn er eine Telefonzelle findet und sich in Supermann verwandelt, dann ...«

»Versuche nicht, komisch zu sein, versuche nicht, das Thema zu wechseln.«

»Und wie sollte der Krüppel sich um sie kümmern, wenn

er sie erst einmal hat? Wenn er sich Beine wachsen lassen könnte und eine neue Leber bekommen könnte, dann vielleicht ...«

»Wenn du glaubst, ich hätte Mitleid mit dir, dann irrst du dich.«

»Dann könnte er *vielleicht* IBM leiten.«

»Warum bist du hierher zurückgekommen?« Novalees Stimme wurde lauter.

»Oder *vielleicht* ins Bankgeschäft gehen.«

»Wenn es nicht wegen Americus war, warum dann?« Sie wußte, daß sie die Beherrschung verlor, konnte es aber nicht verhindern.

»Ich nehme an, er *hätte* ein Richter werden können.«

»Warum?« schrie sie. »Warum bist du hier?«

Das einzige Geräusch kam vom Korridor. Gedämpfte Schritte und das Rauschen von Nylon, als eine finster dreinblickende Krankenschwester hereinmarschierte.

»Gibt's hier ein Problem?« Sie schaute von Willy Jack zu Novalee. »Ich konnte Sie am anderen Ende des Korridors hören.«

»Entschuldigung«, sagte Willy Jack.

Dann sah sie die Decke auf dem Boden. »Was, in aller Welt, geht hier vor?«

»Die ist mir nur runtergerutscht.«

»Ach.« Sie hob die Decke auf und ließ sie neben der Tür fallen. Dann zog sie eine frische oben aus einem Schrank. »Ich dachte schon, Sie würden vielleicht im Bett herumhüpfen.« Sie schüttelte die Decke, ließ sie auf Willy Jack herabsinken und überprüfte dann seine Infusion. »Ich habe eine Spritze für Sie, falls Sie eine brauchen.«

»Es geht schon. Lassen Sie uns warten.«

»Rufen Sie mich«, sagte sie. »Und ansonsten möchte ich nichts mehr hören.« Dann machte sie kehrt, marschierte hinaus und schloß die Tür hinter sich.

Novalee trat an das Fenster und starrte hinaus. Der Himmel, fast wolkenlos, hatte durch das gefärbte Glas einen seltsam grünen Farbton.

»Novalee.« Willy Jacks Stimme senkte sich fast zu einem Flüstern. »Ich habe dir etwas sehr Böses angetan. Das Schlimmste, was ich je jemandem angetan habe, glaube ich. Aber andererseits war das meiste von dem, was ich getan habe, schlecht.«

Novalee lauschte, traute dem aber nicht, was sie hörte. Sie wußte es besser.

»Ich weiß jetzt, daß es nicht viel gibt, womit ich etwas gutmachen könnte. Überhaupt nicht viel, weil ich in meinem ganzen verdammten Leben nur zwei gute Dinge getan habe. Und ich glaube, daß nicht allzu viel dazu gehört hat, sie zu tun ... aber sie waren beide mein Werk.«

Novalee wartete auf das Knurren, drehte sich dann um in der Erwartung, das Grinsen zu sehen, das er nie verstekken konnte, konnte es aber nicht sehen.

»Ich habe ein Kind gezeugt. Ein süßes Kind, denke ich, wenn es seiner Mutter ähnlich ist, und ich habe einen Song geschrieben. Einen verdammt guten Song. Aber natürlich habe ich rumgebumst. Habe alles vermasselt. Vor dem einen bin ich weggelaufen ... und das andere wurde mir geklaut ... und wahrscheinlich habe ich's verdient. Aber das ändert nichts daran, daß diese beiden Dinge gut waren. Und ich hoffe, daß das doch etwas zählt.«

»Willy Jack ...«

Er hob eine Hand, eine Geste dafür, daß er noch ein klein wenig mehr Zeit brauchte. »Das macht mich nicht gut. Das ändert überhaupt nichts ... wird nicht all das Unrecht ausgleichen, das ich getan habe, oder den Menschen helfen, die ich verletzt habe. Es sind nur zwei Dinge, Novalee ... aber es bedeutet, daß ich nicht ganz schlecht war. Das heißt, es war keine komplette Vergeudung.«

Novalee wollte nicht fühlen, was sie fühlte ... sie wollte nicht glauben, was sie hörte. Sie hatte sich auf den Willy Jack eingerichtet, den sie so lange Zeit gekannt hatte ... den, dem alles völlig egal war. Auf den Willy Jack, den sie sich zu hassen gelehrt hatte. Sie wußte, daß sie mit dem alten Willy Jack fertig werden konnte. Dieser Willy Jack aber brachte sie aus dem Gleichgewicht. Und sie wußte, daß das schlimmste, was ihr passieren konnte, war, ihr Gleichgewicht zu verlieren.

»Willy Jack, du sagtest, du seist hierher zurückgekommen, um mir etwas über Americus zu erzählen.«

»Ja.« Er drehte sich in dem Bett um und verzog bei der Anstrengung sein Gesicht. »Erinnerst du dich an den letzten Tag? An den letzten Tag, als wir zusammen waren?«

Novalee nickte.

»Du fragtest mich, ob ich das Baby fühlen wolle und führtest meine Hand auf deinen Bauch, aber ich sagte, ich würde nichts spüren. Du sagtest, ich könnte das Herz spüren, wenn ich's versuchte.

Kannst du dieses schwache, feine Poch ... Poch ... Poch nicht spüren?

Ich sagte, ich könnte es nicht und versuchte meine Hand zurückzuziehen, aber du wolltest mich nicht loslassen.

Fühl mal hier.

Deine Stimme war so weich, nicht mehr als ein Flüstern, aber ich hörte, was du sagtest.«

Das ist, wo das Herz ist.

Willy Jacks Gesicht war von Tränen überströmt, aber er wischte sie nicht weg. »Ich hatte gelogen, Novalee. Ich hatte dich angelogen.« Seine Stimme klang schwer und müde. »Ich sagte, ich könnte es nicht spüren, aber ich hab's gespürt. Ich spürte den Herzschlag des Babys. So deutlich, wie ich meinen eigenen spüren konnte. Aber ich hab' gelogen.«

»Warum?«

»Gott, ich weiß es nicht. Warum lügt jemand? Weil wir Angst haben oder verrückt sind ... vielleicht, weil wir böse sind. Ich denke, für Lügen gibt's Millionen Gründe ... und möglicherweise habe ich auch so viele erzählt ... aber keine wie diese. Ich glaube, es gibt immer eine Lüge, über die wir nie hinwegkommen.«

»Was?«

»Oh, vielleicht weißt du davon noch nichts. Und ich bete zu Gott, daß du die Erfahrung nie machen wirst. Aber wenn du sie je machen solltest, wünsche ich dir, daß du eine Chance hast, es richtigzustellen. Die eine Chance, es zu ändern. Dann ist es zu spät. Ich glaube, diese Chance kommt nie wieder.«

»Werfen Sie zwei Dollar und fünfundsiebzig Cent ein.«

Novalee steckte elf Quarters in den Schlitz und preßte dann den Hörer ans Ohr, während das Telefon zu läuten begann.

»Oh, bitte, sei da«, flüsterte sie, nachdem es dreimal geklingelt hatte.

eine Lüge, über die wir nie hinwegkommen

Beim vierten Klingeln schloß sie die Augen, und sie fuhr sich mit der Hand durchs Haar.

nur diese eine Chance, es zu ändern

Sie drehte die Telefonschnur so fest um ihre Hand, daß ihre Finger beim fünften Klingeln weiß geworden waren.

und diese Chance kommt nie wieder

Dann hatte sie Glück. Er meldete sich beim siebenten Klingeln.

»Chaucer's.«

Als sie seine Stimme hörte, wurde ihr Hals eng. Es verschlug ihr den Atem ... sie konnte nichts sagen.

»Chaucer's Buchhandlung.«

Sie versuchte, seinen Namen zu sagen, doch etwas Hartes verknotete sich in ihrer Kehle und schwoll an.

Dann sagte er: »Hallo?«

Sie erinnerte sich an Träume, an schlechte Träume, in denen sie nach Hilfe zu schreien versuchte, doch die Worte hingen fest, kamen nicht aus ihr heraus.

»Na gut ...«, sagte er, und sie wußte, daß er auflegen würde.

Sie preßte ein Geräusch heraus, es war mehr ein Jammern als ein Wort, aber er hörte es.

»Entschuldigen Sie, aber könnten Sie vielleicht lauter sprechen?«

Dann brach etwas in ihr und sein Name kam heraus, als sie Luft schluckte und tonlos zu weinen begann.

»Novalee?«

»Ich ... ich rufe an ... weil ...« Ihre Stimme, von Schluchzern unterbrochen, zerteilte die Worte.

»Was ist los, Novalee? Was ist?«

»Forney ...«

»Ist etwas mit Americus? Ist mit ihr alles in Ordnung?«

Schniefend brachte Novalee heraus: »Ihr geht's gut«, obwohl die Worte hoch und etwas undeutlich klangen.

»Was ist dann los?«

Novalee spürte, wie ihr Herzschlag sich beschleunigte. Und dann, während sie krampfhaft atmete, kamen die Worte explosionsartig über ihre Lippen.

»Ich habe gelogen, Forney.«

Sekunden wurden zu einer ganzen Lebensspanne, während Novalee versuchte, irgendein Geräusch zu hören ... das Flüstern einer Stimme, eine Umarmung von Atem.

»Oh, laß es nicht zu spät sein, Forney. Bitte, laß es nicht zu spät sein.« Sie betete, daß er noch am Telefon war, betete, daß die Verbindung noch bestand.

»Ich habe dich belogen ... und es tut mir leid.«

Dann hörte sie ihn schwer Luft holen.

»Ich dachte, du wolltest etwas andere ... ein anderes Leben. Ich dachte, du wolltest zurück nach Maine gehen ... zurück auf die Schule ... Lehrer werden. Und ich hatte Angst, wenn ich versuchte, dich hier, bei mir zu halten ...«

»Novalee ...«

»Und deshalb sagte ich, als du mich fragtest, ob ich dich liebe ...«

»Du sagtest: ›Nein. Nicht so, wie du geliebt werden müßtest. Nicht auf diese Weise.‹«

»Aber das war nicht wahr, Forney. Ich liebe dich.«

»Aber warum ...«

»Ich habe gelogen, weil ich glaubte, daß du etwas Besseres verdient hättest.«

»Etwas Besseres als dich?« Seine Stimme klang heiser und belegt. »Novalee, es gibt nichts Besseres als dich.«

»Es ist nicht zu spät, Forney, nicht wahr? Wir haben noch Zeit. Wir haben noch ...«

Novalees Stimme wurde von der Sirene eines Krankenwagens übertönt, der zum Eingang der Notaufnahme fuhr, die direkt neben der Telefonzelle lag.

»Kannst du mich verstehen?« schrie sie ins Telefon.

»Novalee, wo bist du?«

»Vor einem Krankenhaus in Alva.«

»Alva? Was machst du dort?«

»Ich bin gerade abfahrbereit. Ich fahre nach Tellico Plains.«

»Nein.« Forney klang bestürzt. »Du kannst nicht zurückgehen.«

»Oh, nicht um zu bleiben, Forney. Nicht um zu bleiben.« Novalee drehte sich so, daß sie ihren Wagen sehen konnte, der am Bordstein geparkt stand. Willy Jack saß im Fond, den Kopf in die Kissen gelegt, die sie auf den Rücksitz gepackt hatte.

»Ich bringe nur jemand nach Tellico Plains«, sagte sie. »Jemand, der versucht heimzukommen.«

»Novalee, ich weiß nicht, was vorgeht. Ich weiß nicht, wie du mich hier gefunden hast ... ich weiß nicht, warum du da bist. Ich weiß nicht, ob ich überhaupt etwas von all dem verstehe. Aber ich fürchte, ich werde aufwachen und feststellen, daß ich geträumt habe.«

»Du träumst nicht, Forney. Da bist du und hier bin ich ... und es ist Wirklichkeit.«

»Aber wie ist das passiert? Wie ist das alles passiert? Du trittst in mein Leben. Americus ...«

Während Novalee noch in der Telefonzelle stand, hatte es leise zu regnen begonnen. Als sie zum Wagen zurückrannte und sich hinter den Lenker klemmte, klatschte der Wind Tropfen in Quartergröße gegen die Windschutzscheibe.

Willy Jack schlief tief, Folge der schmerzstillenden Spritze, wie sie vermutete, die er bekommen hatte, bevor man ihn in den Wagen gebracht hatte.

Der Wind wurde, während Novalee die Autoschlüssel aus ihrer Tasche holte, so stark, daß der Chevy zu schwanken begann und sie dazu brachte, zu warten und stehenzubleiben, bis der Sturm vorüber war.

Und als sie auf die Tropfen schaute, die am Fenster herunterliefen, sah sie eine andere Nacht, einen anderen Regensturm und ein Mädchen ... ein siebzehnjähriges Mädchen, das schwanger und allein war ... ein Mädchen, das sich umdrehte, herumwirbelte, wartete – auf die wartete, die aus der Dunkelheit treten würden, deren Stimmen aus den Schatten nach ihr riefen ...

eine kleine Frau mit blauem Haar und einem breiten Lächeln, die die Tür eines Wohnwagens weit offenhielt, eine Frau, die sie die Bedeutung von Heimat lehren sollte

Zuhause ist der Ort, der einen auf fängt, wenn man fällt, und wir fallen alle

ein Mann mit schwarzer Haut, der eine Kamera in ihre Hände legte und sie lehrte, die Welt auf andere Weise zu sehen

du brauchst keine Angst zu haben ... erinnere dich, du weißt doch, wie man Bilder mit dem Herzen aufnimmt

ein braunhäutiger Junge mit einer weichen Stimme und einem Baum voller Magie

er bringt Glück, läßt einen Dinge finden, die man braucht ... hilft einem, den Weg nach Hause zu finden, wenn man sich verirrt hat

eine Frau, die zu lebenslustig war, um Nein zu sagen, die sie Freundschaft lehrte

sieh doch auf all das, was du getan hast, Novalee ... sieh doch auf all das, was du für dich getan hast

ein Mann mit Strickmütze, der sie Liebe lehrte

was ich will, Novalee, ist bei dir sein ... bei dir und Americus

und ein Kind namens Americus, das sie lehrte, dem Glück zu vertrauen

und wenn das Kätzchen seine Augen öffnet, ist seine Mutter das erste, was es sieht

Das Mädchen wußte, daß andere da waren, mit neuen Stimmen, ihm von Orten, die es nicht sehen konnte, etwas zuriefen, und so wartete es – noch immer herumwirbelnd.

Darauf lächelte Novalee ihr siebzehnjähriges Ich an, das sich auf der anderen Seite des regenbeschlagenen Glases drehte und versuchte, es dort festzuhalten. Doch das Mädchen wirbelte fort in das Licht, dorthin, wo seine Geschichte begann.

Folgende Abdrucksgenehmigungen wurden freundlicherweise erteilt:

Benson Music Group, Inc. Auszüge aus Liedtexten von »Farther Along« von J. R. Baxter, Jr., und W. B. Stevens. Copyright 1937 by Stamps Baxter Music/BMI. All rights reserved. Abdruck mit freundlicher Genehmigung von Benson Music Group, Inc.

Doubleday and Company danken wir für den Abdruck eines Auszugs aus »In a Dark Time« von Theodore Roethke.

The Poetry of Robert Frost, Copyright 1936 by Robert Frost. Copyright 1964 by Leslie Frost Ballantine. Copyright © 1969 by Henry Holt & Co., Inc. Abdruck mit Genehmigung von Henry Holt & Co., Inc. Wir danken auch Jonathan Cape und dem ›Estate of Robert Frost‹ für die freundliche Erlaubnis, aus dem Werk von Robert Frost, herausgegeben von Connery Lathem, zitieren zu dürfen.

Auszüge aus *The Negro Speaks of Rivers* von Langston Hughes. Abdruck mit freundlicher Genehmigung von Harold Ober Associates, Inc. Copyright © 1951 by Knopf.

Textauszüge aus ›Beat of a Heart‹ von Shawn Letts. Text und Vertonung von Shawn Letts. Copyright © 1992. All rights reserved. Abdruck mit freundlicher Genehmigung von Shawn Letts.

Im Jahre 1194 wird am zweiten Weihnachtstag auf dem Marktplatz von Jesi ein Kind geboren: Friedrich, der Sohn des Kaisers Heinrich und seiner Frau Konstanze. Wild und ungebändigt wächst der Junge in den Gassen von Palermo auf, regiert später als Friedenskaiser das Römisch-Deutsche Reich und stirbt 1250 nach einem erfülltem Leben – und jahrelanger Auseinandersetzung mit dem Papst.

Im Jahre 1284 verkündet ein würdiger alter Mann mit schneeweißem Haar auf dem Marktplatz von Köln: »Ich bin Friedrich der Staufer. Ich bin nicht, wie ihr glaubt, vor vielen Jahren gestorben, sondern nach einer langen Pilgerfahrt aus dem Heiligen Land zurückgekehrt, um Frieden zu bringen.« Die Zuhörer sind erstaunt, welche Einzelheiten aus dem Leben des Kaisers der Unbekannte kennt. Der Mann kann kein Betrüger sein! Aber wer ist er dann?

ISBN 3-404-14431-7